# 이각 박안경기 1

## 二刻 拍案驚奇

*Amazing Stories (the 2nd version)*

**옮긴이**

**문성재** 文盛哉, Moon Seong-jae
우리역사연구재단 책임연구원, 국제PEN 한국본부 번역원 중국어권 번역위원장. 고려대학교 중어
중문학과를 졸업하고 국비로 중국에 유학하여 남경대학교(중국)와 서울대학교에서 문학과 어학으
로 각각 박사 학위를 받았다. 그동안 옮기거나 지은 책으로는『중국고전희곡 10선』·『고우영 일지
매』(4권, 중역)·『도화선』(2권)·『간전노』·『회란기』·『진시황은 몽골어를 하는 여진족이었다』·
『조선사연구』(2권)·『경본통속소설』·『한국의 전통연희』(중역)·『처음부터 새로 읽는 노자 도덕
경』·『루쉰의 사람들』·『한사군은 중국에 있었다』·『한국고대사와 한중일의 역사왜곡』·『정역 중
국정사 조선·동이전』1~4·『격강투지』·『남채화』등이 있다.
2012년에 케이블 T채널이 기획한 고대사 다큐멘터리『북방대기행』(5부작)에 학술자문으로 출연했
으며, 현대어로 쉽게 풀이한 정인보『조선사연구』가 대한민국학술원 '2014년 우수학술도서'(한국
학 부문 1위),『루쉰의 사람들』이 한국출판문화산업진흥원 '2017년 세종도서'(교양 부문),『한국고
대사와 한중일의 역사왜곡』이 롯데장학재단의 '2019년도 롯데출판문화대상'(일반출판 부문 본상)
을 수상했으며, 작년에는『박안경기』가 대한민국 학술원 '2023년 우수학술도서'(인문학 부문)로 선
정되었다. 현재는『금관총의 주인공 이사지왕은 누구인가』의 저술과 함께『정역 중국정사 조선·동
이전』5(신당서권)의 역주작업을 진행 중이다.

**이각 박안경기 1**

초판발행   2025년 4월 10일

지은이   능몽초
옮긴이   문성재

펴낸이   박성모
펴낸곳   소명출판
출판등록   제1998-000017호
주소   06641 서울시 서초구 사임당로14길 15 서광빌딩 2층
전화   02-585-7840
팩스   02-585-7848
이메일   somyungbooks@daum.net
홈페이지   www.somyong.co.kr

ISBN   979-11-5905-957-5 94820
979-11-5905-956-8(전 8권)
정가   34,000원

ⓒ 문성재, 2025

이 책은 2019년도 정부재원(교육부)으로 한국연구재단의 지원을 받아 연구되었음(NRF-2019S1A5A7069359)
This work was supported by National Research Foundation of Korea Grant funded by the Korean Government(NRF-2019S1A5A7069359).

한국연구재단
학술명저번역총서

# 이각 박안경기 1

## 二刻 拍案驚奇

*Amazing Stories (the 2nd' version)*

능몽초 저

문성재 역

## 일러두기

1. 이 책은 번역과정에서 일본 도쿄[東京]의 내각문고(內閣文庫)에 소장되어 있는 상우당(尙友堂)『이각 박안경기(二刻拍案驚奇)』('내각문고본')의 상해고적(上海古籍) 출판사판 영인본(1988)을 저본으로 삼고, 강소고적(江蘇古籍)·천진고적(天津古籍) 두 출판사에서 펴낸 동 미비본(眉批本), 그 밖에도 다수의 주석본들을 참조하였다.

2. 이 책에 사용된 각종 도판들은『이각 박안경기』속 상황에 최대한 가까운 이미지를 제시하기 위하여 『삼재도회(三才圖會)』·『장물지(長物志)』·『소주청명상하도(蘇州淸明上河圖)』등, 능몽초와 비슷한 시기에 간행된 명대의 백과전서·문학작품·회화·지도 등에서 우선적으로 선별하여 활용하였다. 그리고 보다 정확한 설명이 요구될 경우에는 근래에 작성된 도판·지도·사진들도 추가로 사용하였다.

3. 본문에서 내용이나 맥락을 이해하는 데에 지장에 없는 경우에는 번역이 다소 투박하거나 어색하더라도 한 문장 한 단어까지 가능한 한 문법에 충실하게 직역(直譯)을 하였다. 다만, 독자가 혼동할 우려가 있는 경우에는 의역(意譯)을 하고 새로 주석을 붙이거나 접속사 등을 추가하여 독자들이 맥락을 파악하는 데에 지장이 없도록 하였다.

4. 상우당본 원문에는 현대식 문장부호가 전혀 사용되지 않았으며, 20세기 이래로 문장부호를 표시한 현대의 역주본들은 모두가 편집자의 입장에서 임의적으로 문장을 끊어 읽은 경향이 있다. 이 책에서는 그같은 기존의 끊어 읽기가 원작의 호흡이나 리듬을 살리는 데에 미흡하다는 판단에 따라 역자가 독자적인 방식으로 끊어 읽고 새로 문장부호를 표시하였다.

5. 화본소설은 원래 판소리나 '모노가타리(物語)·조루리(淨瑠璃)' 등과 같은 서사예술에서 비롯된 문학 장르이다. 그래서 이야기꾼의 해설 부분은 어투를 통상적인 예사체(하게체)가 아닌 경어체(합쇼체)로 번역하여 독자들이 공연장에서 직접 이야기를 듣는 것 같은 느낌을 가질 수 있도록 하였다.

6. 『이각 박안경기』가 지닌 송·원대 화본 본연의 특색과 풍격을 최대한 재현한다는 취지에 따라 독서나 이해에 지장을 주지 않는 한 동어 반복이나 상투어, 호칭 변동, 과장된 어투 등, 서사예술의 전형적인 연출상의 장치들을 최대한 활용하였다.

7. 소설과 희곡은 장르의 특성상 장면마다 호흡·발화·동작이 이루어질 때마다 휴지(休止, pause)가 발생한다. 이 점에 착안해 독자들이 맥락을 이해하는 데 도움을 주고자 짧은 휴지는 "…"로, 장면이나 동작이 전환될 정도로 긴 휴지는 "(…)"로 표시했다.

8. 본문과 제40권 희곡에 삽입된 가사 제목을 표시할 때에는 독자들이 쉽게 식별할 수 있도록 【서강월】식으로 두꺼운 꺽쇠(【】)를 사용하였다. 제목을 표시할 경우, 역사서·시문집·소설·희곡 등의 도서명이나 회화(그림)명·지도명 등에는 겹낫표(『』), 장절(章節, chapter)·논문 등 그 내용의 일부에는 홑낫표(「」)를 사용하였다.

9. 독자가 400년 전에 출판된 『이각 박안경기』의 원형을 이해하는 데에 편의를 제공하기 위하여 원본의 미비(眉批)·방비(旁批)·삽화를 모두 반영하고 미비에는 '【즉공관 미비】', 방비에는 '【즉공관 방비】' 식으로 표시하여 쉽게 식별할 수 있게 하였다. 또, 명대 출판계에서 상용되었던 각종 약자(略字)·별자(別字)·고체자(古體字)·이체자(異體字)들도 그대로 반영하고 '[교정]' 표시를 붙여 설명하였다. 다만, 원본의 권점(圈點)은 현실적으로 표시할 방법이 없어서 생략하였다.

10. 본문에 한자어를 사용해야 할 경우, 번잡함을 피하기 위하여 익숙한 표현이나 관련 주석을 붙일 때에는 한글로만 표기하였다. 그러나 생소한 표현이어서 오독의 우려가 있거나 독자의 이해를 도울 필요가 있을 경우에는 '거인(擧人)'·'덤받이[拖油瓶]' 식으로 추가로 괄호 안에 한자를 병기하였다.

11. 이 책의 마지막 작품인 제40권은 명대 잡극(雜劇) 희곡으로 체제가 다른 가사와 대사와 시가 함께 사용되었다 그래서 이 삼자를 시각적으로 구분하기 위하여 가사는 굵은 글자로 처리하였다. 또, 잡극 가사에서는 간혹 일종의 감탄사가 사용되는데 이 경우는 일률적으로 위첨자로 처리하였다.

12. 맞춤법과 외래어 표기는 1989년 3월 1일부터 시행되는 「한글 맞춤법 규정」과 『문교부 자료』·『표준국어 대사전』(국립국어연구원) 등을 따랐다.

## 『이각 박안경기』 완역본 출판에 즈음하여

중국문학사에서 '소설novel'은 입에서 입으로 전승되던 고대의 신화나 전설들에서 유래하였다. 그것들이 지식인들에 의하여 문언文言, 서면체 중국어으로 기록·개작되면서 위·진대의 '지괴志怪'소설과 '지인志人'소설을 거쳐 당대의 전기傳奇소설로 발전되었다. 이 소설의 전통과는 별도로 당대에는 서역西域의 불교가 중국에 수용되는 과정에서 이야기의 구연과 시가의 가창이 조화된 서역의 서사예술敍事藝術, narrative arts이 도입되면서 백화白話, 구어체 중국어로 이야기를 들려주는 변문變文이 출현하게 된다.

송대에는 직업적인 이야기꾼인 '설화인說話人, narrator'이 저잣거리 공연장에서 불특정 다수의 청중／관중을 대상으로 이야기를 들려주는 공연 행위를 '들려준다telling'는 뜻의 '설', '이야기story'라는 뜻의 '화'를 써서 '설화說話'라고 불렀다. 당시에 설화는 시각적인 효과도 중시되었지만 주로 청각에 호소하는 서사예술이었다. 그래서 단시간 내에 생생하고 명쾌한 서사를 통하여 흥미를 자극하여 좌중을 휘어잡는 데에는 과장된 추임새, 만화화 된 인물형상, 참신한 줄거리, 치밀한 구성이 대단히 중요한 요소로 간주되었다. 이때 이야기꾼이 청중／관중에게 들려주는 이야기의 줄거리를 기록해 놓은 일종의 공연 비망록narrative script이 바로 '화본話本'이다. '이야기 대본story script'이라는 뜻의 화본은 송대에 몇 가지 유형이 유행했는데, 그 중에서 대표적인 것이 길이가 짧은 '소설小說'과 역사이야기를 다루어 길이가 긴 '강사講史'였다. 당시의 이야기꾼들은 소재나 체제가 서로 다른 이 두 가지 중에서 상대적으로 길이가 짧고 짜임새가 있는 소설을 선호하였다. 이렇게 저잣거리에서 연행되던 화본이 목판 인쇄를 통하여 통속적인 읽을거리로서의 화본소설로 거듭난 것은 그로부터 3~4백 년이 지난 명대부터이다.

명대의 경우 건국 초기에는 대부분 이른바 '정통문학'으로 일컬어지던 시가·산문을 다룬 도서들이 주종을 이루었다. 그러나 중기인 가정嘉靖 연간부터 상업경제가 발전하면서 크고 작은 도시들이 도처에 형성되기 시작하였다. 그 과정에서 글자를 읽을 줄 알고 제법 구매력을 갖춘 도시인들이 유력한 사회계층으로 정착하게 된다. 그러자 당시 도서의 상업적인 출판과 판매를 겸하는 출판업자인 서상書商들은 목판 인쇄술의 발달로 대량인쇄가 가능해지자 당시 상당한 구매력을 가지고 있던 도시민들의 문화 취향에 영합할 수 있는 도서들을 경쟁적으로 선보였다.『중국판각종록中國版刻綜錄』에 따르면, 가정 연간부터 말기인 숭정 연간까지 120년 사이에 새로 선보인 도서들만 해도 2,019종을 넘을 정도였다.

시민들을 대상으로 한 소설·희곡·민요 등의 통속 예술이 그 유례類例를 찾아보기 어려울 정도의 번성기를 맞이한 것도 이 무렵이었다. 그렇다 보니 내용이 통속적이면서도 가격도 현실적인 화본소설들이 독서시장에서 베스트셀러로 각광 받고 또 그것을 모방한 다양한 아류작들이 줄을 잇는 것은 아주 자연스러운 현상이었다.[1] 지식인은 지식인들대로 독서시장의 그 같은 추세에 발맞추어 당시 민간에 전해지던 화본을 수집해

---

1 명대의 소설·희곡과 독서시장의 관계에 관해서는 문성재,「명말 희곡의 출판과 유통−강남지역의 독서시장을 중심으로」,『중국문학』제41집, 2004, 제147~164쪽을 참조하기 바람.

소설집을 엮고 거기에 자신들의 의견이나 해설을 붙여 부가가치를 높이는 일도 많아졌다. 처음에는 이야기꾼들이 '손님들'에게 이야기를 들려줄 때 참고하던 투박한 비망록이 어느 사이에 서재에서의 품격 있는 독서를 위한 읽을거리로 격상된 것이다. 그 '고상한' 화본소설집들 중에서 가장 유명한 것이 바로 풍몽룡馮夢龍이 엮은 『유세명언喩世明言』·『경세통언警世通言』·『성세항언醒世恒言』이다. 중국문학사에서 '삼언三言'으로 통칭되는 이 소설집들이 독자들에게서 큰 인기를 끌자 학식이 풍부한 지식인이 송·원대 화본의 틀을 모방하여 비슷한 성격의 소설을 짓는 풍조가 유행하게 되는데, 그 서막을 연 것이 바로 '즉공관주인即空觀主人' 능몽초였다.

능몽초凌濛初, 1580~1644는 생전에 활발한 저술활동을 벌여 역사서나 문학이론서는 물론이고 시문·산곡·희곡·소설 등의 방면에서 주목할 만한 작품들을 남겼는데 그 중에서도 송·원대 화본話本의 문체를 모방해 지은 이야기들'의화본'을 모아 놓은 소설집 『박안경기』와 『이각 박안경기』가 가장 유명하다.

중국문학사에서 '이박'으로 일컬어지는 이 두 소설집은 『태평광기太平廣記』·『이견지夷堅志』·『전등신화剪燈新話』·『정사情史』 등, 서면체 중국어고문로 지어진 송·원·명대에 소설집들에서 참신하고 흥미로운 소재를 취하여 당시 독서시장에서 인기를 끌던 화본의 양식을 모방하여 구어체 중국어백화로 새로 지은 2차 창작의 결과물이다. 특히 『이각 박안경기』는 당·송·원·명 등 언어 층위가 서로 다른 역대 왕조의 서면체와 구어체의 표현들이 복잡하게 뒤섞여 있다. 쉽게 말하면 고려시대를 배경으로 한 이야기인데 등장인물이나 이야기꾼이 '노다지'니 '낭만적' 같은 표현들을 사용한 것과 같은 격이다. (두 표현은 근대에 '노 터치No touch'와 '로맨틱 romantic'이 우리말과 한자어로 수용된 표현이다.) 이런 식으로 시대와 층위에서 상이한 표현들이 뒤섞여 있다 보니 언어적인 견지에서는 『박안경기』에 그다지 좋은 점수를 주기 어려운 것이다. 그럼에도 불구하고 문학적인 견지에서 이야기한다면 그 평가는 사뭇 달라진다. '설화'를 생업으로 하는 이야기꾼이 아닌 정통 지식인이 송·원대 화본을 모방해 창작한 최초의 의화본 소설집일 뿐만 아니라, 저잣거리의 공연예술에서 서재의 읽을 거리로 이행하는 중국소설의 발전과정을 고스란히 보여 주는 산 증거이다. 중국의 소설사학자 석창유石昌渝가 중국 화본소설의 문인화文人化 작업을 최종적으로 완성시킨 것이 능몽초의 '이박'이라고 높이 평가한 것도 바로 이같은 이유 때문이다. 그렇다 보니 지금까지 관련 학자들은 말할 것도 없고, 문학·연극·오락·출판 관련 종사자들에게도 '이박'이 대단히 중요하고 흥미로운 텍스트로 간주되어 왔다.

『이각 박안경기』에 대한 번역작업은 중국에서 처음으로 시도되었다. 30여 년 전1992에 경관교육警官教育출판사를 통하여 『백화 이각 박안경기 상석白話二刻拍案驚奇賞析』이라는 제목으로 현대중국어로의 완역이 이루어졌다. 그로부터 10년 뒤2003에는 외문外文 출판사를 통하여 마문겸馬文謙이 『놀라운 이야기들Amazing tales』이라는 제목으로 영문판 번역이 이루어졌다. 그러나 전자에서는 장르가 다른 희곡인 제40권이 번역대상에서 제외되었고 후자에서는 수록 작품의 절반 수준인 19편만 번역되었다. 게다가, 정도의 차이는 있지만, 두 번역본 모두 작품 줄거리를 이해하는 데에 단서를 제공하는 시가나 은유적인 성 묘사가 등장하는 대목들이 맥락을 무시한 채 일률적으로 배제되었다. 번역의 수준이나 책의 완성도 등여러 면에서 완역으로 보기 어려운 것이다. 이 같은 기계적인 배제는 줄거리의 맥락과 스토리텔링의 리듬을 파괴하여 독자들이 능몽초가 제시한 메시지에 다가서는 것을 방해한다. 그런 점에서 본다면, 역자가 이번에 선보이는 『이각 박안경기』는 능몽초 원작의 진면목眞面目 그대로 최대한 보전保全했으니 그야말로 명·실名實이 상부相符하는 최초의 완역본이라고 하겠다.

역자는 2019년도 한국연구재단 명저번역사업의 지원 덕분에 일본에서 발견된 중국의 고전소설집을 한국인인 역자가 처음으로 완역해 내었다는 점에서 큰 자부심을 느낀다. 개인적으로 그보다 더 감개무량한 것은 석·박사 시절 명대 희곡과 구어에 천착할 때에 수시로 접했던 능몽초·풍몽룡·탕현조湯顯祖·심경沈璟 등의 이름과 작품들을 이번 연구과제 수행과정에서 재회했다는 점이다. 이런저런 사정 때문에 본의 아니게 오랫동안 중단해야 했던 중국의 희곡·소설과 구어체 중국어에 다시 한번 집중할 수 있는 소중한 기회를 주신 한국연구재단과 심사위원 여러분께 진심으로 감사드린다. 학문적으로 부족한 점이 많음에도 불구하고 백락伯樂의 혜안으로 소중한 기회를 주신 한국연구재단과 심사위원 여러분이 아니었다면 이 책은 빛을 보기 어려웠을 것이다. 모쪼록 이 책이 중국의 구어체 문학·예술에 흥미를 가지고 있거나 관련 연구에 종사하는 독자들에게 유용한 지침서가 되기를 바랄 따름이다.

이번에 책이 나오기까지는 많은 분의 도움이 있었다. 역자가 역주작업에 만전을 기할 수 있도록 물·심 양면으로 응원해 주신 소명출판의 박성모 대표님, 그리고 최고의 책을 선보이겠다는 일념으로 디자인은 물론이고 삽화·지도·도판에까지 온 정성을 다해 주신 이선아 편집자 등 여러 선생님들께도 진심으로 감사의 말씀을 드리고 싶다. 이 모든 분의 도움과 격려가 없었더라면 이번의 쾌거는 이루어질 수 없었을 것이다.

2024년 8월 23일

서교동 조허헌에서

문성재

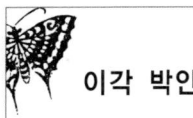

# 이각 박안경기 1 _ 차례

## 이각 박안경기 전체 차례

# 『이각 박안경기』 서

『박물지』[1]에 이런 말이 있었던 것으로 기억한다.

"한나라의 유포[2]가 『운한도』를 그리자 그것을 본 이들이 덥다고 느꼈다. 또
『북풍도』를 그리자 그것을 본 이들은 춥다고 느꼈다."

당시에 나는 개인적으로 '그림은 사실 실물이 아닌데 어떤 까닭에 그
렇게 된단 말인가' 하고 의아하게 여겼었다. 그러나 그러면서도 '사람들
이 그 작품을 보고 그렇게 여겼던 게지' 하고 말하였다. 그런데 거기서
더 나아가 승요[3]의 경우에는 용의 눈을 그리자 우레와 번개가 치더니 벽
을 부수고 사라졌다고 하며, 오도현[4]의 경우에는 전각 안에 용 다섯 마리

---

1 『박물지(博物志)』: 명대의 동사장(董斯張, 1587~1628)이 엮은 『광박물지(廣博物
  志)』를 말한다. 이 책은 서진(西晉)의 학자 장화(張華)가 지은 『박물지(博物志)』를 증보
  한 것으로, 당대 이전의 역대 전적·문헌들에서 사물의 기원에 관한 자료들을 모아 총
  22개 분야로 구분해 소개하였다. 동사장은 절강성 오정(烏程, 지금의 오흥) 사람으로,
  자가 연명(然明), 호가 하주(遐周), 별호가 차암(借庵)·수거사(瘦居士)이다. 박학다식
  하여 강남에서 명성이 높았으며 당시의 명사인 풍몽룡(馮夢龍)·동기창(董其昌) 등과도
  교분이 있었으나 몸이 약해 병치레를 하다가 마흔도 되지 않아 죽었다.
2 유포(劉褒): 중국 후한의 환제(桓帝) 때에 촉군태수(蜀郡太守)를 지냈다. 서화에 뛰어나
  중국 산수풍경화의 선구자로 훌륭한 작품을 많이 남겼으며, 특히 산천의 풍광을 묘사하
  는 데에 탁월한 재능을 보였다.
3 승요(僧繇): 중국 남북조시기의 양(梁)나라 화가 장승요(張僧繇, 479~?)를 말한다. 지
  금의 강소성 소주(蘇州) 사람으로, 벼슬로는 우군장군(右軍將軍)·오흥태수(吳興太守)
  를 지냈다. 산수와 불화에 뛰어나서 산수화에서는 '몰골법(沒骨法)'이라는 독특한 그림
  체를 창안했으며, 불화의 경우 일가를 이루어 '장가양(張家樣, 장가 스타일)'이라는 찬사
  를 받기도 하였다. 풍격이 비슷하여 당대의 오도현과 나란히 일컬어지곤 하였다.
4 오도현(吳道玄): 당대의 유명한 화가 오도자(吳道子, 680?~759)를 말한다. 양적(陽翟,

를 그리자 큰 비가 쏟아져 이내와 안개가 꼈다고 한다. 물론 이런 일화들이 있다고 해서 그림 속의 용을 실제로 존재하는 것으로 여겨서는 안될 것이다. 그러나 그렇다고 해서 그것들을 허구라고 치부한다 한들 그런 일화 자체만으로도 그 작품들이 실제의 용을 능가했다는 뜻이 아니겠는가? 그렇다고 한다면 글을 짓는 사람들의 경우 역시 마찬가지일 수밖에 없을 것이다.

'몰골법'의 비조 장승요의 대표작 『설산홍수도(雪山紅樹圖)』와 그 확대 화면(우)

지금의 하남성 우주) 사람으로, 젊어서부터 그림으로 명성을 얻었으며 나중에는 '화성(畵聖, 그림의 성인)'으로 일컬어졌다. 연주(兗州) 하구(瑕丘, 지금의 산동성 자양)의 현위(縣尉)가 되었으나 얼마 되지 않아 사직하였다. 나중에는 낙양을 떠돌며 벽화를 그리다가 현종(玄宗)의 개원(開元) 연간에 궁중으로 영입되어 공봉(供奉)·내교박사(內敎博士)를 역임하였다. 장욱(張旭)·하지장(賀知章)에게서 글씨를 배웠고 인물·산수·금수·초목·신귀·누각 그림에 뛰어났으며 특히 불교와 도교 등 종교 관련 그림에 정통하였다.

지금 소설들 중에서 세상에 간행된 것들은 대충 따져 보아도 백 가지가 넘는다. 그렇기는 하지만 그 소설들은 사실적이지 못한 경향이 두드러지는데 그같은 병폐는 '신기한 것을 좋아하는' 사람들의 심리에서 비롯된 것이다. 그런 사람들은 신기한 것을 신기하게 여기는 것만 알 뿐 신기한 데가 없는 쪽이 더 신기하다는 이치는 알지 못한다. 그래서 눈 앞에 펼쳐지는 명심해야 할 이야기들은 제쳐 놓은 채 무작정 남들이 입에 올리지도 않고 거론하지도[5] 않는 세계에나 매달린다. 마치 화가가 개나 말은 그릴 생각을 하지 않고 그저 귀신이나 허깨비만 그리려 드는 것처럼 말이다. 그래서 '나는 그런 이야기를 듣는 것이 두려워 멈출 따름이다'라고 말하는 것이다.

유월석[6]은 청아하게 휘파람을 불고 피리를 부르는 것만으로도 오랑캐들이 눈물을 흘리고 심지어 포위를 풀고 물러가게 할 수 있었다. 그런데

---

5　거론하지도[議] : 중화서국(中華書局)판 『이각 박안경기』에서는 이 부분의 글자가 '의로울 의(義)'로 되어 있다. 그러나 원본인 상우당(尙友堂)본 『이각 박안경기』나 현대의 기타 판본들에는 모두 '논의할 의(議)'로 나와 있다. 실제로 전후 맥락을 따져 보더라도 이 글자는 '거론하다, 문제를 제기하다' 등의 의미를 나타내는 것으로 해석해야 옳다. '의로울 의'는 교열과정의 착오라는 뜻이다.

6　유월석(劉越石) : 서진(西晉)의 정치가이자 시인인 유곤(劉琨, 271~318)을 가리킨다. 중산(中山) 위창(魏昌, 지금의 하북성 무극) 사람으로, '월석'은 자이다. 진나라에 충성한 데다가 명망이 높아서 혜제(惠帝) 때에 광무후(廣武侯)로 봉해지고 원제(元帝) 때에는 시중태위(侍中太尉)로 임명되었다. 영가(永嘉) 연간 초기에 대장군(大將軍)·도독병주제군사(都督幷州諸軍事)를 지낼 때 군정(軍政)을 정비하였다. 나중에 오랑캐들이 진양(晉陽, 지금의 산서성 태원 일대) 성을 포위하자 성루에 올라가 휘파람을 불고 밤에는 호가(胡笳, 북방민족의 피리)를 불어 향수에 젖은 오랑캐들이 스스로 포위를 풀고 물러가서 성을 지켜 내었다. 정치적으로는 유연(劉淵)·석륵(石勒)과 대립했는데 나중에 상황이 역전되어 석륵에게 패하자 선비족 출신의 유주자사(幽州刺史) 단필제(段匹磾)에게 귀순했다가 죽음을 당하였다. 현존하는 작품으로는 『부풍가(扶風歌)』 등 3편이 있다.

지금 사물의 상태나 인간의 감정을 예로 들자면 겉을 꾸미는 일이나 장기로 여길 뿐이지 사람들로 하여금 그 속에서 노래 부르게 하거나 흐느끼게 하는 데에는 뛰어나지 못 하다. 그런 경우가 어찌 '기이함과 기이하지 않음은 굳이 지혜로운 사람이 나타날 때까지 기다리지 않아도 안다'는 경우가 아니겠는가?[7] 그러니 이렇게 해명할 수밖에 없을 것 같다.

"중국에서 글은 남화[8]와 충허[9] 때부터 이미 우언이 많았다. 나중의 비유선생[10]이나 빙허공자[11]의 경우라고 한들 어찌 내용의 사실성을 얻고자 그것을 추구한 것이었겠는가? 그러나 그런 경우들은 글로는 탁월하다고 할 수 있을지 몰라도 이야깃거리로는 탁월한 경우가 아닌 것이다. 연의[12]

---

7  안다[知] : 중화서국판『이각 박안경기』에는 이 부분의 글자가 '지혜 지(智)'로 되어 있다. 그러나 원본인 상우당본『이각 박안경기』나 현대의 기타 판본들에는 모두 '알 지(知)'로 나와 있다. '지혜 지'는 교열과정의 착오라는 뜻이다.

8  남화(南華) :『남화진경(南華眞經)』을 줄인 이름.『남화진경』은 전국시대 사상가인 장주(莊周)의 저서『장자(莊子)』를 도교에서 높여 부르는 이름이다.

9  충허(沖虛) : 전국시대의 사상가 열어구(列御寇)의 저서『열자(列子)』의 다른 이름. 당나라 현종의 천보(天寶) 원년에 열자를 '충허진인(沖虛眞人)'으로 봉하면서 도교에서 그 제목을『충허진경(沖虛眞經)』으로 높여 부른 것이다.

10 비유선생(非有先生) : 전한의 문장가 동방삭(東方朔)이 지은 「비유선생론(非有先生論)」에 등장하는 허구의 인물. 그 글에 따르면 오(吳)나라에서 벼슬을 지냈는데 3년동안 말을 하지 않았다고 한다. 그래서 오나라 왕이 그 이유를 묻자 간언을 했다가 불행을 당한 역대 충신들의 일화들을 열거하고 왕에게 허심탄회하게 충언을 받아들여 어진 정치를 베푸는 명군이 되기를 설득했다고 한다. '비유(非有)'는 이름부터가 글자 그대로 풀면 '존재하는 사람이 아니다'라는 뜻이다.

11 빙허공자(馮虛公子) : 전한의 문장가 장형(張衡)이 지은 노래인「양경부(兩京賦)」에 등장하는 허구의 인물. 그 노래에서 빙허공자는 또다른 인물 안처선생(安處先生)과 함께 차례로 당시의 도읍으로 '서경(西京)'으로 일컬어진 장안(長安, 지금의 섬서성 서안시)과 '동경(東京)'으로 일컬어진 낙양(洛陽, 지금의 하남성 낙양시)의 성대한 풍광을 칭송하였다. '빙허(馮虛)'는 글자 그대로 풀면 '허구에 근거하였다', 즉 가상의 인물이라는 뜻이다.

라는 분야의 경우에는, 없는 것을 지어내는 일은 쉽지만 실제로 있는 것을 묘사하는 일은 어렵다. 그렇기 때문에 양쪽을 동등한 것으로 보고 논의해서는 안 되는 것이다. 『서유기』[13] 라는 소설이 기괴하고 황당하여 상식적이지 못하다는 사실만 해도 그렇다. 그것을 읽는 사람들은 누구라도 그것이 모순 투성이라는 사실을 다 안다. 그렇기는 하지만 그 소설에서 다루어진 내용에 따르면 그 스승과 제자 네 사람[14]은 저마다 각자 정체성을 가지고 저마다 각자 행동을 한다. 그래서 시험 삼아 그 소설 속의 한마디 말이나 한 가지 행동을 고르고, 이어서 사람들에게 가만히 맞추어 보게[15] 해 보면 그것이 어느 등장인물의 말과 행동인지 알 수가 있다. 이

---

12 연의(演義) : 문학 장르들 중의 하나인 소설(小說, novel)을 고대부터 중국식으로 달리 일컬은 이름. 남북조시대의 역사가 범엽(范曄)의 『후한서(後漢書)』 「주당전(周黨傳)」에 나오는 "주당 등은 문장으로는 의미를 잘 부연하지 못하거니와 무예에 있어서도 군주를 위하여 죽지 못하였다.(黨等文不能演義, 武不能死君)"에서 볼 수 있듯이, 글자 그대로 풀면 '의미(내용)를 부연하다' 정도의 뜻으로, 역사적 사실들에 관하여 그 사실들을 토대로 하되 민간에서 전해지는 전설이나 소문들을 곁들이면서 상세하게 기술하는 행위나 그 결과물(저술)을 가리킨다.

13 『서유기(西遊記)』 : 명대 소설가 오승은(吳承恩)이 지은 100회본 장편 소설. 천상을 어지럽힌 뒤 500년이 지나 당나라의 승려 삼장법사(三藏法師) 현장(玄奘)의 제자가 된 손오공(孫悟空)이 저팔계(豬八戒)·사오정(沙悟淨)과 함께 불경을 구하기 위하여 천축국(天竺國)으로 가는 길에 요괴들을 제압하고 81가지 시련을 겪은 끝에 깨달음에 이르는 과정을 다루었다. 기본 줄거리는 당시까지 민간에 전승되던 현장의 일화들을 토대로 하되 당시의 소설인 화본(話本)과 연극인 잡극(雜劇)의 허구적인 이야기들을 곁들여 장편 소설로 완성되었다.

14 스승과 제자 네 사람[師弟四人] : 『서유기』의 주인공인 삼장 법사(三藏法師)와 그 제자 손오공(孫悟空)·저팔계(豬八戒)·사오정(沙悟淨)을 말한다.

15 가만히 맞추어 보게[暗中摹索] : 명대의 유행어. 원래는 어두움 속에서 물건을 더듬는 것을 가리키는 말이다. 당대에 유지기(劉知幾, 661~721)가 지은 『수당가화(隋唐嘉話)』에 따르면, 당나라 사람 허경종은 성정이 무척 오만해서 친구들의 이름을 외우는 것을 소홀히 여겨 상대방을 불쾌하게 만들기 일쑤였다. 그래서 한 친구가 허경종이 머리가 나쁘다고 빈정거리자 이렇게 말했다고 한다. "자네 이름을 기억하지 못하는 것은 자네 명성이 너무 하찮기 때문일세. 만약 조식·유정·심약·사조 같은 분들을 마주쳤다면 가만히 맞

는 곧 '허구적인 내용 속에도 사실적인 요소를 담고 있는 경우'이니, 이 것이야말로 '진수를 표현한다'[16]는 경우일 것이다. 그런데도 처음부터 '『수호전』보다 못하다'고 비웃는다면 그것이야말로 어찌 '사실적이냐 그렇지 않으냐의 관문이 신기하냐 그렇지 않으냐의 대전제를 강화시킨 다'는 논리가 아니겠는가?'

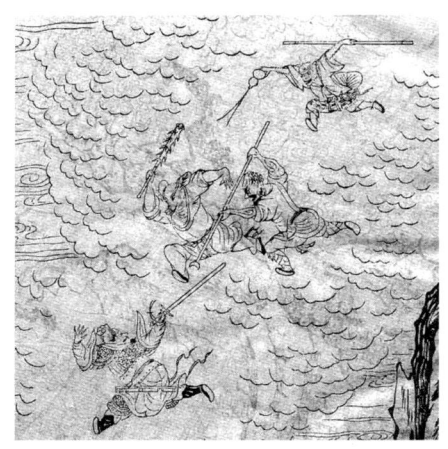

명대에 간행된 『이탁오선생비평 서유기(李卓吾先生批評西遊記)』의 삽화(일본 내각문고 소장)

---

추어 보기만 해도 바로 알아 봤을 거야!" 나중에는 전례가 없거나 스승이 없는 상황에서 오로지 자신의 능력과 지식만으로 깨우치는 것을 가리키는 말로 사용되기도 하였다. 중 화서국판 『이각 박안경기』에는 '모색'의 '모'가 '비빌 마(摩)'로 되어 있다. 그러나 원본 인 상우당본은 물론이고 현대의 각종 판본 역시 모두 '본 뜰 모(摹)'로 나와 있다.

16  '진수를 표현한다'는 것[傳神阿堵] : '아도(阿堵)'는 남북조시대 강남지역의 구어적 표현 으로, '이것(this 또는 the thing which~)'을 뜻한다. 유송(劉宋)의 유의경(劉義慶)이 지 은 소설집 『세설신어(世說新語)』에서는 동진(東晉)의 화가 고개지(顧愷之)의 회화이론 을 이렇게 소개하였다. "고장강이 인물을 그릴 때에는 더러 몇 년씩이나 눈동자를 그리지 않았다. 사람들이 그 까닭을 물었더니 고씨가 말했다. '신체의 아름다움과 추함은 본래 오묘함과는 관계가 없습니다. 진수를 표현하여 묘사하는 요체는 바로 이것에 있으니까 요.(顧長康畵人, 或數年不點目睛, 人問其故. 顧曰, 四體姸蚩, 本無關于妙處, 傳神寫照, 正在 阿堵中)" 여기서의 "이것"은 눈(eyes)을 가리킨다.

즉공관주인이라는 분은 그 사람 자체도 기이하거니와 그 글도 기이하며[17] 그 역정 또한 기이하다. 과거에서 뜻을 제대로 펼치지는 못 했으나 원대한 그 재능을 출판계에 발휘하는 기회를 만나자[18] 남은 재능을 끌어내어 전기를 짓고, 거기서 몸을 더 낮추어 연의를 지었기 때문이다. 그것이 이 『박안경기』가 두 차례에 걸쳐 간행되기에 이른 연유이다.

그가 수집한 이야기들은 대부분 매우 사실적이고 근거가 있는 것들이다. 비록 간혹 신이나 귀신의 이야기를 다룬 이야기들도 있지만 그렇다 보니 역사가인 사마천[19]이 역사를 기록할 때만큼이나 묘사가 사실적이다. 그리고 용이 또아리를 틀고 있었다거나 뱀이 길을 막고 있었다거나 귀신을 거론하는 논리 따위가 아무리 현실과 거리가 멀다고는 하지만 없는 일은 아닐 것이다. 그러니 이국적인 볼거리를 곁들임으로써 세속의 유생들이 가진 편견을 깨는 것도 나쁠 것은 없다고 본다. 또 요염한 미인이나 풍류 넘치는 밀회 같은 소재들도 소설집에는 꼭 수록해야 할 것들이었다. 다만 세상 풍속을 더럽히는 이야기들의 경우만큼은 모조리 배제시키려 노력하였다.

---

17 그 글도 기이하며[其文奇] : 중화서국판 『이각 박안경기』의 서문에는 이 구절이 빠져 있다.

18 뜻을 제대로 펴지는 못했으나 원대한 그 재능을 발휘하는 기회를 만나자[因取抑塞磊落之才] : 전후 맥락을 따져 볼 때 작자 능몽초가 과거시험에서는 뜻을 이루지 못했으나 출판업에 종사하면서 상당한 족적을 남긴 일을 두고 한 말로 보인다.

19 역사가인 사마천[史遷] : '사천(史遷)'은 중국 정사 '25사(廿五史)'의 첫 번째 정사인 『사기(史記)』를 편찬한 전한대 사관 사마천(司馬遷)을 말한다.

녹문자[20]가 늘 송광평[21]의 사람 됨됨이를 힐난한 것은 그 취지가 그의 냉철한 이성[22]을 비판하는 데에 있었다. 그런데 그가 지은『매화부』[23]는 참신하고 활달하면서도 선명하게 빛나니 남조시대 서씨[24]와 유씨[25]의 문체를 터득했다고 할 만하다. 그 점을 놓고 본다면, 일반적으로 소박함과

---

**20** 녹문자(鹿門子) : 당대의 유명한 시인이자 문장가인 피일휴(皮日休, 838?~902)를 말한다. 생전에 양양(襄陽, 지금의 호북성)의 녹문산(鹿門山)에 머문 적이 있어서 그 이름을 호로 삼았다. 피일휴는 자가 습미(襲美) 또는 일소(逸少)이며, '녹문자'와 함께 간기포위(間氣布衣)를 호로 사용하였다. 진사로 급제한 뒤로 태상박사(太常博士)·비릉부사(毗陵副使) 등을 역임했으며, 당시의 문장가 육구몽(陸龜蒙)과 함께 '피·육(皮陸)'으로 나란히 일컬어졌다.

**21** 송광평(宋廣平) : 당대 중기에 승상(丞相)을 지낸 송경(宋璟, 663~737)을 말한다. 현종 때에 명재상으로 이름이 높았으며 국법을 준수하고 몸가짐을 바르게 하여 요숭(姚崇)과 함께 당나라를 대표하는 어진 재상으로 나란히 일컬어졌다. 매화를 좋아했으며 그가 지은『매화부』는 특히 유명하다.

**22** 냉철한 이성[鐵石心腸] : '철석심창(鐵石心腸)'은 글자 그대로 풀면 '쇠나 돌 같은 마음'이라는 뜻으로, 의지가 강하여 감정에 쉬이 휘둘리지 않는 사람을 가리키는 말로 주로 사용된다.

**23** 『매화부(梅花賦)』 : 당나라 현종 때의 재상인 송경이 지은 노래. 피일휴가 지은『피자문수(皮子文藪)』에 따르면, 송경은 공직에 오르기 전에『매화부』를 지어 온갖 화초들 사이에서 외롭게 핀 매화를 예찬하면서 자신의 심정을 토로하였다. 당시의 문장가이자 정치가인 소미도(蘇味道)가 이 작품을 극찬하면서 그의 이름이 알려져 이후의 관직 생활에도 적잖은 도움을 받았다고 한다.

**24** 서씨[徐] : 남북조시대 진(陳)나라의 시인·문장가로 명성이 높았던 서릉(徐陵, 507-583)을 가리킨다. 동해(東海)의 담(郯, 지금의 산동성 담성) 사람으로, 자는 효목(孝穆)이다. 양(梁)나라 때에 동궁학사(東宮學士)를 지냈고 진나라에 이르러 상서 좌복야(尚書左僕射)·중서감(中書監)을 지냈다. '궁체시(宮體詩)'의 대표적인 작가의 한 사람으로, 나중에는 궁체시의 대표작들을 소개한『옥대신영(玉臺新咏)』을 엮기도 하였다.

**25** 유씨[庾] : 남북조시대 양(梁)나라의 시인·문장가로 명성이 높았던 유신(庾信, 513~581)을 가리킨다. 양나라 신야(新野) 사람으로, 자는 자산(子山)이다. 양나라 원제(元帝)가 즉위하자 우위장군(右衛將軍)에 임명되었다. 사신으로 서위(西魏)에 파견되었을 때 서위가 양나라를 멸망시키자 서위에 남았으며, 북주(北周)가 건국되자 표기대장군(驃騎大將軍)·개부의동삼사(開府儀同三司) 등을 역임하며 '유개부(庾開府)'로 일컬어지기도 하였다. 서릉과 마찬가지로 문체가 화려하고 아름답기로 유명하여 당시에 그같은 문체가 '서·유체(徐庾體)'로 불려졌다.

누추함에 부쳐 세상 사람들의 이목을 어지럽히는 부류는 거의 믿을 바가 못되는 것들인 셈이다.[26] 즉공관주인의 말을 빌린다면 그야말로 '세상에서 내 이야기를 구할 수 있는 이들이 충신이나 효자가 되는 데에 어려움이 없게 해줄 것이고, 그렇게 되지 못하는 자들이라도 음행을 일삼지는 않게 될 것'이라는 격이다. 그 부분은 지은이가 애를 쓴 결과이거니와 '평범함 속의 기이함'의 틀을 초월한 경우라 할 것이다.

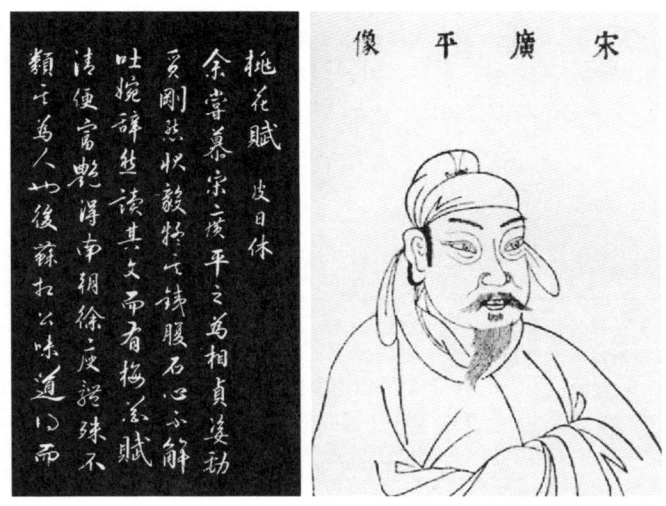

『매화부』(탁본 글씨 피일휴)와 그 작자 송경의 초상

이제 책은 마침내 완성되었지만 즉공관주인은 벼슬을 지내느라 아직

---

26 소박함과 누추함에 부쳐~[凡託於椎陋以眩世, 殆有不足信者夫] : 이 부분은 원래 북송의 정치가이자 문장가였던 소식(蘇軾)이 『모란기』서(牡丹記叙)」에서 한 말에서 유래하였다. 소식은 그 서문에서 "이제 내가 그것을 보니 일반적으로 소박함과 누추함에 부쳐 세상사람들의 눈을 어지럽히는 것들을 또 어찌 믿을 만하겠는가?(今以余觀之, 凡託於椎陋以眩世者, 又豈足信哉)"라고 하였다.

돌아오지 않았다. 그러나 서사에서는 서둘러 책을 펴내고자 하여 내게 서문을 써 달라고 청탁하였다. 나는 붓조차 제대로 잡지 못하는 주제이니 그야말로 "무염을 부각시킬 욕심에 서자를 능욕하고 마는 격"[27]이 아니겠는가! 그러니 나로서는 아무래도 "키 질 해서 까부르니 겨만 앞에 남더라"[28]라고 변명하는 수밖에 없을 듯하다.

임신년[29] 겨울날에 수향거사가 서문을 짓고 쓰다

---

27 무염을 부각시킬 욕심에~[刻画無鹽, 唐突西子] : 명대의 유행어. '무염(無鹽)'은 중국 전설에 등장하는 고대의 추녀, '서자(西子)'는 중국 춘추시대 월(越)나라의 미녀 서시(西施)를 가리킨다. 글자 그대로 풀면 추녀를 무리하게 미화하려고 애쓰다가 도리어 미녀가 무색해지게 만든다는 뜻으로, 주객이 전도된 상황을 가리키는 말로 사용되었다. 때로는 앞의 '무염을 부각시킨다(刻画無鹽)'만 사용하기도 하였다.

28 키 질 해서 까부르니[簸之揚之, 糠秕在前] : 명대의 유행어. '공자 앞에서 문자를 쓴다'의 경우처럼, 재주가 없음에도 불구하고 과분한 자리를 지키고 있는 것을 겸손하게 표현하거나 비꼬는 말이다. 남북조시대 유송의 유의경이 지은 『세설신어』에 따르면, "왕문도와 범영기는 둘 다 간문제 때의 중신이다. 범씨는 나이가 많지만 자위가 낮았고 왕씨는 나이는 적지만 지위가 높았다. 그를 앞에 세우니 도로 서로 앞자리를 양보했는데 그렇게 오래 옮기고 옮긴 끝에 왕씨가 결국 범씨 뒤에 서게 되었다. 그래서 왕씨가 '키 질 해서 까부르니 겨만 앞에 남았군요!' 하고 게면쩍어 하니 범씨도 '체 질 해서 걸렀더니 모래가 뒤에 남았습니다 그려!' 하며 서로 겸양했다고 한다.(王文度范榮期俱爲簡文所要. 范年大而位小, 王年小而位大, 將前, 更相推在前, 旣移久, 王遂在范後. 王因謂曰, 簸之揚之, 糠秕在前. 范曰, 洮之汰之, 沙礫在後)" 여기서 '겨'는 왕문도가 자신을, '모래'는 범영기가 자신을 각각 겸손하게 빗대어 표현한 말이다.

29 임신년[壬申] : 숭정제 재위기간의 임신년을 말한다. 서기로는 1632년에 해당한다.

## 二刻拍案驚奇序

嘗記博物志云, 漢劉褒畫雲漢圖, 見者覺熱, 又畫北風圖, 見者覺寒. 竊疑畫本非眞, 何緣至是. 然猶曰, 人之見, 爲之也. 甚而僧繇點睛, 雷電破壁, 吳道玄畫殿內五龍, 大雨輒生煙霧, 是將執畫爲眞, 則旣不可, 若云贗也, 不已勝於眞者乎.

然則操觚之家, 亦若是焉則已矣. 今小說之行世者無慮百種, 然而失眞之病, 起於好奇, 知奇之爲奇, 而不知無奇之所以爲奇. 舍目前可紀之事, 而馳騖於不論不議之鄉, 如畫家之不圖犬馬而圖鬼魅者, 曰, 吾以駭聽而止耳. 夫劉越石清嘯吹笳, 尙能使群胡流涕, 解圍而去. 今擧物態人情, 恣其點染, 而不能使人欲歌欲泣於其間, 此其奇與非奇, 固不待智者而後知之也.

則爲之解曰, 文自南華沖虛, 已多寓言, 下至非有先生馮虛公子, 安所得其眞者而尋之. 不知此以文勝, 非以事勝也. 至演義一家, 幻易而眞難, 固不可相衡而論矣. 卽如西遊一記, 怪誕不經, 讀者皆知其謬. 然據其所載, 師弟四人各一性情, 各一動止. 試摘取其一言一事, 遂使暗中摸索, 亦知其出自何人. 則正以幻中有眞, 乃爲傳神阿堵而已, 有不如水滸之譏. 豈非眞不眞之關, 固奇不奇之大較也哉.

卽空觀主人者, 其人奇, 其文奇, 其遇亦奇. 因取其抑塞磊落之才, 出緒餘以爲傳奇, 又降而爲演義, 此拍案驚奇之所以兩刻也. 其所捃摭, 大都眞切可據. 卽間及神天鬼怪, 故如史遷紀事, 摹寫逼眞. 而龍之踞腹, 蛇之當道, 鬼神之理, 遠而非無, 不妨點綴域外之觀, 以破俗儒之隅見耳. 若夫妖艷風流一種, 集中亦所必存, 唯污衊世界之談, 則戞戞乎其務去. 鹿門子常怪宋廣平之爲人, 意其鐵心石腸, 而爲梅花賦, 則淸便艶發, 得南朝徐庾體. 繇此觀之, 凡託於椎陋以眩世, 殆有不足信者夫. 主人之言固曰, 使世有能得吾說者, 以爲忠臣孝子無難, 而不能者, 不至爲宣淫而已矣. 此則作者之苦心, 又出於平平奇奇之外者也.

時剞劂告成, 而主人薄游未返. 肆中急欲行世, 徵言於余. 余未知搦管, 毋乃刻畵無鹽, 唐突西子哉. 亦曰簸之揚之, 糠粃在前云爾.


壬申冬日 睡鄕居士 題幷書

## 『이각 박안경기』 소인

정묘년[1] 가을의 일은 뜻을 이루는가 싶었으나 급제하지 못하고 말았다. 그래서 미련을 떨치지 못하고 남경으로 돌아와 전해 들은 고금의 신기한 이야기들 중 특기할 만한 것들을 우연히 재미 삼아 골라 살을 붙이고 이야기로 만들어 잠시나마 마음속의 응어리를 풀고자 했다. 애초에는 널리 전하려고 한 것이 아니라 잠시나마 장난 삼아 응어리 진 마음이라도 후련하게 풀자는 생각이었다. 그런데 지인들 중에서 나와 내왕하던 이들이 한 편을 받아서 읽고 나면 한결같이 책상을 치면서 '참 기이하기도 하구려 이 이야기는!' 하는 것이 아닌가. 그 일이 서상[2]의 귀에까지 들어가고, 그것이 계기가 되어 '정식으로 출판하자'며 알음 알음으로 사람을 통해 요청해 왔다. 그래서 그 이야기들을 베끼고 모아 책으로 엮은

---

1  정묘년[丁卯] : 서기로는 1627년에 해당한다. 이 해는 명나라 황족으로 제14대 황제 희종(熹宗)의 배다른 동생인 주유검(朱由檢, 1611~1644)이 제15대 황제로 즉위한 숭정(崇禎) 원년에 해당한다. 능몽초가 과거시험에서 낙방한 일을 거론한 것을 보면 "정묘년 가을"에 숭정제의 즉위를 축하하기 위하여 특별히 과거시험이 거행되었음을 알 수가 있다.

2  서상(書商) : 명대에 서점의 일종인 서방(書坊)을 경영하면서 동시에 도서의 판각·인쇄·출판·판매를 도맡았던 도서 관련 전문 상인. 중국에서 영리성 서점의 역사는 오대(五代) 시기의 서사(書肆, 서점)로부터 시작되었으나 서상이 출판과 판매에 본격적으로 나서기 시작한 것은 송대부터이다. 근세인 명·청대에는 서상의 활동이 행정수도로 북방에 위치한 북경과 문화수도로 남방에 위치한 남경을 중심으로 활성화 되었다. 일부 지역의 서상들은 북경에 개설한 상인들의 사교 장소인 회관(會館)을 거점으로 삼았는데 강서지역 서상들의 문창회관(文昌會館), 하북지역 서상들의 북직문창회관(北直文昌會館), 강남지역 서상들의 숭덕회소(崇德會所, 소주)이 그것들이다. 명대 강남지역의 서상과 출판사업에 관한 문화사적 고찰은 문성재의 논문 「明末 희곡의 출판과 유통— 江南지역의 독서시장을 중심으로」(『중국문학』, 제41집, 2004)를 참조하기 바란다. 전후 맥락을 따져 볼 때 여기서 능몽초가 언급한 "서상"은 박안경기를 두 차례에 걸쳐 출판해 준 소주 상우당(尙友堂)의 운영자 안소운(安少雲)을 가리킨다.

것이 마흔 편이나 된 것이다. 그것들은 억지로 지어낸 말이거나 투박한 이야기들이어서 장독을 덮기에도 부족한 내용들이었다. 그런데 그럼에도 불구하고 날개가 돋아 날고 다리가 생겨 달리기라도 하는 것처럼 빠르게 유행하였다. 그렇다 보니 수염을 꼬고 피를 토하며 글공부[3]에만 몰두할 때와 비교해 보면 팔리는 쪽과 안 팔리는 쪽이 되려 하늘과 땅만큼 큰 차이를 보일 정도였다.

능몽초의 전작 『박안경기(拍案驚奇)』의 초판본 표지(좌)와 중판본 표지(우).
중판본 맨위에 '초각' 두 글자가 추가되어 있다

아아, 글에 언제 정해진 값이 있었다던가! 서상이 무심코 한번 시도해 보았다가 성공을 거두자 '또 내겠다'고 하길래 나는 웃으면서 "한번으로

---

3  필총(筆塚) : 글자 그대로 풀면 '붓무덤' 정도의 뜻이다. 당나라의 명필인 회소(懷素)는 오래 써서 닳은 붓을 그냥 버리지 않고 산 아래에 묻어 주고 그 자리를 '필총'이라고 불렀다고 한다. 나중에는 부지런히 글씨 또는 글을 공부하는 것을 가리키는 표현으로 사용되곤 하였다.

도 충분하지 않소?" 하고 말하였다. 그리고는 세상에 알려지지 않은 일화나 새로 나온 이야기들을 되돌아 보았다. 그랬더니 화제로 삼을 만한 데도 지난번에는 미처 책으로 엮지 못했던[4] 작품들 중에도 백량대[5]를 짓고 남은 목재나 무창의 남은 대나무[6] 같은 소재가 꽤 많았다. 그래서 '도중에 멈출 수는 없다'고 여겨 일단 이번에도 마흔 편을 엮기로 한 것이다. 그 작품들 중에서 귀신을 언급하고 꿈을 거론한 것들은 실제로 있었던 일도 있고 황당무계한 것도 있었지만 이번 책 역시 독자들을 설득하여 경계로 삼게 하는 데에 그 취지를 두었다. 교화의 죄인이 되기를 바라지 않는 심정은 이번이나 지난번이나 매 한 가지인 셈이다.[7]

---

4 미처 책으로 엮지 못했던[未及付之于墨] : '부지우묵(付之于墨)'은 글자 그대로 풀면 '글로 짓다' 정도의 뜻이다. 여기서는 서상이 『이각 박안경기』 출판을 제안하기 전까지만 해도 작자 능몽초는 과거에 수집해 놓았던 의화본 소재들을 소장만 하고 있었을 뿐 창작(2차 창작)으로 옮길 생각은 하지 않고 있었다는 뜻으로 해석된다. 그러다가 서상이 정식으로 출판을 제안하자 소장했던 소재들을 추리고 자신만의 언어로 재창작하여 『이각 박안경기』를 선보인 것으로 보인다. 중화서국판 『이각 박안경기』에서는 세 번째 글자가 '아들 자(子)'로 나와 있으나 '어조사 우(于)'를 잘못 읽은 것이다.

5 백량대[栢樑] : '백량(栢樑)'은 한대에 지어진 백량대(柏梁臺)를 가리킨다. 지금의 섬서성 서안시 미앙구(未央區)의 장안 고성(長安故城) 안에 지어졌다고 전해지며 때로는 궁전을 뜻하는 말로 사용되기도 한다. "백량대를 짓고 남은 목재[栢樑餘材]"는 글자 그대로 풀면 '황제의 궁전을 짓는 데에 사용하고 남은 목재' 정도의 뜻이므로 품질이 아주 좋은 고급 목재를 말한다. 여기서는 재능이 출중한 인재를 뜻하는 말로 사용되었다.

6 무창의 남은 대나무[武昌剩竹] : 『진서(晉書)』의 「도간전(陶侃傳)」에 따르면, 동진 시기에 강서지역의 관리이던 도간은 공정하게 국법을 집행하고 성실하게 백성들을 대했는데 무창태수(武昌太守)를 지낼 때에는 매사에서 백성들의 권익을 최우선으로 두었다고 한다. 물자의 절약을 강조했던 그는 배를 건조하고 남은 나뭇조각들을 모아 놓았다가 겨울에 땅바닥에 깔아 물자나 행인들이 쉽게 이동할 수 있게 했으며, 남은 대나무는 전선의 대못으로 만들어 그 배를 고정하는 데에 사용하여 백성들로부터 칭송을 받았다고 한다. 원래는 그럭저럭 쓸 만한 목재를 가리키는데 여기서는 쓸 만한 인재를 뜻하는 말로 사용되었다.

7 이번이나 지난번이나 매 한 가지인 셈이다[後先一指] : '이번[後]'은 이각 박안경기, '지난번[先]'은 그보다 먼저 간행된 『박안경기』(초각)를 두고 한 말이다. 능몽초가 초심(初

축건씨[8]는 이 정도의 작품들조차 '야릇한 말로 업보를 짓는 짓'으로 여긴다. 그런 시각에서 본다면 아무리 패관[9]의 몸을 빌어 불법을 설파한다고 해도 '유마거사[10]가 과거시험을 감독하는 격'이니 시험장에서 면박을 당하고 쫓겨나는 수모를 피할 수 없으리라.

숭정 임신년[11] 겨울에 즉공관주인이 옥광재에서 글을 짓다

---

心)를 저버리지 않고『박안경기』에 이어『이각 박안경기』의 집필·간행 과정에서도 "교화의 죄인이 되지 않는 것[不爲風雅罪人]"을 가장 중요한 가치로 두었음을 알 수 있다.

8  축건씨(竺乾氏) : 명대의 유행어. 원래는 불교의 비조 석가모니를 가리키지만 때로는 불교 또는 불가를 일컫는 말로 사용되기도 한다. 여기서도 '불가'의 의미로 사용되었다.

9  패관(稗官) : 중국 고대의 하급 관리를 낮추어 일컫던 이름. 한대의 역사가인 반고(班固, 32~92)는 자신이 편찬한『한서漢書』의 「예문지(藝文志)」에서 소설의 유래와 관련하여 "소설가 부류는 대개가 하급 관리들에서 비롯되었다. 거리의 대화나 골목의 이야기들이나 길가에서 듣거나 길에서 하는 말을 토대로 지은 것이다.(小說家者流, 蓋出於稗官. 街談巷語, 道聽途說者之所造也)"라고 소개하였다. 반고의 설명에 등장하는 하급 관리 즉 '패관'과 관련하여 당대의 훈고학자이던 안사고(顔師古, 581~645)는 삼국시대 위나라의 학자인 여순(如淳, 3세기)의 "자잘한 알곡을 '패'라고 한다. 거리의 대화나 골목의 이야기, 그런 것은 하찮고 맥락 없는 말들이다. 임금은 민간의 풍속을 알고자 하기 마련이다. 그래서 '패관'을 두고 그들로 하여금 그런 이야기들을 소개하고 이야기하게 했던 것이다.(細米爲稗. 街談巷說, 其細碎之言也. 王者欲知里巷風俗, 故立稗官, 使稱說之.)"라는 설명을 근거로 "패관은 하급 관리이다.(稗官, 小官)"라고 설명하였다.

10  유마거사(維摩居士) : 인도 고대 불교의 고승으로 알려진 유마힐(維摩詰)을 말한다. 불교의 비조인 석가모니와 같은 시대 사람으로 '비마라힐(毗摩羅詰)'로 불리기도 하는데, 그 의미대로 풀면 '무구칭(無垢稱, 티 없는 이름)' 또는 '정명(淨名, 깨끗한 이름)' 정도의 뜻이라고 한다. 전설에 따르면 불제자인 사리불(舍利佛)·미륵(彌勒)·문수사리(文殊師利) 등과 함께 대승불교의 교리를 해설했다고 하며, 현재 전해지는『유마경소설경(維摩經所說經)』에는 그가 여러 불제자들과 나눈 문답이 소개되어 있다. '유마거사가 과거시험을 감독한다'는 말의 경우, 유마거사는 불가의 성인이고 과거시험은 유가의 행사이므로 앞뒤가 맞지 않는 이율배반(二律背反)의 상황을 두고 한 말로 이해할 수 있겠다.

11  숭정 임신년[崇禎壬申] : 서기 1632년에 해당한다.

## 二刻拍案驚奇小引

丁卯之秋事, 附膚落毛, 失諸正鵠, 遲迴白門, 偶戲取古今所聞一二奇局可紀者, 演而成說, 聊舒胸中磊塊. 非曰行之可遠, 姑以遊戲爲快意耳. 同儕過從者索閱一篇竟, 必拍案曰, 奇哉, 所聞乎. 爲書賈所偵, 因以梓傳請. 遂爲鈔撮成編, 得四十種. 支言俚說, 不足供醬瓿, 而翼飛脛走, 較捃髭嘔血筆塚研穿者, 售不售反霄壤隔也. 嗟乎, 文詎有定價乎.

賈人一試之而效, 謀再試之. 余笑謂一之已甚, 顧逸事新語可佐談資者, 乃先是所羅而未及付之于墨, 其爲栢樑餘材武昌剩竹, 頗亦不少. 意不能恝, 聊復綴爲四十則. 其間說鬼說夢, 亦眞亦誕. 然意存勸戒, 不爲風雅罪人, 後先一指也. 竺乾氏以此等亦爲綺語障, 作如是觀, 雖現稗官身爲說法, 恐維摩居士知貢擧, 又不免駁放耳.

崇禎壬申冬日 即空觀主人題於玉光齋中

## 제1권

불공 온 손님들이 막무가내로
『금강경』을 구경하고
감옥을 나온 중은 공교롭게도
「법회분」쪽을 되찾다

進香客莽看金剛經 出獄僧巧完法會分

# 해제

명대 가정嘉靖 43년, 오중吳中 지역에 큰 가뭄이 든다. 그때 태호太湖 한 가운데의 동정산洞庭山에 있는 절의 주지는 부족한 식량을 해결하기 위해 제자 변오辨悟를 시켜 절의 보물인 당나라 시인 백거이白居易가 직접 경문을 베낀 『금강경金剛經』을 자신들이 신세를 지고 있는 왕王 상국相國 댁 엄嚴 도관都管에게 가져가 잡히고 50섬의 쌀을 꾸어 오게 한다. 연말이 되어 그 해의 장부들을 점검하던 상국 부인은 그『금강경』을 친견하자 갑자기 자비심이 생겨 50섬을 보시布施한 셈 치고『금강경』을 절에 돌려주도록 엄도관에게 이른다. 관세음보살觀世音菩薩 탄신일인 그날 그 소식 을 들은 변오 등은 엄도관에게서『금강경』을 돌려받고 감격한다. 싱글벙글 보따리를 들고 절로 돌아가는 배를 탄 변오는 한 배에 탄 사람들에게 그 일을 떠벌리고 호기심이 생긴 사람들의 요청으로『금강경』을 펼친다. 바로 그 순간, 갑자기 회오리바람이 불더니『금강경』의 첫 번째 장이 허공으로 날아가 버리고 배 안은 아수라장이 되고 만다.

한편, 옆 고을 상주부常州府의 탐관오리 유柳 태수太守는 동정산 절에 천금 가치의 백거이 진필『금강경』이 있다는 소문을 듣고 그것을 손에 넣으려고 호시탐탐 기회를 노린다. 그러던 어느 날, 마침 강음현江陰縣에서 강도 혐의자들이 끌려왔는데 그 속에 탁발승이 하나 끼어 있는 것을 보고 그를 사주해서 동정산 절이 장물아비 소굴이라는 거짓자백을 하게 하고 그것을 기화로 탐내던『금강경』을 손에 넣는 데에 성공한다. 그러나 불교나 골동품 쪽으로는 문외한인 유태수가 보기에도 첫 번째 장이 빠진 그『금강경』은 아무 가치도 없는 낡은 책일 뿐이었다. 실망한 그는『금강경』을 변오에게 돌려주고 그동안 가두었던 주지를 풀어준다. 절로 돌아가는 길에 풍교楓橋까지 온 두 중은 갑자기 비바람이 몰아치자 배를 멈추고 불씨를 구하러 근처의 초가집에 들른다. 그 집 주인 노인이 건넨 불씨를 받던 변오는 환해진 방안을 둘러보다가 태호에서 바람에 휩쓸려 날아갔던『금강경』첫 장이 벽에 붙어 있는 것을 발견한다. 반가운 나머지 주지를 그 집으로 데려온 변오는 노인에게『금강경』의 내력과 자신이 첫 장을 잃어버린 경위를 들려준다. 그래서 노인이 벽의『금강경』첫 장을 떼어서 두 중이 가져온『금강경』에 맞추어 보니 틀림없는 같은 책이었다. 이튿날, 노인은 두 중과 함께 동정산 절로 가서 경내를 구경하고 솜씨 좋은 표구사를 초빙해『금강경』을 깔끔하게 장정한 후 절에 희사한다. 그 후로 노인은 해마다 석가탄신일이 되면 그 절을 찾아가『금강경』을 친견하고 경문을 낭송하면서 80살까지 장수한다.

이 이야기는 청대 초기의 학자 진몽뢰陳夢雷, 1650~1741가 편찬한 백과전서인『고금도서집성古今圖書集成』「박물휘편博物彙編·신이전神異典」제106의『불경부기사佛經部紀事』4에 소개된「금강지념金剛持念」이야기를 소재로 지어졌다.

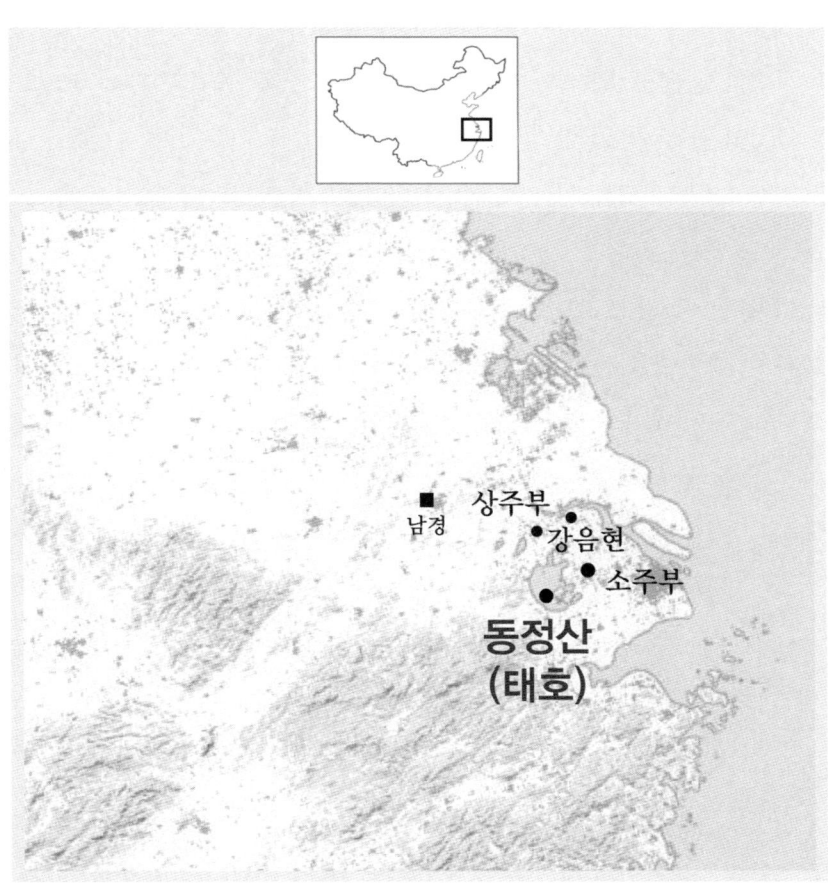

상주부
남경
강음현
소주부
동정산
(태호)

## 번역

이런 시가 있습니다.

| | |
|---|---|
| 세상에서 글자 적힌 종이는 대장경[1]과 같으니 | 世間字地藏經同, |
| 그것을 발견한다면 불에 태움이 옳으며 | 見者須當付火中. |
| 그것이 아니라 깨끗한 강물에 띄워 보낸다면 | 或置長流清淨處, |
| 저절로 행복과 재물이 언제까지나 다함없으리. | 自然福祿永無窮. |

이야기를 들려 드리도록 하겠습니다.[2] 상고시대에 창힐[3]이 글자를 만들자 한 밤중에 귀신이 통곡을 했다고 합니다. 그러나 그건 아마도 천지의 조화와 비밀이 이로부터 몽땅 누설되게 되었기 때문이었을 테지요. 귀신들의 이 통곡에는 그럴 만한 이유가 다 있었습니다. 공자의 경우를

---

1 대장경(大藏經) : 부처의 어록과 가르침을 모아 놓은 불교 경전을 모두 일컫는 이름으로, '삼장(三藏)·일체경(一切經)·팔만장경(八萬藏經)' 등으로 불리기도 한다. 경전의 내용을 기록하는 데에 사용한 언어(문자)로는 팔리어·한어·티벳어·몽골어·만주어 등이 있다. 국내의 경우 고려시대에 제작된 '팔만대장경(八萬大藏經)' 또는 '고려대장경(高麗大藏經)'이 유명하며 이를 한글로 옮긴 '한글대장경'도 있다.
2 이야기를 들려 드리도록 하겠습니다[話說] : '화설(話說)'은 중국 송·원대 화본 이야기꾼이나 의화본소설·장회소설 작자들이 이야기를 시작할 때 주로 사용한 상투적인 표현이다. 글자 그대로 풀면 "이번 이야기에서는 ~한 일을 들려 드리겠습니다" 식으로 번역되지만 여기서는 편의상 "이야기를 들려 드리겠습니다"로 번역하였다.
3 창힐(蒼頡 : ?~?) : 고대 중국 전설상의 인물. 원래 성은 후강(侯岡), 이름은 힐(頡), 호는 사황씨(史皇氏)이다. 그의 이름은 전국시대에 이르러 『순자(荀子)』「해폐(解蔽)」, 『한비자(韓非子)』「오두(五蠹)」, 『여씨춘추(呂氏春秋)』「군수(君守)」 등에서 보이는데, 전설에 따르면, 사관(史官)의 신분으로 황제(黃帝)를 섬기던 중 한자를 발명했으며 그것이 계기가 되어 사람들에게 '문자를 창조한 성인[造字聖人]'으로 신봉되기 시작했다고 한다. 도교에서는 창힐이 눈동자가 2개씩 있는 눈을 가지고 있었는데 하늘의 별들의 운행과 짐승들의 발자국을 보고 그 형상에서 영감을 얻어 문자를 창조했다 하여 전통적으로 그를 '문명의 시조[文祖]'로 신봉하였다.

예로 들면, 『춘추』[4]를 지어서 이백마흔두 해 동안 명멸했던 난신적자들의 속내를 모두 드러내었지요. 그런데 삼엄하기가 마치 의장용 도끼와도 같아서 마침내 만고의 강상윤리도덕을 비추는 거울이 되었습니다. 그러니 저 간사하고 사악한 귀신들이 통곡하지 않을 수가 있었겠습니까? 이번에는 정나라 자산[5]의 경우를 예로 들어 보지요. 그가 형법의 조문을 솥에 새겨 세상에 공포한 것도 그저 사람들이 국법을 어기지 말게 하기 위함이었습니다. 그런데 그것이 후대에까지 전승되는 동안 간악한 서리가 글을 조작하거나 가혹한 아전이 죄목을 날조해서 겨우 이 붓끝의 몇 글자로 얼마나 많은 사람들의 목숨을 앗아 갔습니까? 그러니 저 억울한 죽음을 당하거나 해코지를 당해 죽은 귀신들이 통곡하지 않을 수가 있었겠습니까?

후세에 시문으로 인재를 등용할 때에는 과거 감독관이 은밀히 결정을 내리는 경우가 많았습니다. 실력이 좋고 나쁘고를 가릴 것 없이 무조건 그가 고개를 끄덕이는 것만이 유일한 잣대였지요.[6] 그가 고개를 끄덕이

---

4  『춘추(春秋)』: 중국 춘추시대 노(魯)나라의 역사서. 나중에 공자가 그 내용을 첨삭하고 역사적 사건과 인물들에 대한 자신의 의견을 개진하니 당시의 난신적자(亂臣賊子)들이 모두 두려워 했다고 한다.
5  자산(子産 : ?~BC522): 중국 춘추시대 정(鄭)나라의 정치가이자 사상가. 나라 이름을 붙여 '정자산(鄭子産)'으로 부르지만 원래 성은 희(姬), 씨는 공손(公孫), 이름은 교(僑)이며 '자산'은 그의 자이다. 기원전 554년에 경(卿)이 되고 기원전 543년, 대부(大夫) 양소(良霄)에게 앙심을 품고 있던 공손흑(公孫黑)이 양소를 살해하고 내란을 일으키자 그를 진압하고 숙부 뻘인 자피(子皮)의 도움으로 국정을 쇄신하는 데에 성공하였다. 또한 기원전 536년에는 형률 조항을 새긴 형정(刑鼎)을 주조하여 형법을 정비하고 백성들을 교화하니 집권한지 단 3년 만에 백성들이 스스로 노래를 지어 그의 선정을 칭송했다고 한다.

왼쪽부터 창힐 · 공자 · 자산

면 실력이 좀 떨어지더라도 과거에 거뜬히 급제해서 고관대작을 누렸습니다. 그러나 고개를 끄덕이지 않으면 당신이 아무리 대단한 재능을 가지고 있더라도 그런 엄청난 억울함을 하소연할 곳조차 없답니다. 그러니 학문에 심혈을 다 기울이고 애가 다 탄 귀신들은 얼마나 통곡을 해야 그 한이 다 풀릴 지조차 알 수 없을 정도입니다. 글자와 관련된 일이라는 것이 얼마나 대단한 일인지 알 수 있는 셈이지요. 하물며, 성현이 경전을 전승하고 진리를 설파하고 집안을 바로잡고 나라를 다스리고 천하를 평정하는 데에 그것을 사용하는 경우가 많은 것은 말할 나위도 없고, 도가에서 푸른 소를 타고 중국을 떠나거나[7] 불가에서 흰 말이 중국에 불경을

---

6　【즉공관 미비】許伯哭世! 허백이 세상을 개탄하는 격이군!
　　"허백(許伯)"은 '자백(子伯)'이라는 자를 가진 한나라 때의 허경(許慶)을 가리킨다. 가난한 형편의 허경은 군의 독우(督郵)로 있었는데 벗들과 만난 자리에서 한나라의 대를 이을 자손이 없고 권신들이 국정을 농단하고 현자들이 관계에서 배척당하고 세간의 민심과 풍속이 날로 험악해지는 것을 개탄하면서 대성통곡 했다고 한다. 능몽초보다 조금 이른 풍몽룡(馮夢龍)은 『고금담개(古今譚槪)』에서 이 고사를 「허자백곡(許子伯哭)」이라는 제목으로 소개한 바 있다.

7　도가에서 푸른 소를 타고 : 중국 춘추시대의 사상가이자 도가사상의 비조인 노자(老子)

지고 들어왔을 때조차[8] 그 몇 구절의 글자 덕택에 세 종교[9]가 전해지고 세 가지 빛[10]과 어우러질 수 있었습니다. 글자라는 것이 얼마나 대단한 것인지 알 수 있는 셈이지요. 그러니 어떻게 그것을 귀중하게 여기지 않을 수가 있겠습니까!

세상 사람들을 보노라면 글자가 씌어진 종이를 대수롭지 않게 여기는 경향이 있습니다. 낡은 책의 폐지를 가져다 이런저런 것들을 싸기도 하고, 그런 다음에는 또 그것을 가져다가 계단을 닦거나 탁자를 훔치고는 땅바닥에 내버려서 결국 더러운 먼지와 재속에 방치하곤 하지요. 그런 식으로 글자를 푸대접 한다면 정말 그 죄업이 깊고도 무겁다고 할 것입니다! 만일 종이를 우연히 발견했다면 조심스레 그것을 주워서 물이나 불 속에 넣으면 됩니다. 그런데 무엇이 그렇게 힘든 일이라고 사람들은 그렇게 하려 들지 않는 것일까요? 그것은 그렇게 하려 하지 않으려는 것이 아니라 그런 종이가 불행이나 행복과 직결되어 있다는 것을 사람들이 알지 못 하거나, 그 일을 염두에 두고 있지 않다가 순간적으로 간과하기[11] 때문입니다. 그런 이치를 마음에 둘 줄 아는 사람이라면 글자가 씌

<hr>

가 어지러운 춘추시대의 혼란을 개탄하며 중원을 벗어나 서방으로 은둔한 일을 가리킨다. 동진의 도학자인 갈홍(葛洪, 283?~363?)이 저술한 『포박자(抱朴子)』의 기록에 따르면, 노자는 푸른 소를 타고 산관(散關)을 나가다가 그 관문의 관리이던 윤희(尹喜)의 부탁으로 『도덕경(道德經)』을 지었다고 한다.

8  불가에서 흰 말이 : 중국 동위(東魏)의 양현지(楊衒之 : ?~555?)가 지은 『낙양가람기(洛陽伽藍記)』에 따르면, 서방에 기이한 신명이 있다는 소문을 들은 한나라 명제(漢明帝)가 서역(西域)으로 사신을 보냈더니 그 사신이 흰 말에 그 경전을 싣고 귀국하면서 비로소 중국에 불교가 전래되었다고 한다.

9  세 종교[三敎] : 중국에서 신봉된 도교·불교·유교를 말한다.

10  세 가지 빛[三光] : 해·달·별을 말한다.

어진 종이만[12] 보고도 애착을 가지기 마련입니다. 그래서 버려진 종이를 우연히 보더라도 바로 줍기 마련이지요. 그 음덕이 결코 적은 것이 아니랍니다.

송나라 때였습니다. 왕 기공[13]의 아버지는 글자가 씌어진 종이를 몹시 아꼈답니다. 그래서 땅바닥에 버려진 것을 볼라치면 바로 주워다가 불에 태웠지요. 심지어 뒷간에 버려진 것이라고 할지라도 온갖 궁리를 다하여 걷어내어[14] 어떤 것은 물로 깨끗이 씻어서 흐르는 큰 강물에 흘려보내기

---

11  ~하거나 ―하기[一來~, 二來―] : 중국 백화문학 작품들에서 자주 사용되는 '일래~, 이래 ―(一來~, 二來―)'를 직역하면 '첫째는 ~하고 둘째는 ―하다' 식으로 옮길 수 있다. 그러 나 '첫째, 둘째'는 전통적인 중국식 표현방식으로, 생략하더라도 의미나 맥락에는 전혀 변동이 발생하지 않는다. 여기서도 '첫째, 둘째'는 생략하고 '~하거나, ―하기' 식으로 번역하였다.

12  만[但] : 현대 중국어에서 '단(但)'은 구문 맨 앞에서 앞 구문에 제시된 상황을 부정하는 역접 접속사('그러나')로 주로 사용된다. 그러나 근세 중국어 즉 백화에서는 '지(只)'의 경우처럼 구문 맨 앞에 배치되더라도 대상을 한정하는 부사('다만, 오직')로 해석해야 하는 경우도 있다. 여기서도 '단견자지(但見字紙)'는 '그러나 글자가 씌어진 종이를 보 면'이 아니라 '그저 글자가 적힌 종이를 보기만 하면'으로 번역된다. 여기서는 '그저'조차 불필요하다고 보아 매끄러운 번역을 위해 '그저'를 '~만'으로 수렴해서 '글자가 적힌 종 이만 보면'으로 번역하였다. '단'이 사용된 다른 구문들의 경우도 마찬가지이다.

13  왕 기공(王沂公) : 중국 북송대에 재상을 지낸 왕증(王曾 : 978~1038)을 말한다. 왕증은 청주(靑州) 익도(益都) 사람으로, 자가 효선(孝先)이며, 진종(眞宗) 함평(咸平) 5년 (1002)에 향시(鄕試) · 회시(會試) · 정시(廷試)에서 모두 장원으로 급제한 후 제주통판 (濟州通判) · 비서성 저작랑(秘書省著作郎) · 참지정사(參知政事) · 예부상서(禮部尙書) 등의 벼슬을 두루 거쳤다. 인종(仁宗) 경우(景祐) 2년(1035)에는 우복야(右僕射) 겸 문 하시랑(門下侍郎) · 평장사(平章事) · 집현전 대학사(集賢殿大學士)에 배수되고 '기국공 (沂國公)'에 봉해져서 후대에 '왕 기공(王沂公)'으로 일컬어졌다. 북송의 사상가이자 역 사가인 구양수(歐陽修 : 1007~1072)는 그를 "사람됨이 올곧고 점잖으며 중서성에서 가 장 현명한 재상이었다[爲人方正持重, 在中書最爲賢相]"라고 평가했다고 한다.

14  걷어내어[將起來] : 현대 중국어에서는 '장(將)'이 주로 명사('장군')로 사용된다. 그러 나 당대 이래로 변문(變文)을 포함한 백화문학 작품에서는 「취(取)＋장＋기래(起來)」의 경우처럼 동사와 방향보어 사이에 사용되어 ① 특정한 행위가 완료되거나 ② 두 가지 상

도 하고 어떤 것은 불에 잘 말려서 불로 태워 버리기도 했습니다. 그렇게 몇 년 동안 실천하면서 글자가 씌어진 종이를 얼마나 많이 깨끗하게 처리해 주었는지 모릅니다.

그러던 어느 날이었습니다. 그의 임신 한 아내가 해산을 앞두고 있었지요. 그런데 문득 꿈속에서 공 성인께서 찾아와서 이렇게 당부하는 것이었습니다.

"그대의 집에서는 글자가 씌어진 종이에 애착을 가지고 아끼니 그 공이 매우 크네. 그래서 내 이미 옥황상제께 상소문을 올려 내 제자 증삼[15]을 그대의 집에 태어나게 해서 그대의 집안이 엄청난 부귀를 누리게 해 주기로 했네!"

그런데 그 꿈을 깨고 나서 정말 아들 하나가 태어났지 뭡니까. 그는 꿈속의 공자 말씀에 감동하여 '왕증王曾'이라는 이름을 지어 주었지요. 그는 나중에 과거에서 세 단계의 시험을 연거푸 장원으로 급제했고, 벼슬도

---

황이 부대적으로 진행되는 것을 나타내는 역할을 한다. 현대 중국어의 '-착(着)' 또는 '-득(得)'과 어순이나 용법에서 유사한 것이다. 즉, '취장기래(取將起來)'는 '취(take)'와 '기래(up)' 두 상황이 순차적으로 이루어지는 것을 보여 준다. 여기서는 편의상 '취'를 '걷어', '기래'를 '내다'로 구분하여 "걷어내어"로 번역하였다.

15 증삼(曾參 : BC505~436) : 중국 전국시대의 사상가. 노나라 남무성(南武城) 사람으로 자가 자여(子輿)이며, 효자로 칭송 받았다고 한다. 청대 학자인 전대흔(錢大昕)은 『십가재양신록·선성배향(十駕齋養新錄·宣聖配享)』에서 "원대 초기에 옛 성인께 석전제를 올릴 때에는 안자와 맹자를 함께 제사 지냈는데 아마도 송·금대의 옛 제도일 것이다. 연우 3년(1316)에 이르러서 비로소 증자와 자사를 추가로 배향하기 시작하였다[元初, 釋奠先聖, 以顔孟配享, 蓋用宋金舊制, 至延祐三年, 始增曾子子思配享]"라고 하였다.

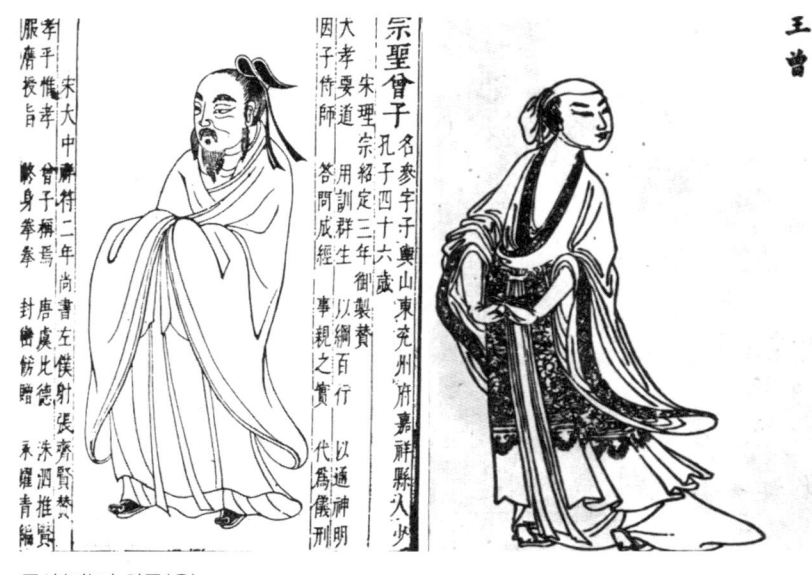

증삼(좌)과 왕증(우)

'기국공'에 책봉되기까지 했지요. 송나라 왕조에서 과거 세 차례의 과거에서 장원으로 급제한 경우는 세 사람뿐으로, 송상[16]·풍경[17]과 바로 이 왕증 뿐이었습니다. 그러니 아주 보기 드문 급제자가 아니고 무엇이겠습

---

**16** 송상(宋庠 : 996~1066) : 중국 북송의 정치가. 개봉부(開封府) 옹구현(雍丘縣) 사람으로, 처음에는 이름이 교(郊), 자가 백상(伯庠)이었으나 관계에 나가면서 이름을 상(庠), 자를 공서(公序)로 바꾸었다. 천성(天聖) 2년(1024) 향시·회시·전시에서 연거푸 장원으로 급제한 후 병부시랑(兵部侍郎)·동평장사(同平章事)·사공(司空) 등을 거쳐 '정국공(鄭國公)'에 봉해졌다.

**17** 풍경(馮京 : 1021~1094) : 중국 북송의 정치가. 자는 당세(當世)이며 악주(鄂州) 강하(江夏, 지금의 무창) 사람이다. 인종 황우(皇祐) 원년(1049)에 향시·회시·전시에서 연거푸 장원으로 급제하고 한림학사(翰林學士)·양주지부(揚州知府)·추밀부사(樞密副使)·참지정사(參知政事) 등을 두루 거쳤으나 왕안석(王安石)의 변법(變法)운동에 반발하고 당시 시정을 비판한 정협(鄭俠)의 망언에 연루되어 파면되어 박주(亳州)·성도(成都) 등의 지주(知州)로 전전하였다. 철종(哲宗)이 즉위한 후 다시 중앙으로 복귀하여 벼슬이 선휘남원사(宣徽南院使)를 거쳐 태자소사(太子少師)에 이르렀다. 사후에는 사도(司徒)로 추증되었으며 시호는 '문간(文簡)'이다.

니까. 그런데 그 중에서도 이 왕증의 경우는 그저 글자가 씌어진 종이를 아껴서 쌓은 복이었지요. 그러니 이 정도는 누구나 다 실천할 수 있는 일이 아니고 무엇이겠습니까?[18] 요즘 세상 사람들이야 급제의 영예를 누리는 이를 마주쳤을 때 칭찬하고 흠모하면서 "대단하다"고 추켜 세우지 않는 사람이 어디 있겠습니까? 글자가 씌어진 종이를 아끼는 것이 이렇게도 쉬운 일이건만 그런 쉬운 일조차 흘려 버리고 실천하지 않는 것은 어찌 된 영문일까요? 거기에 관해서는 일단 소생이 들려 드리는 말씀을 몇 마디 들어 보십시오.

| 창힐이 글자를 만들매[19] | 蒼頡制字, |
|---|---|
| 이로부터 오묘한 이치가 생겨났노니 | 爰有妙理. |

---

18 【즉공관 미비】一片婆心. 노파심 때문인 게지.
"즉공관(卽空觀)"은 『박안경기』를 지은 능몽초의 당호(堂號)이다. 그는 『박안경기』를 지은 후 각 작품의 내용과 묘사와 관련하여 각 책장의 위쪽과 본문의 행간에 한두 줄의 간단한 논평을 가했는데, 학계에서는 통상적으로 책장의 위쪽에 붙인 촌평을 '미비(眉批)', 행간에 붙인 촌평을 '측비(側批)', '방비(旁批)', '행측비(行厠批)' 등으로 부르고 있다. 능몽초가 남긴 이러한 논평들은 그가 『박안경기』에 수록된 각 작품들을 어떻게 이해하고 있고 당시의 독자들에게 어떤 메시지를 전달하려 했는지를 파악하는 데에 대단히 중요한 단서가 된다. 따라서 이 책에서는 향후 독자들의 독서와 학자들의 연구에 조금이라도 도움이 될 수 있도록 하기 위하여 명나라 숭정(崇禎) 연간의 원본 "상우당본" 『박안경기』(초각)에 달린 그의 논평들을 100% 충실하게 반영하기로 하였다. 아울러, 이 과정에서 1990년에 강소고적(江蘇古籍) 출판사에서 출판한 "중국화본대계(中國話本大系)" 『박안경기』와 2010년에 천진고적(天津古籍) 출판사에서 출판한 "즉공관주인 비점 이박(卽空觀主人批點二拍)" 『이각 박안경기』를 참고했음을 밝혀 둔다.

19 [교정] 만들 매[制] : 상우당본(尙友堂本)의 원문에 나와 있는 '제(制)'는 동사로는 '제어하다(control)', 명사로는 '제도(system)'라는 의미로 주로 사용되며 드물지만 '만들다(make)'라는 의미의 '제(製)'와 통용하기도 한다. 여기서도 전후 맥락을 따져 볼 때 창힐이 글자를 만든 것을 언급하고 있으므로 '제(制)'를 '제(製)'의 가차자(假借字)로 간주하여 '만들다'의 의미로 간주하여 '제자(制字)'를 "글자를 만들다"로 번역하였다.

| | |
|---|---|
| 세 종교[20]의 성인들 치고 | 三敎聖人, |
| 이를 사용하지 않은 분이 없었네. | 無不用此. |
| 눈으로 보고도 더럽히거나 버린다면 | 眼觀穢棄, |
| 민망해 이마에 땀을 뻘뻘 흘리게 될 터. | 顙當有泚. |
| 세 시험 모두 장원[21]이 된 급제자도 | 三元科名, |
| 오로지 글자를 소중히 여겨서였다네. | 惜字而已. |
| 손만 뻗으면[22] 될 일을 | 一唾手事, |
| 어찌하여 실천하지 않는단 말인가! | 何不拾取. |

소생이 세상 사람들에게 글자가 씌어진 종이를 소중히 다루라고 호소하다 보니 문득 일화 하나가 생각났습니다. 글자 씌어진 종이를 소중히 여기다 보니 웬 오래된 종이를 주운 것이 계기가 되어 불가의 일련의 인연들로 연결되고 그 과정에서 온갖 기이한 일들이 다 일어났지 뭡니까. 이 시가 그 증거올시다.

---

20 세 종교[三敎] : 중국에서 번성한 유교·도교·불교를 말한다. 그러나 현재의 종교관념에 의거할 때 유교는 종교적 의식을 갖추고 있기는 하지만 종교라고 하기 어렵고, 도교는 엄밀하게 따져보면 그 사상적 원류인 도가의 가르침과는 상당히 편차가 크다.

21 세 시험 모두 장원[三元] : 중국 고대의 과거제도에서는 향시(鄕試)·성시(省試)·회시(會試)의 세 단계의 시험에서 모두 장원으로 합격한 것을 '삼원(三元)'으로 일컬었다. 북송의 정치가인 왕암수(王巖叟)는 19세 때 '삼원'으로 급제하여 당시에 "삼원방수(三元榜首)"라는 찬사를 받았다고 한다.

22 손만 뻗으면[一唾手] : '타수(唾手)'는 어떤 일을 할 때 손바닥에 침을 뱉는 것을 말한다. '타수가득(唾手可得)'처럼 '가득'과 같이 '손바닥에 침만 뱉아도 이룰 수 있다'라는 뜻으로 사용되기도 한다. 때로는 '수수가득(垂手可得)'으로 쓰기도 하는데 아마 '타(唾)'를 비슷한 형태의 '수(垂)'로 오독한 경우일 것이다. 여기서는 편의상 "손만 뻗으면"으로 번역하였다.

종이에 글자 적은 인연이 보 되어 흘러가듯이　翰墨因緣法寶流,

절간의 진귀한 보물은 영원히 해져야 하는 법　山門珍秘永傳留.

자고로 신령스러운 물건은 신의 가호 많았나니　從來神物多呵護,

어리석은 자들 억지로 이루려드는 꼴 우습구나　堪笑愚人欲强謀.


계속 이야기를 들려 드리지요.[23] '향산거사香山居士'로 불린 당나라 시랑
侍郎[24] 백낙천白樂天[25]은 불가에서 말하는 "재래인再來人"[26]이었습니다. 그는
한 마음으로 불경[27]에 집중하고 성실하게 대승불교의 가르침[28]을 닦았지

---

23  계속 이야기를 들려 드리지요[却說] : '각설(却說)'은 송·원대 화본, 명대 의화본 이야
　　기꾼 및 소설가들이 이야기를 시작할 때 사용하던 상투적인 표현으로, 앞서 하던 이야기
　　로 다시 돌아갈 때 분위기를 환기시키는 데에 주로 사용하였다. 여기서는 편의상 "그러면
　　~이야기를 해 볼까요" 식으로 번역하였다.

24  시랑(侍郎) : 중국 고대의 관직명. 처음에는 궁정의 근시(近侍)였으나 후한대 이후로는
　　상서(尙書)의 속관(屬官)으로 굳어졌다. 당대에 이르러 시랑을 중서성(中書省)·문하성
　　(門下省)·상서성(尙書省)의 수장인 상서(尙書)의 부관으로 삼았으며, 나중에 '6부(六
　　部)' 제도가 확립되면서 각 부 상서의 업무를 보좌하였다.

25  백낙천(白樂天) : 중국 당나라 중기의 시인 백거이(白居易 : 772~846)를 말한다. 하남
　　(河南) 신정(新鄭) 사람으로, 호가 향산거사(香山居士) 또는 취음선생(醉吟先生)이며,
　　'낙천(樂天)'은 자이다. 벼슬은 한림학사(翰林學士), 좌찬선대부(左贊善大夫)에 이르렀
　　으며, 낙양(洛陽)에서 죽은 후 향산(香山)에 묻혔다. "당나라 3대 시인" 중의 하나로, 「장
　　한가(長恨歌)」·「매탄옹(賣炭翁)」·「비파행(琵琶行)」 등의 대표작이 남겼으며, 그 명성
　　은 신라(新羅)와 일본에까지 알려질 정도였다고 한다. 중국문학사에서는 같은 시인인 원
　　진(元稹)과 함께 신악부운동(新樂府運動)을 창도했다 하여 "원·백(元白)"으로 병칭되
　　기도 하고 시에 있어서는 유우석(劉禹錫, 772~842)과 함께 "유·백(劉白)"으로 병칭되
　　기도 한다. 그의 시는 소재가 풍부하고 형식이 다양한 데다가 언어 역시 평이하고 통속적
　　이어서 "시마(詩魔)" 또는 "시왕(詩王)"으로 일컬어지기도 하였다. 시문집으로는 『백씨
　　장경집(白氏長慶集)』에 전해지고 있다.

26  재래인(再來人) : 환생한 사람을 일컫는 불교 용어. 불가에서는 윤회를 거쳐 인간 세상에
　　다시 태어나 불가에 귀의한 사람을 '재래인'으로 불렀다.

27  불경[內典] : '내전(內典)'은 불교도들이 불경을 일컫는 말이다. 불법은 진리를 인간의
　　심성에서 구하는 학문이어서 이를 '내학(內學)'이라고 하며 그 학문을 문자로 기록한 불
　　경을 '내전'이라고 일컬었다. 여기서는 '내전'을 편의상 "불경"으로 번역하였다.

요. 비록 평소 의관을 정제한 관리의 신분이기는 했지만 스스로 염불을 하고 불경을 읽으면서 거사로서의 모습[29]을 보였답니다. 당시 그 모친이 병이 들자 완쾌를 발원하고 『금강반야경金剛般若經』을 백 권이나 직접 필사했지요. 그리고 모친을 저승에서 보우해 주기를 기원하는 뜻에서 그 불경들을 각지의 사찰마다 시주했답니다. 그랬던 것이 나중에 오대와 송·원대에 병란으로 나라가 어지러워지는 바람에 수백 년이나 되는 세월동안 고금의 명승 고적들은 중원에서 진작에 모조리 자취를 감추어 버렸지 뭡니까. 백 향산의 집안에 전해지던 유묵들도 저도 모르는 사이에 흔적을 감추어 버렸습니다. 오로지 이 오吳[30] 땅 태호太湖[31] 안의 동정산洞庭山[32]에 있는 한 사찰에만 한 권이 남아 전해졌지요. 그 불경은 우리 왕조[33]의

---

28 대승불교의 가르침[上乘] : '상승(上乘)'은 불교의 중요한 교파의 하나를 부르는 불교 용어로, '대승(大乘)'이라고도 한다. 모든 생명[一切衆生]이 예외 없이 부처가 될 수 있으므로 모든 수행은 자신은 물론 남들에게도 보탬이 될 수 있도록 해야 한다는 주장을 설파하였다. 여기서는 '상승'이 대승불교의 가르침(또는 불법)을 뜻하므로 "대승불교의 가르침"으로 번역하였다.

29 거사로서의 모습[居士相] : '상(相)'이란 고대 인도의 불교 용어로, 밖으로 발현되는 심식(心識)으로 관찰하고 묘사할 수 있는 각종 특징을 가리킨다. 곧 사물이 6근(六根)과 6식(六識)에 의해 인식되는 특성들을 가리킨다. 여기서는 편의상 "모습"으로 번역하였다.

30 오(吳) : 중국 고대의 지역명. 태호를 둘러싸고 있는 지금의 강소성(江蘇省) 남부와 절강성(浙江省) 북부 일대에 해당한다.

31 태호(太湖) : 중국의 "5대 담수호" 중의 하나로 꼽히는 아열대 호수로, 예로부터 '진택(震澤)·구구(具區)·오호(五湖)·입택(笠澤)' 등으로 불리기도 하였다. 강소성과 절강성을 가로지르는 장강 삼각주의 남쪽 자락에 자리잡고 있으며, 동으로는 소주, 서로는 의흥(宜興), 남으로는 호주(湖州), 북으로는 무석(無錫)과 연결된다. 총 면적은 2427.8km으로, 호수 안에 50여 개의 섬이 위치해 있고 역시 50여개나 되는 하천이 흐르면서 내륙 수로가 거미줄처럼 연결되어 있다.

32 동정산(洞庭山) : 중국 강소성 소주시(蘇州市) 서남부, 태호 동남부에 소재한 동정동산과 동정서산을 함께 일컫는 이름. 현지에서는 각각 '동산', '서산'으로 불리며 "중국 10대 명차" 중 하나로 일컬어지는 '벽라춘(碧螺春)'의 산지이기도 하다.

33 우리 왕조[國朝] : 중국 송·원대 화본, 명·청대 의화본에서 상투적으로 사용하는 표현.

가정嘉靖[34] 연간까지도 여전히 완벽하게 보존되어 빠진 대목 하나 없었습니다. 그래서 오 땅의 어진 사대부나 시인, 서예가들 중에 그 불경을 감상한 적이 있는 이들은 하나같이[35] 그 책에 서문이나 발문을 남기곤 했지요. 각지의 명사나 유람객들 치고 과거에 그 불경을 찬탄하고 숭배하면서 친견한 이들이 많았습니다.[36] 자신의 이름과 날짜를 남긴 이들도 이루 헤아릴 수조차 없을 지경이었지요. 이 정도면 천년을 이어 온 아주 귀한 옛날 유물[37]인 셈이니 무척 구하기 힘든 물건이라고 할 수 있겠습니다.

---

주로 이야기가 발생한 시점이 이야기꾼의 시대와 동일할 때 '국조(國朝)' 또는 '본조(本朝)' 등으로 표현하는데, 송대 화본에서는 송나라를 가리키지만 명대 의화본인 『박안경기』에서는 명나라를 가리킨다.

**34** 가정(嘉靖): 명나라 제11대 황제 세종(世宗) 주후총(朱厚熜: 1507~1567)이 사용한 연호. 1522년부터 1566년까지 총 45년간 사용되었다. 아래의 "가정 43년"은 서기로는 1564년에 해당한다.

**35** 하나같이[多]: '다(多)'는 명대 강남지역 방언에서 범위를 나타내는 데에 사용된 부사였다. '다'는 고문이나 현대 중국어에서 '다수(many)' 또는 '대부분(most)'의 의미를 나타내는 것이 보통이다. 그러나 명대 말기에 강남지역에서 사용된 방언에서 '다'는 예외적으로 현대 중국어의 '도(都)'와 마찬가지로 '전부(all)' 또는 '하나같이, 예외없이(unexceptionally)'라는 의미로 사용되었다. 원대의 음운학자 주덕청(周德淸)이 저술한 『중원음운(中原音韻)』에 따르면 음운학적으로 '다'는 가과운(歌戈韻)에 속하고 '도'는 어모운(魚模韻)에 속하므로 발음상으로 상당한 거리가 있다. 그러나 소주(蘇州) 등 강남지역의 방언에서 '도'는 우후운(尤侯韻)에 속하여 가과운의 '다'와 발음이 유사한 까닭에 서로 혼용하는 경우가 많았다. 실제로 명대 말기에 강남지역에서 출판된 백화 문학작품들에는 '도'의 의미를 나타내는 자리에 '다'를 사용한 것을 확인할 수 있다. 능몽초의 『박안경기』에서도 전통적인 고문으로 작성된 시나 가사가 아닌 본문의 '다'는 거의 '도'의 의미로 사용되고 있다. 때문에 여기서도 '다'를 "하나같이"로 번역하였다.

**36** ~이라면[凡]: '범(凡)'은 중국 고문에서 보통 '무릇, 대체로, 모두' 등의 의미를 나타내는 부사로 사용된다. 그러나 중국어와는 달리 조사(助詞)의 기능이 강조되는 한국어에서는 '무릇, 대체로, 모두' 등과 같은 부사적 의미를 덧붙이는 것은 군더더기일 뿐이므로, 그냥 '~라면( 누구나)' 식으로 번역하는 편이 더 자연스럽다. 여기서도 '범'은 뒤의 부사 '개(皆)'와 연동되어 사용되었으므로 "~라면 누구나"로 번역하였다.

**37** 옛날 유물[古蹟]: 상우당본의 원문에는 '고적(古蹟)'으로 되어 있다. '고적'의 사전적인 의미는 '예로부터 전해져 내려온 건물이나 유적들'이다. 여기서는 서책을 두고 한 말이므로 편의상 "옛날 유물"로 번역하였다.

그렇다 보니 그 산의 중들도 그 묵적을 대대로 전하며 대단한 보물로 소
장한 것은 말할 나위도 없었지요.[38]

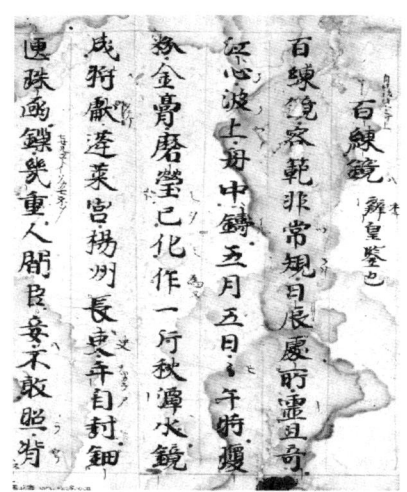

백거이와 그의 친필로 작성된 『백씨문집 고초 잔권(白氏文集古抄殘卷)』. 일본 도쿄 국립박물관 소장

계속 이야기를 들려 드리도록 하겠습니다.[39] 가정 사십삼 년에 오 땅
에서는 홍수가 나서 논밭의 작물들이 모조리 물에 잠겨 풀 한 포기 자라
지 못하게 되었지요. 그 바람에 쌀값이 폭등해서 각지에서는 쌀을 팔거

---

38 말 할 나위도 없었지요[不在話下] : '부재화하(不在話下)'는 송·원·명대의 소설, 희곡
등의 백화문학 작품들에서 특정한 상황이 경미하거나 상투적이어서 상세하게 묘사하거
나 소개할 필요가 없을 때 관련 내용의 소개를 생략할 때 주로 사용한 상투적인 표현이다.
글자대로라면 "이야기의 범위 내에 있지 않다" 정도로 직역할 수 있지만 여기서는 편의상
"(~인 것은) 말할 나위도 없다" 식으로 번역하였다.

39 이어서 이야기를 들려 드리겠습니다[且說] : '차설(且說)'은 송·원대 화본, 명대 의화본
이야기꾼 및 소설가들이 새로 이야기를 꺼낼 때 사용하던 상투적인 표현으로, 나중에는
명·청대 장회소설(章回小說)에서도 널리 사용되었다. 글자 그대로 풀면 '일단 ~이야기
를 하다' 또는 '우선 ~이야기를 하다' 정도로 번역되므로 의미상으로는 앞서의 '각설(却
說)'과 크게 다르지 않다. 여기서는 편의상 전후 맥락에 맞추어 "이어서 이야기를 해 볼까
요" 식으로 번역하였다.

나 사는 것을 금지했고, 관청들까지 균일가격 정책을 엄격하게 고수했지요. 그래서 갈수록 쌀 구경을 하기 어렵게 되었지 뭡니까. 이치를 따지자면[40] 일반적으로는 흉년이 들어 쌀값이 오르면 관청에서는 차분히 민정이나 살피면서 사달을 만들지 말아야 옳습니다. 밑천을 내고 이득을 챙기려는 상인들이 그 오른 가격에 욕심이 생겨 값이 싼 외지로부터 쌀을 사들이거나, 집안에 쌀을 재어 놓은 부자들이 그 오른 가격에 욕심이 생겨 집안의 곳간에서 쌀을 내다 파는 경우가 적지 않기 때문이지요. 그렇게 쌀이 조금씩 모이다 보면 값도 자연히 조금씩 내려가게 됩니다.[41]

이런 이치는 아주 쉽고도 분명한 것이지요. 그런데도 상황 판단이 되지 않는 그놈의 고집불통에 썩어 빠진 샌님들은 고을 원님만 맡았다 하면 흉년만 들어도 그저 쌀 파는 것을 금합네 쌀 사는 것을 막읍네, 값을 억지로 내립네 하는 짓이나 하려 듭니다. 그런 자는 외지 사람들이 자기 고을의 쌀을 사 가지 못하게 막기만 하면 된다고만 여길 뿐입니다. 그렇게 죄다 금지시키면 고을 건달들이 속임수를 쓰게 된다는 것도 모른 채, 자기 고을에서 거래가 이루어지기만 해도 '금지령을 어겼다'고 난리를 치면서 당

---

40  이치를 따져 보건대[元來] : '원래(元來)'는 당대 이래로 백화문학 작품에서 주로 사용된 구어식 표현으로 때로는 '원래(原來)'로 쓰기도 한다. '원래'는 오랜 기간동안 광범한 지역에서 두루 사용되다 보니 여러 가지 의미들이 새로 파생되었다. 그러나 그 뒤에 이어지는 구문의 내용에 따라 대체로 ① '당초에, 애초에', ② '이제 보니, 알고 보면', ③ '(이치를) 따져 보면, 생각해 보건대' 정도의 의미로 수렴된다. 그래서 본 연구자는 『박안경기』에 수록된 작품들을 번역할 때 이 세 가지 의미를 상황에 따라 적절히 취사하여 반영하였다. 여기서는 바로 뒤에 '대체로, 보통'이라는 뜻의 '대범(大凡)'이 이어지므로 "이치를 따져 보건대"로 번역하였다.

41  【즉공관 미비】救荒聚米妙策, 良有司所宜知. 흉년을 극복하고 쌀을 모으는 데에 절묘한 해결책이니 해당 관청은 꼭 알고 있어야 겠군.

사자들을 관아로 잡아 가서 다짜고짜 모진 고초를 겪게 만듭니다. 그러다 보니 지체가 있는 사람들은 사달이 날까 두려워서 집에 쌀이 있더라도 별 수 없이 곳간에 자물통을 꽁꽁 채워 두고 집안에서 놀리고만 있는 거지요. 더군다나 관아에서는 가격을 정해 놓고 비싸게 팔지 못하게 하니 큰 이득도 없는데 무슨 생고생을 하겠다고 내다 팔겠습니까? 쌀과 곡식을 파는 객상들 입장에서도 관청에서 정한 가격이 턱없이 낮다 보니 애초부터 팔겠다는 생각조차 갖지 않습니다. 서민들은 서민들대로 개별적으로 가격을 높이 쳐서라도 몰래 사 들이고 싶어도 그 일이 발각되어서 추궁을 당하고 처벌을 받을까 두려워하는 것입니다. 밑천을 가진 사람들 입장에서도 그 같은 부담을 지면서까지 그런 타산 맞지 않는 일을 하기를 바라지는 않지요. 그러다 보니 시장에는 쌀이 없는데도 쌀값만 갈수록 올라가는 기현상이 벌어지는 겁니다! 어리숙한 백성들은 백성들대로, 관리들은 관리들대도 수급의 원리조차 이해하지 못한 채 그저

"그렇게 금하고 막는데도 쌀이 당최 늘지 않고, 그토록 가격을 통제하는데도 쌀값이 당최 싸지지 않는구나!"[42]

하는 푸념만 늘어놓거나, 그렇지 않으면 이렇다 할 해명조차 없이 그저

"흉년을 극복할 수 있는 묘책이 없구나!"

---

42 【즉공관 미비】專是愚民無知, 上官因而誤事! 그저 어린 백성들이 아는 것이 없는 탓이다. 상급 관청도 이로 말미암아 일을 그르친 게지!

하는 소리나 내뱉으면서 얼버무리기 일쑤입니다. 그렇다 보니 관리들은 저마다 흉년을 극복하겠다고 목청을 높이지만 실제로는 되려 갈수록 엉망진창이 돼 버리고 마는 거지요![43]

객쩍은 소리는 일단 접어두도록 하겠습니다.[44] 어쨌거나 이 해에 쌀값이 폭등했습니다. 그런데 그 절간에 스님네들이 꽤 많다 보니 공양을 챙기는 데에 애로가 생겼지 뭡니까. 평소의 시주[45]들도 흉년이 들어 쌀이

---

**43** 가정 사십삼 년에 : 이 대목에서 능몽초는 가정 43년에 오 지역의 홍수로 인한 쌀 품귀 및 쌀값 폭등 문제를 거론하면서 쌀의 안정적 수급을 보장하고 쌀값의 폭등을 방지하자면 관청(정부)가 개입하지 말고 시장이 자율적으로 조정하도록 방임해야 한다고 주장하였다. 그의 이 같은 경제인식은 '보이지 않는 손(invisible hands)'이라는 개념을 처음으로 제시한 18세기 영국의 경제학자 아담 스미스(Adam Smith, 1723~1790)의 자유방임주의(laissez-faire) 경제이론을 떠올리게 한다. 아담 스미스는 물자의 안정적인 수급과 가격의 자율적인 조정은 자유로운 시장에 맡기되 정부는 인위적인 개입을 하지 말아야 하며, 그 과정에서 공급자 사이의 자유로운 그러면서도 치열한 경쟁을 통하여 소비자들이 궁극적인 혜택을 받게 될 것이라고 주장하였다. 이론적인 정치함에 있어서야 전문적인 경제학자인 아담 스미스가 한 수 위이겠지만 그보다 적어도 150년 전에 능몽초가 그 같은 경제인식과 주장을 하고 있다는 것은 대단히 경이로운 일이 아닐 수 없다.

**44** 객쩍은 소리는 일단 접어두도록 하지요[話休絮煩] : '화휴서번(話休絮煩)'은 송·원대 화본, 명·청대 의화본 등 각종 구어체 서사 공연예술에서 청중들 앞에서 이야기를 구연하다가 화제를 돌리거나 장면을 전환할 때 사용하던 상투적인 표현이다. 글자대로는 '이야기가 장황하면 안되지요' 정도로 직역할 수 있겠지만 여기서는 편의상 "객쩍은 소리는 일단 접어 두자" 식으로 의역하였다.

**45** 시주[檀越] : 불교 용어. 산스크리트어 '다나 빠띠(daana padi)'를 한자로 번역한 말. 산스크리트어에서 '다나'는 '베풀다, 주다'라는 의미를 나타내는 동사이며 '빠띠'는 '주인, 물주'라는 의미를 가진 명사이다. '다나 빠띠'는 말하자면 '베푸는 주인' 즉 자선가를 뜻하며 이를 의미대로 한자로 옮긴 것이 '시주(施主)'이다. '다나 빠띠'는 원래 그 발음대로 한자로 옮긴 음사(音寫)로 '타나발저(陀那鉢底)'로 번역되었다. 원래의 산스크리트어 그대로 중국에 수용되었음을 알 수가 있다. 그러나 그 후로는 '단월(檀越)'로 정착되었는데 「음사+의역」의 복합어라고 할 수 있다. 다만, '단(檀)'은 '다나'의 음사라고 할 수 있지만 '월(越)'은 그 의미('넘다')나 발음에서 '빠디'와는 거리가 멀다. 『중화불교백과전서(中華佛教百科全書)』에 따르면, 사람들에게 자선을 베풀면 자연히 윤회에서 벗어날 수 있다[越渡]는 의미에서 '월'자를 사용한 것으로 해석하고 있다. 즉, '단월'은 '(자선을) 베풀

적어지자 보시[46]를 하러 오지 않는 것이었습니다. 거기다가 백성들은 헐벗고 재물은 바닥나다 보니 굶어죽은 사람들 시체가 길가에 가득하고 도적들이 넘쳐나다 보니 탁발을 하려 해도 방법이 없었지요.

그 동정산이라는 곳은 태호 한 가운데에 자리잡고 있어서 배가 아니면 왕래할 수가 없는 곳입니다. 절간의 스님네들은 평소 각지의 시주들 덕택으로 먹고 지내는 처지였습니다. 그런데 이런 상황이 닥쳤으니 물길을 오가는 위험을 무릅쓰고 쌀을 싣고 절을 찾는 이가 있을 리가 없었지요. 그야말로[47]

| 절 주방에는 묵은 밥조차 없고 | 香積廚中無宿食, |
|---|---|
| 스님네 발우에는 남는 음식조차 드물구나! | 淨明鉢裏少餘糧. |

중들로서는 도무지 어쩔 방법이 없었습니다. 그런데 그 중에서 '변오辨

---

다'와 '해탈하다'의 복합어인 셈이다. 국내에서는 '단월'이 그다지 널리 사용되지 않기 때문에 여기서는 편의상 "시주"로 번역하였다.

46 보시(布施) : 산스크리트어 단어를 발음대로 한자로 표기한 불교 용어. 베풂 또는 베푸는 물건을 뜻한다.

47 그야말로[眞個是] : '진개(眞個)'의 '개(個)'는 중국어에서 '한 개, 두 개'의 경우처럼 물건의 개수를 세는 양사로 사용된다. 그러나 당·송·원·명대의 희곡·소설·가곡 등 백화문학 작품들에서는 형용사·동사 등의 용언이나 수사·지시사 등의 체언 뒤에 부착되어 어감을 강화하는 어조사(語助詞)로 작동한다. 문법적으로 따져 볼 때, 이 경우의 어조사 '개'는 제외하더라도 의미나 어감에 변동이 거의 발생하지 않는다. 여기서의 '진개시(眞個是)' 역시 그 의미나 어감에서 '개'가 사용되지 않은 '진시(眞是)'와 크게 다르지 않다. 이 작품에서도 「동사+개+명사」나 「형용사+개+명사」 등의 구조에서 '개'가 어조사로 사용된 사례는 수십 개가 넘는다. 어조사로서의 '개'가 희곡·소설·가곡 등에 집중적으로 사용된 것을 보면, 이 같은 '개'의 삽입이 문법적인 효과보다는 음악적인 효과를 염두에 둔 장치였다고 보는 편이 합리적일 듯하다. 여기서는 '진개시'를 편의상 "그야말로(~이다)" 또는 "정말이지( ~이다)"로 번역하였다.

悟'라는 법명의 중이 다른 중들 앞에서 이렇게 대놓고 말하는 것이었지요.

"절에 스님들이 적지 않으니 쌀을 사오십 섬이라도 구하지 못하면 이번 흉년을 버틸 재간이 없습니다. 지금은 그런 큰 시주님이 계실 리도 없습니다. 그런데 설마 그냥 팔짱만 끼고 앉아서 다들 굶어 죽는 걸 지켜보고만 있을 생각들은 아니시겠지요 … 제 생각에는 백 시랑의 『금강경』<sup>48</sup> 친필본은 대대로 전승되어 온 대단한 보물입니다. 그걸 가지고 읍내로 가서 고서를 잘 아는 분을 찾아서 그 분한테서 쌀을 좀 꾸어서라도 일단 한 해라도 버텨야 할 것 같습니다."

그래서 주지<sup>49</sup>가 말했지요.

---

48  『금강경(金剛經)』: 대승불교 경전의 하나인 『금강반야바라밀경(金剛般若波羅蜜經)』의
    약칭. 여기서 '금강(金剛)'은 다이아몬드를 뜻하고 '반야(般若)'는 지혜를 뜻하며 '바라
    밀(波羅蜜)'은 피안에 이르는 것 즉 해탈(解脫)을 뜻하므로, '금강바라밀경'은 곧 '다이
    아몬드처럼 굳고 날카로운 지혜로 모든 난관을 극복하는 가르침을 담은 경전'이라는 뜻
    을 담고 있는 셈이다. 이 불경은 불교의 비조인 석가모니(釋迦牟尼)와 그의 제자 수보리
    (須菩提) 존자가 문답을 주고 받는 형식으로 구성되어 있다. 이 불경의 한역본은 6종이
    있는데, 구마라습(鳩摩羅什)이 번역한 것이 가장 널리 알려져 있다. 선종(禪宗) 불교에서
    는 6조 혜능(慧能)이 이 경문을 듣고 깨달음을 얻었다 하여 대단히 중요하게 여긴다. 뒤
    에 나오듯이 『금강반야경(金剛般若經)』으로 불리기도 한다.
49  주지[方丈]: '방장(方丈)'은 원래 도교에서 사용하던 호칭으로, 불교가 중국에 전래된
    후에는 불가에서도 이 호칭을 차용하기 시작하였다. 도교에서는 "사람의 마음은 한 마디
    이며 하늘의 마음은 한 길(人心方寸, 天心方丈)"이라 하여, 시방총림(十方叢林)의 최고
    영도자를 일컫는 말로, 때로는 "주지(住持)"로 불려지기도 하였다. 나중에 불교에서는
    원래 선종 사찰의 장로 또는 주지가 기거하는 공간을 일컫는 말로 사용되었으며, 때로는
    그 공간의 주인 즉 장로나 주지를 가리키기도 하였다. 여기서는 편의상 "주지"로 번역하
    였다.

"듣자니 그 불경은 값이 적잖게 나간다더군. 무작정 지키고만 있다고 해서 굶주림을 해결할 수는 없네. 그야말로 '쌀통가리를 멀쩡히 앞에 두고도 죽도록 굶주리는[50] 격'이니 차라리 그걸 잡히고 쌀을 꾸는 것이 현명한 해결책일 테지. 그렇기야 하지만 ⋯ 요즘 같은 상황에서야 어디서 그런 여윳돈을 내고 이런 변변찮은 물건을 선뜻 맡아 줄 분을 만난단 말인가! 그저 공염불만 하다가 끝날까 걱정일세."

"요즘은 보물을 알아 볼만한 대가를 찾는다 해도 사실 많지는 않지요. 아무리 따져 보아도 기껏해야 산당山塘 웃골 왕 상국相國 댁 살림을 책임지고 있는 엄 도관[51] 정도뿐입니다. 그는 이 산 출신으로 마침 우리 절의 시주이기도 하고 ⋯ 이 중에서도 저와는 각별한 사이입니다. 이 백 시랑의 불경을 친견한 적이 있는지는 알 수 없지만 들어 본 적은 꽤 있을 겁니다. (⋯) 제 얼굴을 들이 밀면 쌀 몇 십 섬 정도는 꿀 수 있지 않을까 싶습

---

50 죽도록 굶주리는[餓殺] : '아살(餓殺)'의 '살'은 원·명대에 주로 희곡·소설·가곡 등의 백화문학 작품들에서 행위나 상황의 극단적인 정도('몹시, 지독히')를 나타내는 데에 사용한 정도보어이다. 이 경우 '살'은 글자의 원래의 기능인 '죽이다(kill)' 또는 '죽다(dead)'라는 의미의 동사로 사용된 것이 아니라 '몹시(extremely)' 또는 '완전히(absolutely)'라는 어감을 나타내기 위하여 사용된 것이며, 때로는 '살(煞)', '살(㬠)' 등으로 적기도 하였다. 여기서의 '아살' 역시 '굶어서 죽을 지경이다' 또는 '죽을 정도로 굶다'라는 뜻으로 이해해야지 '굶어서 죽다'라는 뜻으로 받아들여서는 곤란하다. 원문에도 나와 있듯이, 명대에 '굶어서 죽다'라는 의미를 나타낼 때에는 우리가 잘 알고 있다시피 '아사(餓死)'라는 표현을 사용하였다. 따라서 여기서는 '아살'을 이와 구분하여 "죽도록 굶주리다"로 번역하였다. 원·명대에 극단적인 정도를 나타내는 데에 사용한 정도보어로서의 '살(殺)'의 용법에 관해서는 문성재 논문 「원대 잡극에서의 정도부사 "살(殺)" 용법」(『중국어문논총』 제31권, 2006)을 참조하기 바란다.
51 도관(都管) : 집안의 사무를 돌보는 하인의 우두머리, 집사. 여기서는 편의상 원어 그대로 옮겼다.

니다."[52]

변호가 이렇게 말하자 중들은 일제히 말했지요.

"그러시다면 더 지체할 것 없이 지금 당장 태호를 건너 다녀오시지요!"

그래서 방 안으로 간 주지는 내실에서 『금강경』을 두 손으로 받쳐 들고 나왔습니다. 그런데 가만 보니 겉을 송대의 비단 보자기로 싸 놓았지 뭡니까. 그래서 끌러서 그 속을 보니 그 책장은 장정이 똑같은데 오랫동안 표구를 하지 않은 탓에 풀기가 사라진 지 오래되어 그 주위로 테를 두른 종이의 태반이 들떠 있는 것이었습니다.[53]

"이 물건은 명성이 대단한 고서인데 이 꼴이 되어 버렸으니 … 무슨 내세울 만한 구석이 있을지 원! (…) 이제 가지고[54] 가서 그 주인 될 분이 소장하게 된다면 잘 좀 간수하면서 책장이 떨어져 나가지 않게 되었으면 좋으련만!"

---

52 **【즉공관 미비】** □□面皮□錢. (중의?) 낯가죽도 돈이 (되는군?)
53 **【즉공관 미비】** 足見寺僧不珍重! 딱 보아도 절의 중들이 소중하게 간수하지 않았군 그래
54 가지고[將] : 당대 이래의 구어체 중국어 즉 백화에서 '장(將)'은 앞서의 동사 뒤에서 부대상황을 나타내거나 행위의 완료를 나타내는 시태조사로서의 용법과 함께 '지니다 (carry), 들다(hold)' 등의 의미를 가진 본동사로서의 용법도 자주 발견할 수 있다. 특이한 것은 이 작품에는 '장'과 함께 같은 의미를 나타내는 또다른 타동사 '나(拿)'가 나란히 사용되고 있다는 점이다.

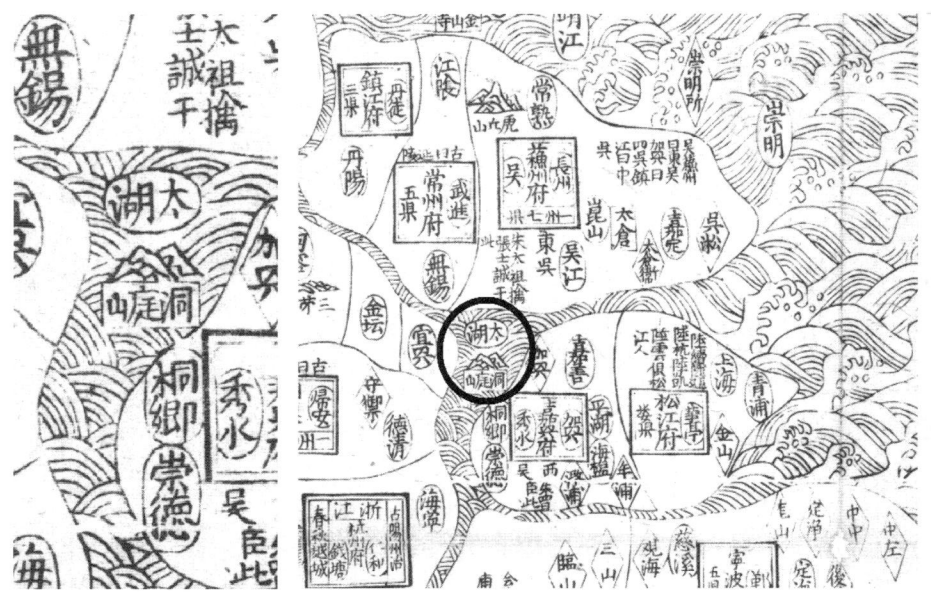

청대 초기에 간행된 명대 지도 『대명구변만국인적노정전도(大明九邊萬國人跡路程全圖)』에 그려진 소주부와
태호 동정산의 모습

주지가 이렇게 말하니 중들이 말했습니다.

"그것을 잡힐 수 있을지 없을지도 모르는 판국에 미리부터 걱정하실
필요는 없지요."

"제가 보기에 잡히는 것이야 잡힐 수는 있을 것 같습니다. 다만 … 급한
불은 끈다지만 되돌려 받을 때 드릴 돈과 쌀은 또 어디서 구해야 할지 원!"

변오가 이렇게 말하자 중들이 말하는 것이었습니다.

"일단 돌려받을 때 가서 궁리하도록 하시지요. 지금은 쌀이 급하니 다른 걱정일랑 하실 겨를이 없습니다!"

이렇게 해서 그 길로 배를 빌린 변오는 도인道人을 불러 자신을 따르게 해서 불경을 싼 보자기를 들고 되는 대로 태호를 건너 산당 웃골로 향했답니다.

그렇게 상국 댁 대문 앞까지 와서 먼 곳을 바라볼 때였습니다. 가만 보니[55] 엄 도관이 마침 그 중간쯤에서 땅에 앉아 있지 뭡니까. 변오는 앞으로 나아가 머리를 조아렸습니다. 인사가 끝나자 엄도관이 묻는 것이었습니다.

"스님께서 어인 일로 왕림하셨습니까?"

"한 가지 용무가 있어서 일부러 도관님과 의논을 하러 왔답니다. 모쪼록 도관님께서 꼭 좀 성사시켜 주시면 좋겠군요."

"일단 말씀해 보시지요, 무슨 용무이신지 들어나 봅시다. 들어 드릴 수 있는 일이라면 들어 드리지 못할 것도 없지요."

---

55 가만 보니[只見] : 지견(只見)은 송·원·명대 화본소설에서 자주 등장하는 상투적인 표현으로, 글자대로는 '그저 ~만 보이다' 정도로 직역할 수 있다. 그러나 그런 번역은 앞의 상황이 다음 상황으로 이행되는 과정에서 다소 부자연스럽고 거친 느낌을 준다. 따라서 여기서는 '지견'을 편의상 "가만 보니( ~인 것이 아닌가)" 식으로 의역하였다.

그래서 변오가 말했습니다.

"저희 절에는 사람이 많은데 … 공양미가 다 떨어져 버렸지 뭡니까. (…) 지금 흉년이 들어 쌀이 귀해져서 어찌 해 볼 방법이 없군요. (…) 저희 절에 대대로 전해져 내려 온『금강경』인데 … 당나라 때 백 시랑의 진필입니다. 듣자니 그 가치가 천 금을 호가한다고 하던데 … 아마 도관님께서도 평소에 그런 말을 들어 보셨을 겁니다. 이 불경을 … 상국 댁의 전당포에 잡히고 답례로 백 섬 정도만 꾸어 주셨으면 합니다. 흉년을 넘기고 온 절 사람들 목숨을 구하게만 해 주신다면 그 공덕이 참으로 무량할 겁니다!"

그러자 엄 도관이 말했습니다.

"무슨 진귀한 물건이나 금은보배로 만들었길래 그렇게나 값이 많이 나간답니까? 예전에 상국 대감과 귀빈들께서 늘 하시는 말씀을 듣기는 했습니다. 허나 … 말 그대로 '천 번 듣는 것이 한번 보는 것만 못하다'[56] 지 않습니까? 일단 좀 보여 주신 다음에 의논하시지요."

---

**56** 천 번 듣는 것이 한번 보는 것만 못하다[千聞不如一見] : '천문불여일견(千聞不如一見)' 은 남의 말을 아무리 많이 듣는 것보다는 자신이 직접 경험하는 편이 더 낫다는 뜻으로 사용된다. 『진서(陳書)』「소마하전(蕭摩訶傳)」에 나오는 말로, 『한서(漢書)』「조충국전(趙充國傳)」에 나오는 '백문불여일견(百聞不如一見)'과 의미적으로 유사하지만 정도에 있어서는 그보다 강조된 형태의 표현이다. 능몽초의 『박안경기』에 앞서 풍몽룡(馮夢龍) 이 엮은 송·원대 화본소설집인 『경세통언(警世通言)』에 수록된 「여대랑환금완골육(呂大郎還金完骨肉)」에도 관련 용례가 보인다.

그래서 변오가 도인의 손에서 보따리를 건네받아서 그것을 펼쳤겠다?

그런데 죄다[57] 삭아 떨어진 낡은 종이들뿐이지 뭡니까 글쎄.

"난 또 무슨 금빛 찬란한 보물이라도 되나 싶었지. 이제 보니 이렇게 정나미 떨어지는 몰골이구려! (…) 차라리 겉의 이 보자기가 훨씬 울긋 불긋 보기에 근사하구만! 이걸 어떻게 값 나가는 물건이라고 할 수가 있습니까?"[58]

도관은 도무지 영문을 모르겠다는 투로 쪽마다 넘겨 보는 것이었습니다. 그런데 맨 뒤까지 넘겼을 때였습니다. 상주부의 이름난 관리며 명사들의 이름과 낙관들이 거기에 적혀 있고, 심지어 자기집 주인 마님도 발문[59]에 친필에 낙관까지 다 들어가 있지 뭡니까.
그는 그제서야 반가운 표정을 지어 보이면서 말했지요.

---

57　죄다[多是] : '다시(多是)'는 명대의 백화소설에서 주로 사용된 구어식 표현으로, 의미상
　　으로는 현대 중국어의 '도시(都是)'와 동일하다. 여기서의 '다(多)'는 발음이 유사한 '도
　　(都)' 대용으로 차용한 글자인 셈이다. 따라서 '다'는 글자대로 '많다' 또는 '많은 경우'가
　　아닌 '모두'라는 의미로 이해해야 옳다. 여기서는 편의상 '다시'를 "죄다( ~이다)"로 번
　　역하였다.
58　【즉공관 미비】不在行光景逼眞. 문외한이 벌이는 상황이 아주 사실적이군.
59　발문[題跋] : '제발(題跋)'은 서적이나 회화·비첩 등의 서화 작품에 적는 품평·후일담·
　　고증·연혁 등을 소개한 글을 말한다. 일반적으로 서화나 비첩 앞쪽에 적는 것을 '제
　　(題)', 뒤쪽에 적는 것을 '발(跋)'로 구분해서 일컫지만 여기서는 불경 맨 뒷쪽에 적은
　　것이므로 편의상 '제발'을 "발문"으로 번역하였다. 뒤에 나오는 '수서(手書)'는 친필로
　　작성한 글이라는 뜻이지만 역시 편의상 "친필"로 번역하였다.

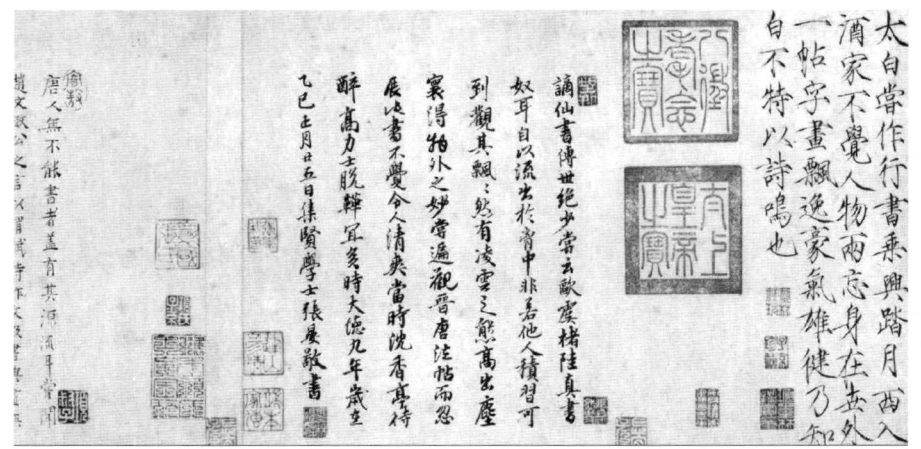

중국 발문·친필·낙관 예시. 사진의 것은 당나라 시인 이백(李白)의 친필 작품인 『상양대첩(上陽臺帖)』 뒷쪽에 적힌 역대 명사들의 발문·친필·낙관들

"이러고 보니까 그래도 값 진 물건이긴 한가 보군요. 그러니까 우리 댁 나리께서 함자를 여기에 기꺼이 적으셨을 테지! 우리댁 나리의 이 함자 만 해도 은자 백 냥 정도의 값은 나가지 않을까 싶군요.[60][61] (…) 스님과 알고 지내는 처지이기도 하고 좋은 일에 쓰시는 돈이니 … 백 섬까지는

---

60  ~지 않을까 싶군요[不見得] : '불견득(不見得)'은 원·명대 소설, 희곡에 주로 사용된 구어체 중국어로, 글자대로는 '~로 보이지 않는가' 식의 반어체로 직역되지만 의미상으로는 '~일 지도 모르겠다' 또는 '~ 같다' 등으로 해석된다. 여기서는 편의상 "(~이지) 않을까 싶다"로 번역하였다.

61  【즉공관 미비】子誠齊人也! 당신은 명실상부한 제나라 사람이군 그래!
"자네는 명실상부한 제나라 사람이군!"은 원래 『맹자(孟子)』 「공손추 상(公孫丑上)」에 나오는 말이다. 하루는 맹자의 문하에 있던 제나라 출신의 제자 공손추가 맹자에게 자신이 '제나라에서 정치를 맡으면 관중(管仲)이나 안자(晏子)가 당시의 제나라에서 그랬듯이 패권을 쥐게 할 수가 있겠느냐'고 물었다. 그러자 맹자는 "자네는 명실상부한 제나라 사람이군. 그저 관중과 안자만 알고 있으니! [子誠齊人也. 知管仲晏子而已矣]" 하고 제나라라는 작은 나라에만 머물러 있는 공손추의 편협한 안목을 비꼬았다고 한다. 여기서는 능몽초가 맹자의 말을 빌어 자기 상전의 이름이 들어 있느냐의 여부에 따라 『금강경』의 값어치를 매기려 드는 도관의 편협한 안목을 비꼰 것이다.

중국 고대의 은자 한 냥과 부스러기. 명대 만력(萬曆) 연간에는 한 냥으로 쌀 두 섬을 샀다고 한다

힘들겠지만 내 쉰 섬을 드리지요!"[62]

"많이 주시면 많이 받고 적게 주시면 적게 받아야지요! 쉰 섬이라도 좋습니다. 운반하기 무거우면 나중에 갚을 때에도 처치 곤란일 테니까요."

변오가 이렇게 말하자 엄도관은 곧바로 불경을 잘 싸더니 두 손으로 받들고 들어 갔습니다. 아무래도 재상댁 문중은 수완이 대단하고 벌이는 사업도 적지 않았습니다. 그렇다 보니 정말로 나와서 쌀 쉰 섬을 지급한다는 전당표를 한 장 쓰더니 변오에게 건네면서 말하는 것이었지요.

"인정상 드리기는 합니다마는 만만하게 보시면 안 됩니다?"

---

62 【즉공관 미비】果然蘇人殺米價? 정말 소주 사람들 쌀값을 잘 깎는다니까?

그는 말을 마치자마자 곳간을 열어 열 말[^63] 단위로 쌀을 재서 넘겨 주었습니다. 변오는 변오대로 도인과 함께 품꾼을 사서 쌀을 열 말씩 담아 배로 옮기고 나서 도관에게 고맙다고 인사를 하고 작별을 고했지요. 그런 다음에 몹시 기뻐하면서 그것을 싣고 절로 돌아간 것은 말 할 필요도 없었습니다.[^64]

계속 이야기를 들려 드리도록 하겠습니다. 이쪽의 상국相國 부인은 평소에 무척 선행을 베푸는 것을 좋아했답니다. 불가의 불제자들을 무척 존중하고 불가의 경전들을 몹시 받들었지요. 그 해 겨울 세밑이 되었을 때였습니다. 도관은 그 해의 장부들을 모두 올리고 부인이 다 확인하기를 기다렸습니다. 그러나 부인은 연말연시 내내 바쁘다 보니 미처 확인을 하지 못하고 있었지요. 이때는 벌써 이월 중순이었습니다. 부인이 코 손길 가는 대로 한 쪽을 펼쳐 보니 그 안에

| "강-59호: | 薑字五十九號 |
|---|---|
| 동정산 모 사찰의 『금강경』 1권을 맡고 | 當洞庭山某寺金剛經一卷 |
| 쌀 50섬을 지급함" | 本米五十石. |

[^63]: 열 말[斛] : 상우당본 원문에는 '곡(斛)'으로 나와 있다. '곡'은 중국 고대에 쌀의 양을 재던 단위이다. 고대에는 쌀 열 말을 '곡'으로 불렀으므로 여기서도 '한 곡'을 "열 말"로 번역하였다.

[^64]: 말 할 필요도 없었지요[不題] : '부제(不題)'는 송·원·명대 희곡·소설에서 상투적으로 사용된 구어체 중국어 표현이다. 여기서의 '제(題)'는 '들 제(提)'와 같은 의미여서 글자대로는 '언급하지 않는다' 식으로 직역되는데, 그 의미나 기능에 있어서는 앞서의 '말 할 나위도 없었지요[不在話下]'와도 대체로 일치한다. 여기서는 편의상 "말 할 필요도 없었지요"로 번역하였다.

이렇게 적혀 있는 것이 아닙니까.

"이상하구나! 웬 불경이길래 쌀을 이렇게 많이 받아 갔을까?"

부인은 이렇게 말하다가 불현 듯 생각했습니다.

"대감을 뵐 때마다 '동정산 절에 『금강경』이 있는데 그 절의 보물'이라고 하시더니 … 바로 그 불경인가?"

부인은 즉시 하녀들을 불러 자신의 말을 전하고 불경을 가져 와 보이게 했습니다. 이윽고 불경을 가지고 오자 부인이 손을 깨끗이 씻고 보자기를 푼 다음 보자기를 젖히고 보니 종잇장에 고색이 창연하지 뭡니까. 그 불경의 장점이나 내력·출처는 그다지 잘 알 수 없었습니다. 그러나 옛 명사가 남긴 경전이라는 것은 짐작할 수 있었지요.[65] 그래서 염불을 하면서 말했습니다.

"이건 절에 대대로 전해져 내려 온 불경임이 분명하다. 흉년을 만나는 바람에 이런 것까지 가져다 쌀을 꾸어 먹는구나! (…) 그런 가난한 절에서 쌀을 갚을 능력이 어디 있겠나? 이곳에 잡혀 놓는다는 것은 부처님을 모독하는 짓이니 속이 편안치가 않구나! 내가 그 절 스님들에게 한 해 공

---

65 【즉공관 미비】畢竟大家相! 역시 대갓집 마님이라 다르군!

양을 바치는 셈 치고[66] 이 불경을 돌려 드리자꾸나! 부처님한테서까지 이문을 남기려고 볼썽사나운 꼴 벌이지 말고."[67]

그래서 도관에게 이렇게 분부했습니다.

"이 쉰 섬은 내가 스님들께 공양으로 바치는 셈 치세. 속히 절의 스님을 불러서 이 불경은 그대로 돌려 드리도록 하게!"

도관은 부인의 명령을 받들어 막 틈을 봐서 변오에게 기별을 전하고 그에게 그 불경을 받아가게 하려 했습니다.

때는 마침 열아흐레로, 관세음보살의 탄신일이었지요. 그래서 변오는 태호를 건너 관음산으로 와서 불공을 드리고 일을 마치자 도관에게 인사를 하러 그곳에 들렀습니다. 그러자 도관이 그를 발견하고 말하는 것이었지요.

"마침 잘 오셨습니다! 그렇지 않아도 산에 불공을 드리러 가는 사람을 구해서 스님한테 기별을 드리려던 참이올시다!"

"도관 어른, 무슨 분부하실 일이라도…"

---

66 【즉공관 방비】好念頭! 마음씨가 곱기도 하지!
67 【즉공관 미비】女人口角. 여자다운 말씨로군.

명대 삽화에 묘사된 관세음보살과 선재동자

그래서 도관이 말했지요.

"다른 일이 아니오라 … 바로 스님이 작년에 잡히신 불경 때문에 말씀입니다. 우리 댁 마님께서 그 일을 아시고 발심發心[68]하시어 그 쉰 섬의 쌀을 스님 절에 보시하겠다고 하십니다. 스님이 갚지 않으셔도 된다는 말씀이지요. 불경은 그냥 돌려 드릴 테니 마님 대신 잘 모시도록 하십시오.

---

**68** 발심(發心) : 불가의 깨달음을 얻고 중생을 제도하고자 하는 마음을 일으키는 것을 가리킨다.

이 일로 스님을 뵙고 돌려 드리려던 참이었답니다."

그 말을 들은 변오는 너무도 기쁜 나머지 두 손을 모으면서 말했습니다.
"나무아미타불! 이렇게 착한 마음씨를 가진 시주께서 계실 줄이야! 이 불경을 저희 절에 도로 돌려주시겠다니 … 정말 부처님과의 인연이 넓고 도 크다 하겠습니다! 댁의 마님께서도 성함을 천고에 남기시겠지만 … 도관 어른도 이번에 쌓으신 복덕이 적지 않으십니다!"[69]

"아닙니다, 아니에요!"

이렇게 말한 도관은 그 길로 부인에게 알리러 갔습니다. 그리고 그 불 경을 받아 오더니 변오에게 돌려주는 것이었지요. 부인은 거기다가 도관 에게

"스님에게 공양이라도 한 상 봐 드리게"

하고 이른 터였습니다. 도관은 그 명령에 따라 공양을 차려서 변오를 잘 대접했지요. 그러자 변오는 싱글벙글 하면서 불경 보따리를 두 손으로 받들고 수도 없이 감사 인사를 하고는 길을 나섰답니다.

---

**69** 【즉공관 미비】和尙口角. 스님네 말씨지.

배를 타는 나루까지 왔을 때 배가 마침 산에서 불공을 드린 사람들을 가득 태우고 출발하려는 참이지 뭡니까. 변오가 소리를 질러 배를 세우고 그 위에 올라 타 자리를 잡고 앉으니 배가 출발하는 것이었습니다. 배에 탄 사람들은 아무 댁은 어떻고 누구 집은 저떻고[70] 하면서 뒷공론을 주고받고 있었지요. 어느 사이에 배가 태호 한 가운데까지 왔을 때였습니다.

"여러분이 아무리 이러쿵저러쿵 하셔도 소승이 오늘 뵌 시주님만은 못할 겁니다. 그 분은 정말이지 착한 마음으로 베풀기를 좋아하시니 그 도량도 클 뿐만 아니라 복도 많이 받으실 거예요!"

변오가 사람들을 보면서 이렇게 말하자 사람들이 말했습니다.

"그게 뉘 댁이길래요?"

"왕상국댁 마님이올시다!"

하고 말하자 그 사람들 속에서 누가 말하는 것이었지요.

---

70 아무 댁은 어떻고 누구 집은 저떻고[你說張家長, 我說李家短] : '니설장가장, 아설이가단 (你說張家長, 我說李家短)'은 명대에 강남지역에 유행하던 말로, 사람들이 남의 집안 일을 놓고 이러쿵저러쿵 뒷공론을 벌이는 것을 두고 한 말이다. 여기서 '장가(張家)'나 '이가(李家)'는 두씨족을 특정해서 일컬은 것이 아니라 불특정 다수를 두루 가리키는 말이다. 따라서 이 부분의 번역 역시 '너는 장 씨댁 칭찬을 하고 나는 이 씨댁 흉을 본다'로 직역하지 않고 편의상 "아무 댁은 어떻고 누구 집은 저떻고" 식으로 의역하였다.

"선행을 베풀기를 좋아하신다는 말씀이야 진작부터 듣고 있었소이다마는 오늘은 스님한테 또 어떻게 보시를 하셨답니까?"

그러자 변오는 불경 보따리를 가리키면서 말했지요.

"바로 이것이 크나큰 보시지요!"

"스님의 보시 장부에 큰 금액을 내셨나 보구려."

사람들이 이렇게 말하자 변오가 말했습니다.

"만약에 처음부터 작정하고 보시를 하셨다면 별로 대수롭게 여길 것이 없지요. 아무 바램도 없이 베푸신 것이기에 훌륭하시다는 것입니다!"

"아무 바램도 없다니요?"

사람들이 이렇게 말하자 변오는 기다렸다는 듯이 작년에 어째서 쌀을 꾸었고 오늘은 또 어떻게 그냥 돌려 받았는지를 자초지종 들려주었지요. 그리고 나서 말했습니다.

"이런 흉년에, 온 절의 스님들을 그 부인께서 구하셨습니다! 더욱이 절에 대대로 전해 내려 온 보물도 되돌려 받을 원금이 없어서 걱정이 이

만저만이 아니었지요. 아 그런데 오늘 이렇게 고이 돌려 받았지 뭡니까.
참으로 이런 행운이 어디 있답니까!"

사람들은 불경 한 권으로 쉰 섬이나 되는 쌀을 꾸었다는 소리를 듣더
니 도무지 믿으려 들지를 않는 것이었습니다.

"'출가한 양반들은 걸핏하면 허풍을 떤다'[71]더니 … 그런 일이 어디 가
당키나 합니까?"

하는 사람이 있는가 하면

"저 스님이 우리 물건을 내놓으라고 한 것도 아니고 뭐 하러 거짓말을
하겠소? (…) 정말이긴 한 것 같은데."

하는 사람도 있고, 또 어떤 사람은

"그렇게 큰 값이 나가는 불경이라니 … 우리도 구경이나 좀 해야 겠수.
이렇게 만난 것도 인연이 아니겠수?[72] 여간 해서는 보기 드문 보물이기

---

71 출가한 양반들은 걸핏하면~[出家人慣說天話]: '출가인관설천화(出家人慣說天話)'는 명
   대에 강남지역에 유행한 속담으로, 승려들이 불교 교리는 물론이고 부처와 극락·지옥·
   귀신 등 비현실적이고 환상적인 세계를 다루는 불경을 강론하고 설교하는 것을 생업으로
   삼는 것을 비꼬아 한 말이다. 여기서는 편의상 "출가한 양반들은 걸핏하면 허풍을 떤다"
   로 번역하였다.
72 이렇게 만난 것도 인연[一緣一會]: '일연일회(一緣一會)'는 명대의 격언으로, 글자대로

도 하고."

하면서 꺼내서 보여 달라고 아우성을 치지 뭡니까 글쎄. 변오가 보니 그
사람들은 죄다 시골 사람들이었습니다. 그래서 이렇게 말했지요.

"이건 당나라 백 시랑의 친필이올시다. 여러분은 봐도 그 값어치를 모
릅니다. 부정을 탈 지도 모르는 판에 그건 봐서 무엇 하시게요!"

그런데 그 무리 속에는 향학鄕學에서 학생을 가르치는 제법 점잔을 빼
는 글쟁이가 하나 끼어 있었습니다. 성이 황黃, 호가 단산丹山, 별명이 '황
촬공黃撮空'인 자였지요. 그는 변오의 말을 듣더니 냉큼 그 말을 받아서 말
했습니다.

"스님 말씀을 듣다 보니 참 어이가 없구려? 백시랑 흑시랑 어쩌고 바
람을 잡으면서 우리는 못 알아 볼 거라니요![73] '백시랑'이야 이름이 '백
낙천白樂天'으로 『천가시千家詩』에도 그의 시가 다 나오는 양반이외다. 헌데
어째서 우리는 알 턱이 없다고 사람을 무시하고 그러슈? (…) 우리가 오
늘 이렇게 어렵게 한 배를 타고 태호를 건너게 된 것도 따지고 보면 인연
이 있어서일 게요. 그러니 다들 스님한테 그 고서 좀 보여 달라고 부탁

---

는 '한번의 인연으로 한번을 만나다' 정도로 직역되는데, 서로가 전생의 인연으로 만나게
되었다는 뜻으로 한 말이다. 여기서는 편의상 "이렇게 만난 것도 인연이 아니겠수"로 의
역하였다.
**73**【즉공관 미비】村先生口角! 그놈의 시골 훈장 말투!

드립시다!"

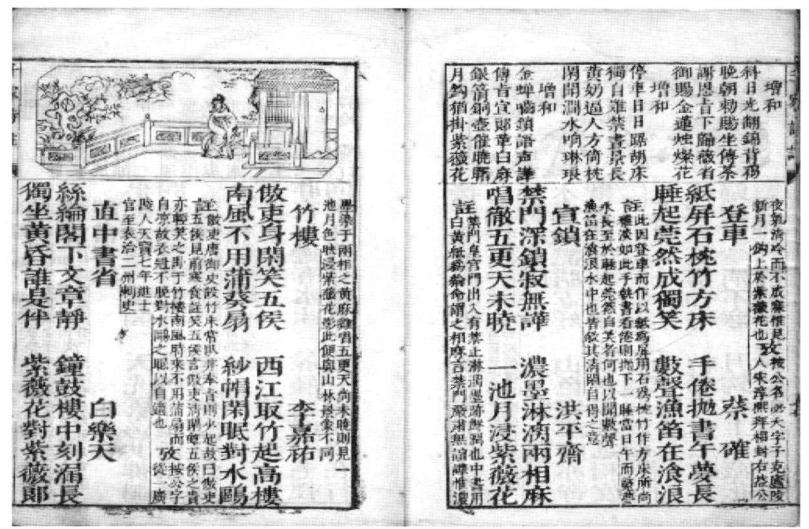

명 만력 연간에 간행된 『당송시현 천가시선(唐宋時賢千家詩選)』. 왼쪽에 백거이의 시가 보인다

그 소리를 들은 사람들은 다들 손뼉을 치면서

"황선생 말씀이 옳소!"

하더니 한꺼번에 변오 곁으로 다가가서 꺼내서 보여 달라고 아우성을 치지 뭡니까. 변오로서는

'넷이 여섯의 의견을 꺾을 수는 없다.'**74**      四不拗六

---

**74**  넷이 여섯의 의견을 꺾을 수는 없다[四不拗六] : '사불요륙(四不拗六)'은 명대에 유행한

는 격으로, 당최 사람들의 요구를 막을 도리가 없었습니다. 하는 수 없이 보자기를 끌러서 배 갑판에 펴더니 불경을 펼쳤지요. 그러나 그 불경은 쪽마다 풀칠이 된 것이 아니었습니다. 그렇다 보니 마악 첫 쪽을 펼치는 순간 호수의 그 거센 바람을 어떻게 감당할 수가 있겠습니까! 아 글쎄 갑자기 한 바탕 회오리바람이 불어오더니만 불경 귀퉁이를 휙 젖히는 것이 아닙니까.

당황한 변오는 허겁지겁 들뜬 종잇장을 두 손으로 눌렀습니다. 그러나 한 장이 그 바람에 어느 사이에 뱃머리 쪽으로 날아가 버리지 뭡니까 글쎄. 그때 변오는 두 손으로 불경 종잇장들을 누르고 있던 참이었습니다. 그래서 손을 뻗어 그것을 집을 겨를이 없었지요. 그렇다 보니 다급하게 사람들에게 어서 그것을 집으라고 시킬 수밖에 없었습니다. 사람들은 사람들대로 다들 손발을 부지런히 놀리면서 이리로 쏠렸다가 저리로 몰렸다가 고함을 지르다가 아우성을 치다가 여기를 들이받았다가 저기에 부딪혔다가 하면서 난리도 그런 난리가 없었답니다. 그렇지만 어디 잡아챌 수가 있었겠습니까요?

그 말이 채 끝나기도 전에[75] 바람에 빨려 들어가더니 어느 사이에 허

---

성어이다. 명대의 문학가 양신(楊愼, 1488~1559)이 「노나라의 교체를 변증하다[魯之郊禘辨]」라는 글에서 "옛말의 '삼점종이'는 지금의 시쳇말에서는 '사불요륙'이라고 하는데, 무리의 말을 따르는 것을 소중하게 여기는 것을 두고 한 말이다[古語云三点從二, 今諺云四不拗六, 言貴從衆也]"라고 한 것을 보면 '소수는 다수의 의견을 거역하거나 무시할 수 없다'라는 뜻에서 한 말로 보인다. 글자대로 풀면 "넷이 여섯을 꺾을 수 없다"이지만 여기서는 "넷이 여섯의 의견을 꺾을 수는 없다"로 번역하였다.

75 그 말이 채 끝나기도 전에[說時遲, 那時快] : 중국 송·원대 화본, 명·청대 의화본이나 백화소설에서 상투적으로 사용되는 표현. 글자대로 번역하면 "말하는 시간은 더디지만 그 시간은 빨랐다[說時遲, 那時快]"라는 의미가 되는데, 보통 특정한 행위나 상황이 말보

공을 날고 있지 뭡니까 글쎄! 사실 일 년 중에 이월의 바람만큼은 땅에서
부터 불어 올라가는 바람입니다.[76] 그래서 아이들이 제비연이며 방패연[77]
을 날리는 것도 이 한 철뿐이지요. 그때가 공교롭게도 이월 날씨이다 보
니 바람을 타고 올라가기에 딱 좋지 않겠어요? 어디 아래로 향한 바람이
불어서 도로 그 불경 종잇장을 배로 돌려 놓을 턱이 있겠습니까? 더욱이
태호 한 가운데는 물도 깊고 사방으로 끝도 보이지 않는 곳이어서 도통
한 곳이라도 손발이 닿을 데라고는 없었지요. 그래서 다들 그저 눈만 멀
뚱멀뚱 뜬 채 하늘만 쳐다보고 있는 수밖에 없었답니다.[78] 그 광경을 볼
작시면

| | |
|---|---|
| 하늘 끝까지 솟구쳐 오르니 | 天際飛冲, |
| 밥 짓는 연기 한 줄기 위로 피어오르는 듯 | 似炊烟一道直上. |
| 구름 속에서 팔락거리니 | 雲中蕩漾, |
| 흩날리는 실 몇 번이고[79] 뒤집고 뒤집히는 듯 | 如遊絲幾个翻身. |

---

다 먼저 종결되는 것을 두고 하는 말이다. 『박안경기』에서는 이 표현을 편의상 "그 말이
채 끝나기도 전에" 또는 "그 행위가 끝나기가 무섭게" 식으로 상황에 맞추어 번역하였다.

**76** 【즉공관 미비】□□却見□□□. □□가 □□□를 본 격이로군.
이 미비의 경우 1990년 강소고적(江蘇古籍)판 『이각 박안경기(二刻拍案驚奇)』에서는
"□□却是□□□"로 본 반면 2010년 천진고적(天津古籍)판 『즉공관주인 비점 이각 박안
경기(卽空觀主人批點二刻拍案驚奇)』에서는 "□□□見□□□"으로 보았다. 상우당본 원
문을 대조해 본 결과, 앞 글자는 모호하지만 뒷 글자는 외형상 '볼 견(見)'에 가까웠다.
따라서 여기서는 양자의 해석을 절충하여 "□□却見□□□"으로 해석하였다.

**77** 제비연이며 방패연[紙鳶風箏] : '지연풍쟁(紙鳶風箏)'에서 '지연'과 '풍쟁'은 현재 중국
에서 모양과 크기를 구분하지 않고 '종이 연'의 뜻으로 통용하고 있다. 그러나 엄밀하게
말하면 '지연(紙鳶)'은 새(제비) 형태로 만든 연을 말하고 '풍쟁(風箏)'은 그 밖의 형태를
지닌 연을 말한다. 여기서는 편의상 '지연풍쟁'을 "제비연이며 방패연"으로 번역하였다.

**78** 【즉공관 미비】好光景! 볼 만하군 그래!

청명절에 연을 노는 아이들. 제비연과 방패연이 보인다

| | |
|---|---|
| 도처에 떠 있는 종이연들 이웃 삼고 | 紙鳶到處好爲鄰, |
| 날랜 매까지 짝인가 싶어 날아 드네. | 俊鶻飛來疑是伴. |
| 저기 저 밑에서는 외치는 이는 외치고 | 底下叫的叫, |
| 껑충거리는 이는 껑충거리지만 | 跳的跳, |
| 그래 봤자 호수 복판 조각배를 벗어나지 못하네. | 只在湖中一葉舟. |
| 저기 저 위쪽으로 가고 갔다가 | 上邊往一往, |
| 도로 오고 오면서 | 來一來, |
| 바다 너머 세상 온 나라 다 돌아다닐 기세로다! | 直通海外三千國. |
| 푸른 하늘 메꿀 큰 손이라도 | 不生得補青天的 |
| 자라나서 잡아 챌 수도 없고 | 大手抓將住, |

---

**79**  [교정] 몇 번이고[个] : 상우당본 원문의 '개(个)'는 본자(本字)가 '개(個)'이다. 송대 이 래로 인쇄를 위한 목판에 글자를 새길 때에는 획수가 복잡한 글자를 동일한 발음의 다른 글자로 대신하는 경우가 많았다. '개'의 경우도 획이 많고 새기기 번거로운 '개(個)' 대신 간단한 '개(个)'를 차용한 것으로 이해할 수 있겠다.

붉은 해 묶었다는 긴 밧줄이라도　　　　　　　沒處借繫白日的
빌려다 꽁꽁 묶어 끌어 올 수도 없구나!　　　　長繩縛轉來.

변오는 손으로 불경을 누른 채 하늘 끝까지 우러러 바라보았습니다.
그러나 어찌 해 볼 방법이 없었지요. 그러니 그것이 보이지 않을 때까지
내내 바라보고 있는 수밖에 없었습니다. 이쯤 되면 그 종이는 자바국까
지라도 날아갔을 것[80] 같았지요. 그러니 할 수 있는 일이라고는 그저 죽
는 소리만 하는 것뿐이었습니다. 사람들은 사람들대로 서로를 원망하기
에 바빴지요.

"내 손 가까이에 있었는데 아쉽게 잡아채지 못했네 그려!"

하나가 이렇게 말하자 다른 하나도 말하는 것이었습니다.

"내 곁으로 지나가는데 당신이 잡나 싶어서 손을 멈추단 말이요!"[81]

---

80  자바국까지라도 날아갔을 것[在爪哇國裡去了] : '조와국(爪哇國)'은 명대에 중국인들이
　　지금의 인도네시아 자바(Java)를 일컫던 한자식 이름. 때로는 '조와도(爪哇島)·협조(叶
　　調)·가릉(訶陵)·도파(闍婆)·가라단(呵羅單)·야파제(耶婆提)' 등으로 부르기도 하였
　　다. 명대에는 중국에 여러 차례 공물을 바치기도 했지만 나중에는 네덜란드 인들에게 점
　　령되면서 동인도회사의 무역 및 행정을 관리하는 본부가 되었다. "자바국까지 날아갔다"
　　나 "자바 국 너머까지 다 달아났다" 식의 말은 명대의 소설에서 수시로 등장하는 표현으
　　로, 당시 중국인들이 상상할 수 있는 가장 먼 나라가 자바 국이었음을 짐작할 수 있게
　　한다.
81  【즉공관 미비】模寫如見. 현장에서 직접 보는 것처럼 상황이 그려지는군.

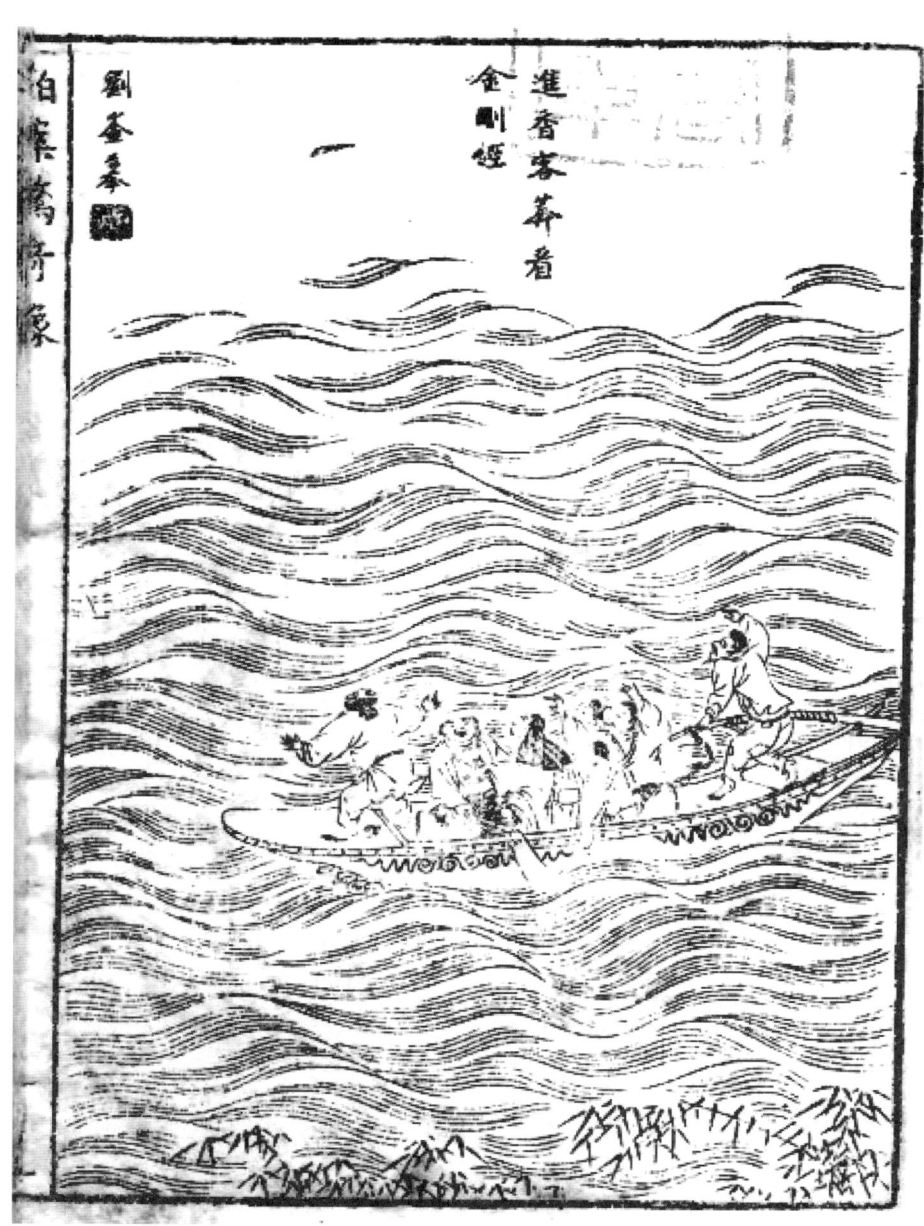

불공 온 손님들이 막무가내로 『금강경』을 구경하다

이렇게 다들 투덜거리고 있을 때였습니다. 물정에 밝은 웬 사람이 말하는 것이었지요.

"스님 다시 좀 확인해 보세요. 글씨가 없는 백지가 날아간 거라면 좋겠는데 말이지요!"

"백지는요 무슨! 방금 첫 쪽을 펼치면서 똑똑히 본 걸요!"

사람들이 긴가민가 하길래 변오도 두 손을 놓고 보았지요. 그랬더니 정말로 첫 번째 쪽이 사라졌지 뭡니까.

"천년이나 묵은 옛 물건을 … 오늘 이렇게 온전치 못한 꼴로 만들어 놓을 줄이야!"

변오는 이렇게 말하면서 서둘러 경전을 가져다 잘 접더니 보자기로 쌌습니다. 시뻘개진 얼굴에는 원망만 가득했지요. 사람들은 사람들대로 다들 뒤늦게 뉘우치면서 아무 소리도 내지 못하는 것이었습니다. 황촬공은 도무지 방법이 없자 마음에도 없는 위로의 말을 억지로 고상하게 둘러댔지요. 변오가 언짢아 하는 모습을 보더니 불경을 보여 달라는 사람도 더 이상 없었지요. 그러다가 배가 산기슭에 도착하자 사람들은 저마다 뭍에 오르더니 뿔뿔이 흩어져 버리는 것이었습니다.

혼자 절로 온 변오는 재상 댁에서 불경을 아무 대가도 받지 않고 돌려 준 사유를 이야기해 주었습니다. 그러자 절에서는 기뻐하고 찬탄하지 않는 사람이 없었지요. 그러나 호수 한 가운데에서 불경 한 장을 잃어버린 이야기만은 시치미를 떼고 털어 놓지 못했답니다. 사실 절의 중들은 모두가 그 방면에는 문외한들이었습니다. 그렇다 보니 그것을 뒤적거려 보는 사람조차 없이 가져 온 그대로 주지에게 수습하도록 넘겨 준 것으로 끝이었답니다.

이야기를 다른 쪽으로 돌려 보지요.[82]

다시 이야기를 들려 드리도록 하겠습니다. 하남河南의 위휘부[83]에 유柳씨 성의 나리가 한 사람 살았습니다. 그는 상주부[84]의 태수로 전보되어 날을 잡고 부임하게 되었습니다. 그래서 집안의 친척들은 술을 장만해 배웅을 해 주었지요. 그런데 그 사이에 학문이 풍부하고 고전에도 밝은 산인[85]이 한 사람 끼어 있었습니다. 그는 마침 소주·항주 등 사방을 두루

---

82 이야기를 다른 쪽으로 돌려 보지요[話分兩頭] : 설화 이야기꾼의 상투적인 표현. 이야기에서 두 사람 또는 두 가지 사건이 동시에 발생할 때 그 둘을 동시에 기술할 수는 없으므로 이야기꾼은 그 중 하나를 먼저 기술하고 그 다음에 나머지 하나를 기술하는 수밖에 없다. 이런 경우 이야기꾼은 하던 이야기를 잠시 멈추고 다른 이야기를 꺼낼 때 '이야기를 둘로 나누고, 제가 다른 하나는 다시 들려 드리지요[話分兩頭]'라거나 '꽃이 두 송이 피었으니 한 가지씩 각자 들려 드리지요[花開兩朵, 各表一枝]'식으로 청중들의 주의를 환기시키곤 한다. 여기서는 편의상 "이야기를 다른 쪽으로 돌리겠습니다"로 번역하였다.
83 위휘부(衛輝府) : 중국 고대의 지명. 지금의 하남성 북부 위휘시 일대에 해당한다. 역사적으로 유서가 깊어서 상(商)나라 때 왕의 직할지인 경기(京畿)의 목야(牧野)였고, 전국시대부터는 급읍(汲邑)·급현(汲縣) 등으로 불리다가 명대부터 위휘부로 불리게 되었다.
84 상주부(常州府) : 명대에 남직예(南直隷, 지금의 강소성 일대)에 속한 도시 이름.
85 산인(山人) : 명대에 점술·운세·주례 등을 생업으로 삼는 강호의 유람객을 부르던 말.

다니면서 친구들을 방문하고 돌아온 참이었지요. 그래서 술자리에서 유태수를 보고 말했습니다.

"상주부는 소주부와 서로 접해 있지요. 그 소주부 관할의 태호[86] 동정산[87] 어떤 절에 희한한 물건이 하나 있습니다.[88] 바로 백향산白香山이 친필로 베낀『금강경』이지요. 그 고서는 값이 천 금이나 된답니다. 이번에 어르신께서 마침 그 옆 고을로 가신다니 … 혹시 여유가 생기시면 꼭 구경을 좀 하도록 하십시오!"

그는 유태수가 평소 무척 존경하고 따르던 사람이었습니다. 게다가 유

---

86  태호(太湖) : 중국의 "5대 담수호" 중의 하나로 꼽히는 아열대 호수. 예로부터 '진택(震澤)·구구(具區)·오호(五湖)·입택(笠澤)' 등으로 불리기도 하였다. 강소성과 절강성을 가로지르는 장강 삼각주의 남쪽 자락에 자리잡고 있으며, 동으로는 소주, 서로는 의흥(宜興), 남으로는 호주(湖州), 북으로는 무석(無錫)과 연결된다. 총 면적은 2427.8km²으로, 호수 안에 50여 개의 섬이 위치해 있고 역시 50여개나 되는 하천이 흐르면서 내륙 수로가 거미줄처럼 연결되어 있다.

87  동정산(洞庭山) : 중국 강소성 소주시(蘇州市) 서남부, 태호 동남부에 소재한 동정동산(洞庭東山)과 동정서산(洞庭西山)을 함께 일컫는 이름. 현지에서는 각각 '동산'과 '서산'으로 불리며 "중국 10대 명차" 중 하나로 일컬어지는 '벽라춘(碧螺春)'의 산지이기도 하다.

88  【즉공관 미비】豊幹饒舌. '풍간이 잔소리가 많았다'더니.
불교 고승의 전기집인『경덕전등록(景德傳燈錄)』에 따르면, 풍간(豊幹, 7~8세기)은 당나라 개원(開元) 연간에 명성이 높았던 고승으로, 천태산(天台山) 국청사(國淸寺)에서 머물렀다. 한번은 두통이 생긴 태주(台州) 목사(牧使) 여구윤(閭丘胤)이 찾아와서 치료를 부탁하였다. 그래서 풍간이 부적을 태운 물을 그에게 뿜었더니 바로 나았다. 여구윤이 그 치료법의 내력을 묻자 풍간은 자신이 국청사에서 당시의 명승인 한산(寒山)과 습득(拾得)을 만났는데 알고 보니 불교의 성인인 문수보살(文殊菩薩)과 보현보살(普賢菩薩)의 현신이었다고 일러 주었다. 그 소리를 듣고 여구윤이 두 사람을 예방하자 한산이 그의 손을 잡고 "풍간이 잔소리가 많았구려"라고 말하면서 웃었다고 한다. '풍간이 잔소리가 많다'는 것은 여기서는 오지랖이 넓은 사람을 두고 한 말이다.

태수는 고서를 좋아하지는 않았지만 의외로 욕심이 무척 많은 자였지요. 그래서 '천 금이나 되는 값어치가 있다'는 말을 듣자마자 구미가 당기는지 속으로 단단히 새기는 것이었습니다. 그는 임지에 도착한 뒤에 언젠가 상주 고을의 사대부들에게 물어 보았지요. 그런데 모두 다 알고 있지 뭡니까. 물론, 소주와 상주[89]는 관할이 서로 달랐습니다. 그렇다 보니 그 보배를 구경할 만한 구실거리가 없었지요. 유태수도 본심은 구경하고 싶을 정도는 아니었습니다. 다만 '천 금 값어치가 있다'는 말에 솔깃해졌을 뿐이었지요. 그래서 수시로 남들을 보고 이야기를 해서 누구라도 자기 비위를 맞추려고 그것을 사서 자신에게 바치기만을 바라는 것 같았지요. 그런데 뜻밖에도 그 이야기를 들은 사람들은 '이웃 고을에 그런 물건이 있나 보다' 여길 뿐이었습니다. 실제로 그들은 당사자에게 물어볼 생각도, 대수롭게 여기지도 않았습니다.

그 뒤로는 재임한지 한 해 정도 되고 나니 그 일은 차츰 손을 놓게 되었답니다. 그런데 마침 그 고을의 부자 몇 사람이 처리할 일로 청탁을 하러 왔지 뭡니까. 그러자 태수는 은밀히 지시를 내려 소주의 그 『금강경』을 요구했지요. 그러나 부자들은 은자를 요구하는 것을 되려 수월하게 여기고 그 불경을 요구하는 데에는 난처해 하는 것이었습니다. 과거에 사람을 보내어 찾아가 사 들이려고 했지만 그 절의 중은 대대로 전해 내려 온 보물이라면서 전혀 팔 생각이 없었고, 그 값을 물었더니 '천 금'

---

**89** [교정] 상주[松] : 상우당본 원문(제50쪽)에는 소주를 '소(蘇)'로 약칭하고 상주를 '송(松)'으로 약칭해 놓았다. 그러나 명대에 상주의 약칭은 '상(常)'이고, '송'은 지금의 상해시(上海市) 서남쪽 송강구(松江區)에 해당하는 송강부(松江府)의 약칭으로 사용되는 것이 보통이었다. 그래서 여기서는 '송'을 '상'의 오자로 보아 "상주"로 번역하였다.

이라고 대답했다는 것이었지요. 그러나 사들이는 쪽이야 한결같이 문외한들이었습니다. 그렇다 보니 혀만 내두르고 도리질이나 할 뿐이었지요. 거래를 잘못했다가 거금을 날리게 되기라도 할까 봐서 아예 눈길조차 두지 않았다는 것이었습니다. 그렇다고 해서 거기서 끝낼 수는 없는지라 차라리 억지로라도 백 냥 정도 은자를 관아에 바치고[90]

"『금강경』은 그 절 곳간을 평안하게 하는 보물이라면서[91] 팔려고 들지 않는군요. 차라리 그 돈을 바치겠습니다요!"

하고 둘러댈 뿐이었지요. 허연 것[92]을 본 태수는 군침을 훔치면서 더 이상 묻지 않았답니다.[93] 그렇게 한 것이 한두번이 아니었지요. 그러나 그 『금강경』은 정작 그 태수로서는 지시를 내려 남의 단물[94]을 챙길 수 있는 단서였습니다. 그렇다 보니 그 불경이 좀처럼 구하기 어려운 것을 잘 알면서도 그럴수록 더 눈독을 들이는 것이었지요.

그러던 어느 날이었습니다. 강음현[95]에서 강도들이 끌려 왔는데 그 속

---

90 【즉공관 미비】算計者宜如此. 셈이 빠르다면 이렇게 하는 것이 당연하지.
91 【즉공관 방비】禍根. 화근이겠지.
92 허연 것[白物] : '백물(白物)'은 명대의 은어로, 희게 번쩍이는 은자를 말한다.
93 【즉공관 미비】好太守. 대단한 태수로군.
94 단물[丹頭] : 명대에 단약을 만드는 과정에서 매개제(족매) 역할을 하는 물질. 때로는 단약 그 자체를 가리키는 말로 사용되기도 한다. 이에 관해서는 『박안경기』(초각) 제18권의 이야기를 참조하기 바란다. 여기서는 원래의 의미에 착안하여 사업을 원활하게 추진하기 위하여 사용하는 업무추진비 또는 뇌물이라는 의미로 변용되었다.
95 강음현(江陰縣) : 명대의 현 이름. 지금의 강소성 무석현(無錫縣) 북쪽에 해당한다. 장강

에 떠돌이[96] 고행[97]승이 하나 끼어 있지 뭡니까. 태수는 은근히 기뻐하면서 생각했지요.

'『금강경』을 챙기는 꾀는 바로 이 중한테 맡기면 되겠군!'

태수는 강도 용의자들을 사형수 감옥에 가두었습니다. 그리고 옥졸 하나를 관아로 불러 조용히 분부했지요.

"감옥으로 가서 은밀히 그 떠돌이 중한테 당부하도록 해라. (…) 내가 재판정에서 다시 심문을 할 때 … 그 중이 소주 동정산의 무슨 무슨 절을 걸고 넘어져서 '놈들이 장물을 감추어 놓은 장소'라고 진술하게 해라. 그러면 형벌을 가하지 않는다고 말이다. (…) 이 일은 누설하면 안된다. 그러면 죽음을 자초할 게야!"

"나리께서 분부하신 일인데 소인 목숨을 그렇게 부질없이 버리겠습니까요? (…) 몽땅 소인한테 맡겨 놓으십시요!"

---

남쪽에 위치해 있다고 해서 '강음'으로 불렸다.
96  떠돌이[行脚] : '행각(行脚)은 불교 용어로, 선불교 승려가 수행의 일환으로 각지를 돌아다니는 것을 말한다.
97  고행[頭陀] : '두타(頭陀)'는 산스크리트어 두타(dhuta)를 한자로 옮긴 말로, 때로는 '타도(馱都)・두다(杜多)・두도(杜茶)' 등으로 쓰기도 한다. 원래는 불교 승려들이 의식주에 대한 집착을 떨치고 심신을 닦는 고행을 뜻하지만 나중에는 각지를 떠돌면서 탁발을 하는 중을 가리키는 말로 사용되기도 하였다.

그래서 옥졸은 그 길로 가서 태수의 말대로 했습니다. 정말로 다음날이 되자 태수는 재판정에 나와서 강도 용의자들을 심문하는 과정에서 형구刑具까지 동원했습니다. 그러자 강도들은 하는 수 없이 각자 장물을 감추어 둔 집을 자백했지요. 그런데 유독 그 떠돌이 중만은 형구를 동원하기도 전에 바로 '동정산의 어떤 절에 장물을 감추어 놓았고, 절의 주지는 이름이 무엇이다'라고 털어 놓는 것이 아닙니까. 알고 보니 그 떠돌이 중은 나쁜 짓을 일삼는 자로, 별별 황폐한 사당이나 들판의 절들마다 다 공양을 구하고 투숙하느라 안 다닌 곳이 없을 정도였지요. 게다가 캐묻고 염탐을 해서 그 절 주지의 이름까지 마침 잘 알고 있었지 뭡니까.[98] 태수가 속으로 바라고 있던 것과 딱 맞아 떨어지는 것이었지요.

태수는 몹시 반가워하면서 진술서를 받아 공문을 접더니 그것을 소주부 포도청에 보냈습니다. 글에서 그 절의 주지를 거론하는 것도 잊지 않았지요. 그러자 소주부에서는 사람을 보내 공문을 지니고 단단히 지키게 했습니다. 그리고 포도청에서는 그 공문에 서명을 하고 따로 포졸 둘을 보내어 빠른 배를 몰고 즉시 태호 안의 동정상으로 출발하게 했지요. 그 야말로

| | |
|---|---|
| 사람은 굶주린 매 같고 | 人似飢鷹, |
| 배는 나는 범 같구나. | 船同蜚虎. |
| 매는 허공에서 먹이를 잡을 생각하고 | 鷹在空中思攫食, |

---

**98** 【즉공관 미비】湊趣之盜. 안성맞춤의 도적이었군 그래.

| 범은 가는 곳마다 당장 산채 삼키니 | 虎逢到處立吞生. |
| 조용한 마을에서 | 靜悄村墟, |
| 남몰래 신과 귀신이 울고 불고 | 魃地神號鬼哭. |
| 편안한 집에서는 | 安閑舍宇, |
| 갑자기 개가 내빼고 닭이 날아가니 | 登時犬走雞飛. |
| 이거야말로 산 저승사자요 | 卽此便是活無常, |
| 저승의 무수한 진짜 나찰[99]이로구나. | 陰間不數眞羅刹. |

절 문 앞에 도착한 포졸들은 위풍도 당당하게 안으로 들어가더니 물었습니다.

"누가 주지인가?"

그래서 주지가 앞으로 나와서 머리를 조아렸지요.

"소승입니다."

그러자 포졸이 삼 오랏줄로 다짜고짜 묶는 것이 아닙니까. 주지는 당황해서 어쩔 줄을 모르면서 말했지요.

---

**99** 나찰(羅刹) : 불교 전설에 등장하는 악귀들의 통칭. 남성 악귀는 '나찰사(羅刹娑)', 여성 악귀는 '나찰사(羅刹斯)'로 일컫는 것을 '나찰'로 통틀어 부른 것이다. 나중에는 흉악하고 무서운 사람들 가리키는 말로 사용되었다.

"무슨 죄를 지었다고 … 이러십니까요!"

"강도 사건이 벌어졌는데 무슨 죄냐고?"

중들은 주지가 꽁꽁 묶이는 광경을 보고 다들 몰려 들어서 말했습니다.

"나리들, 우악스럽게 이러실 것 없습니다! (…) 저희 절은 산당山塘 왕 재상댁의 문도[100]들이올시다.[101] 평소에도 남들한테 수모를 당하지 않습니다. 하물며 절에는 나쁜 자는 전혀 없고 … 묵어가는 어떤 나그네도 받은 적이 없습니다. 그런데 무슨 강도 사건과 연루될 리가 있습니까요!"

'재상 댁 문도들'이라는 말을 들은 포졸은 태도가 다소 누그러지더니 말하는 것이었습니다.

"'나리들은 틀릴지 모르지만 우리는 그렇지 않다'[102]는 말도 못 들어 보았느냐? 우리 포도청에서는 상주부에서 강도사건이 터졌는데 너희 절과 연루되어 있다는 연락을 받았다. 공문이 왔으니 죄인을 압송할 수밖

---

100 문도(門徒) : 명대의 유행어. 원래는 한 스승의 훈도를 받는 제자를 뜻하는 말이지만, 명대에는 넓은 의미에서 강남지역 대갓집을 드나들면서 활동하는 승려·산파·매파 등의 사람들도 아울러 부르는 말로 사용되었다.
101 【즉공관 미비】勢利要緊. 권세나 재산은 아주 중요하지.
102 나리들은 틀릴지 모르지만~[官差吏差, 來人不差] : 명대의 속담. 관리들에게는 착오가 있을 수도 있지만 그 명령을 수행하는 사령들에게는 한 치의 착오도 있으면 안 된다는 뜻이다. 아무리 잘못된 명령이라도 아랫사람인 사령은 무조건 그 명령을 수행할 수밖에 없음을 뜻한다.

에! (…) 관련이 있고 없고는 나리 앞에서 따지도록 해라. 우리 하고는 상관 없는 일이니 따라 나설 채비나 하렷다!"

그러자 포졸들 중의 하나가 좋은 사람인 척 나서더니 말했습니다.

"일단 오랏줄은 풀어 주고 그가 가서 일을 잘 정리하도록 기다리세. 여기서 그가 달아날 염려도 없으니."

주지는 몸이 자유로와지자 공문을 달라고 해서 읽어 보았습니다. 그러나 당최 영문을 알 수가 없지 뭡니까. 그래서 노자를 챙겨 상주로 가서 해명하기로 하고 일단 차사전[103]을 포졸들에게 건넸지요. 포졸들은 액수가 많네 적네 투덜거리다가 주지가 잘 달래서 마음을 풀어 주자 그제서야 손을 멈추는 것이었습니다. 포졸들이 주지를 데리고 배를 타자 변오는 처사를 하나 불러 뒤따르게 해서 함께 주지를 따라가서 만일의 사태에 대비하기로 했지요.

포도청에 당도하자 이름을 확인하고 나서 공문을 작성한 다음 주지를 끌고 갔습니다. 그 과정에서 서방書房과 당초의 그 포졸들에게 경비를 챙겨 주는 것도 잊지 않았지요. 주지와 변오·처사 이렇게 세 사람은 배를 한 대 빌려서 도중에 포졸들의 노자도 챙기면서 상주로 왔답니다.

---

103 차사전(差使錢) : 명대의 유행어. 사령·포졸이 출동한 대가로 수고비 조로 받은 돈.

이야기꾼 양반, 그건 아니지요! 관할이 다른 부 관아 사이에 죄인의 체포를 의뢰할 때에는 동원 사실을 최대한 애매하게 표현하는 법이오. 헌데 어떻게 그렇게 쉽게 간단 말이요?

손님들께서 잘 모르셔서 하는 말씀입니다. 이 일은 강도 사건이올시다. 다른 사소한 소송들 하고는 비교가 되지 않지요. 반드시 소속을 분명하게 밝혀야 되는 것입니다. 그렇지 않으면 어떻게 그렇게 많이 동원할 수가 있겠습니까? 그렇다 보니 올 수밖에 없었던 거지요.

지부를 대면하기 전에 변오는 일단 부 관아로 가서 강도와 떠돌이 중의 이름과 행적을 꼼꼼하게 알아보았습니다. 그런데 자기 절 하고는 아무 관련이 없지 뭡니까. 그 속에 원한을 품은 자가 있는 것도 아니었습니다. '화근이 어디서 비롯되었는지' 모르는 판인지라 당최 해결의 단서를 찾을 길이 없었지요.

그렇게 이야기를 나누고 있는 사이에 태수가 재판정에 모습을 드러냈습니다. 그러자 포졸은 태수로부터 확인을 받고 주지를 데리고 왔지요. 그런데 태수는 따로 사유를 묻지도 않고 '즉시 구금하라'는 표票를 써서 감옥으로 끌고 가게 하는 것이었습니다. 주지는 해명 한 마디 해 보기도 전에 그 길로 영문도 모른 채 감옥살이를 하게 된 셈이지요. 태수는 주지를 가두고 나서 처음에 파견되었던 포졸을 탁자 앞으로 부르더니 넌지시 물었습니다.

"그 중 말인데 … 같이 온 자가 있느냐?"

"제자 하나 하고 … 처사 하나입니다요."

"제자 … 라는 중이 상황은 알고 있고?"

"상황을 짐작하고 있을 것입니다."

그러자 태수가 말했습니다.

"너는 조용히 그 제자에게 가서 이르라. '속히 절로 돌아가서 그『금강
경』을 가지고 와서 너희 사부를 구하면 아무 일도 없을 것이다. 그러나
… 며칠이라도 지체하면 사망 증명서[104]를 받게 될 것'이라고 말이다!"

"소인 … 가서 그렇게 전하겠습니다요!"

태수가 재판정을 떠나고 나자 그 포졸은 발을 동동 구르면서 말하는
것이었지요.

"난 정말 강도 사건인 줄 알았는데 이제 보니 또 그놈의『금강경』타령

───────────────
**104** 사망 증명서[絶單] : '절단(絶單)'은 옥졸이 관할 주나 현의 관리에게 압송하던 죄인이
    절명한 사실을 보고하는 공문을 말한다.

이시네 그려!"[105]

　아마도 그 이전에도 그 일 때문에 부자들을 여럿이나 등친 적이 있는
지라 관아 사람들도 다 눈치채고 있었던 게지요.
　포졸은 가서 변오를 보고 낱낱이 일러 주었습니다. 그러자 변오가 말
하는 것이었지요.

　"그건 옛날 물건입니다. 어쩐지 일전에 몇 번이나 상주 사람들이 절에
와서 사겠다고 하면서 '부 관아에서 달라고 한다'고 한다 했지요. 우리야
그래도 그 분들한테 팔지 않았지요. 헌데 … 오늘 이런 사달이 나서 우리
사부님을 곤경에 빠뜨리고 강제로 빼앗아 가려고 드시니 … 이제 어떻게
한답니까요!"

　"방금 '며칠만 지체하면 사망증명서를 받게 될 것'이라고 똑똑히 분부
하셨다네! (…) 우리 나리께서 한사코 그 불경만 원하시는 통에 우리 고
을에서도 수많은 집이 고생을 했네. 더욱이 … 너희 절에 있는 건 맞지 않
느냐? 나리한테 바치지 않는 이상 나리가 어디 포기하려 드시겠느냐?
(…) 목숨이 달아나게 생기지 않았느냐는 말이다! 냉큼 가서 너희 주지
스님 하고 상의하도록 해라!"

---

105 【즉공관 미비】口碑載道. 사람들한테 소문 다 나게 생겼네!

그러자 변오는 그 포졸에게 부탁해 감옥으로 안내하게 해서 그 이야기를 일일이 이야기했습니다. 그러자 주지가 말하는 것이었습니다.

"정 그렇다면 어서 가져 와서 나리한테 드리고 나를 구해 다오! 설마 대갓집 체면치레를 위한 물건 때문에 내 이 목숨을 달아나게 만들 생각은 아니겠지?"[106]

"여러 말 할 것 없이 가지고 오면 됩니다!"

그리고는 포졸에게 말했습니다.

"죄송하지만 관아 나리님들께 대신 한 말씀만 아뢰어 주십시오. '절에 다녀올 수 있도록 며칠만 말미를 좀 베풀어 주십사' 하고 말입니다! 사부님께서 감옥에 계시니 또 찾아 뵙도록 하겠습니다!"

"가지러 가기로 한 이상 … 그건 어려운 일이 아닐세. 모두 나한테 맡기고 안심하고 가게나!"

변오는 노자를 남겨 '사부에게 사식을 넣어 주라'며 처사에게 건넸습니다. 그리고 자신은 혼자서 고생을 마다하지 않고 밤길을 나서자마자

---

106 【즉공관 미비】 俗僧發極聲口. 속물 같은 중이 목청을 높이는군.

절로 달렸습니다. 그리고는 불경을 가지고 다시 상주로 향했지요.

닷새도 되지 않아 도착한 그는 그 포졸을 만나서 말했습니다.

"불경을 가지고 왔는데, … 어떻게 들여 보내지요?"

"이건 불경이지 무슨 대단한 재물도 아니지 않으냐! (…) 내가 전통轉桶
옆에서 딱따기를 두드려 한 말씀 고하고 나서 전해 드려도 된다."[107]

그러더니 정말로 그 포졸이 안으로 전달하는 것이었지요. 태수는 사택
에 있다가 『금강경』을 가져 왔다는 소리를 듣자 보물이 도착한 것을 직
감했습니다. 그래서 온 관아 사람들이 다 몰려 와서 구경을 하려고 드는
것이었지요. 그러나 보따리를 열기는 열었습니다마는 태수는 그쪽으로
는 문외한으로 애초부터 전문가가 아니었습니다. 그렇다 보니 '천금 값
이나 되는 물건이니 분명히 어쨌든 간에 장엄하겠지' 하고 여겼지요. 아
그런데 직접 보니 종잇장도 듬성듬성이고 종이 색깔도 검게 변해 있지
뭡니까. 영 마뜩지가 않았지요.

이번에는 불경을 펼쳐서 글자를 자세하게 살폈습니다. 그러다 보니 첫
장이 빠지는 바람에 두서가 없었습니다. 한 동안 살펴보던 태수는 쪽수
를 표시한 작은 글자를 확인하고 다시 자세히 살폈지요. 그랬더니 알고
보니 둘째 장부터 시작되는 것이 아닙니까. 태수는 껄껄 웃으면서 말했

---

107 【즉공관 미비】只怕財物也用得此法遞進去. 재물도 이런 식으로 전해 줄 수 있을까 봐서
   두렵구나!

습니다.

"'매사는 실없이 명성만 부러워하면 안 되는 법…' 아무리 고서라고는 하지만 그래도 온전한 것이어야 되는 거야. 지금 보니 온전치도 못한 책이로군! (…) 첫 장부터 사라지고 없는데 이것을 어디에 쓰겠느냐? 천 금이니 백 금이니 하더니만 그게 죄다 서생 나부랭이들이 헛소문을 퍼뜨린 것이었어![108] (…) 쓸 데 없이 애만 잔뜩 썼구나! 그 중만 며칠동안 옥살이를 하는 낭패를 당했으니 얼마나 억울할까?"[109]

그래서 태수 댁 여인들이 그 불경을 보니 볼 품도 없었습니다. 그런 데다가 중이 감옥에 갇혀 있지 뭡니까. 그 소리를 듣더니 다같이 '불경을 돌려주고 주지를 풀어주라'고 태수를 설득하는 것이었지요. 태수는 태수대로 별로 대단한 물건이 아니다 싶던지 도로 포졸에게 넘기더니 원 주인에게 돌려주도록 이르는 것이었습니다. 관아에서는 그 소식이 밖으로 전해졌습니다.

"첫 쪽이 없어져서 쓸모가 없구나. 해서 도로 돌려주겠다."

그러자 변오는 '첫 장까지 내놓으라는 소리로구나'라고만 여기고 속마음을 감춘 채[110] 말했습니다.

---

108 【즉공관 미비】酸子不誤. 서생들은 잘못이 없지.
109 【즉공관 미비】良心. 양심은 있구만?

"이번에는 진짜 죽게 생겼네!"

이렇게 당황하고 있을 때였습니다. 가만 보니 감옥에 갇혀 있던 주지가 석방되었지 뭡니까. 그 포졸은 그에게 와서 상을 요구하면서 말했습니다.

"이제는 … 아무 걱정 없게 됐구만?"

그래도 주지가 영문을 모르고 있자 포졸이 말하는 것이었지요.

"나리께서 당초에는 스님의 불경을 탐냈었소. 해서 이런 난리가 벌어진 거지. (…) 그런데 방금 불경이 온전하지 못해서 첫 쪽이 없는 것을 보시더니 마뜩지가 않으셨던지 후회까지 하시더구려. (…) 애초부터 그대를 탓할 마음이 없으신 게지. 불경도 돌려주고 일도 다 해결됐구려. 축하하외다, 축하해!"

---

110 속마음을 감춘 채[懷着鬼胎] : 명대 구어에서 '회귀태(懷 / 鬼胎)'는 '귀태를 품다'로 직역되는데, 중국 판본에서는 대체로 "남에게 말할 수 없는 일이나 생각을 속에 품고 있는 것을 가리킨다[指心裏藏着不可告人的事或念頭]" 식으로 다소 모호하게 설명하고 있다. 반면에 일본의 카라지마 타케시[辛島驍]·시오노야 온[塩谷溫]이나 후루타 게이이치 [古田敬一] 등 일본의 역주본에서는 불안감이나 두려움을 품고 있는 것을 가리킨다고 보았다. 시내암(施耐庵)의 『수호전(水滸傳)』의 "사람들은 속내를 숨긴 채 어쩔 줄을 모르는 것이었다(衆人懷着鬼胎, 正不知怎地)"(제25회)나 능몽초의 『이각 박안경기』의 제3권 -제9권-제11권-제15권-제18권-제31권 등 다른 작품들의 해당 용례들을 살펴볼 때 그 의미가 대체로 일본 학자들의 설명과 유사해 보인다. 다만, 일부 용례들에서는 단순히 불안감이나 두려움의 표출이라기보다는 어떤 일이나 상황에 대해 불안정하고 초조한 심리상태를 보이는 것을 표현하는 경향이 더 강하다. 따라서 여기서는 "속마음을 감춘 채"로 번역하였다.

그러자 주지는 포졸에게 고맙다고 인사를 했습니다.

처소로 돌아온 그는 변오에게 말했습니다.

"무슨 말을 해야 할지 모르겠구나? 이런 화를 다 당하다니! (…) 이번에는 운 좋게도 무사했으니 그래도 다행이다. 그건 그렇고 … 방금 전에 듣자니 '불경 첫 장이 사라져서 온전하지 못해서 돌려주는 것'이라던데 … 이 불경이 어째서 온전치가 못하다는 게냐?"

변오는 그제서야 지난번에 태호 한 가운데에서 사람들에게 불경을 보여주다가 난데없이 바람이 몰아치는 바람에 첫 장이 날아가 버린 일을 소상하게 이야기해 주었지요. 그러자 주지가 말하는 것이었습니다.

"그건 하늘의 뜻이니라! 만약에 바람이 불어서 첫 쪽이 사라지지 않았더라면 이 불경은 오늘 여기에 압류당하고 다시는 우리 절의 물건으로 되돌아 오지 못했을 것이 분명하다! (…) 이제 비록 한 장이 부족하기는 하지만 … 뒤의 이름들과 낙관들은 그대로 있고, 처음처럼 우리 절의 보물로 되돌아와 소장하게 되었으니 이 모두가 부처님의 가호이니라!"

하더니 즐거운 마음으로 숙박비와 식비를 치루고 나서 사부와 제자·처사 세 사람이 배를 한 대 빌려서 함께 소주로 향했답니다.

그렇게 호서관[111]을 지나 몇 리를 가서 풍교[112]에 다다를 즈음이었습니다. 하늘이 벌써 어둑어둑해지는가 싶더니 갑자기 비바람이 크게 몰아치는 것이 아닙니까. 길조차 분간할 수 없을 지경인데 멀리 바라보니 한 줄기 불빛이 하늘을 비추고 있었습니다. 그래서 사공에게 무조건 밝게 빛나는 쪽을 향하여 노를 저어가게 했지요. 그때는 벌써 비바람도 잦아들고 어느새 그곳에 가까이 다가가 있었습니다. 그런데 초가 안에서 등잔불이 밝게 빛나고 있고 목탁 두드리는 소리가 들리는 것이 아닙니까. 주지는 배가 뭍에 다다르자 사공에게 배를 잘 묶게 했습니다. 그러자 변오가 천천히 뭍으로 올라가서 그 집 문을 두드리고 불씨를 빌려 달라고 부탁하려 할 때였지요. 문이 잠기지 않아서 밀고 들어갔더니 웬 노인이 탁자에 기댄 채로 불경을 외고 있지 뭡니까. 상대가 스님인 것을 본 그는 허둥지둥 몸을 일으켜 인사를 했습니다. 그래서 변오가 등불을 붙일 불씨를 부탁했지요. 그 노인은 종이를 꼬아 기름을 적시더니 불을 붙여서 변오에게 건넸습니다.

그런데 변오가 꼬은 종이를 받는데 온 집안이 환하게 밝아지는 것이 아닙니까. 그래서 무심결에 고개를 들고 벽에 붙어 있는 글씨가 적힌 종이 쪽으로 눈길을 돌렸지요. 그리고 무심코 보다가 깜짝 놀라 크게 소리를 지르고 말았습니다.

---

111 호서관(滸墅關) : 명대의 지명. 지금의 강소성 소주시 서북쪽 외곽의 소도시로, 특산물인 돗자리는 북경에 공출될 정도로 명성이 높았다고 한다.
112 풍교(楓橋) : 지금의 강소성 오현(吳縣) 서쪽 10리 지점에 있는 아치형 석교. 원래는 이름이 '봉교(封橋)'였는데 당나라 시인 장계(張繼)가 「단풍 진 다리에 밤에 배를 대다[楓橋夜泊]」라는 시를 지은 후로 단풍이 진 다리라는 뜻의 '풍교'로 불리기 시작했다고 한다.

"이상하다, 이상해!"

그래서 노인이 물었지요.

"스님 … 이 종이를 보시더니 어째서 자지러지게 놀라십니까요?"

"그 이야기는 들려 드리자면 깁니다. 나룻배에 사부님께서 계시니 소
승이 불을 가져다 배 안부터 밝혀야 겠군요. 그리고 나서 다시 와서 일러
드리지요. 또 해 드릴 이야기가 있습니다!"

"이 늙은 것은 부처님을 섬기는 불제자올시다. 사부님까지 모시지 그
러셨습니까요!"

노인은 즉시 집에서 부리는 동자 조수祖壽를 불러 내더니 변오와 함께
배로 가서 그 스님을 맞이하게 했습니다. 변오는 배로 오자 지레 주지를
부르면서 말했지요.

"사부님! 얼른 일어나십시요! 묵을 곳이 생겼습니다. 게다가 신기한
일까지 생겼지 뭡니까!"

"무슨 … 신기한 일이 생겼단 말이냐?"

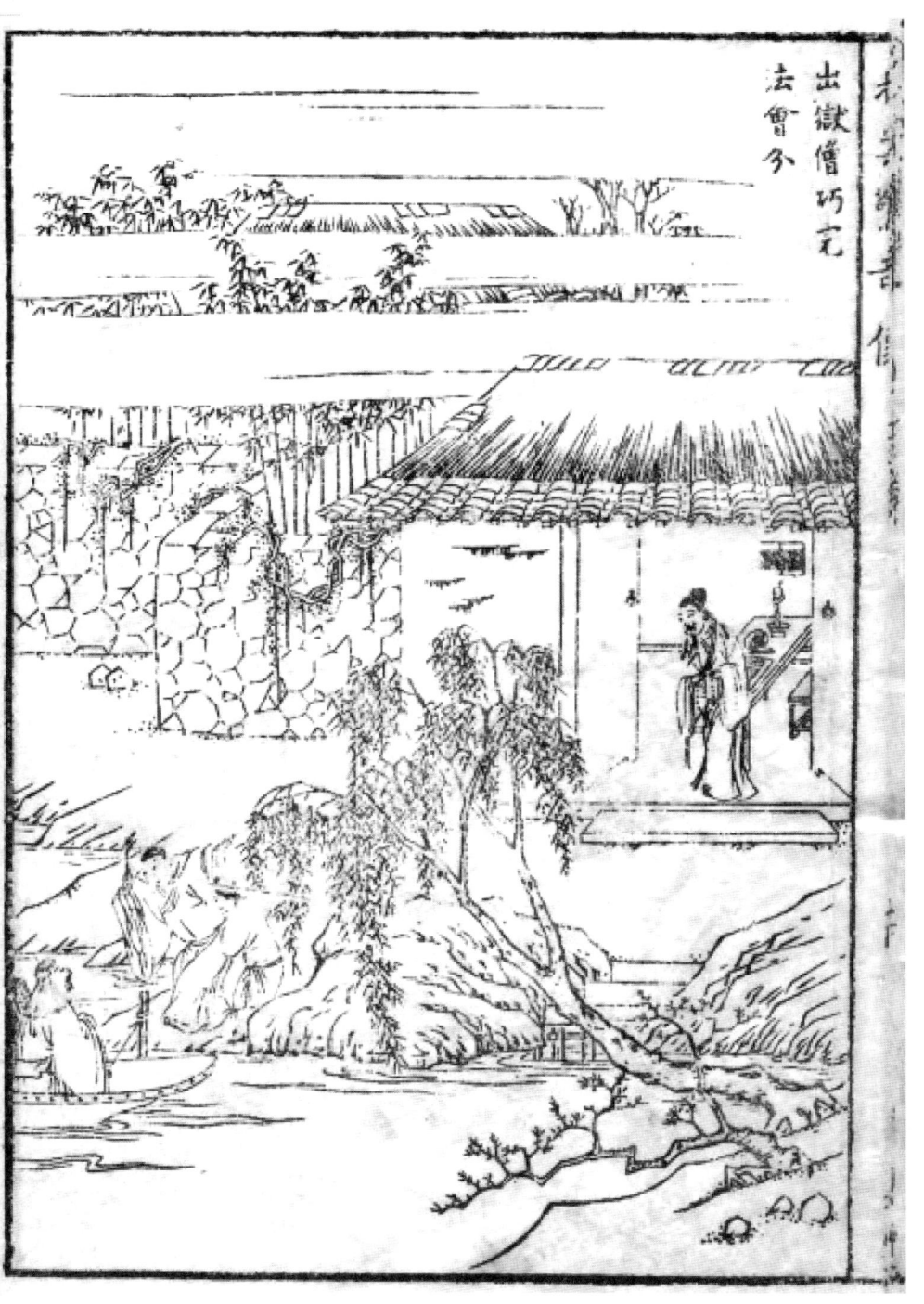

出獄僧巧元
法會分

감옥을 나온 중은 공교롭게도 「법회분」쪽을 되찾다

"일단 안으로 들어가셔서 주인장 하고 인사를 나누시고 그 물건을 구경 하시지요."

그래서 주지는 변오와 함께 대문을 들어와서 주인과 인사를 나누었지요. 그리고 나자 변오는 등불을 들고 주지의 손을 잡아끌어 벽 쪽으로 갔습니다. 그리고는 거기에 붙어 있는 글씨가 적힌 종이를 가리키면서 말했지요.

"사부님, 똑똑히 좀 확인해 보시라니까요!"

그래서 주지도 눈을 들어 그곳을 쳐다 보았지요. 그런데 가만 보니 첫줄에는

"금강반야바라밀경金剛般若波羅密經"

두 번째 줄에는

"법회인유분[113] 제일法会因由分第一"

---

113 「법회인유분(法會因由分)」: 『금강경』의 첫 장으로, '법회분(法會分)'으로 일컫기도 한다. '법회인유분'이란 '법회를 열게 된 연기를 담은 대목'이라는 뜻으로, 수보리 존자가 석가모니의 법회에 입회한 때를 회상하는 "나는 이와 같이 들었다[如是我聞]"라는 구절로 시작된다. '여시아문(如是我聞)'은 전통적인 한문 문법에는 맞지 않는 구문인데, 아마 『금강경』의 원문을 최초로 문자화 한 언어인 빨리 어나 산스크리트어의 어순에 충실하게 직역한 것으로 보인다.

이라고 적혀 있는 것이 아닙니까! 바로 백향산이 직접 베낀, 바로 『금강경』의 첫 장으로, 호수에서 바람에 휩쓸려 사라졌던 바로 그 장이었습니다!

주지는 손뼉을 치면서 말했습니다.

"우리네 불경에 있었던 것 같은데 … 어떻게 해서 여기로 왔단 말이냐!"

"사부님과 젊은 스님이 이 종이에 놀라시는 것을 보니 사연이 있는 게 분명하군요."

노인이 이렇게 말하자 변오가 말했지요.

"어르신, 이 종이를 얻게 되신 경위를 들려주시겠습니까? 그러면 저희 두 사람도 정성껏 일러 드리겠습니다!"

그러자 노인은 의자를 늘어 놓으면서 말하는 것이었습니다.

"일단 앉으시면 차를 올리고 나서 차근차근 말씀드리지요."

주지와 변오는 그 요청에 따라 차례로 앉았지요. 그러자 차를 건네고 나서 노인이 말하는 것이었습니다.

"이 늙은이는 성이 요姚로, 이곳의 어부입니다. 어렸을 때 글공부를 한 적이 없어서 여태 글자를 알지 못합니다. 해서 그저 물고기와 새우 잡는 일로 생계를 꾸리고 있지요. 나중에 중년이 되어서야 형편이 비로소 지낼 만하게 되었답니다. (…) 어르신들이 하시는 인과응보 이야기들을 들으면서 업보를 많이 지은 것을 스스로 뒤늦게 뉘우쳤지요. 해서 수행을 하고자 하는 마음을 가지게 되었답니다. 다만 … 한 글자도 모르다 보니 당최 불경을 외울 수가 없지 뭡니까. 제가 얼마나 원망스러웠던지! (…) 해서 글씨가 적힌 종이만 보이면 꼭 애착을 가지고 함부로 낭비하는 법이 없었답니다. 그렇게 하기를 여러 해, 지난해 모월 모일 저녁나절에 별안간 바람에 웬 물건이 날려 와서 문 앞에 떨어지더군요. 이 늙은이가 그쪽을 바라보니 한 줄기 불빛이 땅으로 떨어지는 광경이 눈에 들어오지 뭡니까. 해서 그것을 주웠더니 글씨가 적힌 종이였습니다. 하도 놀랍고 이상해서 '다년간 글씨가 적힌 종이를 보물처럼 아꼈는데 오늘 빛을 내는 이런 기적을 보았으니 기이한 사연이 있는 것이 분명하다' 싶더군요. 해서 더럽힐 엄두를 내지 못하고 그것을 가져다 벽에 붙여 놓고 항상 무릎을 꿇고 절을 드렸답니다. 헌데 나중에 웬 도인이 여기에 와서 보더니 이 늙은이한테 그러더군요. '이것은 『금강경』의 첫 번째 장이라오. 만약에 이 경전 전부를 외우겠다면 내 그대에게 가르쳐 드리리다!'[114] 그리고 나서 한 권을 꺼내서 이 늙은이한테 염송하는 방법을 한 차례 가르쳐 주셨습니다. 해서 입에서 나오는 대로 외우니 속이 다 트이면서 그 경전의

---

**114** 【즉공관 미비】白香山己證佛果, 不宜還作道人. 백향산이 이미 불과를 증명한 마당에 거기다가 도인이 튀어나오면 안되는 것을!

글자들을 하나하나 다 알게 되었지 뭡니까. 그 뒤로는 아는 글자가 나날이 늘어나서 이제는 불경들을 제법 읽을 수 있게 되었답니다! 이제서 기억이 나는데 … 그 도인께서 작별하실 때 이 종이를 가리키면서 그러셨지요. '이 종이를 잘 지키면 분명히 훗날 보답을 받을 것이오.' 해서 이 늙은이도 더더욱 소홀하게 다룰 엄두를 내지 못하고 염송을 할 적마다 반드시 먼저 무릎을 꿇고 절을 올린답니다. (…) 오늘 두 분이 이 종이를 보자마자 놀라고 기이하게 여기시니 … 분명히 이 종이의 내력을 알고 계시겠군요."

그래서 주지와 변오가 한 목소리로 말했습니다.

"방금 전에 길을 잃었는데 갑자기 하늘로 치솟는 불빛이 보이더군요. 그 빛을 따라서 여기까지 왔는데 침침한 등불만 비치고 있어서 괴이하게 여기던 참이었습니다. 그런데 방금 전에 보니 어르신의 가르침을 받고 이 종이를 받을 때에도 그 불빛이 보이지 뭡니까. 그제서야 이 종이가 신통력을 드러낸 것이었음을 알았답니다. 이제 제 자리로 되돌아올 때가 되었다는 뜻이겠지요. (…) 어르신께서 기꺼이 돌려주신다면 그 공덕이 더욱 클 것입니다!"

"스님들 물건도 아닌데 … 어째서 돌려 달라고 하십니까?"

노인이 이렇게 말하자 변오가 말했지요.

"어르신께 알려 드리지요. 이 종이는 보통 글씨가 아니올시다. 바로 당나라 때 시랑侍郎[115]을 지낸 백향산의 친필이랍니다. 불경은 전부 한 권으로 되어 있는데, 저희 절에 소장되어 있고 국내에서도 유명하지요. 우리 사부님께서 이 불경 때문에 근래에 웬 고약한 관리한테 잡혀가셨습니다. 그리고 그것을 바치라고 강요하는 바람에 하마터면 목숨까지 잃으실 뻔하셨지요. 결국 도저히 방법이 없어서 바칠 수밖에 없었답니다. 그나마 불행 중 다행으로 지난 해 모월 모일에 호수 한 가운데에서 바람을 만났을 때 첫 번째 장이 바람에 날아가 사라져 버렸지 뭡니까. 그 바람에 그 관리도 '불경이 온전치 못하다'면서 그제서야 도로 돌려주더군요. 오늘 마침 절에 가지고 돌아가 봉헌하려던 참이었습니다. 그런데 잃어버렸던 그 첫 번째 장을 어르신 댁에서 마주쳐 다시 친견하게 될 줄이야 누가 알았겠습니까! (…) 지난번에 만약 이 종이가 사라지지 않았더라면 이 불경은 벌써 남의 손에 들어가 버리고 말았을 겁니다. 그리고 … 오늘 만약 이 종이를 다시 만나지 못했더라면 이 불경은 결국 온전치 못한 책으로 남을 뻔 했겠지요. (…) 한번 잃었다가 한번 얻었고 앞이라고 할 것도 뒤라고 할 것도 없이 두 차례의 불빛이 저희 둘을 이곳까지 이끌어 주었습니다. 그러니 위타 존천[116]께서 신통력을 지니시고 불법을 수호하고자

---

115 시랑(侍郎) : 중국 고대의 관직명. 한대에 설치한 낭관(郎官)의 하나로, 본래는 궁정에서 황제를 모시는 측근 내시였다. 후한대 이후로는 상서(尙書)의 관리로 갓 임용되었을 때는 '낭중(郎中)', 한 해가 지나면 '상서랑(尙書郎)', 삼 년이 지나면 '시랑'으로 불렸다. 당대 이후로는 중서성(中書省)·문하성(門下省)·상서성에서 시랑을 각 부(部) 수장의 부관으로 삼으면서 벼슬이 점차 높아져서 지금의 장·차관급에 이르렀다.
116 위타존천(韋馱尊天) : 부처의 수호신인 위타(韋陀)를 말한다. 석가모니가 열반에 든 뒤 사악한 마귀가 부처의 유골을 훔쳐 가자 위타가 쫓아가서 유골을 되찾아 왔다고 한다. 이 일을 계기로 위타를 사악한 마귀를 쫓아내고 불법을 수호하는 하늘의 신으로 받들기

이 같은 수단을 드러내신 것이 아니겠습니까?"

그러나 노인은 믿는둥 마는둥 건성으로 대답을 하는 것이었습니다. 그러자 변오는 배로 가서 서둘러 불경을 싼 보자기를 가지고 오더니 그것을 풀어서 노인에게 보여 주었습니다. 아닌게 아니라 그 불경은 두 번째 장부터 나와 있는 것이 아닙니까. 그것을 가져다 벽에 붙여 놓았던 종이의 글씨며 종이색과 맞추어 보니 정말로 한결같은 것이 아무 차이가 없었습니다.

노인은 탄복하고 신기해 하면서 염불을 그치지 않는 것이었지요. 그는 손을 벽으로 가져가 그 종이를 떼어내더니 불경 위에 맞추어 보았습니다. 그랬더니 길고 짧은 것이며 넓고 좁은 것이 무엇 하나 다른 구석이 없는 것이었습니다. 그렇게 해서 불경 한 권이 온전해지자 세 사람은 모두가 기쁘고 반가워서 어쩔 줄을 모르는 것이었지요. 노인은 아이에게 분부해서 공양을 준비해서 두 사람을 잘 대접했습니다. 그리고는 사제 두 사람을 잡아 놓고 한 침상에서 눈을 붙이게 해 주었지요.

나중에 주지는 변오에게 가만히 말했습니다.

"처음에 우리는 유태수를 원망했었지. 그런데 이제 와서 생각해 보니 그것이 다 하늘의 뜻이었구나! 네가 첫 장을 잃어버렸지만 절에서 아무

---

시작했으며, 송대에는 사찰마다 미륵불(彌勒佛) 뒤에 배치하고 '위타보살(韋陀菩薩)' 또는 '위타존천(韋駄尊天)'으로 신봉했다고 한다. '위타'는 산스크리트어 '베다(veda)'를 비슷한 발음의 한자로 옮긴 것으로, '지식·지혜'를 뜻한다.

도 아는 사람이 없어서 여태까지 보물처럼 소장하고 있었지. 만약 이번에 발품을 들이지 않았더라면 당초에 잃어버린 이 종이를 만나 불경을 온전하게 되살릴 길은 없었을 게다!"

그러자 변오도 말하는 것이었지요.

"하늘께서 유태수가 나쁜 마음을 품은 것을 알고 계셨나 봅니다. 그래서 불경 한 권을 다 빼앗아갈까 싶어서 미리 한 장을 날려 가게 내버려 두셨던 게지요. (…) 이제 그 한 권이 되돌아 왔고 원래대로 이 한 장도 돌려 받았으니 참으로 하늘님의 공교로움이요 이 불경의 영험함인 셈입니다! (…) 생각해 보니 이 노인 역시 전생에 인연이 있었던 분이신 셈입니다. 그리고 … 앞서 언급한 그 도인 역시 백시랑이 변신해 나타났던 건지도 모르지요."

"일리가 있다, 일리가 있어!"

이날 밤, 요노인은 꿈에서 위타존천을 만났습니다. 그런데 그가 자신을 보고 말하는 것이었지요.

"너는 어렸을 때 지은 업보가 막중했느니라. 그런데 다행스럽게도 중년에 회심하여 글씨가 적힌 종이를 아끼게 되었지. 그래서 앞서 향산거사에게 명해서 너의 선천적인 총명함을 일깨워 주게 한 것이니라. 거기다가 불경까지 지켜 한 권이 온전해질 수 있게 도와주었구나. 그 음공陰功이 더욱 커서 네 죄업은 모두 사라지게 될 것이다. 그래서 다음 생에서는 문자로 보답을 받아 그 복록이 남다를 것이니라. 이번 생에서 일단 한 기紀[117]만큼 수명을 늘여 주고 정과正果를 깨닫고 삶을 마치게 해 주겠다!"

노인은 꿈을 깨고 나서도 꿈속의 일을 똑똑히 기억하고 있었습니다. 이튿날이 되자 그는 주지와 변오를 보고 말하는 것이었습니다.

"이 늙은이가 … 이 불경을 한 해 동안 아끼고 지켜 왔습니다. 그런데 이번에 불경을 전부 친견하고 나니 기쁘고 반갑기가 한량이 없습니다! (…) 이 종이를 돌려 드리기는 하겠습니다마는 이 늙은이로서는 그동안의 정리를 잊을 수가 없군요. 노스님을 따라 길동무가 되어 드리지요.[118] 그리고 돈을 내고 표구 장인을 모셔서 절로 가서 다시 장정을 잘 한 다음 이 늙은이가 그 불경을 펼쳐 몇 차례 염송할 수 있게만 해 주십시요. 그렇게만 해 주신다만 이 속이 다 후련해질 것 같습니다!"

그러자 두 사람이 말했지요.

"시주님의 그 같은 신심은 좀처럼 보기 드물 정도입니다. 참으로 아름다운 일입니다! 지금 당장 저희 배로 함께 저희 절로 가셔서 경내 구경이

---

117 기(紀) : 고대의 시간 단위. 1기는 12년에 해당한다.
118 【즉공관 미비】 有緣人也. 인연이 있는 사람이구나.

라도 한번 하시지요!"

그러자 노인은 집안사람들에게 집안 일을 당부하고 노자를 지니고 동자 조수를 불러 자신을 따르게 했습니다. 그리고 성내에서 솜씨 좋은 표구 장인을 한 사람 초빙하고 재료들을 사서 함께 절로 갔지요. 그렇게 며칠을 머문 끝에 장인이 작업을 다 마치고 나니 정말로 표구 덕분에 그 모습이 완전히 새 것처럼 바뀌었지 뭡니까! 그러자 노인은 보시할 돈을 내고 중 몇 사람을 초빙하여 하루 종일 『금강경』을 펼쳐 염송하고 나서 두 사람과 인사를 나누고 작별했답니다. 나중에는 해마다 백거이 탄신일이나 부처 탄신일만 오면 즉시 절로 가서 백향산의 친필을 친견하고[119] 하룻동안 불가의 계율을 지키는 일을 해마다 연례행사처럼 치루었지요.

그 노인은 나이가 여든이 넘어서 절에서 목욕을 하고 앉은 채로 세상을 떠났습니다. 그리고 그 절에서는 그 불경을 보물처럼 소중하게 여기고 있는데, 듣자니 지금까지도 그대로 보존되고 있다고 합니다. 이 이야기를 증명하는 시가 있습니다.

종이 한 장 허공 날아가길래 이유 단단히 있나 싶더니   一紙飛空大有緣,
되려 잃어버린 덕에 온전히 살아남을 수 있었네.   反因失去得周全.
보물을 주워 목숨처럼 아끼면 복 많이 받나니   拾來寶惜生多福,

---

119 【즉공관 미비】此老不俗. 이 노인도 속물은 아니었구만.

옛날 종이라 한들 어찌 함부로 팽게칠 수 있겠나!     故紙何當浪棄捐.

소생은 그 절 이름을 함부로 대놓고 일러 드릴 수는 없습니다. 유태수 같은 또다른 작자가 그 소재를 수소문하고 다니면서 또 사달을 만들어낼까 걱정스러워서 말이지요. 이번에는 그 태수를 비웃는 시를 한 수 들려 드리지요.

투박한 자가 어찌 고상한 내력을 알겠는가?     傖父何知風雅緣,
고서 보겠다며 탐낸 것도 그저 돈 때문이었지.     貪看古蹟只因錢.
만약 그 한권 모두 가져가게 만들었더라면     若敎一卷都將去,
괜히 백낙천만 억울해질 뻔하지 않았나!     寧不寃他白樂天.

## 제2권

소도인이 한 수를
천하고수에게 양보하고
여 기동은 두 판 승부로
혼인을 약속하다

小道人一着饒天下 女棋童兩局注終身

# 해제

송대에 채주蔡州 대려촌大呂村의 기동棋童인 주국능周國能은 실력이 뛰어나서 '소도인小道人'으로 일컬어진다. 부모는 그가 혼인할 나이가 되자 장가를 보내 주려 한다. 주국능은 기단의 여고수를 찾아 자신의 배필로 삼을 생각으로 외국인 요遼나라로 향한다. 연산燕山의 큰 거리에서 미모의 여인인 묘관妙觀이 사람들에게 바둑을 가르치는 것을 본 주국능은 한 눈에 반하여 그녀와 대국을 가지고 이기면 아내로 들이기로 결심한다. 첫 번째 대국에서 주국능은 '격장법激將法, 상대를 흥분시켜 기선을 잡는 방법'을 써서 공개적으로 도전을 한다. 묘관은 먼저 자신의 애제자인 장생張生을 시켜 그 실력을 시험해 본다. 주국능이 연거푸 세 수를 양보하고도 무승부로 대국을 마치자 겁을 먹은 묘관은 대국을 피한다. 그러나 호사가인 호대랑胡大郞 등은 스스로 200관의 돈을 모아서 억지로 두 사람이 실력을 겨루도록 분위기를 몰아간다. 대국을 하기 전에 묘관은 사람을 시켜 주국능에게 바둑을 져 줄 것을 애걸한다. 그러자 주국능은 그 틈에 그 사람에게 묘관을 사랑하는 자신의 입장을 밝히고 묘관이 자신의 아내가 된다면 기꺼이 그렇게 하겠다고 말한다. 묘관은 내친 김에 그렇게 하기로 하면서도 애매하게 대답을 한다. 대국 과정에서 주국능은 일부러 반 수를 져 주지만 묘관은 자신의 약속을 어긴다. 주국능은 묘관의 계략에 속은 것을 눈치채고 다시 대국을 할 기회를 찾는다.

그러던 어느 날, 한찰왕罕察王의 왕부에서 묘관과의 대국의 진상을 폭로하자 왕들은 그 말을 믿지 않고 묘관을 불러 다시 대국을 가지게 한다.

그러자 주국능은 '만약 소인이 이기면 저 아가씨를 아내로 주십시오' 하고 제안하고 그 말에 왕들이 동의하면서 묘관은 궁지에 몰린다. 왕들의 성원과 주국능의 재촉으로 묘관은 억지로 대국에 응하지만 두 번이나 연패하고 부끄러워하면서 돌아간다. 주국능이 사람을 보내 예물을 전달하고 혼사를 진행시키려 하자 묘관은 이번에도 '농담'이었다고 둘러대면서 입장을 번복한다. 주국능은 관청에 송사를 제기하고 유주로 총관幽州路總管 태불화泰不華의 중재로 친왕들이 증인을 서서 마침내 묘관과 연분을 맺는다.

이 이야기는 송대의 소설가 홍매洪邁, 1123~1202가 지은 『이견지 보夷堅志補』의 권19에 소개된 「채주 소도인蔡州小道人」 이야기를 소재로 지어졌다.

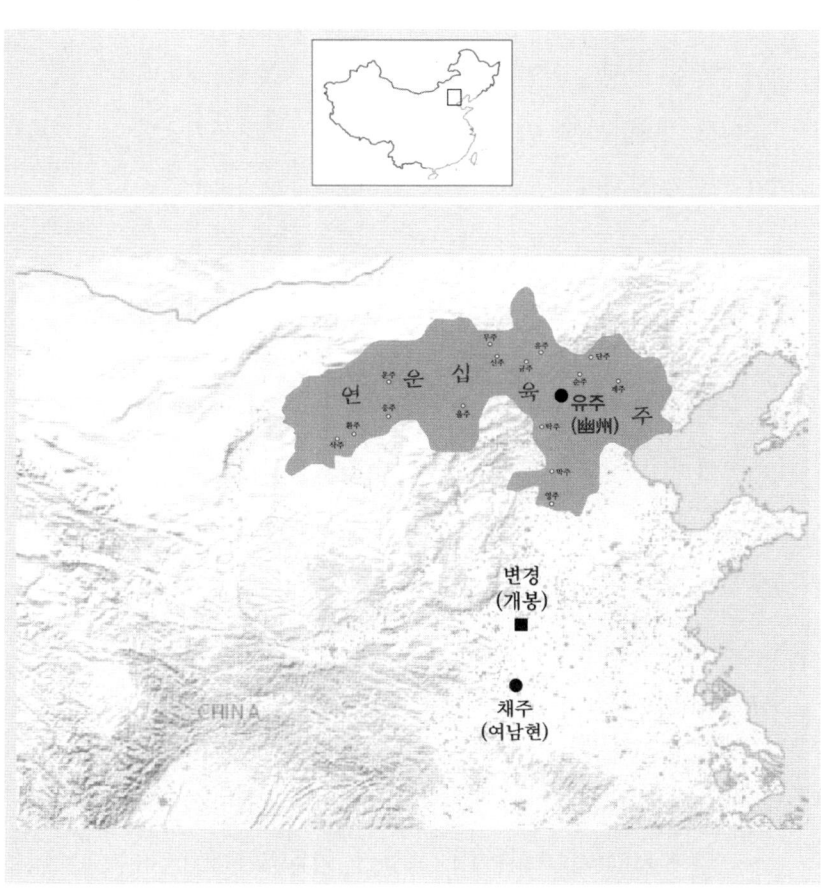

## 번역

이런 가사가 있습니다.

| | |
|---|---|
| 백년 부부는 전생의 인연 | 百年仇儷是前緣, |
| 하늘께서 기막히게 짝 지어 주시네. | 天意巧周全. |
| 인간 세상을 보시라 | 試看人世, |
| 새 · 물고기에 풀 · 나무까지 | 禽魚草木, |
| 저마다 전승이 있기 마련. | 各有蟬聯. |
| | |
| 지금까지 재주 뛰어나다 정평 난 이는 | 從來材藝稱奇絶, |
| 어김없이 절로 인연 심는 사람 있기 마련. | 必自種姻婕, |
| 탁문군은 거문고 타고 | 文君琴思, |
| 관중희¹는 화가였나니 | 仲姬畫手, |
| 서로 재능 겨루며 나란히 명성 떨쳤지. | 匹美雙傳. |
| —【안아미】가락에 부치다 | —詞寄【眼兒媚】 |

---

1 관중희(管仲姬) : 원대의 저명한 여류 서예가 · 화가이자 가객인 관도승(管道昇, 1262~ 1319)을 말한다. 절강성 덕청(德淸) 모산(茅山) 사람으로, '중희'는 자이다. 남송의 경정 (景定) 3년에 태어나 어려서부터 서화를 배웠으며, 불교를 독실하게 믿어『금강경』수십 권을 필사하여 각 사찰에 기증하기도 하였다. 오흥(吳興)의 서화 대가인 조맹부(趙孟頫) 에게 출가하여 오흥군부인(吳興郡夫人)으로 봉해져 사람들로부터 '관부인(管夫人)'으로 일컬어졌으며 연우(延祐) 4년(1317)에는 위국부인(魏國夫人)으로 봉해졌다. 그녀의 해서(楷書)는 조맹부와 닮은 것이었으며『선기도시(璇璣圖詩)』의 글씨는 걸작으로 평가 받고 있다. 작품들 중『수죽도(水竹圖)』등이 북경의 고궁박물원에,『죽석도(竹石圖)』가 대만의 고궁박물원에 각각 소장되어 있다.

道昇頓首再拜

曜曜夫人粧前 道昇久不奉

字不勝馳

想秋深漸寒伏惟

尊履清安且

尊堂太夫人興

全蟄吉沛矣皆在此 一冊相

관중희의 글씨

예로부터 이런 말이 있지요.

만물에는 저마다 짝이 있다.　　　　　　　物各有偶.

'재자가인'이나 '천생연분' 같은 말은 인간 세상에서 대단한 미담입니다. 손님들 일단 소생이 들려 드리는 이야기 좀 들어 보십시오. 산동山東 연주부² 거야현³에 농방정礱芳亭이라는 데가 있었습니다. 그 지역 주민들이 가을걷이를 마치고 농사의 비조인 선농⁴에게 제사를 지내고 공동으로 마을 모임을 열어 다 같이 술을 마시는 장소였지요. 예로부터 그 정자에는 현판이 하나 걸려 있었는데 세 글자가 큼지막하게 적혀 있었답니다. 당나라 때 안노공⁵의 글씨라고 전해지고 있었지요. 그러나 지워진 지가 한참 오래 되었지만 사람들은 새로 쓸 엄두를 내지 못하고 있었지 뭡

---

2 　연주부(兗州府) : 명대의 지명. 홍무(洪武) 18년(1385)에 연주를 승격시켜 설치하였다. 지금의 산동성 연주시 일대에 해당한다.

3 　거야현(巨野縣) : 명대의 지명. 고대에 이곳에 큰 들판·늪지(소택지)이 있었다고 해서 '거야'로 불렸다고 한다. 지금의 산동성 하택시(菏澤市) 일대에 해당한다.

4 　선농(先農) : 중국 고대 전설에 등장하는 농경의 신. 고대에는 제사(帝社)·왕사(王社)로 일컬어졌으며 신농(神農)·후직(后稷)으로 부르기도 하였다. 한대에 이르러 비로소 선농으로 부르기 시작하였다. 위나라 때에는 풍백(風伯)·우사(雨師)·영성(靈星)·사(社)·직(稷)과 함께 나라의 6대 신으로 받들어졌다.

5 　안노공(顏魯公) : 당대의 저명한 서예가인 안진경(顏眞卿, 709~785)을 말한다. 자는 청신(淸臣)으로, 경조(京兆) 만년(萬年, 지금의 섬서성 서안) 사람이다. 개원(開元) 연간에 출사하여 시어사(侍御史)가 되었으나 당시의 권신 양국충(楊國忠)의 미움을 사서 평원태수(平原太守)로 좌천되었으나 안녹산(安祿山)의 반란을 토벌하는 데에 공을 세워 숙종(肅宗)이 즉위하자 이부상서(吏部尙書) 등을 지냈다. 평생 서예를 좋아하여 저수량(褚遂良)·장욱(張旭)의 글씨를 토대로 부단한 개발을 통하여 힘차고 그침없는 독특한 '안[진경]체(顏體)'를 만들어 내었다. 『자서고신(自書告身)』·『제질문고(祭侄文稿)』·『안씨가묘비(顏氏家廟碑)』 등의 작품들이 전해진다.

니까.

그러던 어느 날이었습니다. 마
을 모임이 한참 진행되고 있는
데 마을 원로들이 이렇게 의논
했습니다.

王 逸 少 像

"이 정자도 헛된 명성만 남고
현판이 사라져 버렸구먼. 그게
다 나무 현판이어서 그런겨. 그
래서 상한 거 아닌감? (…) 이번
에 … 정자 안에 돌로 된 비석을
하나 세우고 특별히 요즘 이름

왕희지 초상

난 명필을 뫼셔서 안에 이 세 글자를 쓰게 하세. 그러믄 오래도록 사라질
염려가 없었으니께!"

이때 성이 왕王 이름이 유한維翰이라는 수재가 한 사람 있었습니다. 그는
진晉나라 때 왕희지[6] 집안의 자손으로, 안 씨의 글씨를 써 버릇해서 그 명

---

6  왕희지(王羲之, 303~361) : 동진(東晉)의 유명한 서예가. 자가 일소(逸少)로, 지금의 산
　　동인 낭야(琅邪) 임이현(臨沂縣) 사람이다. 진나라 조정의 남하로 회계산(會稽山)으로
　　이주한 후로 비서랑(秘書郎)·영원장군(寧遠將軍)·강주자사(江州刺史)·회계내사(會
　　稽內史) 등을 역임하였다. 예서·초서·해서·행서에 두루 능했으며, 그 대표작인 「난정
　　집 서(蘭亭集序)」는 "천하에서 으뜸가는 행서[天下第一行書]"로 일컬어진다.

성이 아주 대단했지요. 마을 원로들은 예의를 갖추고 그를 찾아가서 자신들의 의사를 털어 놓았답니다. 그러자 유한은 혼쾌히 그 말을 따라서 마을 모임이 열리는 날에 와서 모임에 참석하고 즉석에서 붓을 들어 원로들 말대로 비석에 단정하게 글씨를 서 주기로 약속하는 것이었습니다.

그리고 그 날이 왔습니다. 온 마을 남녀노소는 빠짐없이 참석해서 다 함께 '사화'[7]를 구경 했지요. 어째서 '사화'라고 부르는지 아십니까? 보통 퉁소 불고 북 치고 공 차고 새총 쏘고 인형극을 펼치고 오화찬농[8]의 온갖 놀이도구들을 모조리 다 동원해서 마치 신들이 보고 즐기도록 바치자는 뜻 같아 보이지요? 사실은 사람들이 신나게 어울려 다같이 웃고 놀면서 즐기자는 취지일 뿐이었지요. 그렇다 보니 왕가의 후손들이며 대갓집 도령들이 너도 나도 술에 기생까지 끼고 구경을 하러 오곤 했답니다. 놀이들이 다 끝나고 신들에게 지내는 고사를 다 마치면 사람들은 모두 뿔뿔이 흩어졌습니다. 그리고 모임을 주재한 원로 몇 사람만 남아 정자에서 제물을 같이 나누고 고사 음식을 나누어 먹고 나서 술에 취하면 그제서야 모임을 마치곤 했지요. 이는 해마다 이어지는 연례행사였습니다.

이 날은 수재 왕유한만 초빙해 비석에 글을 받을 계획이었지요. 그래

---

7   사화(社火) : 중국 고대에 명절이나 묘회(廟會)가 열리는 기간동안 민간에서 거행하던 다양한 놀이들. 일반적으로 채고교(踩高蹻)·획한선(劃旱船)·포죽마(跑竹馬)·뉴앙가(扭秧歌)·사용등(耍龍燈)·무사자(舞狮子)·씨름 등의 놀이들이 연출되었다.

8   오화찬농(五花爨弄) : 금·원대에 북방지역에서 유행한 공연물. 금·원대 원본(院本)에서는 주로 말니(末泥)·인희(引戲)·부정(副淨)·부말(副末)·장고(裝孤)의 다섯 배역이 등장하여 연희를 연출했기 때문에 '5화 찬농'이라고 부른 것이다. '찬농(爨弄)'은 공연을 뜻한다.

서 특별히 관가 연회에 수청을 드는 행수[9] 사천향[10]을 불러서 모임에서 술시중을 들게 했습니다. 그런데 뜻밖에도 왕 수재는 다른 자리에 갔다가 친구가 붙잡는 바람에 한참이 지나도 올 기미가 보이지 뭡니까 글쎄. 원로들은 술자리를 마련하고도 마실 엄두도 내지 못한 채로 우두커니 그를 기다릴 뿐이었습니다. 그러자 사천향이 물었지요.

"고사가 다 끝났는데 어째서 우두커니 앉아서 음복도 안 하십니까?"

그래서 원로들이 말했습니다.

"왕 수재가 올 때까지 기다려야지."

"왕 수재라니요?"

---

9  수청을 드는 행수[上廳行首] : 관가의 행사에 수청을 드는 관기(官妓)들 중에서도 으뜸가는 기생. 수하의 기생들을 관리하기도 했으며, 나중에는 이름난 기생을 두루 일컫는 말로 전용되었다. 옛날 중국에서는 관기들은 수청이나 노역에 출석할 의무를 지고 있었다. 때문에 관청에서 연회를 거행한다든지 관청의 수장에게 개인적인 길흉사가 있으면 반드시 가서 가무를 하거나 술 시중을 들어야 했다.

10  사천향(謝天香) : 원대의 유명 극작가 관한경(關漢卿, 1234?~1300?)이 지은 잡극 희곡 『전대윤지총사천향(錢大尹智寵謝天香)』의 여주인공. 북송대의 유명한 가객인 유영(柳永, 984?~1053?)은 과거시험을 보기 위하여 변경(개봉)에 올라와 그의 친구로 마침 개봉부(開封府)의 부윤(府尹)으로 있던 전가조(錢可照)의 거처에 머문다. 기방에서 우연히 사천향을 본 유영은 그녀에게 반하고 그 모습을 본 전대윤은 사천향을 소실로 들이는 척 하고 기방에서 나오게 한다. 그로부터 3년 뒤에 유영이 장원으로 급제하자 전부윤은 드디어 사천향을 유영과 짝 지어 준다.

"글씨 잘 쓴다고 이름 난 그 왕유한 수재 말일세!"

"저도 그 명성이야 오래 전부터 듣고 있었습니다만 아쉽게도 뵌 적이 없었지요.[11] 헌데 … 마을 모임에서 술을 자시는데 그 사람은 왜 기다리세요?"

"그 수재가 비석에 '농방정' 세 글자를 써 주기로 약속을 했네. 지금 이렇게 먹까지 잘 갈아 놓았으니 수재가 와서 글씨를 써 줄 때까지 기다려야지. 그리고 나서 술을 마실 걸세!"

그래서 사천향이 말했습니다.

"그 분이 아직 오지 않았으니 제가 쓰기 연습이나 몇 글자 하면서 좀 놀아도 되겠습니까?"[12]

"자네가 글씨도 다 쓸 줄 아는감?"

"잘 쓴다고야 할 수 없고요. 그냥 개발새발 글씨를 그리는 수준인 걸요. (…) 큰 붓을 좀 쓰게 해 주십시오. 어르신들 웃음이라도 좀 사게 말입니다. 왕 수재가 오면 지우고 다시 쓰기로 하시구요."

---

11 【즉즉공관 미비】未有佳人不憐才者. 참한 여인 치고 남 재능을 아끼지 않는 이는 없는 법.
12 【즉즉공관 미비】疢癢. 몸이 근질거리는 게지.

"우리한테 무슨 큰 붓이 있을 턱이 있누? 왕 수재가 가지고 오면 써도 쓰는 게지."

질버치에 담긴 진한 먹물을 발견한 사천향은 무심결에 붓을 휘둘러 보고 싶은 충동이 생겼습니다.[13] 그러나 손에 맞는 큰 붓이 없는 것을 아쉽게 여겼지요. 그러다가 꾀가 떠올랐던지 손을 뻗어 소매 속에서 부드러운 비단 땀 수건을 꺼내더니 모서리를 절도 있게 뭉쳤습니다. 그리고는 질버치 가로 가져가더니 진한 먹물을 찍어 비석 위에서 휘두르는 것이었지요. 그러자 어느 사이에 '농방' 두 글자가 뚝딱 완성되었지 뭡니까.

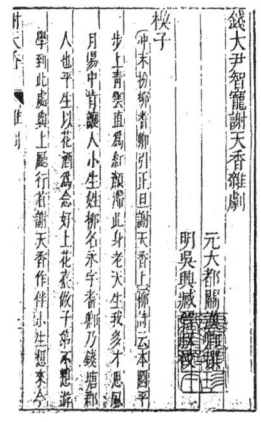

원대 잡극 『사천향』 삽화

이어서 '정'자를 쓰려던 찰나였습니다. 가만히 들어 보니 난새를 새긴 방울 소리가 들리더니 누가 손으로 가리키면서 말하는 것이었습니다.

---

13 【즉공관 미비】妙人也. 대단한 사람이로군.

"왕 수재가 왔구만!"

사천향은 손을 멈추고 눈을 들어 그쪽을 쳐다보았습니다. 그런데 정말로 왕 수재가 큰 준마를 타고 눈 깜짝 할 사이에 정자 앞까지 오는 것이 아닙니까. 그는 침착하게 말에서 내리더니 정자로 들어왔습니다. 그러자 마을 원로들은 그를 맞이하고 차례로 인사를 나누는 것이었지요. 사천향은 사천향대로 맨 나중에 인사를 했습니다. 왕 수재는 사천향의 용모를 보고 사천향은 왕 수재의 모습을 보면서 두 사람 다 서로를 흠모하게 된 것은 두 말 할 필요가 없었지요.

왕 수재는 비석에 '농방'이라고 큰 글자 두 개가 적혀 있고 먹물이 채 마르지 않은 것을 보고 칭찬하는 것이었습니다.

"이 두 글자 … 필치가 남다르군요! (…) 이런 고수가 계신데 소생까지 나설 필요가 어디 있겠습니까? 헌데 … 어째서 쓰다가 말았지요?"

"한참 기다려도 수재님이 안 오시길래 이쪽의 사천향한테 시험 삼아 먼저 한번 써 보라고 했지유. 두 번째 글자까지 썼을 때 마침 수재님이 오시길래 쓰다가 멈춘 거랍니다."

원로들이 이렇게 말하자 사천향이 말했습니다.

"쇤네가 주제를 모르고 여기서 놀고 웃자고 한 짓이온데 … 그만 수재님께 못 볼 꼴을 보여 드렸군요!"

"이 글씨는 안진경의 기풍과 유공권의 필치가 깃들어 있군요. 어느 획 하나 제대로 쓰지 않은 것이 없어! 도중에 바꾸면 안 되겠소. 내친 김에 마저 쓰도록 하시오."

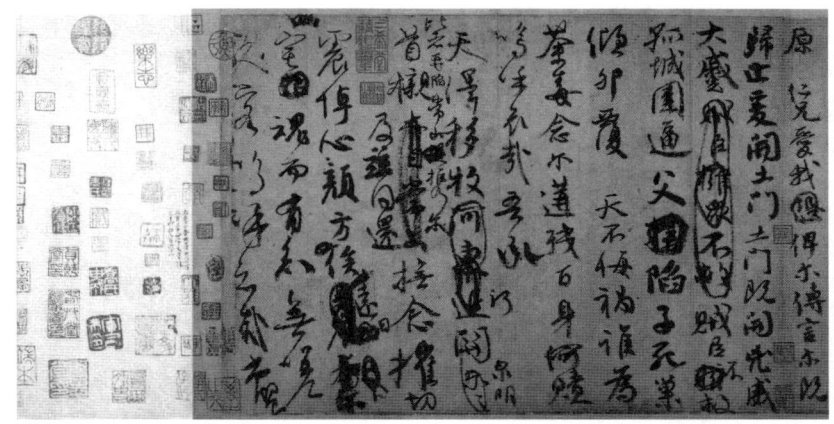

안진경의 글씨

그러나 원로들은 그다지 내키지 않는지 말했습니다.

"수재님 명성을 흠모해서 모신 것이니 … 훌륭한 글씨를 한번 써 주셔야지요!"

사천향은 사천향대로 겸손하게 말했습니다.

"쇤네가 어쩌다가 장난을 친 것인데 어째서 진지하게 받아들이십니까!"

"두 글자를 지워 버린다면 정말 아까운 일이오![14] 소생이 쓰더라도 이만큼 기막히게 잘 쓰지는 못 할 겁니다. 그때 가서 후회해 보았자 무슨 쓸모가 있겠습니까? (…) 좋은 뜻에서 제게 맡겨 주신 어르신들을 난처하게 해 드릴 수는 없으니 … 소생은 세 번째 글자만 쓰게 해 주시지요. (…) 방금 전에 아가씨가 쓴 붓이 어느 것입니까? 좀 빌려 씁시다. 만약 다른 붓으로 바꾸면 글씨체가 달라지니까요."[15]

그래서 사천향이 말했지요.

"방금 전에 붓이 없길래 쇤네가 땀 수건 모서리에 먹물을 찍어서 썼습니다만…"

"그것도 좋습니다. 빌려서 좀 써 볼까요?"

그러자 사천향은 땀수건을 왕 수재에게 건넸습니다. 그것을 넘겨 받은 왕 수재는 질바치의 먹물에 한번 찍더니 이어서 '정'자까지 썼습니다. 그런데 가만 보니 붓을 쓰는 방법이 마치 한 사람이 쓴 것처럼 차이가 전혀 없지 뭡니까. 원로들 사이에도 문자를 좀 아는 이가 끼어 있어서 크게 칭

---

14 【즉공관 미비】猩猩惜猩猩. 영웅은 영웅을 알아 보는 법.
15 【즉공관 미비】在行之語. 전문가 말씀.

찬을 하면서 말했습니다.

"두 분이 쓴 글자가 어째 한 사람 손에서 나온 것 같구려? 정말 재자가인이올시다. 말 그대로 쌍벽이시구만요!"

왕 수재와 사천향은 서로 속으로 호감을 품고 상대방을 기억했습니다. 원로들은 석공에게 세 글자를 새기게 하고 한편으로는 왕 수재를 상석에 앉히고 사천향을 곁에 앉힌 다음 다들 실컷 술을 먹었지요. 술자리에서 왕 수재와 사천향은 글씨 쓰는 법에 대해서 토론을 나누었습니다. 두 사람 다 청춘인 데다가 외모도 곱다 보니 자연히 서로 의기가 투합되었지요. 원로들은 다들 나이가 지긋하고 산전수전을 다 겪은 사람들이었습니다. 그러니 그 눈치가 없을 리가 있겠습니까? 두 사람이 서로 이야기가 잘 통하는 것을 보고 둘을 설득해서 부부의 인연을 맺게 해 주었답니다. 두 사람은 나중에 끝까지 해로했지요. 지금까지 들려 드린 것은 글씨를 쓸 줄 아는 두 사람이 부부가 된 이야기였습니다.

그러고 보면 세상에는 기막힌 재주가 있는 사람에게는 거기에 걸맞게 의기투합하는 이가 반드시 있기 마련입니다. 그런 경우는 부부 사이에서는 더더욱 희귀합니다. 예로부터 글씨·그림·거문고·바둑을 '문방사예文房四藝'로 일컬어 왔습니다. 그런데 이 왕씨와 사씨 두 사람이 글씨에 뛰어난 부부였던 거지요. 만약 그림의 명인들에서 이런 경우를 찾는다면 오로지 원대의 위국공魏國公 조자앙[16]과 그 부인 관씨管氏 중희仲姬 뿐일 것입니다. 두 사람은 그림을 잘 그려서, 지금의 호주[17] 고을 천성선사天聖禪寺 동쪽 서쪽 두 벽에 각자 그림을 하나씩 남겼지요. 한쪽은 산수를 그리고 한쪽은 대나무와 돌을 그렸는데 둘 다 불후의 걸작이었답니다. 또 만약에 거문고의 명인들 중에서 그런 경우를 찾는다면, 사마상여[18]와 탁문군의 경우일 것입니다. 두 사람은 거문고를 연주하는 과정에서 서로 마음이 맞자 임공[19]에서 야반도주 했으니까요. 이것은 사람들도 다 아는 이야기이니 소생이 새삼스레 토를 달 필요가 없을 것입니다.

---

**16** 조자앙(趙子昂) : 원대의 저명한 서화가이자 시인인 조맹부(趙孟頫, 1254~1322)를 말한다. 오흥(吳興, 절강성 호주시) 사람으로, 호는 송설도인(松雪道人)·수정궁도인(水晶宮道人)·구파(鷗波) 등이며, '자앙'은 그의 자이다. 송나라 태조 조광윤(趙匡胤)의 11세손으로 남송 말기에 진주사호 참군(眞州司户參軍)을 지냈으나 나라가 망하자 은둔하였다. 원나라 지원(至元) 23년(1286)에 세조 쿠빌라이의 눈에 들어 병부낭중(兵部郎中)에 제수되고 집현직학사(集賢直學士)·제남로 총관부사(濟南路總管府事)·강절등처 유학제거(江浙等處儒學提擧)·한림시독학사(翰林侍讀學士) 등을 거쳐 한림학사승지(翰林學士承旨)·영록대부(榮祿大夫) 등을 역임하다가 연우(延祐) 6년(1319)에 은퇴하였다. 사후에는 강절중서성 평장정사(江浙中書省平章政事)·위국공(魏國公)에 추증되었다. 박학다식한 데다가 시문에 능하고 서화·금석·음악에 밝았다. 특히 그림에서는 원대의 새로운 화풍을 열었으며 글씨에서도 구양순(歐陽詢)·안진경·유공권(柳公權)과 함께 '해서 4대가(楷書四大家)'로 추앙되었다.

**17** 호주(湖州) : 명대의 지명. 지금의 절강성 호주시(湖州市)에 해당하는 지역으로, 태호(太湖)의 남안, 항주(杭州) 북쪽, 상해(上海) 남쪽에 자리잡고 있다. 명대부터 고급 비단의 생산지로 유명하였다.

**18** 사마상여(司馬相如, BC179~BC117) : 전한의 문장가. 임공(臨邛)의 부자 탁왕손(卓王孫)에게는 문군(文君)이라는 딸이 있었는데 거문고를 잘 연주하였다. 그 소문을 들은 사마상여는 마침 탁왕손의 초대를 받아 술을 마시는 자리에서 거문고로 「봉구황(鳳求凰)」이라는 곡을 연주하여 문군의 마음을 사로잡아 그녀와 함께 야반도주를 하였다. 『사기(史記)』「사마상여전(司馬相如傳)」에 따르면, 사마상여는 얼마 후 자기 재산을 처분하고 임공 저자거리에 술집을 열었고 그 소식을 들은 탁왕손은 어쩔 수 없이 두 사람의 혼인을 인정해 주고 문군에게 재산을 나누어 주었다고 한다.

**19** 임공(臨邛) : 중국 고대의 지명. 지금의 사천성 서부를 흐르는 공수(邛水)의 북쪽 기슭에 자리잡고 있어서 '임공'으로 불리게 되었다.

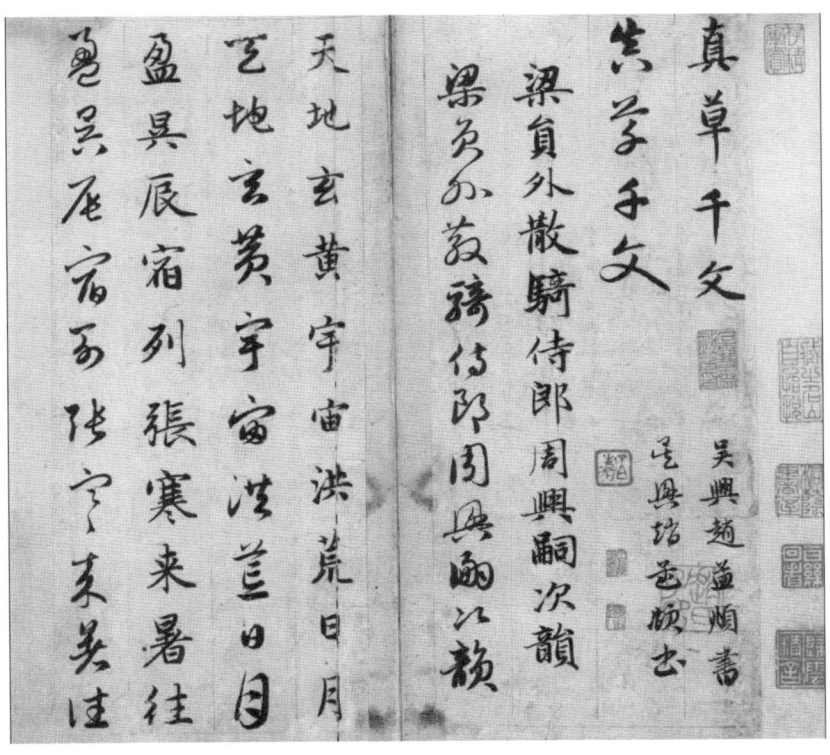

원대 서화가 조맹조가 쓴 『진초 천자문(眞草千字文)』의 앞 부분

이제부터는 바둑의 명인이 바둑 내기에서 이겨 아내를 얻은 이야기를 들려 드릴까 합니다. 천 리 먼 길에서 인연을 맺고 천생연분이 되었으니 이 역시 희귀하고 기이한 이야기인 셈입니다. 그 이야기를 손님들께 좀 들려 드리도록 하지요. 이 이야기를 증명하는 시가 있습니다.

세상서 한 판 바둑으로 승부[20] 내는 일 많지만       世上輸贏一局棋,

---

20  [교정] 승부[贏] : 원래는 '이길 영(贏)'이어야 하는데 '가득 찰 영(盈)'으로 되어 있다. 글자 모양이 비슷한 탓에 목판에 새기는 과정에서 착오가 발생한 것으로 보인다.

바둑판에서 부부가 나올 줄 누가 알았으랴?　　　誰知局內有夫妻.

파옹[21]이 일찍이 이런 말을 남겼었지　　　坡翁當日曾遺語,

이기는 것이 기쁘긴 하지만 져도 나쁠 것은 없다네.[22]　　　勝固欣然敗亦宜.


이야기를 들려 드리도록 하겠습니다. 바둑이라는 놀이는 바로 선천하도[23]의 수數입니다. 삼백예순한 수인데, 다 합치면 삼백육십오와 사분의 일 분도分度입니다. 검은 색과 흰 색은 음과 양으로 나누어 두 개의 의[24]를 상징하고, 네 모서리를 설정하여 네 개의 상[25]을 두었습니다. 그 속에는 온갖 변화들과 신령이나 귀신조차 간파할 수 없는 비밀[26]이 숨겨져 있지

---

21　파옹(坡翁) : 북송의 정치가·사상가·문학가인 소동파(蘇東坡, 1037~1101)를 말한다. 본명은 식(軾), 자는 자첨(子瞻)이며, '동파'는 그의 호 '동파거사(東坡居士)'에서 유래하였다. 22세 때 진사에 급제하여 당시 조정의 실력자이던 구양수(歐陽修)의 인정을 받아 문단에 등단하였다. 정치적으로는 구법당(舊法黨)으로 분류되어 심한 취조를 받고 호북성(湖北省) 황주(黃州)로 유배되었다가 철종(哲宗)의 즉위와 동시에 복귀하여 예부상서(禮部尙書) 등의 벼슬을 역임하였다. 그러나 얼마 후 다시 신법당(新法黨)이 집권하자 해남도(海南島)로 유배되었다가 7년 후 휘종(徽宗)의 즉위와 함께 사면을 받고 귀환하던 중 사망하였다.

22　이기는 것이 기쁘긴 하지만[勝固欣然敗亦宜] : 소식이 지은 시 「관기(觀棊)」에 나오는 말. 원문은 "이기는 것이 기쁘긴 하지만 져도 기뻐할 일이다[勝固欣然, 敗亦可喜]"로 되어 있다. 승부의 세계에서 바둑에서 이기면 기분이 좋지만 진다 하더라도 그 과정에서 좋은 벗을 사귀게 되니 그것만으로도 기쁜 일이라는 뜻으로 한 말이다.

23　선천하도(先天河圖) : 천상(天象)을 본 따서 만들어진 중국 고대의 신비의 도안. '하도'에서의 '하'는 지상의 하천을 말하는 것이 아니라 천상의 은하(銀河)를 가리킨다. 중국에서는 전통적으로 이 도안이 천지의 오묘한 이치를 담고 있다고 믿어 왔다.

24　두 개의 의[兩儀] : '양의(兩儀)'는 중국 도교 철학 용어로, 하늘과 땅, 하양과 검정, 남자와 여자 식으로 서로 짝을 이루는 상반된 두 개념을 말한다.

25　네 개의 상[四象] : '사상(四象)'은 중국 도교 철학 용어로, 우주의 섭리에 따라 설정되는 네 가지 형상(또는 상징)을 말한다. 예를 들면 봄-여름-가을-겨울, 또는 수-화-목-금이나 동-서-남-북, 때로는 각 방위를 상징하는 청룡(靑龍, 동)-백호(白虎, 서)-주작(朱雀, 남)-현무(玄武, 북) 등이 그 전형적인 사례라고 할 수 있다.

26　비밀[機] : '기(機)'는 사물이 발생하는 단서를 뜻한다. 여기서는 '비밀'로 번역하였다.

요. 그렇다 보니 신선가에서는 다들 이 놀이를 즐겨서 '왕질[27]이 도끼자루가 썩어도 알지 못했다'는 이야기가 다 있는 것입니다.

전설에 따르면 제요[28]가 발명하여 그 아들 단주[丹朱]를 가르쳤다고 하는데, 그것도 황당무계한 소리이지요. 설마 당우[29] 이전에는 신선들조차 바둑을 두지 않았다는 말입니까?[30] 하물며, 이 놀이는 가르친다고 아무나 배울 수 있는 것이 아닙니다. 만약 선천적인 소질을 가지고 있다면야 두자마자 바로 방법을 깨우치겠지요. 그렇게 해서 남다른 신묘한 수를 잇따라 두고, 날이 가면 갈수록 실력이 높아져서 정점에까지 이르게 될 것입니다. 더러 수준에도 한계가 있다 보니 겨우 한두 수가 부족해서 더 이상 실력이 늘지 않는 경우도 있을 수 있겠지요. 소질이 형편없는 부류의 경우에는 아무리 대단한 국수[國手] 사부님이 비장의 묘수를 몇 해씩이나 전수해 주어도 자신의 수준까지 도달하면 그 이상은 실력이 별로 나아지지 않는 법입니다. 정말로 '바둑 실력과 주량은 전생에서 정해진 것 같

---

27  왕질(王質) : 중국 고대 전설에 등장하는 인물. 남북조시대의 과학자 조충지(祖沖之, 429~500)의 『술이경(述異經)』에 따르면, 나무를 하러 산에 들어간 왕질은 두 동자가 바둑을 두는 것을 발견하고 도끼질을 멈추고 바둑 구경을 했는데 그 바둑이 끝나고 나서 도끼를 잡으려 했더니 그 사이에 100년이 지나서 도끼자루가 썩어 있었다고 한다.

28  제요(帝堯) : 중국 전설 속의 성군 '오제(五帝)'의 한 사람. 제곡(帝嚳)의 아들로, 성은 이기(伊祁), 이름은 방훈(放勳)이며, '요(堯)'는 시호이다. 때로는 '당요(唐堯)·도당씨(陶唐氏)'로 불리기도 하였다. 『사기(史記)』 등의 기록에 의하면, 희화(羲和) 등에게 명하여 역법을 정하고, 효행으로 명성이 높았던 순을 중용했으며, 나중에는 왕위를 아들을 제치고 순에게 양보하여 유가에서 성인의 치세로 칭송되는 이른바 '요·순의 치세[堯舜之治]'를 이끌어내기도 하였다.

29  당우(唐虞) : 중국 고대 전설 속의 성군으로 추앙되는 당요와 우순(虞舜)을 나란히 일컫은 이름. 우순은 전욱(顓頊)의 후예로 이름이 중화(重華)이며 유우씨(有虞氏)라고 부르기도 하는데, 당요가 그에게 이십 년간 직무를 수행하게 한 후 왕위를 선양(禪讓)하였다.

30  【즉공관 미비】丹朱若愚.此道亦不易曉. 단주가 아둔했다면 그 놀이도 깨우치기가 쉽지 않았을 것이다.

다'는 말처럼, 사람의 힘으로는 마음대로 늘이거나 줄일 수 있는 것이 아닌가 봅니다.

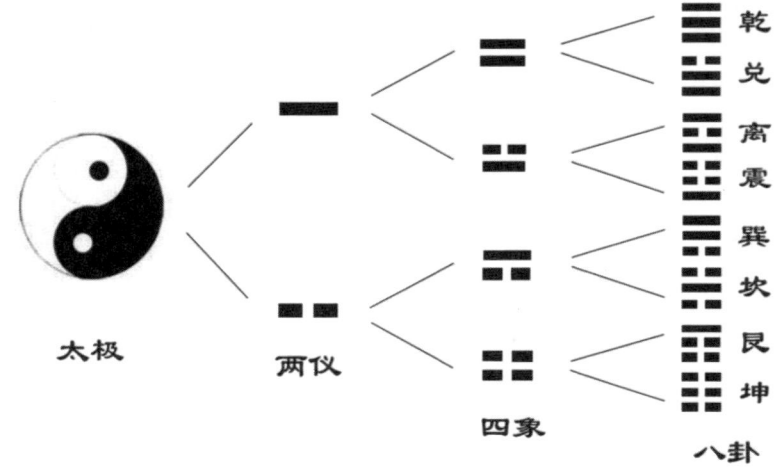

2의에서 4상이 생긴다

송나라 때 채주[31] 고을의 대여촌大呂村에 어떤 시골 아이가 살았습니다. 성이 주周, 이름이 국능國能으로, 어릴 적부터 바둑 두기를 좋아했지요. 부모가 그 마을 학당에 보내어 글공부를 시켰는데 틈만 나면 친구들과 바둑판을 그리고 두 가지 색깔의 벽돌이며 기와 조각들을 주워 와서 바둑돌 삼아 승부를 겨루곤 했답니다.

한번은 학당에서 나왔더니 마을 노인네들이 바둑을 두는 광경이 눈에

---

**31** 채주(蔡州) : 중국 고대의 지명. 지금의 하남성 여남현(汝南縣) 일대에 해당한다.

들어오는 것이었습니다. 그래서 냉큼 소매를 걷어붙이고 곁에 서서 우두 커니 구경을 했겠다? 그러다가 어떨 때는 중요한 고비에 이르기만 하면 자기도 모르게 속이 근질거리는지 몇 마디씩 손짓 발짓 다 해 가면서 훈 수를 주었지요. 그런데 그 훈수마다 어김없이 보통사람은 상상조차 하지 못할 묘수였지 뭡니까. 그때부터 날마다 실력이 향상되더니 그 마을에서 바둑을 잘 둔다고 이름이 난 고수들 중서 예전에는 국능에게 몇 수 봐 주 었던 이들조차 나중에는 되려 국능이 물려주어도 비기지 못하는 정도에 이르렀답니다. 급기야 온 마을을 다 다녀도 적수가 하나도 없는 지경에 까지 이르렀지요.

이때 그의 나이는 겨우 열대여섯 살이었습니다. 그런데도 그 명성은 벌써 그 지역에 자자할 정도였지요. 사람들은 국능이 어린 나이에도 실 력이 월등하게 높자 다들 이런 소문을 내었습니다.

"그 아이가 밭 옆에서 대추를 줍고 있는데 웬 도사 차림의 사람 둘이 풀밭에서 마주앉아 바둑판을 놓고 바둑을 두고 있었지. 그래서 곁에 쪼 그리고 앉아서 구경을 하는데 도사가 그 모습을 보고 웃으면서 말했다 지. '이 녀석도 바둑을 좋아하는가 보군. 세간에서 흔한 기보를 좀 가르 쳐도 되겠어.' 그리고는 바둑판에서 공격과 수비, 죽이고 빼앗고 구하고 막는 방법들을 다 가르쳤다네. 아 그런데 그 아이한테 천부적인 인연이 있었던지 설명만 해 주면 금방 깨우쳐서 낱낱이 다 이해하고 잊어 먹는 법이 없었지 뭔가. 그러자 도사는 '이제는 세상에서 맞설 적수가 없을 게 다!' 하더니 웃으면서 작별인사를 하고 그 자리를 떠났다네. 그 뒤로는 정말로 바둑을 두기만 하면 남들보다 월등하게 수준이 높아졌지 뭔가? 그 아이는 신선을 만나 신묘한 비결을 전수받은 것이 분명하다니까!"

개중에 어떤 사람은 이런 이야기도 했답니다.

"그 젊은이 말재주가 비상하더군. 선천적으로 그쪽으로 끼가 있는 데다가 이쪽에 몰입하다 보니 두면 둘수록 실력이 늘어서 비전의 묘수까지 터득하게 된 게지!"

이런 식으로 황당무계한 헛소리를 지어내어 어리석은 사람들을 속이곤 했지요. 물론, 그 모두가 억지를 잘 쓰는 사람이 자신이 진 것을 인정하기 싫어서 보이는 전형적인 행태들이었습니다. 그러나 이유야 어쨌거나 그런 이야기들의 진위 여부를 따질 필요도 없었습니다. 그의 바둑 실력이 하도 뛰어나다보니 적수가 없는 것만큼은 엄연한 사실이었으니까요.

이렇듯 바둑으로 이름이 난 데다가 나이까지 어려 보기 드문 경우였습니다. 그렇다 보니 벼슬아치 사대부들이며 왕족에 도령들까지 그와 친분을 맺으려고 기를 썼답니다. 개중에는 그런 소문에 승복할 수 없었던지 돈을 날려도 좋다며 내기를 했다가 열 냥 닷 냥 씩 잃는 젊은이도 있었지요.[32] 국능은 차츰 형편이 넉넉해지고 예절에도 밝아진데다가 성격도 자신

---

32 【즉공관 미비】若無此輩, 棋高也無用. 만약 이런 이들이 없다면 바둑 실력이 아무리 대단해도 소용이 없지.

만만하게 바뀌었습니다. 왕년의 시골 아이의 모습은 씻은 듯이 사라지고 선비처럼 점잔을 빼곤 했지요.

부모는 그가 나이가 들자 장가를 보내기로 했습니다. 그러자 국능은 내심 기대치가 높아져서 부모를 보고 이렇게 말하는 것이었습니다.

"우리 집은 집안이 미천합니다. 지금 아내를 맞아들인다면 기껏 해야 농삿군네 딸들 뿐일 테지요. 촌스럽고 초라한 여자는 제 상대가 아닙니다. 소자에게 이런 비상한 재주가 있는 이상 이 재주를 가지고 강호[33]로 나가 돌아다니더라도 노잣돈을 지니고 다닐 필요는 없을 테지요.[34] 어쩌면 천생연분이야 있든 없든 흡족하게도 소자한테 걸맞는 참한 여자를 구해 아내로 삼을 수 있을지도 모릅니다. 그렇게 된다면야 평생의 소원을 이루는 셈일 테지요!"

부모는 아들이 거창한 이야기를 늘어놓는 모습을 보고는 결국 포기하

---

**33** 강호(江湖) : 세간, 세속. 『장자(莊子)』 「대종사(大宗師)」의 "샘이 말랐을 때 물고기들이 그 땅에 서로 함께 있으면서 아무리 물기를 서로에게 불어주고 거품을 서로에게 적셔준다고 한들 강과 호수에서 서로 잊고 사는 것만은 못한 법이다[泉涸, 魚相與處于陸, 相呴以濕, 相濡以沫, 不如相忘于江湖]"라는 말에서 유래한 것이다. 그러나 '강호'는 의미상으로 하천이나 호수와는 무관할 뿐 아니라 실제로 존재하는 특정한 장소를 가리키는 것도 아니다. 이 단어는 조정이나 공직사회에서 멀리 떨어져 국가의 통제나 법률적 구속으로부터 유리된 민간을 가리키는 말로 사용되는 것이 보통이다. 중국문학(특히 무협소설)의 영역에서 '강호'는 협객들이 활동하는 세계, 심지어 암흑사회의 대명사로 받아들여지곤 한다.
**34** 【즉공관 방비】 大話! 허풍은!

고 말았답니다.

그리고 며칠 지나지 않았을 때였습니다. 가만 보니 국능이 새로 옷을 바꾸어 입고 부모에게 작별인사를 하러 왔지 뭡니까. 부모는 아들을 보고도 하마트면 못 알아 볼 뻔 했습니다. 그가 어떤 차림이었는지 아십니까?

| | |
|---|---|
| 머리에는 두건을 쓰고 | 頭戴包巾, |
| 발에는 네모난 신발을 신었구나. | 腳蹬方履. |
| 옅은 바탕에 짙은 테 두른 검푸른 옷 입고 | 身上穿淺地深緣的藍服, |
| 한 줄로 드리운 두 가닥 누런 끈 매었네. | 腰間繫一墜兩股的黃絛. |
| 단약 만들던 갈치천[35] 시중들던 동자가 아니라면 | 若非葛稚川侍鍊藥的丹童, |
| 속세 그리워하던 동쌍성[36]의 도반인가 싶네. | 便是董雙成同思凡的道侶. |

말하자면 이 국능이 칡덩쿨 두건에 남루한 옷까지 마치 도사 시중을 드는 동자 같은 모습으로 차려 입고 있었던 것입니다요!

부모는 깜짝 놀라서 물었습니다.

---

**35** 갈치천(葛稚川) : 동진(東晉)의 도학자 갈홍(葛洪, 284~364)을 말한다. 단양(丹陽) 구용(句容, 지금의 강소성 남경시 인근) 사람으로, 호는 포박자(抱朴子)이며 '치천'은 자이다. 어려서부터 도술과 수양법에 관심이 많았으며 나중에는 정은(鄭隱)·포현(鮑玄) 등으로부터 도술과 연단술(鍊丹術)을 배웠다. 당시까지 전해지던 외단의 이론을 집대성하여 도교 수련서인 『포박자(抱朴子)』를 짓고, 외단은 신단(神丹)·금액(金液)·황금(黃金)의 세 가지로 구분하였다. 아울러 금단을 약으로 삼되 오래 졸일수록 변화가 더 기막혀서 그것을 복용하면 장생불사 할 수 있다고 주장하였다.

**36** 동쌍성(董雙成) : 중국 고대 전설 속에 등장하는 서왕모(西王母)의 시녀. 은나라가 멸망하자 도를 닦아 신선이 되었으며 천상으로 승천한 뒤로 서왕모의 시중을 들었는데 생황을 잘 불고 음률에도 밝아 서왕모의 총애를 받았다고 한다.

갈홍이 지은 『포박자』 표지

"아들아! (…) 이런 차림으로 … 어쩌려는 게냐?"

그러자 국능이 웃으면서 말했습니다.

"소자 이제부터 구름처럼 사방을 떠돌아다니다가 좋은 색시감을 하나
구해 와서 짝으로 삼을 작정입니다."

"그게 네 뜻이라니 너를 말릴 수는 없겠지. 허나 … 짝을 구하기만 하

면 바로 돌아와야 한다? 다른 데서 방탕한 생활에 빠져서 고향까지 잊어버리지 말고!"

"그럴 일이야 있겠어요?"

이 날은 황도[37]의 길일이었습니다. 그래서 부모에게 절을 하고 작별하자마자 길을 나섰지요. 그는 이때부터 자신을 '소도인(小道人)'으로 자처했답니다.

계속 길을 가던 그는 변량[38]이 역대 제왕들이 도읍으로 삼았던 고을임을 알고 '분명히 이름난 고수들이 많겠지' 싶어서 일단 변경(汴京)으로 향했습니다.

서울변경에 당도한 뒤로는 바둑을 두었다 하면 소도인에게 지지 않는 사람이 없어서 그 명성을 크게 떨쳤답니다. 그와 친분을 나누는 이들도

---

37  황도(黃道) : 고대 천문학 용어. 지구가 한 해동안 태양을 공전하는 궤도. 지구가 태양을 공전하면 1년만에 한 바퀴를 돌아 원래의 자리로 돌아오는데 이때 태양이 지나온 노선을 말한다. 이에 비하여 달이 지구를 공전하는 궤도는 '백도(白道)'라고 불렀다. 중국의 고대 점성술에서는 천문(天文)을 관찰하여 길흉을 점쳤는데, 그 중에서 청룡(靑龍)·명당(明堂)·금궤(金匱)·천덕(天德)·옥당(玉堂)·사명(司命)의 육신(六辰)을 행운의 신 즉 길신(吉神)으로 여겼다. 이 여섯 신이 활동하는 날에는 흉살(凶煞)을 없애서 만사가 고르게 이루어진다고 하여 "황도의 길일[黃道吉日]"이라고 불렀다.

38  변량(汴梁) : 원·명대에 개봉(開封)을 부르던 이름. 송대에는 변경(汴京)으로 불렸으나 원대인 1288년 금대의 이름인 남경로(南京路)를 '변량로(汴梁路)'로 개칭하면서 '변량'으로 불리기 시작하였다.

한결같이 조정에서 벼슬을 하는 귀인들이었지요. 그래서 이 댁에서 데리러 오고 저 댁에서 모시러 올 정도였습니다. 어떤 때에는 가르침을 부탁하고 어떤 때에는 내기를 하는 등 정말이지 떠들썩하게 세월을 보냈지요. 그러나 적수가 하나도 보이지 않으니 눈에 드는 참한 여자를 구할 길이 없지 뭡니까. 거기서 한 동안 지내던 그는 '여기에는 인연이 없나 보다' 싶어서 결국 서울을 떠나 이번에는 태원[39]·진정[40] 같은 곳을 돌아다녔습니다. 그러나 가는 길에 내내 바둑을 두었지만 자신과 겨룰 만한 적수는 없었지요. 그는 분연히 이렇게 말했습니다.

"듣자 하니 '연산[41]은 바로 요나라의 낭주[42]가 황제가 된 곳으로, 성대

---

39 태원(太原) : 중국 고대의 지명. 산서성의 성도(省都)로, 산서성 중부의 분지 북단에 자리 잡고 있다. 역사적으로 고대에는 병주(幷州)로 불렸으며, 지리적으로 그 자리가 산서성 중부를 흐르는 진수(晉水)의 북쪽에 자리잡고 있다고 해서 '진양(晉陽)'으로 불리기도 하였다.

40 진정(眞定) : 중국 근세의 지명. 지금의 하북성 정정시(正定市) 일대에 해당한다. 전략적으로도 대단히 중요한 요충지여서 북경·보정(保定)과 함께 '북방의 3대 군사거점[北方三雄鎭]'으로 불리기도 하였다. 『삼국지연의』의 '상승장군(常勝將軍)' 조자룡(趙子龍)의 고향이 상산군(常山郡) 진정현(眞定縣)이다.

41 연산(燕山) : 중국 고대의 지역명. 하북성 천진시(天津市) 계현(薊縣) 동남쪽으로부터 동쪽으로 구불구불 옥전(玉田)·풍윤(豐潤)을 지나 발해(渤海) 해안까지 하북평원 북쪽으로 이어지는 연산산맥에서 유래하였다. 역사적으로는 북송 휘종의 선화(宣和) 4년(1122)에 금나라 군이 요나라의 연경 석진부(燕京析津府, 지금의 북경시)를 점령한 뒤에 송나라 조정에 반환하매 12개 현을 관할하는 연산부(燕山府)를 설치하였다.

42 낭주(郞主) : 원대 이래의 고전 소설·희곡 등 구어문학에서 북방민족이 그 수장을 높여 부르는 호칭. 원대 극작가 왕중문(王仲文)의 잡극 희곡 『구효자(救孝子)』 제1절의 "이몸은 왕수연이다. 입신한 이래로 낭주를 섬겼다(老夫乃王脩然是也. 自出身以來, 跟隨郞主.)"나, 역시 극작가 장국빈(張國賓)의 잡극 희곡 『설인귀(薛仁貴)』 제1절의 "나는 갈소문(연개소문)이다. 낭주께서 부르시어 뵈러 왔다(自家葛蘇文的便是. 郞主呼喚, 須索見來)" 등에서도 관련 용례가 보인다. 그러나 중국 정사 기록에는 이 같은 호칭이 보이지 않는 것을 보면 소설·희곡 등의 구어문학에 한정되어 사용된 허구의 호칭임을 짐작할 수 있다.

하고 화려하기가 변량을 능가한다'고 하더군. (…) 거기에는 분명히 세상에서 겨룰 자가 없는 고수나 국수가 있을 것이다. 나는 이제 중국에서 기막힌 기력을 지니고 있다는 명성을 얻었다. 그러니 그 나라에 가더라도 남에게 지는 일은 없을 테지. (…) 그 나라로 가서 돌아다니면서 실력 있는 국수를 찾아 승부를 좀 겨루고, 중국의 실력을 좀 떨쳐서 이역 타향의 고수라는 명성을 얻고 불후의 인물로 남도록 해야겠다. (…) 게다가 예로부터 '연燕·조趙 땅에는 참한 미인이 많다'고 했으니 … 어쩌면 이 재주 덕분에 왕족이나 귀한 댁을 드나들다가 좋은 배필이라도 구할 수 있을지도 모르지!"

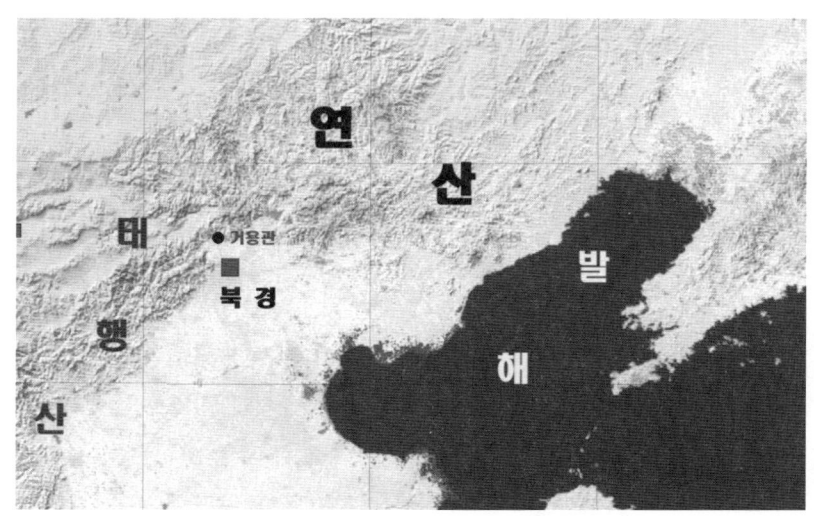

연산 일대의 모습. 연산산맥은 역사적으로 북방(유목)문명과 중원(농경)문명을 나누는 천혜의 경계선 역할을 해 왔다

그는 마침내 북쪽으로 떠나기로 결심했습니다. 그리고 들판에서 먹고 자면서 밤에는 쉬고 새벽부터 길을 나섰지요. 그런 식으로 며칠도 지나

지 않아 벌써 연산 지경까지 이르렀답니다. 잠시 연산의 풍광을 들려 드리자면

| | |
|---|---|
| 왼편으로는 창해[43]를 싸고 있고 | 左環滄海, |
| 오른편으로는 태행산[44] 보듬고 있고 | 右擁太行, |
| 북으로는 거용관을 배고 있고 | 北枕居庸, |
| 남으로는 황하와 제수[45] 접하고 있네. | 南襟河濟. |
| 예로부터 황제의 땅으로 일컬어지다가 | 向稱天府之國, |
| 잠시 오랑캐 군주[46]의 도읍이 되었구나. | 暫爲夷主所都. |

당시에 연산은 바로 야율[47]씨 부족이 그 나라의 지존으로 있는 곳이었

---

43 창해(滄海) : 중국 동쪽에 있는 바다인 발해(渤海)의 또다른 이름. 산동반도를 기준으로 황하(黃河)의 영향으로 물이 탁한 황해(黃海)와는 달리 물이 맑아서 그렇게 부른다.

44 태행산(太行山) : 중국의 산 이름. 산서성과 하북성의 경계를 이루며 중국에서 산서와 산동을 구분하는 기준이 되는 산맥이기도 하다. '우공이산(愚公移山)'의 고사성어가 유래한 산맥으로, 남북으로 600km, 동서로 250km 뻗어 있으며 산세가 가파르고 험하며 협곡이 겹겹이 둘러싸고 있다.

45 제수[濟] : 중국 고대의 4대 하천인 '4독(四瀆)' 중 하나인 제수(濟水)는 하남성 제원현(濟源縣)의 왕옥산(王屋山)에서 발원하여 남으로 흘러 황하에 합쳐진다.

46 오랑캐 군주[夷主] : 요나라의 태종(太宗) 야율덕광(耶律德光, 902~947)을 말한다. 후진의 천복 원년(936)에 석경당이 연·운 16주를 거란에 할양하자 다음 해(937)에 유주를 남경유도부(南京幽都府)으로 삼았다.

47 야율(耶律) : 중국 북방의 기마민족인 거란(契丹)의 부락(씨족) 이름. 나중에 야율씨 부락이 요나라를 건국한 뒤에는 국성(國姓)이 되었다. 중국 학계에서는 당대 말기의 거란족 부락인 질랄부(迭剌部)의 한 갈래인 야율씨 집단에서 유래했다고 보기도 한다. 『요사(遼史)』「국어해(國語解)」에 따르면, "야율과 소 두 성씨의 경우, 한자로 적을 때에는 각각 유씨·소씨라고 했으며 거란문자로 적을 때에는 이랄·석말이라고 하였다(耶律和蕭兩個姓, 以漢字書者曰劉蕭, 以契丹字書者曰移剌石抹)" 마찬가지로 『금사(金史)』「국어해(國語解)」에서도 "이랄은 유씨이고 석말은 소씨이다[移喇曰劉, 石抹曰蕭]"라고 소개하였다.

습니다. 송대에는 그들을 '북쪽 왕조[北朝]'라고 부르면서 서로 형제의 나라로 지내고 있었지요. 그러다가 대체로 석진[48] 때부터 연·운 등 열여섯 주[49]를 그 나라에 할양했답니다. 이때부터 차츰 중원의 문화에 교화를 입은 지가 백년이 넘은 상태였지요.[50] 그렇다 보니 북방 이민족들은 그 호칭이 예전에는 선우[51]·가한[52]·찬보[53]·낭주 같은 것뿐이었습니다. 그러

---

**48** 석진(石晉) : 중국 오대(五代) 시기에 석경당(石敬瑭, 992~942)이 세운 왕조인 후진(後晉)을 말한다. 중국 역사에서 '진(晉)'을 나라 이름으로 쓴 경우는 ①춘추전국시대에 희씨(姬氏)가 세운 제후국, ②삼국시대 직후에 사마씨(司馬氏)가 세운 제국, ③오대 시기에 석씨(石氏)가 세운 제국 등이 있다. 원래는 세 경우 모두 나라 이름이 '진'이지만 서로를 구분하기 위하여 석씨의 진나라는 '후진' 또는 '석진'으로 부른다.

**49** 연·운 등 열여섯 주[燕雲十六州] : 중국 중세의 지역명. 오대 시기에 후당(後唐)의 하동절도사(河東節度使)로 있던 석경당은 천복(天福) 원년(936)에 요나라 태종(太宗)의 도움으로 후당으로부터 자립하여 후진을 세우고 태종과 부자관계를 맺었다. 그리고 2년 뒤인 천복 3년(938)에 요나라의 요구로 연산(燕山, 지금의 북경시)·운주(雲州, 지금의 산서성 대동시)·계주(薊州)·영주(瀛州)·막주(莫州)·탁주(涿州)·단주(檀州)·순주(順州)·신주(新州)·규주(嬀州)·유주(儒州)·무주(武州)·응주(應州)·환주(寰州)·삭주(朔州)·울주(蔚州) 등 중원의 북부인 산서 동부 및 하북 북부의 16개 주를 할양하였다. 이 일을 계기로 요나라는 그 강토가 만리장성 연선까지 확장되었으나 나중에 중원을 통일한 송나라는 '연·운 16주'의 존재로 말미암아 160여년동안 요나라의 군사적 위협에 노출되기에 이른다. 해당 지역을 '연·운 16주'로 부르기 시작한 것은 『송사(宋史)』「지리지(地理志)」에서부터이며, 그 이전에는 연산의 원래 이름인 유주(幽州)로 적어 '유·운 16주(幽雲十六州)'로 불렀다.

**50** 【즉공관 미비】夷狄入主中國, 其漸在此, 石晉眞萬古中華罪人. 석씨의 후진은 중화(중국)의 입장에서는 참으로 만고의 죄인이다!

**51** 선우(單于) : 중국 고대에 북방 민족의 수장을 높여 부르는 호칭. 반고(班固, 32~92)는 『한서(漢書)』「흉노전(匈奴傳)」에서 "선우는 성이 연제씨인데, 그 나라에서는 그를 '탱리고도 선우'라고 한다. 흉노는 하늘을 '탱리'라 하고 아들을 '고도'라 한다. '선우'란 광대무변한 모습을 형용하는데, 하늘을 닮은 그 모습이, 선우 같다고 해서 하는 말이다(單于姓攣李鞮氏, 其國稱之曰撑犁孤涂單于. 匈奴謂天爲爲撑犁, 謂子爲孤涂, 單于者, 廣大之貌也, 言其象天單于然也.)"라고 하였다. 이 호칭을 처음 사용한 것은 흉노의 모돈(冒頓, 묵돌?)의 부친인 두만(頭曼)이다. 그 뒤로 흉노가 와해될 때까지 수장에 대한 호칭으로 사용되었으며 후한·삼국시대에는 오환(烏丸)·선비(鮮卑) 등의 부족들도 이 호칭을 차용하였다. 서진(西晉)·5호 16국 시대에는 그 앞에 '큰 대(大)'를 써서 '대선우'로 일컫기도 하였다. 참고로 미국의 역사학자인 주학연(朱學淵, 1942~)은 『진시황은 몽골어를 하

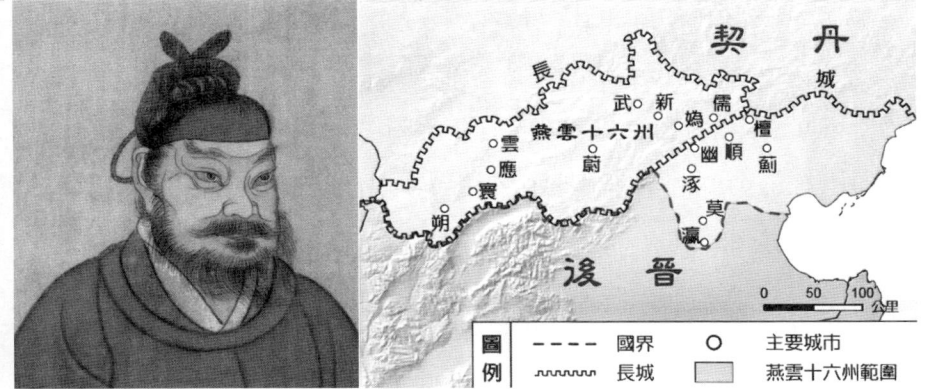

석경당의 초상과 연·운 16주 지도

다가 요나라 사람들에 이르러서부터 보통은 무슨 '제帝'니 무슨 '종宗'이

니 하고 일컬기 시작했지요. 그렇게 관원들의 관직명도 대부분 중국과

비슷해졌고, 의관이며 문물, 온갖 산업이며 기예들도 중국과 다를 바가

---

는 여진족이었다』(졸역)에서 '선우'의 '선'을 원래의 발음대로 '단'으로 읽어야 한다는
견해를 피력한 바 있다.

52  가한(可汗) : 중국 고대에 북방 민족의 수장을 높여 부르는 칭호. 언어적으로는 알타이어
계(특히 튀르크계)의 종족들에 자기 집단의 수장을 높여 부르는 '한(Han) 또는 '칸
(Khan)'을 한자로 표기한 경우이다. 이 칭호는 3세기의 선비(鮮卑) 부락에서 추장을 일
컫는 데에 처음으로 사용되었는데, 이때의 표기는 '가한(可寒)'이었다. 그 뒤로 유연(柔
然)·회흘(回紇)·철륵(鐵勒)·돌궐(突厥)·토욕혼(土谷渾)·저복(阻卜)·여진(女眞)·
몽골 등의 집단들도 '가한'을 사용되었는데, 특히 6~7세기 수·당대의 돌궐 집단의 지도
자를 높여 부르는 호칭으로 널리 사용되었다. 우리나라에서도 삼한·삼국시대의 신라
(新羅)에서 '한(韓)·간(干)·한(罕)·감(邯)' 등의 칭호들이 보이는데 이 역시 한민족 또
는 신라가 언어적으로는 알타이계(튀르크) 종족의 한 갈래였음을 시사해 준다.

53  찬보(贊普) : 중국 고대에 북방 민족 토번(Tivet)의 수장을 높여 부르는 칭호. 『신당서(新
唐書)』「토번전(吐蕃傳)」에서는 "그들의 습속에서는 씩씩하고 강한 것을 '첸', 사나이를
'포'라고 한다. 그래서 그 군장을 일컬어 '첸포'라고 하였다(其俗謂雄强曰贊, 丈夫曰普,
故號君長曰贊普)"라고 소개하였다. 말하자면 '찬보'는 '첸포'를 한자로 표기한 것으로
'강한 사나이'라는 뜻인 셈이다. 참고로 중국의 티벳학 권위자인 왕요(王堯,
1928~2015)는 토번 비석을 해독할 때 '찬보'가 티벳어의 'btsan po'에 대응된다는 견해
를 피력한 바 있다.

없는 수준에까지 이르렀답니다.

　이런 요나라에서 가장 즐기는 것이 바둑이었습니다. 그래서 으뜸가는 고수가 나오면 '국수'로 일컬으면서 남쪽 왕조[54]에 가서 사람을 불러와서 승부를 겨루곤 했지요. 한번은 으뜸가는 실력을 가진 어떤 왕자가 남쪽 나라로 갔습니다. 그때 이쪽[55]에서는 기원대조[56] 고사양顧思讓이 으뜸

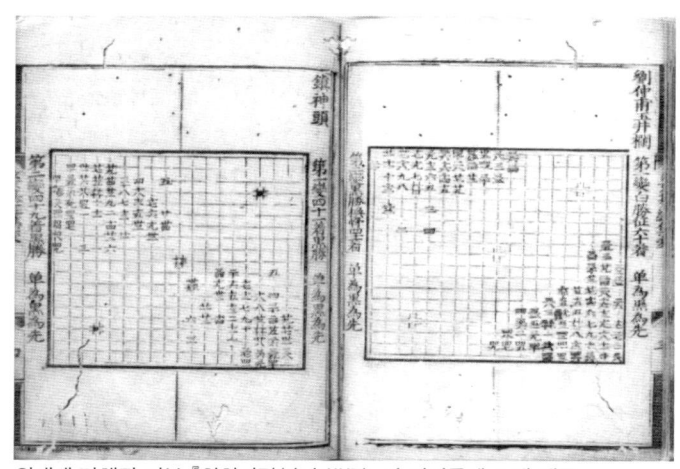

원대에 간행된 기보 『현현기경(玄玄棋經)』의 진신두세 소개 대목

가는 고수였지요. 그러나 일부러 '셋째 가는 고수'라고 속이고 바둑을 두

---

54　남쪽 왕조[南朝] : 남북으로 두 왕조가 병존할 때에 북쪽 왕조를 '북조', 남쪽 왕조를 '남조'라고 부른다. 여기서는 요나라의 남쪽 왕조이므로 북송에 해당한다.

55　이쪽[這邊] : 당시 요나라 남쪽에 있었던 북송 왕조를 말한다.

56　기원대조(棋院待詔) : 중국 고대의 관직명. '기대조(棋待詔)'라고도 부르며, 바둑 관련 업무를 담당하였다. 북송의 사마광(司馬光)이 편찬한 『자치통감(資治通鑑)』「당기33(唐紀三十三)」에 따르면 당나라 현종(玄宗)이 즉위하고 나서 "한림원을 설치하고 궁정으로 불러 문장을 다루는 문사로부터 아래로는 불승·도사·서예·회화·거문고·바둑·수학에까지 이르렀는데 그 기술을 가진 달인들은 모두 머물게 했는데 그들을 '대조'라고 하였다[始置翰林院, 密邇禁廷, 延文章之士, 下至僧道書畫琴棋數, 術之工, 皆處之, 謂之待詔]" 당대 초기에 시작되어 송대까지 유행하다가 원·명대에 그 기세가 꺾였다.

게 했는데 한 수로 양쪽의 공격을 막았다[57] 하여 지금까지도 기보棋譜에서는 '진신두세'[58]로 전해지고 있답니다.

그때 고대조를 이기지 못한 왕자가 통사通事에게 물었더니 그 나라에서 '셋째 가는 고수'라고 하지 뭡니까. 그래서 왕자가 '으뜸 가는 고수를 만나기를 바란다'고 했더니 이쪽에서 대답하는 것이었지요.

"셋째 고수를 이겨야 둘째 고수를 만날 수 있고, 둘째 고수를 이겨야 으뜸 가는 고수를 만날 수가 있습니다. 지금 셋째 고수도 이기지 못했으니 둘째 고수도 만날 수 없는 마당에 어떻게 으뜸 가는 고수를 만나실 수가 있겠습니까?"[59]

---

57 한 수로 양쪽의 공격을 막았다[一着解兩征] : 중국의 바둑 용어. 정식 이름은 '일자해양정세(一子解兩征勢)'이며, 때로는 '일자해쌍정(一子解雙征)'으로 부르기도 한다. 한 수를 두므로써 먹힐 위기에 있는 두 쪽의 공격에서 동시에 벗어나는 경우를 가리키는데 실전에서는 좀처럼 만나기 어려운 상황이다. 역사적으로 중국에서 이 수를 최초로 소개한 것은 현존하는 가장 오래된 기보인 남송대 초기의 기원대조 이일민(李逸民)의 『망우청락집(忘憂淸樂集)』이다. 이 기보에서는 이일민은 이를 '일자해양정세'로 소개하면서, 그 수를 쓴 최초의 인물로는 8세기 당나라 현종 때의 국수였던 왕적신(王積薪)을 꼽았다. 어떤 사람들은 당나라에 조공을 온 일본의 왕자와 바둑을 두어 '일자해양정세'로 이긴 당시의 국수 고사언(顧師言)을 꼽기도 한다.

58 진신두세(鎭神頭勢) : 당·송대의 바둑 기법의 하나. 당대의 소악(蘇鶚)의 『두양잡편(杜陽雜編)』및 남송의 왕응린(王應麟)의 『옥해(玉海)』등의 기록에 따르면, 당나라 대중(大中) 연간(847~860)에 일본국의 왕자가 조공을 오자 당나라의 기대조 고사언이 헌종(宣宗)의 명령에 따라 대국을 두었는데 33수를 둘 때까지도 승부가 나지 않았다고 한다. 그러다가 진신두로 두어 공격을 무력화시키매 왕자가 패배를 인정했다고 한다. 이 일화는 『구당서』「선종본기(宣宗本紀)」에도 소개되어 있는데 대중 2년(848) 3월에 대국이 이루어졌다고 소개한다.

59 【즉공관 미비】 畢竟中國用詐. 따지고 보면 중국에서 속임수를 쓴 게지.

그러자 왕자는 참말인 줄로 알고 한숨을 쉬면서 말했습니다.

"나는 북쪽 나라에서 으뜸가는 고수이다. 그런데 남쪽 나라의 셋째 고수조차 이기지 못했으니 더 이상 바둑을 둔들 무슨 소용이 있겠는가!"

그러더니 바둑판을 팽개쳐 박살내고 자신이 진 것을 인정했다고 합니다. 그는 그곳을 떠날 때까지도 끝까지 중국 사람들에게 속은 사실을 알지 못했지요. 이것은 이미 지나간 옛날 이야기올시다.

계속 이야기를 들려 드리지요. 당시에 요나라에서 바둑으로 으뜸가는 '국수'로 일컬어진 이는 여자였습니다. 그녀는 이름이 '묘관妙觀'으로, 친왕親王의 추천으로 조정으로부터 '여기동女棋童'으로 책봉되어 기원을 열고 제자들을 가르치고 있었지요. 어떻게 가르쳤느냐고요?
바둑에는 보통 서른두 가지 방법이 있는데 저마다 정해진 이름을 가지고 있지요.

| '충'[60]도 있고 '간'[61]도 있고 | 有沖有幹, |
|---|---|
| '작'[62]도 있고 '약'[63]도 있고 | 有綽有約, |

---

60  충(沖) : 중국의 전통 바둑 용어. 원대의 『현현기경(玄玄棋經)』에 따르면, '돌파하는 수이다. 말을 신속히 두어 집 안으로 진입하는 것[突也. 直速子而入關]'을 말한다.
61  간(幹) : 『현현기경』에 따르면, '사이를 띄우는 수이다. 말로 사이를 띄우는 것[間也. 謂以子間之]'을 말한다.
62  작(綽) : 『현현기경』에 따르면, '침투하는 수이다. 내 말로 상대 말이 가는 길을 비스듬히 침투했다가 나오려고 시도하는 것[侵也. 以我子斜侵彼子之路而欲出之]'을 말한다.

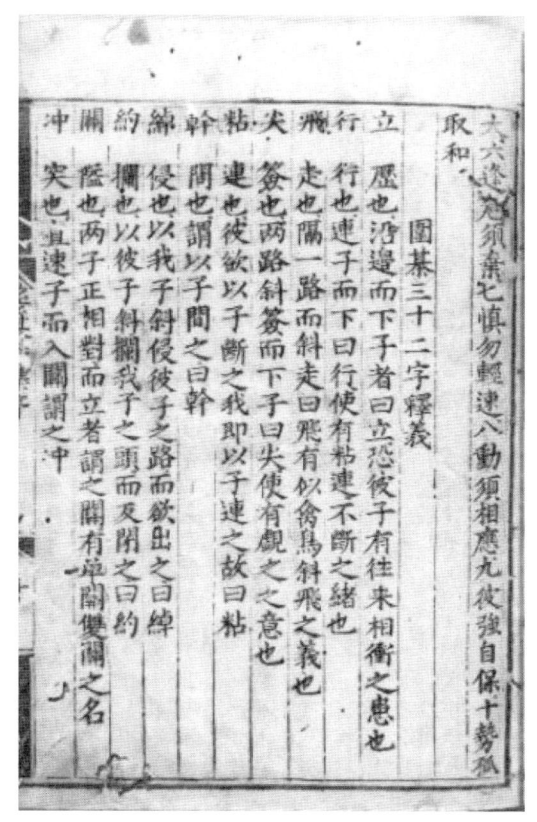

원대에 간행된 기보 『현현기경(玄玄棋經)』에 소개된 중국의
32가지 바둑 기법 '위기 32자(圍棋三十二字)' 소개 대목

| | |
|---|---|
| '비'[64]도 있고 '관'[65]도 있고 | 有飛有關, |
| '차'[66]도 있고 '점'[67]도 있고 | 有劄有粘, |

---

63  약(約): 『현현기경』에 따르면, '막는 수이다. 상대 말로 내 말의 앞을 막아 닫아버리는
것[攔也. 以彼子斜攔我子之頭而反閉之]'을 말한다.
64  비(飛): 『현현기경』에 따르면, '달아나는 수이다. 한 길을 건너 뛰어 비스듬히 달아나는
것[走也. 隔一路而斜走]'을 말한다.
65  관(關): 『현현기경』에 따르면, '대치하는 수이다. 양쪽 말이 정면으로 맞서 대립하는 것
[臨也. 兩子正相對而立者]'을 말한다.

| | |
|---|---|
| '정'[68]도 있고 '첨'[69]도 있고 | 有頂有尖, |
| '구'[70]도 있고 '문'[71]도 있고 | 有覰有門, |
| '타'[72]도 있고 '단'[73]도 있고 | 有打有斷, |
| '행'[74]도 있고 '립'[75]도 있고 | 有行有立, |
| '날'[76]도 있고 '점'[77]도 있고 | 有捺有點, |
| '취'[78]도 있고 '교'[79]도 있고 | 有聚有蹻, |

---

**66** 차(箚) : 『현현기경』에 따르면, '묶는 수이다. 마치 두 범이 입을 맞대고 있는 형세와 같은 것[箚也. 有若兩虎口相對者]'을 말한다.

**67** 점(粘) : 『현현기경』에 따르면, '잇는 수이다. 상대가 말로 끊으려 하면 내가 말로 이어주는 것[連也. 彼欲以子斷之, 我卽以子連之]'을 말한다.

**68** 정(頂) : 『현현기경』에 따르면, '부딪치는 수이다. 나와 상대의 말이 같은 길에서 바로 부딪치는 것[撞也. 我彼之子同路而直撞之]'을 말한다.

**69** 첨(尖) : 『현현기경』에 따르면, '날을 세우는 수이다. 두 길에 비스듬이 세우면서 말을 쓰는 것[簽也. 兩路斜簽而下子]'을 말한다.

**70** 구(覰) : 『현현기경』에 따르면, '관망하는 수이다. 끊을 수 있어도 끊지 않고 우선 말로 관망하는 것[視也. 有可斷而不斷, 先以子視之]'을 말한다.

**71** 문(門) : 『현현기경』에 따르면, '닫는 수이다. 닫아서 상대가 나오지 못하게 하는 것[閉也. 閉之使不得出]'을 말한다.

**72** 타(打) : 『현현기경』에 따르면, '치는 수이다. 상대의 급소를 치는 것이다. … 연거푸 상대 말을 몇 개나 치는 것을 쫓아간다고 한다[擊也. 謂擊其節. … 連打數子曰赶]'.

**73** 단(斷) : 『현현기경』에 따르면, '나누는 수이다. 상대 말을 나누어 둘로 분산시키는 것[段也. 段之而爲二]'을 말한다.

**74** 행(行) : 『현현기경』에 따르면, '진행하는 수이다. 말을 연달아 둔다. … 서로 결집되어 끊어지지 않게 하는 단서를 만드는 것[行也. 連子而下. … 使有粘連不斷之緒也]'을 말한다.

**75** 립(立) : 『현현기경』에 따르면, '거쳐 가는 수이다. 가장자리를 따라 바둑을 두는 것[歷也. 沿邊而下子]'을 말한다.

**76** 날(捺) : 『현현기경』에 따르면, '누르는 수이다. 말로 상대 말의 앞을 누르는 것이다. … 위로부터 아래로 눌러 붙인다[按也. 以子按其頭. … 自上而按下也]'.

**77** 점(點) : 『현현기경』에 따르면, '깨는 수이다. 깊숙이 들어가 그 눈(급소)을 깨는 것[破也. 深入而破其眼]'을 말한다.

**78** 취(聚) : 『현현기경』에 따르면, '모으는 수이다. 아직 눈이 온전하지 않은 경우에는 거꾸로 모아서 세력을 이루는 것[集也. 凡某有未全眼者, 則反聚而點之]'을 말한다.

**79** 교(蹻) : 『현현기경』에 따르면, '세우는 수이다. 나와 상대의 말이 서로 잇따라 같이 진행하여 내 말이 아래에 있는 것이 … 머리를 세운 것 같은 형세이다. 몇 수를 지더라도 선수

| | |
|---|---|
| '협'[80]도 있고 '찰'[81]도 있고 | 有挾有挱, |
| '설'[82]도 있고 '자'[83]도 있고 | 有薛有刺, |
| '륵'[84]도 있고 '박'[85]도 있고 | 有勒有撲, |
| '정'[86]도 있고 '겁'[87]도 있고 | 有征有刼, |
| '지'[88]도 있고 '의'[89]도 있고 | 有持有毅, |
| '송'[90]도 있고 '반'[91]도 있네. | 有鬆有盤. |

를 놓치면 안 된다는 것이 이런 경우이다[翹也. 我彼之子皆相倚聯行而我子居下, 若翹首之狀也. 寧輸數子, 勿失一先, 正此意也].

80 협(夾) : 『현현기경』에 따르면, '씌우는 수이다. 두 말이 한 말을 끼는 것을 실협이라 하고 두 말이 스스로 끼는 것을 허협이라 한다[甲也. 兩子夾一子曰 實夾, 兩子自夾曰虛夾]'.

81 찰(挱) : 『현현기경』에 따르면, '밀어부치는 수이다. 말로 다그쳐 밀어붙이는 것[逼也. 以子促而逼之]'을 말한다.

82 설(薛) : 『현현기경』에 따르면, '차단하는 수이다. 내 말로 상대 말의 앞을 차단하고 이어서 끊어 상대가 다급하게 대응하도록 유도하는 것을 말한다[截也. 謂以我子截住彼之頭緒, 次着斷也, 使之急應]'.

83 자(刺) : 『현현기경』에 따르면, '찌르는 수이다. 연거푸 말을 두어 바로 치고 들어가는 것이다. 마치 창으로 상대를 다치게 하는 것처럼 이 역시 상대의 눈이 온전하지 못하게 만드는 것이다[刺也. 連子而直入. 若戈戟之傷物, 此亦使之無全眼也]'.

84 륵(勒) : 『현현기경』에 따르면, '동면하게 하는 수이다. 상대에게 눈이 없어지게 만드는 것으로 … 차나 자의 취지와는 약간 차이가 있다[冬也. 使其無眼. … 與筒刺之義小異耳]'.

85 박(撲) : 『현현기경』에 따르면, '던지는 수이다. 내 말을 상대의 집으로 투입하므로써 상대가 다급하게 대응하도록 유도하는 것을 말한다[投也. 以我子投彼穴中, 使其急救]'.

86 정(征) : 『현현기경』에 따르면, '죽이는 수이다. 양쪽 모서리에서 쫓아가면서 죽이기를 그치지 않는 것[殺也. 兩邊逐之, 殺而不止]'을 말한다.

87 겁(刼) : 『현현기경』에 따르면, '빼앗는 수이다. 먼저 말을 던지는 것을 포라고 하고 나중에 대응하는 것을 겁이라 한다[奪也. 先投子曰抛, 後應子曰刼]'.

88 지(持) : 『현현기경』에 따르면, '비기는 수이다. 양쪽이 서로 포위한 채로 양자 모두 죽지도 살지도 않은 것[和也. 兩棊相圍而皆不死不活]'을 말한다.

89 의(毅) : 『현현기경』에 따르면, '드는 수이다. 말이 죽어 대국이 끝나는 것[提也. 某死而結局)'을 말한다.

90 송(鬆) : 『현현기경』에 따르면, '느슨한 수이다. 집을 속이 훤하게 다 보이게 해 놓으면서도 흘리지 않는 것을 말한다[慢也. 某家取其玲瓏透□□而不漏之謂也]'.

91 반(盤) : 『현현기경』에 따르면, '자리를 트는 수이다. 양쪽이 막혀 있을 때 연결하기 위하여 모서리를 통해서 넘어가는 것[蟠也. 兩棊隔絶而欲連之, 沿邊而度之]'을 말한다.

묘관이 이런 비결들을 남들에게 전수해 줄 때에는 어김없이 왕족이나 제후 댁에서 하인을 보내어 대신 바둑을 배우게 했습니다. 대가댁으로부터 평민 집 젊은이들까지 모두가 이 놀이를 즐긴지라 그녀의 이 비결들을 배우려고 찾아 와서 그의 문하생이 되는 경우도 헤아릴 수가 없을 지경이었답니다. 그들은 모두가 묘관을 '스승님'이라고 불렀지요. 묘관은 묘관대로 사부로서 긍지를 가지고 뽐을 내면서 상당히 자랑스럽게 여겼습니다. 그래서 아무 하고나 어울리지 않고 마찬가지로 적수를 기다리느라 평범한 자에게는 시집을 가지 않고 있던 참이었지요. 그 명성이 퍼지자 그녀의 재능과 미색을 흠모하는 자들은 군침을 흘리고 있었습니다. 그러나 그녀를 이길 도리가 없는지라 아무도 시합에 응하겠다고 입을 열 엄두를 내는 이가 없었지 뭡니까. 그렇게 대단한 명성만 헛되이 퍼지는 바람에 수많은 문하생을 받아들이기는 했습니다마는 밤이 되면 그 스승님도 별 수 없이 독수공방을 하는 수밖에 없었답니다.

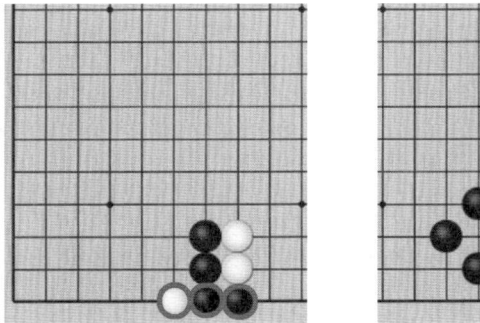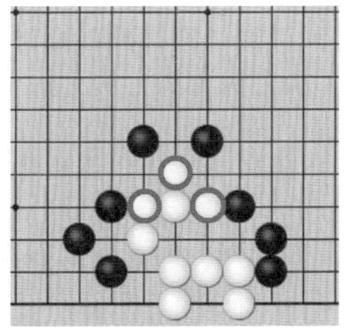

'위기 32자'의 약(約, 좌백)과 작(綽, 중흑)과 점(粘, 우흑) 및 차(剳, 상백)와 자(刺, 좌백)와 륵(勒, 우백)

묘관의 훌륭한 점들을 언급한 가사가 한 편 있지요.

고운 자태는 따를 자 없거니와　　　　　　　　麗質本來無偶,

신묘한 수조차 벌써 통달했다네.　　　　　　　神機早已通玄.

바둑판에서는 전국서 따를 자 없으니　　　　　杅中擧國莫爭先,

여장수가 잘 싸운다 명성 높단다.　　　　　　　女將馳名善戰.

옥 같은 손은 국수로서도 부끄러울 데 없고　　玉手無慙國手,

고운 눈길 또한 가을 선녀로 불리기 손색 없네　秋波合喚秋仙.

스승의 자리에 높이 앉아 바둑을 전수하니　　高居師席把棋傳,

목석을 문하생 삼아도 눈앞이 다 아찔해지구나!　石作門生也眩.

— 이 가사는 【서강월】가락에 맞춘 것이다　　　— 右詞寄【西江月】

다시 이야기를 들려 드리도록 하겠습니다.

국능은 '소도인'을 자처하면서 연산 땅까지 와서 객주에서 묵게 되었습니다. 그리고 묘관이 국수라는 말을 듣고 한번 찾아가 보기로 작정했지요. 그런데 가만 보니 기원 앞까지 왔는데 정말로 웬 나이 젊은 아름다운 여자가 손짓 발짓까지 해 가면서 사람들에게 바둑을 가르치고 있는 것이 아닙니까. 그 모습을 발견한 소도인은 어느새 얼이 다 날아가고 넋이 다 달아나 버렸습니다. 당장 두 손으로 그녀를 끌어안고 그렇고 그런 짓을 벌이고 싶은 마음이 간절해지는 것이었지요!

'일단은 정체를 드러내서는 안된다 … 바둑 실력이 어떤지 구경부터 해 보자.'

그는 속으로 이렇게 생각하면서 우두커니 소맷부리에 손을 질러 넣은 채로 한 쪽에서 냉정한 눈으로 구경을 했습니다. 그러다가 그녀의 행마行馬에 미흡한 구석이 있는 것을 발견했지요. 그래도 소도인은 그 일을 내색하지 않고 그렇게 며칠동안 구경만 했습니다. 그러다가 더 이상은 못 참겠던지 자기도 모르게 입으로 중얼거리면서 한두 수를 흘렸겠다? 묘관이 무심결에 보니 그가 지적한 수들이 한결같이 신의 한 수였습니다. 그래서 눈을 들어 쳐다보았지요. 아 그랬더니만 웬 젊은이가 그 자리에 서 있는 것이 아닙니까. 거기다가 도사 차림까지 하고 있는 것이었습니다. 뭔가 좀 이상하다고 눈치챈 그녀는 속으로 의아하게 여겼습니다.

'어디서 … 이런 이상한 자가 온 거지?'

그러면서도 꾹 참고 아랑곳하지 않는 척 하면서 끝까지 차례로 제자들과 바둑을 두었지요.

묘관이 그렇게 무심코 한 수를 가르치는 찰나였습니다. 소도인이 갑자기 소매를 걷어 부치면서

"그 수는 이길 수가 아닐 텐데 … 몇 번째 수까지 가면 낭패를 본다구."

하고 서둘러 훈수를 두는 것이었습니다. 그런데 정말로 그 수까지 가자 소도인이 한 말대로 되는 것이 아닙니까. 속으로 놀란 묘관은

'이 아이가 정말 대단하구나! (…) 어디서 왔는지는 모르겠다마는 … 계속 여기서 구경을 하게 내버려 두었다가는 내 단점만 드러나겠어! (…) 명색이 스승인데 남들 웃음거리가 되지 않겠는가!'

신강 트루판 소재 아스타나 187호묘의 8세기 당대 벽화 『혁기사녀도(弈棋仕女圖)』

하는 생각에 큰 소리로 호통을 쳤지요.

"여기는 바둑을 가르치는 곳이다. 그런데 웬 상관 없는 자가 멋대로 들어와서 소란을 피우는 게냐?"

묘관은 제자 둘을 시켜 소도인을 양쪽에서 붙들게 해서 밖으로 끌어내고 구경을 하지 못하게 막았지요. 그러자 소도인은 코웃음을 치면서 말했습니다.

"자기 바둑 실력이 딸리니까 되려 남이 지적한 탓을 하려 드시네? 당신이 나를 피할 수 있을지 두고 봅시다!"

그는 뒷짐을 지고 천천히 나오더니 생각했지요.

'그래도 미모 하나만은 대단한 여자로구나! 바둑이야 나 하고는 상대가 안 되지만 … 여자들 중에는 이런 경우를 쉽게 찾기가 어렵지. (…) 이검고 흰 바둑돌 몇 개로 기필코 그녀를 손에 넣고 말 테다!⁹² 만약 뜻을 이루지 못한다면 맹세코 고향에는 돌아가지 않겠어!"

그는 맞은 편 집으로 건너갔습니다. 그리고는 웬 노인에게 물었지요.

"이 가게 … 세도 놓습니까?"

그래서 노인이 말했지요.

"놓으면 어쩌시게?"

"바둑 구경을 왔는데 … 세 들어 지내면서 아침저녁으로 그 여자분한테서 어깨 너머로 몇 수 배워 볼까 싶어서요."

"좋지요, 좋아! (…) 앞 집 여기사님은 우리나라에서 으뜸가는 고수지요. 천하무적이랄까? 도사 양반은 나이가 새파랗기는 하지만 강호를 돌아다니자면 그녀한테서 바둑 두는 법 정도는 익혀 두어야 하고말고요! (…) 이 늙은이는 자식이 없어서 바느질을 해 주는 나이 많은 침모만 데

---

**92 【즉공관 미비】** 狠哉. 고약하다.

리고 사는데 … 여기사님 하고도 사이좋게 잘 지내고 있소이다. 마침 길 가를 마주한 이 가게가 비어 있소이다. (…) 멀리서 와서 바둑을 구경하는 사람들이 편하게 쉬면서 찻값 몇 푼만 내면 돼요. (…) 도사 양반이 세를 들 거라면 이왕이면 기간을 길게 계약하는 편이 좋을 게요."

소도인은 소매 속에서 웬 뭉치를 꺼내더니 좀 큰 은자를 하나 골라 보증금으로 주었습니다. 그리고는 그 자리를 떠나 객주로 와서 짐<sup>행낭</sup>을 옮겨 이 맞은 편 가게에 부려 놓는 것이었지요.

그렇게 살림을 다 차려 놓았을 때였습니다. 가게 안을 보니 흰 칠을 한 나무 현판이 눈에 띄지 뭡니까. 그는 가게 주인에게 이야기해서 그것을 빌려다가 간판으로 쓰기로 했지요.

"간판은 어디에 쓰시게? (…) 다른 대단한 기술이라도 가지고 있수?"

노인이 이렇게 묻자 소도인이 말하는 것이었습니다.

"저도 여기서 바둑 두는 법이나 좀 가르치면서 앞 집 기사님 하고 좀 겨루어 볼까 해서요."

"택도 없는 소리!<sup>93</sup> 그래 … 상대는 어디서 구하게요?"

"그건 상관하지 마시고 간판만 빌려 주시면 됩니다!"

"현판이야 놀고 있으니까 갖다 쓰구려. 허지만 … 사달을 내서 남들 입방아에 오르지나 마슈."

"괜찮습니다, 괜찮아요."

그는 바로 문방사보文房四寶를 가져다가 먹을 진하게 갈더니 붓에 푹 찍어서 현판에 일필휘지 글씨를 썼습니다. 그리고는 그것을 가게 입구에 세워 놓는 것이었지요. 그런데 하필이면 이 간판을 세워 놓는 바람에 다음과 같은 일이 벌어지게 됩니다.

| | |
|---|---|
| 절세의 비결 지닌 참한 미인 | 絶技佳人, |
| 바둑판 마주하고 항복을 받는데 | 望枰而納款, |
| 멀리서 찾아 온 손님이 | 遠來遊客, |
| 바둑을 두고 혼사를 치르는구나. | 出手以成婚. |

그 현판에 쓴 것이 무슨 내용인지 아십니까? 그가 쓴 것은 이것이었습

---

93 택도 없는 소리[不當人子] : '부당인자(不當人子)'는 명대의 구어식 표현으로, 미안하거나 고마운 감정을 표현하는 '과분하다, 택도 없다, 말이 안 된다' 등의 의미를 나타낸다. 명대 소설가 오승은(吳承恩)의 『서유기(西遊記)』 제1회의 "천만에요, 천만에! 저는 하찮은 신세로 웃으며 음식도 제대로 못 챙기는 처지인데 '신선'이라는 말씀이 가당키나 합니까[不當人, 不當人! 我拙漢衣食不全, 怎敢當神仙二字]?"에서 보듯이, 때로는 '부당인(不當人)' 식으로 사용되기도 하였다.

니다.

"여남[94] 땅 소도인이 바둑을 둡니다　　　汝南小道人手談,
천하최고수에게 첫 수를 양보해 드립니다."　奉饒天下最高手一先.

그 글귀를 본 노인은 말했습니다.

"천하 최고수한테도 당신이 선수를 양보하겠다고? 허풍도 심하군 그
래! 우리 여기사님을 뵐 수나 있겠수?"

"그 여기사님에게 양보해야 고수지요."

노인은 반신반의 하면서 안으로 들어가더니 그 이야기를 침모에게 일
러 주었습니다. 그러자 침모가 말하는 것이었지요.

"멀리서 온 뜨내기가 함부로 허풍을 떠는군요. 아니지 … 어쩌면 재주
가 좀 있는 지도 모릅니다."

"새파란 놈이 재주는 무슨 재주가 있겠어?"

---

94　여남(汝南) : 중국 고대의 지명. 지금의 하남성 여남현에 해당한다.

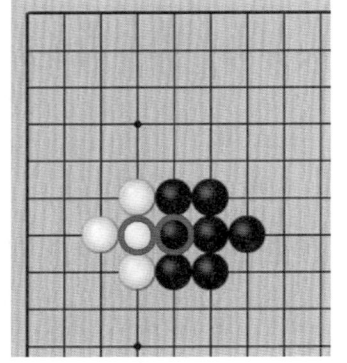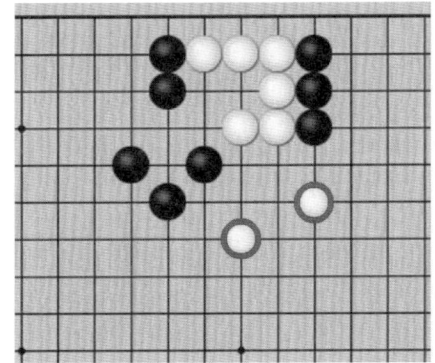

겁(劫, 좌백 우흑 모두) 및 송(鬆, 좌백 우백 모두)

"지혜란 나이가 많고 적고로 결정되는 게 아니지요. 우리네 여기사님은 뭐 연세가 있는 분인가요 어디?"

"우리가 그런 작자한테 세를 놓아서 앞 집 하고 맞선다는 것부터가 웃음거리지. (…) 일단 그 자가 어떻게 나오는지 두고 봅시다."

그 노부부가 서로 뭐라고 입방아를 찧었는지는 접어 두겠습니다.

계속 이야기를 들려 드리도록 하지요. 이쪽에서 간판을 세우자 어느 사이에 누군가가 그 일을 묘관에게 알려 주었습니다. 묘관이 '천하의 최고수에게 양보한다고 씌어져 있다'는 말을 듣고 보니 자신을 겨냥해서 한 말이 분명했지요. 어제 바둑 구경을 하던 그 젊은이인 것을 눈치 챈 그녀는 속으로 정말 성을 단단히 내면서 생각했습니다.

'내가 이곳에서 오랫동안 명성을 떨치고 있는데 어디서 그런 원수 같은 놈이 굴러 들어와서 우리 흠을 찾는단 말이냐!'

발끈한 그녀는 그와 승부를 낼 작정이었습니다. 그러나 이내 생각을 바꾸었지요.[95]

'그놈이 어제 바둑 구경을 할 때 무심코 지적한 그 수들 … 한결같이 내 허를 찌른 것이었어. (…) 만약 승부를 겨루다가 다행히 내가 이긴다면 간판을 부수고 놈을 쫓아내는 일은 어렵지 않다. 그러나 … 만에 하나

---

95 【즉공관 미비】天下事無有不惜名者. 세상 일이란 것이 이름을 아끼지 않는 경우란 없는 법이지.

지기라도 해서 그놈이 명성을 얻는다면 … 내가 어떻게 행세를 할 수 있겠어? (…) 이 일은 경솔하게 덤벼들어서는 안 된다. 사람을 시켜 먼저 그쪽 소식을 좀 알아보고 나서 방법을 강구해야 되겠어!'

묘관에게는 장생張生이라는 제자가 있었습니다. 그의 문하에서 가장 자신 있게 내세우는 고수로, 사부인 묘관 말고는 적수가 없었지요. 그래서 그를 불러서 말했습니다.

"앞집의 여남 소도인이 허풍을 떠는데 … 정말 재주가 있어서 그러는 건지 알 수가 없구나. (…) 내가 승부를 내려고 한다마는 경솔하게 덤빌수는 없다. 네 실력이라면 나와도 막상막하인 셈이다. (…) 네가 먼저 가서 시험을 해 보거라. 그 우열을 보고 나면 놈의 바둑 실력을 판단할 수 있을 테지!"

그 명령에 따라 기원을 나선 장생은 소도인의 가게로 가서 바둑판을 마주하고 한 수 가르쳐 줄 것을 부탁했지요. 그러면서 장생은 소도인을 손님으로 예우하여 첫 수를 양보했습니다. 그러자 소도인이 말하는 것이었지요.

"간판에서 밝혔었지요. '상대가 고수라도 첫 수를 양보하고 절대로 먼저 두지 않겠다'고요. 만약 귀하한테 진다면 그때 가서 양보를 받아도 늦지 않습니다."

장생은 하는 수 없이 첫 수를 먼저 두었습니다. 그런데 장생이 온갖 궁리를 다해 가면서 겨우 한 수를 둘라치면 소도인은 그때마다 손 가는 대로 되는 대로 둘 뿐이었지요. 그렇게 한 판이 끝나기도 전에 장생이 지고 말았지 뭡니까.

장생은 두 손을 모으고 패배를 인정하면서 말했지요.

"손님은 실력이 정말 대단하시군요. 제 상대가 아니십니다! (…) 한 수를 더 양보해 주셔야 가까스로 가르침을 받을 수 있을 것 같군요!"

그렇게 정말 두 수를 먼저 두고 나서 소도인에게 두게 했습니다. 그런데 이번 판도 지고 마는 것이었지요. 장생은 진심으로 승복하면서 말했습니다.

"그래도 안되는군요. 한 수만 더 양보해 주십시오."

그렇게 세 수까지 양보해 주고 나서야 장생도 여유가 좀 생겨서 간신히 비길 수가 있었답니다.

손님들, 제 이야기 좀 들어 보십시오. 모름지기 바둑에는 적수가 있기 마련입니다. 그런데 첫 수를 양보해 주고 두 수를 양보한 다음 세 수까지 양보 받았다면 그 실력은 그저 그런 것으로 오묘한 경지까지 올라갔다고 보기 어렵습니다. 가진 지혜를 총동원했다고 할 수 있는 셈이지요. 국수

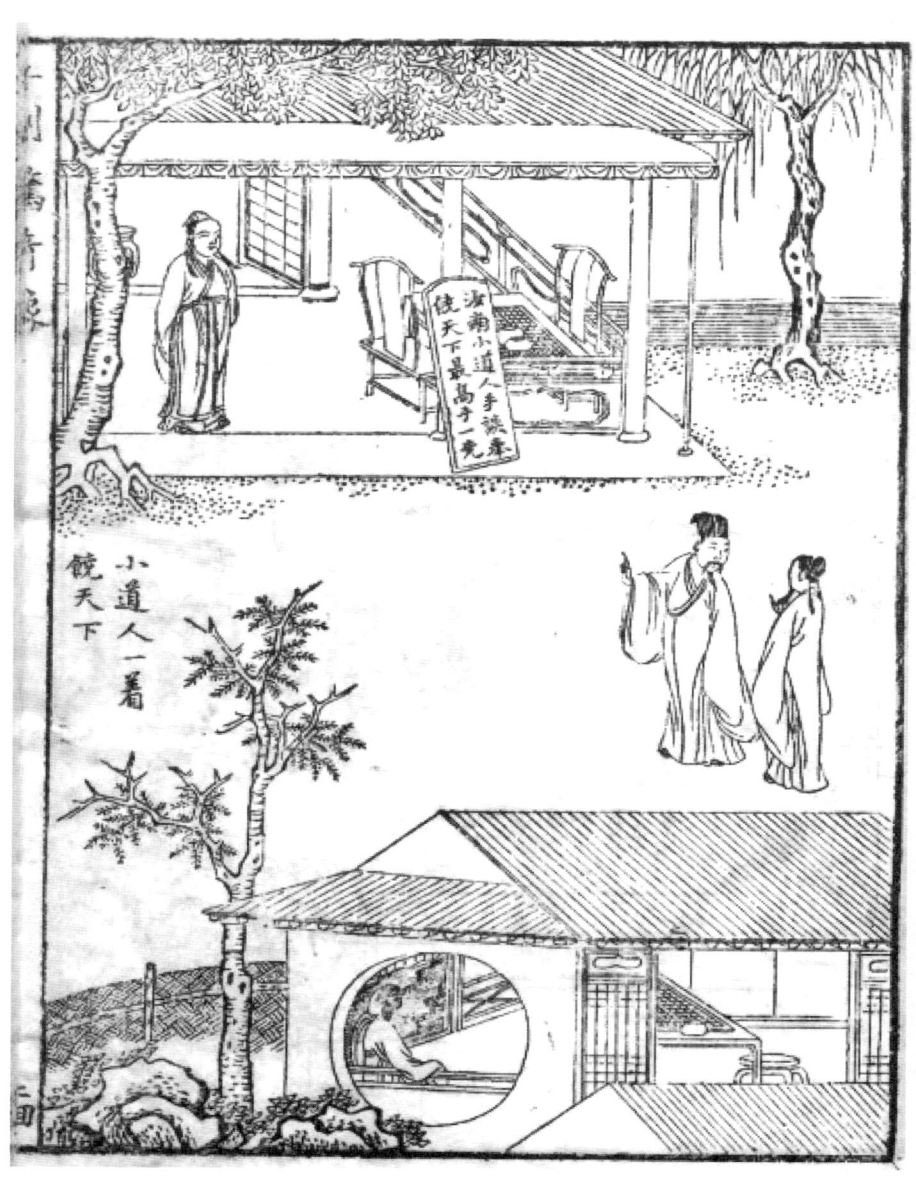

소도인이 한 수를 천하고수에게 양보하다

에게서 세 수를 양보 받았다면 그것만으로도 실력이 대단한 셈입니다. 그나마 장생이 묘관 문하의 수제자였기에 그래도 그 만큼 버틸 수 있었던 거지 다른 사람이었다면 그야말로 속수무책이었을 겁니다. 이쯤 되면 소도인의 실력이 엄청 대단했던 셈이지요.

소도인은 세 판을 두고 나서 장생을 보고 말했습니다.

"귀하의 바둑 실력도 대단하신 셈입니다. 그 정도면 귀국 바둑의 수준을 알 수 있군요. (…) 소생과 대적할 수 있는 분이 계시다면 한 분을 모셔 주십시오. 가르침을 받기를 진심으로 바라는 바입니다!"[96]

장생은 그 말이 자신의 스승에게 도전장을 낸 것임을 눈치챘습니다. 그래서 대답할 엄두도 내지 못한 채 작별인사를 하고 그 자리를 떠났지요.

장생은 그 길로 묘관에게로 와서 은밀히 알렸습니다.

"그 소도인은 … 실력이 정말 대단하던데요. 스승님조차 … 한 수를 양보 받으셔야 할지도 모릅니다!"

그러자 묘관은 손사래를 쳤습니다. 그러면서도 그에게 단단히 입단속

---

96 【즉공관 미비】 輕薄. 경박하기도 하지!

을 시켰지요. 남들의 비웃음을 사는 일이 없도록 말입니다.

그 날 이후로 묘관은 대놓고 기원을 열고 바둑을 가르칠 엄두를 내지 못했답니다.

한편 주위 사람들은 소도인의 간판을 보니 그 내용부터가 놀랍고도 남을 일이었습니다. 거기다가 묘관까지 몸을 사리는 것을 보더니 '장생이 세 수를 양보 받았다'는 이야기가 차츰 누군가에 의해 소문으로 퍼져 나갔습니다. 소도인과 묘관이 정말로 실력이 어떤지 모르는 상황에서 남일에 참견하기 좋아하는 사람들끼리 지레 삼삼오오 무리를 지어 갑론을 박하고 있었지요.

"우리네 기사님이 그 자와 승부를 내지 않는 건 … 그 자를 안중에 두지 않으셔서일 거야!"

누가 이렇게 말하면 다른 사람은 이렇게 말했습니다.

"그 간판에서 '천하최고수에게 첫 수를 양보하겠다'고 똑똑하게 밝히지 않았는감? 우리 기사님이 설마 그런 수모까지 당하면서 승부를 겨루지 않으신다고? 정말 실력이 좀 있는 자임이 분명해. 그래서 기사님도 섣불리 나서지 못하시는 게지!"

심지어 어떤 사람은 이런 말까지 했습니다.

"우리네 기사님은 지금 우리나라에서 으뜸가는 고수이셔. 그 분을 이긴 사내가 단 하나도 없었단 말이야. 설마 다른 나라에서 온 그런 하찮은 도인이 그렇게 실력이 대단하다고? (…) 기필코 두 사람이 대국을 하고 승부를 내서 우리한테 보여 주어야 해. 어쩌면 그것도 정말 재미있는 일일 테니까."

또다른 사람은 이렇게 말하는 것이었지요.

"기막힌 방법이긴 한데 말이야 … 두 사람이 어디 호락호락 대국에 나서려고 하겠어? (…) 사람들이 금품을 좀 걸고 두 사람을 놓고 내기를 해야 성사가 되더라도 되는 거지!"

그러자 그 중에서 호대랑胡大郎이라는 사람이 말했습니다.

"기발하군, 기발해! 내 기꺼이 오만 전[97]을 보태지!"

이번에는 지호도령이 말했습니다.

"자네도 오만 전을 내는데 설마 나라고 덜 낼 턱이 있나? 나도 오만 전!"

---

**97** 오만 전[五十千] : '오만 전'을 '오십천(五十千)' 식으로 표현한 것은 중국에서는 고대에 엽전을 줄에 꿸 때 천 닢(전)을 한 꿰미[緡]로 삼았기 때문이다. 따라서 '오십천'은 곧 천 닢씩 꿴 엽전이 쉰 꿰미라는 의미로 이해하면 좋겠다.

그러자 다른 사람들도 만 전, 오천 전을 내겠다고 나섰습니다. 그 바람에 순식간에 돈이 이십만 전이나 모였지 뭡니까 글쎄! 사람들은 즉석에서 호대랑을 그 판돈을 관리하는 사람으로 정하고 모은 돈을 전부 그에게 건넸습니다. 그리고 그가 대국 날짜를 잡으면 그때 승부를 예상하면서 그 액수에 해당하는 금품을 내놓기로 했지요. 이는 이른바 '대국 보증[保局]'이라고 하는 것으로, 내기판의 오랜 전통이었습니다.

대상국사 전경

이때 사람들의 의논이 끝나자 호대랑 등은 금품들을 모두 모은 다음 양쪽에 가서 실력을 겨룰 날을 잡기로 했습니다. 그렇게 해서 정말로 양쪽 모두로부터 허락을 받아 내서 셋째 날 오시[98]에 대상국사[99]의 방장[100]

---

**98** 오시(午時) : 하루 중에 정오인 11시~13시에 해당한다.

**99** 대상국사(大相國寺) : 중국 하남성 개봉시(開封市)에 있는 상국사(相國寺)를 말한다. 북제(北齊) 천보(天保) 6년(555)에 지어진 불교 사찰로, 원래 이름은 '건국사(建國寺)'였으나 당대인 연화(延和) 원년(712)에 황제 예종(睿宗)이 자신의 즉위를 기념하여 '대상

에서 대국을 가지기로 약속했지요. 사람들은 다들 헤어져 그 자리를 떠나면서 때가 되면 다시 만나기로 했답니다.

소녀 기사 묘관은 그 기별을 접하고 승낙을 하기는 했습니다마는 속으로는 좀 겁이 났습니다.

"금품이야 하찮은 것이다마는 … 만약에 그 자와 내기를 했다가 한 순간에 지기라도 하면 … 그동안의 명성을 헛되이 날려 버리고 말 테지![101] (…) 그 자는 멀리서 온 나그네이니 재물을 밝힐 것이 분명해. 차라리 몰래 매수해서 '내게 좀 져 달라'고 부탁하는 수밖에 없다. (…) 그 금품을 받아서 남 몰래 그 자한테 좀 더 보태 준다면 마다할 리가 없어. (…) 어떻게 사람을 시켜서 대신 내 뜻을 전하게 할 방법이 없을까?"

그렇다고 해도 제자들은 비웃을 것 같아서 상의하기가 난처했습니다. 그러다가 문득 이런 생각이 들었지요.

---

국사'라는 이름을 하사하였다. 송대에는 황실의 지원으로 여러 차례 확장되면서 송나라에서 가장 큰 사찰이 되었으나 나중에는 전란과 홍수로 훼손되었으며 청대 강희(康熙) 10년(1671)에 중건되었다.

**100** 방장(方丈) : 불교 용어. "사람의 마음은 한 마디이며 하늘의 마음은 한 길[人心方寸, 天心方丈]"이라 하여, 시방총림(十方叢林)의 최고 영도자를 일컫는 말로, 때로는 '주지(住持)'로 불려지기도 하였다. 나중에는 여기에서처럼 선종 사찰의 장로 또는 주지가 기거하는 공간을 일컫는 말로 사용되기도 하였다. 여기서도 주지가 기거하는 방의 뜻으로 사용되었다.

**101 【즉공관 미비】** 總是惜名之念, 意亦可憐. 따지고 보면 이름을 아끼자는 생각이겠지만 그 마음도 딱하기도 하다.

'앞 집 가게 주인 노파가 늘 와서 옷을 수선해 주고 있지. 그런데 소도인이 마침 그 집에 세 들어 지낸다니 … 그 노파에게 주선을 부탁해서 그 일을 성사시키는 것도 좋겠군!'

이렇게 꾀를 낸 묘관은 몰래 여자 심부름꾼을 시켜 이야기나 나누자며 그 노파를 불렀습니다.

그 말을 들은 노파는 서둘러 앞 집으로 건너 왔지요. 그리고 묘관을 만나자마자 말했습니다.

"기사 아씨, 무슨 분부하실 일이라도 있으셔유?"

그러자 묘관은 노파를 자기 침실 안까지 데려와서 앉히는 것이었습니다. 그리고는 입을 열었지요.

"할멈 하고 상의할 일이 있길래…"

"무슨 일이시길래요?"

"여남의 소도인 … 마침 할멈 집에 세 들어 지낸다면서요? 할멈 편에 그 사람한테 전할 말이 있어요. 할멈 … 전해 줄 수 있겠어요?"

"그 자가 바둑 실력이 대단하다고 떠벌리더니만 공교롭게도 아씨 하고 승부를 겨루게 되었구먼유. 내가 영감한테서 듣자니게 사람들이 금품을 내서 모레 대국을 치르기로 약속하셨다던데 … 그 자한테 무슨 말씀을 더 하시게요?"

그러자 묘관이 말하는 것이었습니다.

"그렇지 않아도 대국 때문에 할멈 하고 상의를 해야 될 것 같아요. (…) 나는 이곳에서 바둑을 전수한 지가 오래 되었지. 왕족이나 제후 댁 치고 나를 바둑 선생으로 초빙하지 않은 댁이 어디 있겠어요? 온 나라를 다 뒤져도 내 상대가 없었지. 그래서 지금 문하에도 제자를 숱하게 거둔 걸 테지. 그런데 … 이번에 멀리서 온 소도인이 세상 사람들한테 다 양보해 주겠다고 허풍을 떨지 뭐에요? 그래서 수제자인 장생을 시켜 두 판을 겨루게 했더니 돌아와서 '그 자 실력이 제법 대단하다'고 하더군요. 그러자 사람들이 우리 둘의 실력을 보겠다고 하길래 모레 대국을 하기로 약속했어요. (…) 만에 하나 그 자한테 지기라도 해 봐요. 우리 조정의 체면을 잃을 뿐만 아니라 여태까지의 내 명성도 잃어버릴 테니[102] 예삿일이 아니에요! 그러니 … 은밀히 그 자한테 가서 이야기를 좀 전해 줘요. (…) 인정을 베풀어 나한테 좀 져 달라고 말이에요."

"아씨는 그냥 평소의 실력으로 그 자를 이기시면 되잖습니까. 왜 자존

---

102 【즉공관 방비】大題目. 엄청난 사건이지!

심을 꺾어 가면서 되려 그 자한테 사정을 하세요? 금품까지 걸렸는데 그 자가 어디 양보하려고나 들겠어요?"

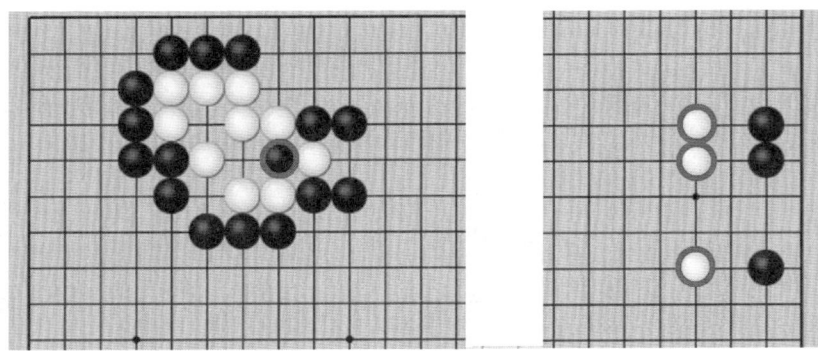

박(撲, 중흑) 및 관(關, 좌백 모두)

그래서 묘관이 말했습니다.

"금품이야 하찮은 일이지요. 그 자가 만약에 … 내가 이기게만 해 준다면 야 나는 한 푼도 가지지 않고 은밀히 전부 그 자한테 돌려 줄 작정이에요."

"그 자가 아씨한테 이기면 금품은 몽땅 그 자 것이 될 거 아니에요? 거기다가 사람들이 환호까지 할 텐데 싫을 턱이 있습니까? 하지만 대 놓고 아씨한테 져 준다면 그건 떳떳하지 못한 돈을 받는 거니까 그쪽에서도 바라지 않을 겁니다."

"그 금품들 말고도 은밀히 … 오만 전을 더 줄 작정이에요. (…) 그 자는 나 하고 원수 진 일이 없고, … 게다가 우리 나라 사람도 아닙니다. 그러니 명성이 다 무슨 상관이겠어요? 금품을 좀 얻고 내가 은밀히 주는 돈까지 챙기면 그로서는 충분하지요. (…) 할멈이 그 자한테 최선을 다해서 '나는 승복했으니 … 남들 앞에서 나를 이겨서 망신을 주지만 말아 달라'고만 설득해 줘요!"[103]

"설득이야 하기는 하겠지만서두 … 그렇게 하고 안 하고는 그 자한테 달린 거라서…"

"그러더니 할멈은 설득을 잘 해 줄 거라고 믿어요. (…) 그 자가 동의하면 할멈한테는 따로 사례를 할게요!"

"서로 마주 보고 지내는 이웃 사이인데 그동안 잘 지내 온 정이 소중하지 뭐 그리 대단한 일이라고 사례까지…"

할멈은 싱글벙글 웃으면서 그 자리를 나가는 것이었습니다.

할멈은 집으로 가서 소도인을 만났습니다. 그리고 묘관이 자신을 불러서 한 이야기를 빠짐없이 모두 전해 주었지요. 소도인은 그 이야기를 다 듣고 나니 온몸이 다 근질거렸습니다.

---

103 【즉공관 미비】 小心極矣. 아주 조심성이 많군!

'됐다, 됐어! 하늘께서 아내를 내려 주시는구나!'

그래서 이렇게 대답했지요.

"소생이 아무리 어린 나이에 멀리까지 유람을 나왔습니다마는 … 이 하찮은 기예 덕분에 쓰는 돈이 부족할 정도는 아닙니다. (…) 그 재물이 야 그다지 대수롭지 않습니다. 다만 … 객사에서 외로운 것이 유감일 뿐 이지요! (…) 아씨께서 … 날더러 져 달라고 하신다면 … 한 가지 일만큼 은 들어 주셔야겠습니다. 그러면 무조건 명령대로 따르지요."

"어떤 … 일 말씀인지?"

소도인은 희색이 만연한 얼굴로 말했습니다.

"잘 아실 텐데 … 꼭 말을 해야겠습니까?"

"분명하게 이야기 하세요. 그래야 말씀을 전하기가 수월하지."

"대낮에 사람들 앞에서 대국을 할 때에는 내가 좀 져 드리겠습니다마 는 … 밤에 제 이불 속에 와서 대국을 할 때만큼은 … 나한테 좀 져 줘야 겠는데 말이지요."

그러자 할멈이 말했습니다.

"택도 없는 소리! (…) 나이도 얼마 안 된 양반이 잇속 챙기겠다고 그런 말을 하면 못 써요!"

"잇속을 챙기려는 것이 아닙니다. 소생은 처음부터 재물이 탐나서 온 것이 아니올시다. (…) 여기서 오랫동안 지내고 있는 것도 오로지 여기 사님의 미모를 흠모해서일 뿐인 걸요. (…) 할멈이 내 뜻을 잘 좀 전달해 주세요. 만약에 내게 잠시의 즐거움을 누릴 수 있게만 해 준다면 … 소생도 기꺼이 일부러 져 드리고 한 푼도 받지 않겠습니다.[104] 그러나 … 만약에 이 제안이 받아들여지지 않는다면 제 실력을 최대한 발휘해서 대국에 임하고 절대로 봐 주지 않을 작정입니다!"

"말씀이 심하시네! 이 늙은것이 어떻게 입을 떼라고요!"

"할멈도 여자인데 같은 여자한테 이야기 하는 것이 부끄러울 게 뭐가 있습니까? (…) 이번 일은 그녀가 다급해져서 내린 결정입니다. (…) 내 말대로 전하셔도 할멈 탓은 하지 않을 거예요."

말을 마친 그는 큰 소리로 인사를 하더니 말했습니다.

---

[104] **【즉공관 미비】** 肯歡必非半晌, 眞是有挾而來. 환락을 즐기자면 반나절 가지고는 힘들 텐데 정말로 작정을 하고 왔군 그래!

"성사 되면 중매 서 주신 일은 … 따로 사례를 하도록 하겠습니다!"

그러자 할멈은 웃으면서 말했지요.

"새파란 나이에 낯짝이 두껍기도 하시지! (…) 말씀이야 전해는 드리리다마는 … 만에 하나 욕이라도 먹으면 손님이 사죄해야 합니다요?"

"절대로 욕할 일이 없다니까요!"

할멈은 하는 수 없이 도로 앞집으로 향할 수밖에 없었습니다.

묘관은 마침 속으로 겁을 먹고 오로지 그의 답변만 기다리고 있었습니다. 그러다가 할멈을 발견하자 웃음꽃이 활짝 핀 얼굴로 말하는 것이었지요.
"할멈이 이렇게 걸음을 다 해 주시고! (…) 전달한 일은 … 따르겠다던가요?"

"이 늙은것이 혀가 다 닳도록 설득했더니만 따르기는 따르겠는데  … 아씨도 그 분 일 하나만 따라 달라고 합디다."

"무슨 일이든 일단 이야기 해 보세요. 그 자 소원대로 들어 줄 테니까!"

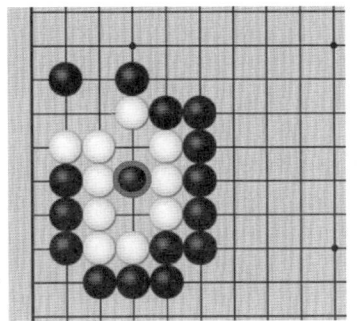 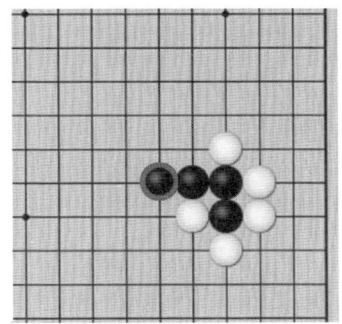

'위기 32자'의 점(點, 중흑) 및 정(征, 좌흑)

"만약에 … 아씨가 들어만 준다면 … 돈을 쓸 필요도 없답니다."

"정말 어떤 일이길래요?"

그러자 할멈이 말하는 것이었지요.

"그 일이란 게 … 쉽다면 아주 쉽고 어렵다면 아주 어려운 일이라서. (…) 아씨 … 이 늙은 것이 주제를 모르고 짓는 죄를 용서해 주셔유. 그래야 입을 뗄 수가 있겠는데 …"

"내 쪽에서 부탁할 일이 있는 처지이니 할멈도 편하게 이야기해 보세요. 꺼릴 것이 뭐가 있어요?"

할멈은 일부러 한번 사양하더니 마지 못해 웃음을 머금고 말했습니다.

"소도인이 '여기서 홀몸으로 지내는 건 아씨가 실력과 미모를 겸비한 것을 흠모해서'라더군요. '그늘 진 수채구멍에서 백조 고기를 먹으려 든다'[105]더니 원!"

그러자 묘관은 얼굴이 벌개지더니 한참동안 아무 말도 못 하는 것이었습니다.

"아씨 … 제 탓은 하지 마세요! (…) 그것도 알고 보면 그 작자의 헛된 생각이지 이 늙은것이 지어낸 이야기가 아니에요. (…) 아씨가 어떻게든 꾀를 짜 내서 고대로 갚아 주시면 됩니다!"

할멈이 이렇게 말하자 묘관이 말했습니다.

"당초에 금품 말고도 추가로 오만 전을 더 주기로 한 것만 해도 홀대한 건 아니지만 그렇게 빌 수밖에 없는 처지였어요. 하지만 … 져 줄지 말지 어느 쪽이든 대답만 해 주면 그만인 것을 어째서 그렇게 막된 소리를 한답니까? 사람이 다 민망하게시리 …"

"이 늙은것도 아씨 하신 말씀을 몽땅 다 이야기했지요. 그랬더니만 그분 하는 말이 '처음부터 재물을 대단하게 여긴 것이 아니며, 아씨가 이

---

105 그늘 진 수채 구멍 속에서 백조 고기를 먹으려고 들다[陰溝洞裏思量天鵝肉喫] : 명·청대 강남지역의 유행어. 자기 분수를 모르고 현실적으로 절대로 이룰 수 없는 것을 바라는 사람을 두고 하는 말이다.

일 한 가지만 들어 주시면 기꺼이 져 드리고, 금품도 단 한 푼도 가지지 않겠다'지 뭐에유. 그 분한테 대꾸 할 도리가 없길래 하는 수 없이 와서 이렇게 말씀 드리는 거에요. (…) 이 늙은것도 해서는 안 될 말이라는 건 알지만서두 … 져 달라고 부탁하는 처지인데 그 분이 할 말이 있다면 아씨한테 감추거나 속이면 안 되겠다 싶길래 그만 …"

"할멈, 이 이야기를 빌미로 나를 협박하려 드는 게 분명해요. (…) 나로서도 받아들이기 난처하군요!"

"만약 받아들이지 않으면 … 대국자리에서 절대로 사정을 봐 주지 않을 겁니다. (…) 아씨도 알아서 꾀를 좀 내셔야 해요."

묘관은 대국 이야기를 듣자 속으로 또 덜컥 겁이 났습니다. 그래서 막상 말을 하려다가도 도저히 승복할 수가 없지 뭡니까.

'염치없는 망할 놈 같으니! (…) 내 일단 그 잔꾀를 역이용해서 놈을 속여야겠다!'

이렇게 생각한 그녀는 할멈을 보고 말했지요.

"그 이야기는 망측스러운 일이니 대놓고 말하기 민망해요. 할멈이 그 작자를 만나서 '져 주기만 한다면 당연히 그 깊은 은혜에 감동해서 단단히 보답하겠다'는 식으로 얼버무려 줘요!"

그러자 할멈은 그 말을 듣고 생각했습니다.

'그렇게 말하기만 해도 승낙하겠지. 일단 두 사람 사이에서 몇 마디로 그 양반을 구슬리면 내게도 좋은 일이 생길 게 분명해!'

할멈은 뛸 듯이 기뻐하면서 바로 몸을 돌려 가게로 돌아왔습니다. 그리고 아까 그 말을 소도인에게 전했지요. 소도인은 젊은 나이이다 보니 '가능성이 보인다'는 말을 듣자마자 신바람이 나서 온 몸이 다 근질거리지 뭡니까.[106] 그래서 이렇게 말했지요.

"그렇기는 한데 … 말만으로는 증거로 삼기 부족합니다. 직접 얼굴을 맞대고 만나서 아씨 입으로 직접 승낙해야 나중에 후회할 일이 없겠지요!"

할멈은 하는 수 없이 도로 가서 묘관에게 그 말을 전했습니다. 묘관으로서는 그에게 부탁할 것이 있는 입장이다 보니 그 요구를 물리칠 만한 핑계거리가 없었지요. 하는 수 없이 그와 해거름에 등롱 앞에서 인사를 하는 것을 신호로 삼기로 약속했답니다.

그날 밤, 할멈은 소도인을 안내해 곧바로 묘관이 운영하는 기원의 사

---

106 【즉공관 미비】心不由不動. 마음이 흔들리지 않을 수가 없지.

대국 장면이 그려진 남송 유송년(劉松年)의 〈18학사도(十八學士圖)〉
(대만고궁박물원 소장)

랑채까지 가서 자리에 앉혔습니다.

이윽고 묘관이 그를 보러 나오더니 절을 했습니다. 그러자 소도인이
입을 여는 것이었지요.


"소생이 이곳까지 흘러 와서 아씨의 꽃다운 미모를 뵈었으니 정말 큰
행운입니다!"


그러자 묘관이 말했습니다.


"소녀 뜻하지 않게 하찮은 기예로 나라에서 명성을 얻었는데 뜻밖에
도 고수를 만났군요. (…) 소녀는 사실 선생에게는 상대가 되지 않습니

다.[107] 그러나 남들이 승부를 겨룰 것을 바라니 꼼짝 없이 공자 앞에서 문자 쓰게 생겼군요. (…) 부탁드린 속내 사정은 … 가게 할멈한테 이미 밝혔습니다. 모쪼록 받아들여 주시기 바랍니다!"

"아씨의 분부 … 어찌 감히 어길 리가 있겠습니까? 그건 그렇고 … 소생은 아씨를 흠모한 지가 오래 되었습니다. 그렇다 보니 뒤늦게 길 건너에서 지내게 되었는데 … 떠나기가 섭섭하더군요. (…) 지금 객사에서 외롭게 지내고 있는 처지인데 … 아씨께서 딱하게 여기신다면 … 대국 자리에서 소생이 어찌 감히 분수도 모르고 허세를 부릴 리가 있겠습니까? (…) 기필코 아씨의 아름다운 명성을 온전하게 지켜 드릴 것입니다!"

"온전하게 지켜 주기만 하신다면 저도 그 은혜에 보답하여 결코 귀하를 저버리는 일이 없을 것입니다!"

소도인은 웃음꽃이 흐드러지는 얼굴로 인사를 하고 감사의 뜻을 전했습니다.

"아씨의 아름다운 마음씨에 감사할 따름입니다. 소생 단단히 기억하고 잊지 않겠습니다!"

---

107 【즉공관 미비】 口軟. 말투가 공손하군.

"제 입장을 이해해 주시니 지금 당장 그렇게 결정하겠습니다! (…) 밤이라서 직접 배웅해 드리지 못하니 … 할멈이 대신 수고 좀 해 주세요."

그리고는 어린 여종을 시켜 따로 등롱에 불을 붙이더니 자기 방으로 들어가는 것이었지요.

소도인은 할멈과 함께 가게로 돌아와서 곰곰이 생각해 보았습니다.

'방금 본인이 직접 승낙했으니 … 이거야말로 주머니에서 물건 꺼내는 격인 것은 두 말 할 필요도 없구나!'

그러면서 그가 대국을 치르고 나서 경사를 맞이하기만을 기다린 것은[108] 말할 나위도 없었답니다.

그렇게 약속한 셋째 날이 되었습니다. 호대랑은 진작부터 와서 양쪽을 대국에 초대했지요. 그러자 두 사람은 모두 수락하고 각자 잘 차려 입은 다음 상국사 방장으로 왔습니다.

호대랑은 지도령과 함께 벌써 금품을 윗쪽의 탁자 위에 늘어 놓았습니다. 그리고 가운데 탁자에는 백동으로 테를 두른 상비죽[109] 바둑판과 자

---

108 【즉공관 미비】原無把柄, □然中變, 小道人畢竟嫩些. 애초에는 약점이 없었는데 □하게도 도중에 변심하게 되지. 소도인이 역시 너무 물러 터진 게야.

109 상비죽(湘妃竹) : 대나무의 일종. 중국의 고대 전설에 따르면, 당요(唐堯) 임금의 딸 아황(娥皇)과 여영(女英)이 우순(虞舜)의 아내가 되었는데, 우순이 곤경에 처하자 기지를 발휘하여 그를 구해 내었다. 그가 왕위에 오르자 과거의 적들을 용서하고 덕치를 베풀도록 격려하여 사람들의 칭송을 받았다. 우순이 만년에 남방을 순시하다가 창오(蒼梧)에서 병

단紫檀 나무로 만든 바둑알 통 두 개가 놓여져 있는데, 그 속에는 운남요雲南窯에서 만든 검은색 흰색 자기 바둑알들이 들어 있었지요. 그리고 의자 두 개가 동쪽과 서쪽으로 서로 마주보고 놓여져 있었습니다. 사람들은 두 기사를 안내해 자리에 앉아서 기량을 겨루게 하고 관전하는 이들은 그들대로 가로로 길게 만들어진 걸상에 앉았습니다.

묘관은 소도인이 손님이라 하여 자리를 양보해서 동쪽에 앉고 백을 쥐게 해 주었습니다. 그리고 나서 묘관이 소도인에게 먼저 두도록 권하자 소도인이 말했지요.

"소생이 사전에 미리 말씀드리지요. 이번 수는 천하최고수께 양보하고 선수를 두지 않겠습니다. 이번 판을 이기고 그 다음부터 선수를 두도록 하지요."

묘관은 하는 수 없이 두 손을 모으고 말했습니다.

"그럼 실례하겠습니다. 당연히 하수가 먼저 두어야 하니."

이리하여 정말로 묘관이 먼저 첫 수를 두고 소도인도 그제서야 다음

---

사하자 그 소식을 듣고 달려와 대성통곡을 하다니 상강(湘工)에 몸을 던졌으며, 그 자매가 흘린 눈물이 주위의 대나무에 튀어 얼룩이 생겼다고 한다. 그러자 후세 사람들이 곁에 얼룩이 있는 이 대나무 종류를 '상비죽' 또는 반죽(斑竹)이라고 불렀다. 일반적으로 아황은 상군(湘君)으로, 여영은 상부인(湘夫人)으로 불려진다.

수를 두었지요. 그야말로

꽃 아래에서 손 느긋하게 두드리고　　　　　　花下手閑敲,

바둑판에 두는 것을 시작으로　　　　　　　　出楸枰,

양쪽이 맞붙누나.　　　　　　　　　　　　　兩下交.

경쟁적으로 교묘한 계책 펼치며　　　　　　　爭先拗擺妝圈套,

이 수를 한쪽에서 두니　　　　　　　　　　　單敲這着,

저 수를 양쪽에서 막네.　　　　　　　　　　雙關那着,

소리도 늦게 생각에 빠지니 풍운도 교묘해라.　聲遲思入風雲巧.

산 속 나무꾼이 우습구나　　　　　　　　　　笑山樵,

도끼 자루 썩을 때까지 내버려 두더니　　　　從交柯爛,

이 내막을 누가 눈치 채리오?”　　　　　　　誰識這根苗.

　—이상은【황앵아】가락에 맞추었다　　　　 —右調【黃鶯兒】

　소도인은 묘관과 바둑을 두면서도 한 눈으로는 그 고운 모습을 훔쳐보기에 바빴습니다. 그러다 보니 속에서는 욕정이 타오르는 것이었지요. 그러나 당초에 한 약속을 떠올리고 좀 봐 줄 생각으로 전력을 다해 밀어붙이지는 않았습니다. 비등비등한 수준으로 대국에 임한 거지요. 집을 세어 보니 흰 돌이 백팔십 점이었습니다. 소도인은 반 집을 진 것을 인정했지요.

女棋童兩局

注終身

여 기동은 두 판 승부로 혼인을 약속하다

다음 판은 소도인이 첫 수를 두어서 얼마 뒤에 대국이 끝났습니다. 두 사람은 대국을 하면서 판세를 똑똑히 판단할 수 있어서 묘관이 졌다는 사실을 진작부터 알고 있었지요. 그러나 옆에서 구경하던 사람들은 이렇게 떠들어 대었습니다.

"정말 두 분이 임자를 제대로 만났네 그래. 저쪽이 선수를 잡으니 이쪽이 지더니 이쪽이 선수를 잡으니 저쪽이 졌구만. 두 분 다 각자 한 판씩 이기셨어! 이제 이번 판으로 판가름이 나겠군!"

두 번째 판을 본 묘관은 서로 실력이 팽팽하다는 생각이 들자 마음이 좀 급해졌습니다. 그래서 세 번째 판에서는 틈틈이 그에게 눈짓을 하는 것이었지요. 그 뜻을 눈치 챈 그는 계속 머뭇거리면서 번번이 그녀가 고비를 넘기게 봐 주었습니다. 나중에 집[110]을 셀 때 보니 이번에도 소도인에게 반 집이 부족했습니다. 그러자 사람들은 일제히 환호하면서 말했습니다.

"역시 우리나라 기사님 실력이 최고야! 두 판을 이기셨으니!"

그런데도 소도인은 아무 소리도 하지 못하고 우두커니 묘관만 바라보

---

110 집[官着] : '관착(官着)'은 바둑 용어로, 때로는 '관자(官子)'라고 부르기도 한다. 대국에서 쌍방이 차지한 영역이 기본적으로 확정되고 쌍방의 경계 지점 빈 자리에 두는 바둑알을 말한다.

고 있는 것이 아닙니까. 그래서 호대랑이 소도인을 보고 말했지요.

"반 집 차이기는 하지만 그래도 진 건 진 거지요. 기사님도 너무 언짢게 생각하진 마십시오!"

그리고는 서둘러 금품을 걷더니 사람들과 함께 떠들썩하게 여기사 묘관을 기원으로 배웅한 다음 금품을 건넨 뒤에 각자 흩어져 그 자리를 떠나는 것이었습니다.

소도인은 소도인대로 아는 사람 한두 명과 함께 사람들 뒤를 따라서 이런저런 이야기를 나누면서 거처로 돌아갔지요. 그런데 누가 그에게 묻는 것이었습니다.

"어쩌다가 그 반 집을 놓쳐 버렸답니까? 한 판을 지는 바람에 그 금품들을 잃었잖습니까!"

소도인은 코웃음만 칠 뿐 아무 대꾸도 하지 않았습니다. 그러자 사람들은 소도인이 민망해 할까 봐서 다들 좋은 말로 그를 위로했지요. 그런데도 소도인은 전혀 대수롭지 않게 여기는 것이었습니다.

그렇게 가게에 이르렀을 때였습니다. 배웅해 준 사람들도 모두 벌써 흩어져 그 자리를 떠나는 광경을 보자마자 가게 할멈이 나오더니 묻는 것이었지요.

"오늘 내기는 … 어떻게 됐어요?"

"약속한 대로 했지요. 굳이 실력을 발휘해서 이길 것 어디 있겠습니까? 한 판을 져 주고 사람들 앞에서 체면을 차리게 거들어 드렸지요. 그런 식으로 기분을 맞춰 드리는 수밖에 없지 않겠습니까?"

그러자 할멈은 웃으면서 말했습니다.

"그러면 됐습니다! 아씨도 손님의 호의를 잊지 않고 보답하실 게 분명합니다요. 이 늙은것까지 덩달아 신바람[111]이 나는군요."

소도인은 입으로는 건성으로 할멈과 이야기를 나누면서도 속으로는 희소식이 오기만 바라며 한 눈으로는 앞집을 바라보면서 기별을 기다리는 것이었지요.

이때 하늘은 뉘엿뉘엿 저물어가고 있었습니다. 그렇지만 소도인은

---

111 신바람[興頭] : '흥두(興頭)'는 명대의 구어식 표현으로, '신, 신바람, 흥미, 열정' 정도의 의미들을 주로 나타낸다. 『이각 박안경기』만 해도 "사람들이 모두들 신이 난 사람들이어서 제지할 수 없을 정도였다[衆人多是興頭上人, 住馬不住]", "당신도 흥미가 있긴 있구려[你也有些興頭]"(제24권), "그가 여기에 신이 나 있으니 바로 우리들로서는 행운인 셈이지[他正在這裏興頭, 便是我們的造化]"(제39권) 등 여러 군데에서 사용되었다.

'순식간에 날이 어두워져 버렸으면' 하는 생각이 굴뚝 같았지요.[112] 그런데 등불을 붙일 때가 되었을 때였습니다. 가만 보니 맞은편 기원에서 '쾅' 하고 대문이 닫히는 것이 아닙니까.

소도인은 마음이 급해져서 할멈을 보고 말했지요.

"그 여자가 배신한 거 아닙니까? (…) 죄송하지만 저기에 가서 소식을 좀 알아 봐 주십시요!"

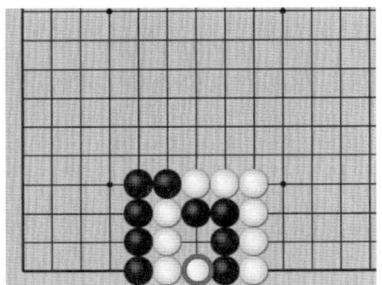 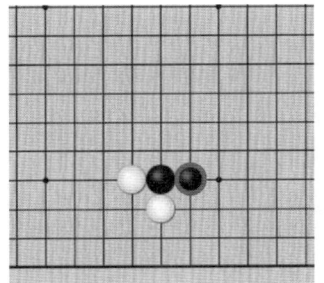

'위기 32자'의 지(持, 하백) 및 타(打, 우흑)

그러자 할멈이 말하는 것이었지요.

"당황할 것 없어요. 그 분은 남들 눈을 속이려고 그러는 거랍니다! 좀 더 기다리세요. 인적이 뜸해지고 나서도 소식이 없으면 이 늙은것이 가서 대문을 열게 해서 물어보면 되지요 뭘."

"좋은 일을 이루어 주시기만 바랄 뿐입니다!"

---

112 【즉공관 미비】不穩. 싱숭생숭 할 테지.

이렇게 이야기를 나누고 있을 때였습니다. 가만히 들어 보니 앞집 대문의 문고리가 울리고 웬 어린 여종이 나오더니 그 길로 가게 안으로 들어오는 것이 아닙니까. 소도인은 마치 옥황상제로부터 사면장을 받는 것 같았습니다. 그는 속으로 '정말 운이 좋다'고 여기면서[113] 그 여종이 무슨 희소식을 들려주려나 싶어서 귀를 기울였지요. 아 그런데 그 여종은 할멈에게 인사를 하더니 이렇게 말하는 것이었습니다.

"주인이신 기사 아씨께서 할머니 안부를 여쭤시면서 … 좀 건너 와서 이야기를 나누자고 하시네요."

그래서 할멈은 여종과 동행하기로 하고 몸을 일으키자마자 걸음을 옮겼습니다. 소도인은 할멈을 따라가면서 귀에 대고 말했지요.

"할멈 … , 잘 부탁드립니다!"

"두 말 하면 잔소리지요!"

그리고는 할멈은 웃는 얼굴로 여종과 함께 그 자리를 떠났습니다. 소도인은 마치 뜨거운 땅 위의 그리마 꼴 같았습니다. 진득하게 참고 기다리지 못하고 내내 안절부절 하지 뭡니까. 그야말로

---

113 【즉공관 미비】 有光景. 가관이군 그래.

눈이 빠져라 승전보 기다리며        眼盼捷旌旗,

귀에 좋은 소식 들려오기 바라네.      耳聽好消息.

만약 바라는 것 이룰 수 있다면       若得遂心懷,

저 관음보살의 도움이라도 받고 싶구나!   願彼觀音力.

관음보살상

다시 이야기를 들려 드리도록 하겠습니다.

할멈은 여종을 따라 맞은편 대문을 지나 기원 안으로 들어갔지요. 그런데 가만 보니 묘관이 진작부터 등불 아래에서 웃는 얼굴로 마중을 나와 있는 것이 아닙니까. 그녀는 할멈을 침실까지 안내해서 앉힌 다음 감사의 뜻을 전했습니다.

"할멈이 도와준 덕분에 낮의 대국에서는 다행스럽게도 체면을 잃지 않았구려! 이제 소도인이 져준 은혜를 갚아야 하는데 … 당초 앞서 한 말이 있으니 특별히 할멈을 건너오게 해서 금품을 드리고 … 그 자에게도 사례를 할까 해요."

그래서 할멈이 말했지요.

"아씨는 꽃봉오리 같이 젊은 분이 이렇게 건망증이 심하시니! 소도인은 처음부터 재물에는 관심이 없다고 했는데 … 어째서 또 불쑥 금품이니 사례니 하는 이야기를 꺼내십니까."

그러자 묘관은 짐짓 놀라는 척 하면서 말했습니다.

"금품으로 사례하는 것 말고 … 또 뭐가 있었나요?"

"지난번에 말씀 하셨지요. 그 분은 그저 아씨만 흠모할 뿐 다른 것은 바라지도 않는다고요. (…) 오로지 좋을 일을 성사시키겠다는 마음으로 … 아씨도 즉석에서 약속하셨지요. (…) 방금도 당부하고 또 당부하면서 집에서 학수고대하는 모습이 그야말로 '목 마른 용이 물을 바라는 꼴'[114]이었단 말입니다! 헌데 아씨는 어째서 엉뚱한 소리를 하신데요?"

묘관은 그 말에 표정이 바뀌더니 말하는 것이었습니다.

"그런 허튼 소리는 하지도 말아요! 난 결백한 사람이야. 여태껏 조금

---

[114] 목 마른 용이 물을 바라는 꼴[渴龍思水] : 명대의 유행어. 우리에게 익숙한 4자 성어 '학수고대(鶴首苦待)'와 비슷한 상황에 사용하는 말로, 특정한 상황을 간절하게 바라는 모습을 묘사한다.

도 못된 마음을 품은 적조차 없었다고. 그래서 조정의 책봉도 받은 거고, 왕족이며 귀족들도 나를 먹여 살리고, 이렇게 많은 문하생 제자들도 나를 받들어 모시는 거야.[115] 어디서 왔는지도 모르는 그런 잡놈이 감히 그런 추잡스러운 말을 내뱉다니! 그놈한테 어서 헛된 생각일랑 버리고 금품과 사례나 챙겨서 꺼지라고 해요! 그놈한테는 그 편이 훨씬 이득일 테니까."

묘관은 말을 마치자마자 여종에게 일러서 낮에 받은 이백 꿰미 이만 전의 금품을 받쳐 들고 나오게 했습니다. 그리고는 작은 곽에 오십 관의 사례금을 담아서 할멈에게 건네더니 말했습니다.

"할멈이 가져가서 똑똑히 전해요."

그 밖에도 따로 세 냥이 든 작은 뭉치를 준비해 할멈에게 수고비로 주었지요.

"할멈이 양쪽으로 성사시키느라 수고했어요. 약소하지만 받아 줘요."

할멈은 장사를 하는 사람이다 보니 아무래도 안목이 낮았습니다. 그 많은 물건을 보고 나니 어느새 마음이 누그러져 버리는 것이 아닙니까.

---

115 **【즉공관 미비】** 說得嘴響, 可惜棋劣一着耳. 말이야 잘 한다마는 바둑 실력이 한 수 뒤떨어져서 유감이로군.

거기다가 자신도 한 몫 단단히 챙기고 나니 이런 생각까지 들었지요.

"많은 금품에, 거기다가 사례금까지 보태 주면 정말 적은 액수는 아니지! (…) 그 젊은이도 만족할 거야. 설마 당초에 한 약속에만 미련을 가질 리야 있겠어? (…) 일단 알려 주러 가서 보자."

그리고는 묘관을 보고 말하는 것이었지요.

"아씨, 상을 주셔서 감사합니다! 이 늙은것이야 일단 이것들을 그 분한테 전해 주고 따로 방법을 강구하는 수밖에요. 다만 그 분이 … '아씨가 약속을 어겼다'고 할까 봐서 걱정입니다. 뭐라고 둘러 대야 좋을지 모르겠군요."

"내가 언제 약속을 어겼어요? 애초부터 알아서 단단히 보답하겠다고 한 것뿐인데? 이 정도만 해도 어쨌든<sup>116</sup> 홀대하는 건 아닐 텐데요?"

그리고는 어린 여종 둘을 불러 그 재물들을 받쳐 들고 할멈을 따라가서 맞은편 집까지 갖다 주게 했습니다. 그러면서 분부하는 것이었지요.

---

116 어쨌든[好道] : '호도(好道)'는 원·명대의 구어식 표현으로, 추정의 어감을 나타내는 성분으로 주로 나타나며 '~일 걸?' 또는 '~할 텐데' 정도로 번역할 수 있다. 『서유기』제53회의 "이 두레박의 물을 먹으면 창자에 배까지 다 녹아 없어질 텐데!(若吃了這弔桶水, 好道連腸子肚子都化盡了)"이나 제86회의 "이번만큼은 그가 죽지는 않아도 아주 얼이 다 나고 말 걸?(這一陣雖不得他死, 好道也發個大昏)" 등에도 같은 표현들이 보인다.

"내려 놓고 바로 오거라. 거기에 남아 있지 말고!"

두 여종은 그 명령대로 할멈과 함께 세 사람이 같이 예물을 들고 그 길로 맞은 편 집으로 왔습니다. 그리고는 정말로 물건들을 내려놓자마자 바로 몸을 돌려 나가는 것이었지요.

소도인은 그때까지도 희소식을 학수고대하고 있었습니다. 그런데 가만 보니 할멈이 앞서고 여종이 그 뒤를 따라서 다같이 대문 안으로 들어오는 것이 아닙니까. 그래서 '분명히 좋은 일이 생기겠지'하고 여겼지요.[117] 아 그런데 기대와는 달리 손에 들었던 물건들을 내려 놓기가 무섭게 부리나케 그 자리를 떠나지 뭡니까 글쎄! 그는 어찌 된 영문인지 갈피를 잡지 못하고 있다가 뒤늦게 허둥지둥 할멈에게 물었습니다.

"뭐라고 하던가요?"

그러자 할멈은 탁자 위에 내려놓은 물건들을 가리키면서 말했습니다.

"사례금이 전부 여기에 있잖아요. 잘 받았으면 됐지 뭘 또 물으세요?"

"누가 사례금에 관심이 있답디까? 당초에 한 약속이 중요하지!"

---

117 【즉공관 미비】 □□最難爲情. □□하는 것이 가장 난감하지.

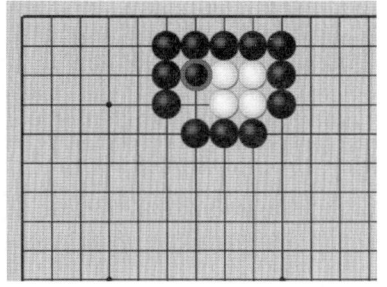 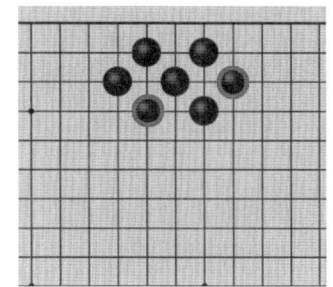

'위기 32자'의 취(聚, 내흑) 및 구(觑, 좌흑 우흑 모두)

"중요하다, 중요하다! (…) 손님만 중요하고 아씨는 안 중요하답디까? 이 늙은것더러 뭘 어쩌라고요!"

"약속한 일을 어떻게 발뺌 할 수가 있습니까?"

"아씨가 말합디다. '애초부터 알아서 단단히 보답하겠다고만 했지 다른 약속 따위는 전혀 한 적이 없다'고요. (…) 나로서도 손님을 두둔하기는 난처합니다!"

"이런 식으로 발뺌을 하다니! 맨입에 나를 속이면서 져 달라고 한 거였구나!"

"지금 이렇게 많은 물건을 놓고 갔으니 맨입에 당한 건 아니지요. 다만 … 그때 그 이야기는 일단 고정 좀 하시고 … 입가의 그 침이나 좀 닦고 방법을 강구해 보시지요."[118]

"할멈, 그런 말 마시오! 지난번에 소생이 얼굴을 맞대로 한 이야기였소. 그런데 오늘 그 여자가 발뺌을 하려 들지 않소! (…) 할멈, 다시 가서 이야기 좀 해 주시구려! (…) 오늘 밤에 그녀를 좀 만나야 겠소. 내 눈 앞에서 뭐라고 뉘우치는지 좀 봅시다!"

"그렇지 않아도 방금 전에 손님 생각에 한참동안 입씨름을 했지요. 그런데도 아씨는 끝까지 사례금 핑계만 대면서 전혀 아무 귀띔도 준 적이 없다고 합디다. (…) 지금 가서 이야기해도 아무 소용이 없어요. 아씨가 어디 손님을 또 만나려고 들겠어요?"

"지난번에는 어째서 가서 이야기하자마자 만나겠다고 했었답니까?"

"지난번이야 손님한테 부탁할 게 있을 때니까 어려울 게 없었잖아요. 지금은 볼 일 다 본 판국이니께 당연히 그때 하고는 다르지요!"[119]

그러자 소도인은 한숨을 쉬면서 말했습니다.

"세상 인심이 다 이렇군요! (…) 나는 사내도 아니오. 그런 새파란 계집한테 속다니! (…) 이렇게 된 이상 여기서 그 계집이 허점을 드러낼 때

---

**118** 【즉공관 미비】 老婦只是東西要緊, 所以不能中硬. 노파는 물건이 중요할 뿐인 게야. 그러니 중간에서 강하게 나서지 못하는 거지.
**119** 【즉공관 미비】 過橋拆橋, 人情也. 다리를 건너고 나서 그 다리를 헐어 버린 격이로군, 인지상정이다!

까지 버티면서 이 울분을 풀고 말겠소!"

"일단 금품부터 챙기시고 찬찬히 기회를 봐서 상의하시자니께."

그 자리에서 소도인은 그 재물들을 쌓은 다음 우울한 마음으로 밤을 지샜답니다. 이 일을 증명하는 시가 있지요.

| | |
|---|---|
| 직접 약속한 말이 헛바람이었나 | 親口應承總是風, |
| 양쪽이 흑과 백처럼 아직 어우러지지 못하는구나. | 兩家黑白未和同. |
| 그때 한 수의 실수 미처 못 보는 바람에 | 當時未見一着錯, |
| 오늘 모든 수고가 결국 허사가 되어버릴 줄이야. | 今日滿盤還是空. |

그렇게 며칠이 지나도록 아무 동정이 없었습니다.

그러던 어느 날이었습니다. 소도인은 가게에 한가하게 앉아 있었지요. 그런데 가만 보니 거리에 웬 외국 사내가 우람하고 날랜 말을 끌고 가는 것이 아닙니까. 말 위에는 웬 우후[120]가 타고 있었지요. 그런데 문 앞까지 이르렀을 때 우후가 말에서 뛰어내리더니 소도인을 보고 큰 소리로 인사를 하고 말하는 것이었습니다.

"한찰왕부宇察王府에서 사부님을 대국에 초대하셨습니다! 말을 문 앞에

---

120 우후(虞候) : 중국 고대의 관직명. 당·송대에 조정에 직속된 금군(禁軍)이나 지방 절도사(節度使) 휘하에서 복무하던 무관으로, 시위(侍衛)의 임무를 수행하였다.

대령해 놓았으니 어서 타고 출발하시지요!"

소도인은 그 요청을 받아들여 말에 올랐지요. 그러자 우후는 우후대로 걸어서 그 뒤를 따르는 것이었습니다.

그렇게 해서 눈 깜짝할 사이에 벌써 왕부 대문 앞에 당도했습니다. 말에서 내린 소도인은 우후를 따라 집안으로 들어갔지요. 그런데 가만 보니 여러 왕과 귀족들이 마침 큰 방에서 주연을 즐기고 있지 뭡니까. 그들은 소도인을 발견하자 모두 일어나더니 말했습니다.

"우리가 술을 마시다가 마침 바둑을 몇 판 둘까 싶어서 특별히 모셨소이다! 지금 이렇게 오셨으니 딱 잘 됐구려!"

사람들은 즉시 하인을 시켜 바둑을 둘 탁자를 두 손으로 들고 오게 했습니다. 그리고는 왕들 중에서 우선 두 사람이 두 판을 두었지요. 그리고는 뿔잔으로 술을 몇 잔 걸고 고수를 불러 소도인과 대국을 하게 했습니다. 그 다음에는 번갈아 가면서 대국을 요청하는 것이었지요. 소도인은 그때마다 예닐곱 수를 양보해 주기도 하고 너댓 수를 양보해 주기도 했습니다. 아무리 적어도 세 수나 두 수를 양보해 주었지만 맞상대로 둔 사람은 없었지요.

왕들은 갑론을박 저마다 의견을 내면서 실력을 뽐내려고 했습니다. 그러나 소도인은 그때마다 척척 막아내지 뭡니까. 하나같이 예측 불허의 묘수이니 그들이 어떻게 버틸 수가 있겠습니까? 왕들은 한결같이 탄복하면서 술을 들어 축하해 주었습니다. 그러더니 묻는 것이었지요.

"젊은 사부님 하고 우리나라 기사인 묘관님은 어느 분이 실력이 뛰어나시오?"

그러자 묘관이 신의를 저버린 일을 떠올린 소도인은 속에 원한이 남은지라 그녀를 두둔하려 하지 않고 직설적으로 말했습니다.

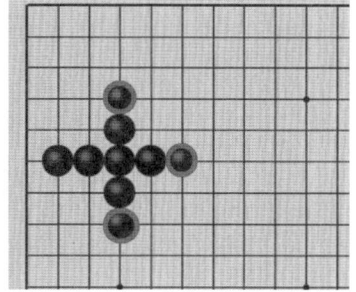 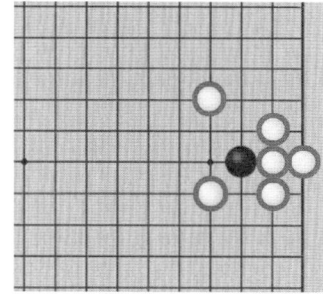

'위기 32자'의 정(頂, 상흑 우흑 하흑 모두) 및 비(飛, 좌상백)와 첨(尖, 좌하백)과 행(行, 중상백 중하백)과 립(立, 중중백 우백)

"그 여자는 실력이 형편 없더군요! 헛된 명성을 얻기는 했지만 입에 담을 가치조차 없습니다!"

"지난번에 듣자니 두 분이 대국을 벌여서 묘관이 이겼다던데요. 헌데, 오늘은 어째서 되려 그런 소리를 하는 게요?"

왕들이 이렇게 묻자 소도인이 말했습니다.

"지난번에 그 여자가 사람을 시켜 은밀히 통사정을 하더군요. 소생은 외국에서 온 입장이니 감히 귀국의 체면을 높여드리지 않을 수가 없었습니다.[121] 해서 일부러 져 준 것일 뿐 어디 실력이 부족해서였겠습니까? 제가 실력을 제대로 발휘한다면 그 여자가 질 거라고 장담합니다!"

"맨입으로 하는 말은 믿을 수가 없소. 대국을 해 보면 알 수 있겠지. (…) 가서 묘관을 불러 오라! 이 자리에서 직접 확인해 보도록 합시다."

한찰은 즉시 종복에게 명령을 내려 말을 몰고 가게 해서 당장 젊은 여기사 묘관을 데려 왔습니다.

왕들에게 인사를 마친 묘관은 소도인을 발견하자 속으로 적이 당황했습니다. 그래서 눈을 똑바로 뜨고 그를 쳐다볼 엄두도 내지 못하면서[122] 억지로 인사를 하는 것이었지요. 왕들은 묘관을 자리에 앉게 한 뒤에 말했습니다.

"그대 두 사람은 자기 나라를 대표하는 국수이지만 아직 승부를 내지 않았소. 그러니 오늘 우리 앞에서 실력을 좀 겨루어 보도록 하시오. 우리가 십만 전의 금품을 걸 작정인데 … 어떻소?"

---

121 【즉공관 미비】 會說. 말재주가 있군.
122 【즉공관 미비】 良心在此. 좋은 마음을 가진 이가 여기 있었군!

그러자 묘관이 미처 대답도 하기 전에 소도인이 벌떡 일어나더니 말하는 것이었습니다.

"전하들께서 돈을 낭비하시는 것은 바라지 않습니다. 소생에게도 저 아가씨와 내기를 할 정도의 금품은 있으니까요."

말을 마친 그는 소매 속에서 황금을 한 뭉치 꺼내더니 말했습니다.

"이 금은 닷 냥어치입니다. 이걸로 내기를 합시다!"

"소녀는 지니고 온 것이 없으니 수락할 도리가 없군요."

그러자 소도인은 왕들을 향하여 두 손을 모으더니 말했습니다.

"이 아가씨에게 내기를 할 금품이 없다고 합니다. 소생 전하들께 한 말씀 여쭙고 괜찮으시다면 그대로 실행할까 싶습니다."

"무슨 말씀이오?"

"이 아가씨가 수중에 지닌 금품이 없다고 하니 그 몸을 판돈으로 걸면 되지 않겠습니까? 아가씨가 이긴다면 소생의 황금을 가지시고[123] 만약에 … 소생이 이긴다면 아가씨를 데려다 아내로 삼겠습니다. 괜찮겠습니까 어떻습니까?"

그 이야기를 들은 왕들은 다들 손뼉을 치고 발을 구르며 껄껄 웃더니
말했습니다.

"기막히군, 기막혀! 우리가 모두 증인이 되리다! (…) 그야말로 풍류
의 미담이 되겠구만 그래!"

그러나 묘관은 이때 그 제안을 수락하자니 소도인의 실력이 대단해서
자신이 지기라도 하면 입장이 우습게 될 거란 사실을 잘 알고 있었습니
다. 그렇다고 거부하면 누가 보더라도 대국을 기피하는 셈이니 상대하기
도 전에 진 것과 마찬가지였지요. 그야말로 정말 이러지도 저러지도 못
할 판이었습니다. 거기다 한 술 더 떠서 그 많은 귀족들이 눈앞에서 적극
적으로 찬성하고 나서니 어쩌겠습니까? 여러분이었다고 해도 거부할 수
가 없었을 겁니다. 거기다가 소도인은 소도인대로 아주 신바람이 나서
대국을 하자고 졸라 대지 뭡니까.[124]

어쩔 방법이 없는 묘관은 하도 부끄럽고 난감해서 그 속이 벌써부터
몹시 혼란스러워졌습니다. 그렇게 억지로 대국에 나서기는 했지만 어느
수 하나 마음에 드는 것이 없었습니다. 두는 데마다 길이 막혀 버리는데

---

123 【즉공관 미비】若妙觀贏了金子, 有何趣味. 만약 묘관이 금을 얻었다면 무슨 재미가 있겠나!
124 【즉공관 미비】眞是冤家撞着對頭. 참으로 원수가 적수를 만난 격일세!

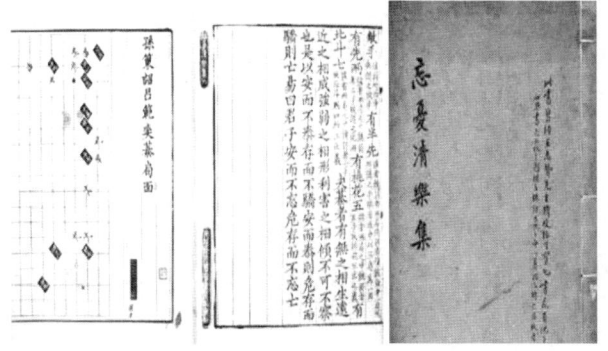
중국에서 가장 오래된 기보 이일민 『망우청락집』

어쩌겠습니까요. 말 그대로

"상대 실력이 한 수 위이다 보니　　　　　　　棋高一着,
내 손발을 다 묶어 버리는구나."　　　　　　縛手縛脚.

설상가상으로 마음이 편치 않다 보니 평소의 실력까지 줄어드는 바람에 연달아 두 판이나 지고 말았겠다?

소도인은 일어나 대국 자리를 나오더니 왕들을 마주보고 엎드려 큰 절을 하고 말했습니다.

"소생이 이겼군요. 전하들께서 혼인을 성사시켜 주셔서 감사합니다!"

그러자 왕들은 손뼉을 치고 통쾌해 하면서 말하는 것이었습니다.

"두 국수께서는 이제 보니 천생연분이시구려! 묘관이 대국에서 지기는 했지만 이런 낭군에게 출가한다면 그야말로 임자를 만난 격이겠지요! 경사를 치르는 날이 되면 우리가 화촉을 밝힐 부조금을 다같이 도와드리리다!"

그러자 당황한 묘관은 창피한 나머지 얼굴이 온통 벌개져서 아무 대답도 하지 못했습니다. 그저 고개를 숙인 채 소리조차 내지 못하고 있을 뿐이었지요. 한찰은 상을 내리고 시종에게 분부해서 각자 집으로 배웅해주게 했습니다.

의기가 양양해진 소도인은 돌아와서 가게 주인과 할멈을 보고 말했지요.

"마누라가 소생 바둑판에서 뚝딱 생겼습니다 그려! 이번에는 숨을 데가 없을 겝니다!"

주인과 할멈이 그 까닭을 묻자. 소도인은 왕부에서 묘관과 내기 대국을 한 일을 자세하게 들려주었지요. 그러자 할멈이 웃으면서 말했습니다.

"이번에는 발뺌도 못 하겠구랴!"

"그래도 중신아비를 쓰고 예물을 보내야 안전하다니께!"

주인이 이렇게 말하자 소도인도 웃으면서 말했습니다.

"제 중신아비가 대단한 분들이십니다! 친왕 전하들께서 전부 증인들이시거든요!"

"그래도 당사자끼리 소통은 해야지요."

하고 주인이 말하자 소도인이 말했습니다.

"지난번에 그 여자는 할멈을 통해 소생한테 부탁을 하려고 두 번이나 드나들었습니다. 이번 중매도 당연히 할멈이 맡아 주셔야지요!"

"이 늙은것한테 축하주를 먹여 주시겠다니 당연히 도와 드려야지요!"

"이번에는 어제 내기를 해서 받은 황금 닷 냥에 … 백은 쉰 냥을 추가해서 지참금으로 쓸 작정입니다. 좋은 날을 골라서 할멈이 대신 전해 주시지요. 그리고 나서 약혼을 하고 혼례를 치르면 됩니다."

그러자 가게 주인은 바로 방으로 가서 좋은 날을 찾는 점성술 책을 가지고 왔습니다. 그리고는 좀 뒤적거려 보더니 말하는 것이었지요.

"내일이 마침 황도의 길일이구려. (…) 사부님은 안심하고 예물을 보내시면 되겠습니다!"

그날 밤 동안에는 다른 이야깃거리가 없었습니다.[125]

이튿날이었습니다. 소도인은 예물을 정리해서 할멈에게 맞은 편 집으로 전달해 줄 것을 부탁했습니다. 이번에는 할멈도 근사하게 차려 입었지요.

| | |
|---|---|
| 뽀얀 얼굴에는 외국서 들어온 분을 바르고 | 白皙皙臉揸胡粉, |
| 울긋불긋 머리엔 천으로 만든 꽃 꽂고 | 紅霏霏頭戴絨花. |
| 연지 짙게 바르고 누런 이 드러낸 채 | 胭脂濃抹露黃牙, |
| 틀어올린 머리는 됫박만큼이나 크구나. | 髮髻渾如斗大. |
| 턱없는 한 쌍의 좁은 소매 하며 | 沒把臂一双窄袖, |
| 유난히 큰 한 쌍의 넓은 신발 | 忒狼犺一對寬鞋. |
| 이 세상 어디서 이런 사람 찾을까? | 世間何處去尋他? |
| 금강역사 발 아래 밖에 없겠구나! | 除是金剛腳下. |

다시 이야기를 들려 드리겠습니다. 화사하게 차려 입은 가게 할멈은 곽과 쟁반에 예물을 담아 두 손으로 받쳐 들고 그 길로 묘관의 기원으로

---

125 다른 이야깃거리가 없었습니다[無詞] : 송·원대 화본, 명·청대 의화본 및 장회소설에서 이야기꾼이 상투적으로 사용하는 표현. 특기할 만한 이야깃거리가 없어서 그 다음 줄거리를 생략할 때 이렇게 말하곤 하였다.

건너 왔습니다. 묘관은 마중하러 나왔다가 할멈의 차림새를 보았지요. 손은 손대로 물건을 들었는데 어떤 물건인지 딱 티가 나지 뭡니까. 그래

석굴암 금강역사상

서 서둘러 온 이유를 물었지요. 그러자 할멈은 빙그레 웃는 얼굴로 말했습니다.

"우리 가게 젊은 사부님이 기사 아씨 안부를 여쭈면서 말씀하시더만요. 어제 왕부의 연회 자리에서 '아씨가 스스로 혼인에 동의했다'고요. 오늘이 황도 길일이라고 특별히 이 늙은것더러 중매를 서서 예물을 전하라고 하십디다. (…) 이 곽 속에 든 건 그 분이 보내신 지참금입니다. 아씨, 받으시지요!"

묘관은 한참 얼이 나가 있다가 간신히 이렇게 대답했습니다.

"그 이야기야 이유가 있기는 합니다마는 … 어디 성사시킬 수야 있나요?"

"그럴 이유가 있다면서 어째서 성사시킬 수 없다고 단정하세요?"

"그 날 왕부에서 대국을 치를 때는 아닌게 아니라 내가 그 자한테 져 버렸지요. 그래서 그런 이야기가 나오기는 했지만 순간적인 농담이었을 뿐입니다. 내 평생의 중대사가 그래 고작 그 두 판의 바둑으로 결판 났다는 거에요 뭐에요?"

"농담을 해도 다른 걸로 하셔야지. 그런 이야기를 그 분이 어떻게 농담으로 받아들일 리가 있겠어요? (…) 아씨가 지난번에 부탁할 때에도 그분은 그렇게 허황된 생각을 했었지요. 헌데 이번에 또 내기 대국을 하셨잖아요. 그런데 그 분이 어떻게 아씨가 번복하는 꼴을 또 보려고 들겠어요? (…) 아씨, 이 늙은것이 하는 이야기를 언짢게 여기지 마세요. 그 소도인을 보니 인물도 준수하고 나이도 많지 않습디다. 더욱이 두 분은 분야도 같고, 거기다가 좋은 맞수입니다. 한 쌍의 부부로 안성맞춤인 게지요. 아씨, 차라리 이 인연을 받아들이세요. 평생의 중대사도 해결하고 순간적인 언약도 저버리지 않고 거기다가 … 이 늙은것이 축하주도 한번 먹어 봅시다! (…) 아씨 생각은 … 어떠세요?"

그러자 묘관은 한숨을 쉬더니 말하는 것이었습니다.[126]

"나는 어려서 부모를 잃고 묘과암妙果庵에 맡겨져 자랐습니다. 나이 많으신 여도사께서 장성할 때까지 키워 주시고 이 기예까지 가르쳐 주셨지요. 그 덕분에 지금까지 적수가 없어서 조정으로부터 책봉까지 받고 왕궁과 내전[內府]까지 드나들게 되었습니다. 그러니 어느 누가 추앙하지 않을 수가 있겠어요? (…) 이제 이 몸이야 스스로 건사할 수 있게 되었습니다. 하지만 위로는 집안 어른의 명령도 없고 아래로는 매파의 중매도 없이 즉흥적으로 두 판의 내기 바둑에서 우연히 진 것을 가지고 다짜고짜 진지하게 받아들이고[127] 평생의 중대사를 얼렁뚱땅 해치우려 들다니요? 그게 민망스러운 일이 아니고 뭐에요? 이 일은 결단코 안 됩니다!"

"허지만 … 그 분은 '아씨가 신의를 저버렸다'고 하시는데 … 뭐라고 전해 드리지요?"

"그 자는 처음부터 황금 닷 냥을 판돈으로 걸었던 것뿐이에요. 난 무심결에 수중에 금품을 지니지 않고 있다가 대국에서 진 거고요. 오늘 무슨 수를 써서라도 그 자의 닷 냥을 갚아 주면 될 것 아닙니까! 그러면 이 난리도 끝나겠지요?"[128]

---

126 【즉공관 미비】只看妙觀幾番光景各自不同, 自然好事近矣. 묘관이 상황마다 태도가 다른 것을 보면 역시 경사가 머지 않았나 보군 그래.
127 【즉공관 미비】還是惜名念重, 不伏輸棋耳. 역시 이름을 아끼는 생각이 강하다 보니 바둑 진 것을 승복하지 않는 게지.
128 【즉공관 미비】亦是巧于躲閃者. 역시 숨는 자보다 기막히군.

"그 분을 설득하지 못할까 걱정이네요. 아무리 그렇다고는 해도 시쳇 말에도 '매사는 세 번 시도하지 않으면 이루어지지 않는다'[129]고 했지요. 이번이 벌써 두 번째랍니다. 이 늙은것이야 도로 돌아가서 고대로 전해 드릴 수밖에 없지만 … 어떻게 처리할지는 그 분한테 달렸지요!"

묘관은 정말로 방으로 가서 함 속에서 닷 냥의 금을 저울로 단 다음 봉 투로 밀봉했습니다. 그리고 그것을 꺼내 와서 곽 위에 얹더니 말하는 것 이었지요.

"할멈이 그 자한테 돌려주세요. 매번 걸음 하느라 고생한 건 다음에 사 례 하도록 하지요."

"사례 한다는 말 따위는 할 것도 없어요! 그래도 납득하지 못하면 그 때 가서도 이 늙은것이 잔소리를 들어야 할까 봐서 걱정이올시다!"

할멈은 그렇게 말하면서 당초의 예물과 그 금 봉투를 들고 묘관과 헤 어졌습니다.

---

129 매사는 세 번 시도하지 않으면 이루어지지 않는다[事無三不成] : 명대의 속담. '사무삼불 성(事無三不成)'은 글자 그대로 직역하면 '매사는 세 번까지 시도하지 않으면 이루어지 지 않는다' 정도로 번역되며, 무슨 일이든 여러 번의 시행착오를 거쳐야 목적을 이룰 수 가 있다는 뜻으로, 우리 말의 '삼 세 판'과 비슷하게 사용된 것이다. 여기서 '석 삼(三)'은 실제의 숫자 '셋'이 아니라 '여러 번'을 뜻한다. 오승은『서유기』제83회의 "시쳇말에 '매 사는 삼 새 판'이라고 하지요. 당신이 동굴에 두 번 들어갔으니 한번만 더 들어가면 사부 님을 구해내게 될 겝니다!(常言道事無三不成. 你進洞兩遭了, 再進去一遭, 管情救出師父來 也)" 등에도 같은 표현이 보인다.

그 길로 가게로 돌아온 할멈은 소도인을 보고 웃으면서 말했지요.

"보내신 예물은 받지도 않고 답례만 가지고 왔습니다요."

중국의 전통적인 저울

그 이유를 묻길래 묘관이 한 말을 낱낱이 다 이야기해 주었지요. 그러자 소도인은 버럭 성을 내면서 말하는 것이었습니다.

"그 계집이 양심이 없군요. 그런 소리를 다 하다니! '스스로 판단할 수 있다'면서 또 무슨 집안 어른 명령이나 매파의 중매 타령을 한답니까? 설마 대왕들께서는 어른 자격이 없다는 소리인가! (…) 할멈만 해도 그렇지요. 예물을 가지고 갔으면 그게 바로 매파의 자격으로 간 것입니다. 어떻게 매파의 중매도 없다는 말을 한단 말입니까? (…) 결국 따지고 보면 그 계집이 승복하기 싫으니까 그런 소리를 지어내 발뺌을 하면서 금으로 떼우려고 드는 게지요! (…) 난 그 여자 금 따위에는 관심도 없습니다. 일단 그 여자의 금을 소송비 삼아 송사부터 걸어야겠습니다! 내 마누라도 아닌데 하나도 안 무섭다!"

"성급하게 구실 것 없습니다. 이번에 갔더니 아씨 말투가 지난번 하고는 달라졌더라구요. 아주 … 나긋나긋해졌더라니까요? 아무래도 이 늙은 것이 다시 가서 아씨를 설득해 봐야겠어요."

"은밀히 가서 이야기 하면 내 쪽에서 애걸하는 꼴이 됩니다. 그렇게 되면 그 여자가 또 발뺌을 할 게 분명해요. 차라리 관가에 고발하는 편이 낫습니다! 그래야 발뺌을 못 하지."

그 자리에서 고발장을 한 장 작성한 그는 그 길로 바로 유주로[130] 총관부[131]로 왔습니다.

---

130 유주로(幽州路) : 중국 고대의 지방 행정구역의 하나인 유주(幽州)에 대한 원대식 이름. 『상서(尙書)』「우공(禹貢)」에 따르면, 우순(虞舜)이 기주(冀州) 지역에 설치한 12개 목(牧)의 하나이다. 그래서 『주례(周禮)』「직방(職方)」에서는 "중원의 동북방은 '유주'이다(東北曰幽州.)"라고 했고, 한대의 도참서인 『춘추위원명포(春秋緯元命苞)』에서는 "기성이 흩어져 유주가 되고 쪼개져 연국이 되었다[箕星散爲幽州, 分爲燕國]"라고 하였다. 고대에는 '9주(九州)' 중의 하나, 한대에는 '13자사부(十三刺史部)' 중의 하나로서 주요한 군사거점이었으며, 수·당대에도 교통·상업적으로도 중요한 지역으로 간주되었다. 치소는 계현(薊縣)으로, 지금의 북경시 서남쪽 광안문(廣安門) 인근이었으며, 역사적으로 대군(代郡)·상곡군(上谷郡)·탁군(涿郡)·광양군(廣陽郡)·어양군(漁陽郡)·우북평군(右北平郡)·요서군(遼西郡)·요동군(遼東郡)·현토군(玄菟郡)·낙랑군(樂浪郡)·요동속국(遼東屬國)을 관할하였다. 위·진대에는 관할 군·국이 23개까지 증가했으나(태강 원년) 각지 군벌의 발호와 북방민족들의 남하로 그 영역이 점차 축소되었다.

131 총관부(總管府) : 원대의 지방 행정관청으로 총관(總管)이 공무를 보던 관아를 말한다. 총관은 중국 고대의 고급 무관의 하나로, 우리나라의 '도(道)'에 해당하는 원대의 행정구역인 로(路)의 군정과 민정을 총괄하는 행정 장관을 말한다. 총관이라는 명칭은 이미 남북조시대 말기인 북주(北周) 때에 비롯되었으며, 수나라를 거쳐 당대 초기에 각 주(州)에는 총관, 규모가 큰 주나 변방의 군사도시인 진(鎭)에는 대총관을 각각 설치하고 해당 지역의 군정을 총괄하게 하였다. 나중에는 그 이전에 사용하던 도독(都督)으로 개칭했으나 군사를 이끌고 정벌에 나서는 장수는 그대로 총관으로 일컬었다. 북송대까지도 여전히 지방의 군정 장관에 해당했으며 각자 절도사(節度使)·지부(知府)·지주(知州) 등이 겸임하였다. 그 뒤로 요·금·원대에는 군정과 함께 민정까지 직무의 범위가 확장되었으며, 청대에는 동북(만주)지방 3개 성(省) 및 신강(新疆) 등 군사적으로 중요한 거점지역

중국의 역사지리학자 담기양(譚其驤)이 그린 원대 유주로 지도. 유주로는 동그라미의
대도로(大都路)에 해당한다

유주로의 총관 태불화[132]는 마침 재판정에 나와 업무를 처리하고 있었
지요. 그래서 소도인은 사령을 따라 총관부로 들어가서 고발장을 제출했
습니다. 태불화 총관이 그것을 받아서 보니 거기에는 이렇게 적혀 있지요.

"고발인 주국능이 파혼 건으로 고발장을 올립니다. 능은 원적이 채주

에 총관을 설치하였다.
132 태불화(泰不華, 1304~1352) : 원대 말기의 정치가·서예가·시인. 색목인(色目人) 출신
으로 성은 백아오태(伯牙吾台), 이름은 달보화(達普化)였는데 문종(文宗)이 '태불화'라
는 이름을 하사하였다. 조상들은 백야산(白野山)에서 살았으나 부친 탑불태(塔不台)가
태주 녹사판관(台州錄事判官)에 임명되면서 태주의 임해(臨海)로 이주하였다. 지치(至
治) 원년에 우방 장원(右榜狀元)으로 급제하고 집현전 수찬(集賢殿修撰)에 제수되었고
비서감 저작랑(秘書監著作郎)·강남행대 감찰어사(江南行臺監察御史) 등을 역임하고
『송사(宋史)』 편찬에 참여하기도 하였다. 지정(至正) 11년(1351)에 절동도 선위사 도원
수(浙東道宣慰使都元帥)에 임명되고 다음해에 영록대부(榮祿大夫)·강절행성 평장정사
(江浙行省平章政事)에 추증되고 위국공(魏國公)에 추봉되었다.

로, 각지를 유람하는 중이었습니다. 그런데 귀국의 여기사인 묘관과 내기 대국을 둔 일을 계기로 정혼을 하게 되어 금 닷 냥을 지참금으로 전달했으며, 친왕 전하들까지 한결같이 증인이 되어 주셨습니다. 그러나 급한 불을 끈 그 여자가 변심하여 전날의 맹세를 저버릴 줄이야 누가 알았겠습니까! 부부가 되는 일은 평생 가는 천륜이거늘 발뺌을 하면서 끝까지 승복하려 들지 않는군요. 모쪼록 당초의 정상을 헤아리시고 판결을 내려 주시어 부부가 되게 해 주신다면 머나먼 이역 땅에서조차 나리의 은덕에 감동할 것입니다. 이에 글을 올리나이다!"

告狀人周國能, 爲賴婚事. 能本籍蔡州, 流寓馬足. 因與本國棋手女子妙觀賭賽, 將金五兩聘定, 諸王殿下盡爲証見. 詎料事過心變, 悔悖前盟. 夫妻一世倫常被賴, 死不甘伏! 懇究原情, 追斷完聚, 異鄕沾化. 上告.


총관은 고발장을 보고 나서 말했습니다.


"알고 보니 혼인에 관한 일이로군. 무릇 호적·혼인·전답·토지와 관련된 사안은 석진<sup>133</sup>·완평<sup>134</sup> 두 현으로 가야 하네.<sup>135</sup> 어째서 이곳으로

---

133 석진(析津) : 중국 요나라 때의 현 이름. 지금의 북경시 교외 대흥구(大興區)에 해당한다. 거란 개태(開泰) 원년(1012)에 유도부(幽都府)를 바꾸어 연경(燕京)으로 격상시키면서 석진과 완평(宛平, 지금의 북경성 서남편)을 치소(治所)로 삼았다. 지금의 하북지역 남부 거마하(拒馬河)·대청하(大淸河)·해하(海河) 이북, 자형관(紫荊關) 이동, 내장성(內長城) 이남, 준화(遵化)·풍남(豐南) 및 천진시 영하(寧河) 이서를 관할하였다. 송나라가 건국된 뒤로는 잠시 '연산(燕山)'으로 개명했다가 금나라 천회(天會) 연간에 도로 환원되었다. 정원(貞元) 원년(1153)에 해릉왕(海陵王)이 이곳으로 천도하고 중도(中都)로 정하고 대흥부(大興府)로 개칭하였다.
134 완평(宛平) : 중국 요나라 때의 현 이름. 개태 원년(1012)에 유도현(幽都縣)을 고쳐 설치

왔는가?"

그래서 주국능이 말했지요.

"그 여자는 '기동棋童'으로 책봉된 자입니다. 하물며 여러 친왕 전하들까지 연루되어 계시지요. 그러니 천대[136]께서 계신 이곳이 아니고서는 혼사를 해결할 도리가 없습니다!"

총관은 고발장을 받아들이는 한편 사람을 파견해 묘관을 구속해서 서로 대질시키기로 했지요.
사령은 기원으로 가서 총관의 명령서를 묘관에게 보여 주었습니다. 그러자 묘관은 깜짝 놀라면서 말했지요.

"그 못된 놈이 어째서 이런 고약한 장난질을 벌인단 말인가!"

묘관은 한편으로는 제자 장생에게 술과 밥으로 사령을 대접하고 거마비를 주어 보내도록 이른 다음 자신은 관아에 출두할 채비를 했습니다.
사령은 상대가 조정의 책봉을 받은 기사임을 알고 소란을 피울 엄두도

---

했는데 지금의 북경성 서남편에 해당한다. 석진현과 함께 남경 석진부(南京析津府)의 치소였다. 금대에는 중도 대흥부(中都大興府), 원대에는 대도로(大都路), 명·청대에는 순천부(順天府)의 치소였다.
135 【즉공관 미비】析津卽今大興. 석진은 바로 지금의 대흥이다.
136 천대(天臺) : 명대에 지방 행정 관청의 수장인 태수나 지현을 높여 부르는 존칭.

내지 못했습니다. 그래서 관아 앞에서 보기로 약속하고 먼저 돌아갔지요. 묘관은 묘관대로 가마를 불러 타고 총관부 앞까지 갔답니다.

묘관이 관아로 들어가서 총관에게 인사를 하자 총관이 물었습니다.

"주국능이 그대가 혼인을 거부한 일로 고발을 했는데 … 이게 어찌 된 일인가?"

"순간적으로 내기 바둑에서 져서 그렇게 된 것이지 혼인을 진심으로 바라는 것은 아닙니다!"

"내기에서 졌다면 네가 바라고 말고 할 문제가 아니지 않은가!"

"무심결에 농담을 한 것일 뿐입니다. 무슨 문서나 계약서 같은 것도 전혀 없는 것을요. 그런데 어떻게 진심이라고 여길 수가 있겠습니까?"

묘관이 이렇게 말하기가 무섭게 주국능이 말했습니다.

"친왕 전하들께서 모두 그 자리에서 직접 보증을 서시고 증인을 자청하신 일입니다. 거기에 또 무슨 문서니 계약서 따위가 필요하단 말입니까?"

"이 말이 … 사실이냐?"

총관이 추궁하자 묘관은 순간적으로 말문이 막혀 아무 대답도 하지 못하는 것이었지요.

"'말 한 마디를 내뱉으면 사두마차로도 따라잡을 수 없다'[137]는 말도 듣지 못했더냐? 더욱이 혼인 같은 인륜대사는 그 취지가 결합시키는 데에 있는 것이지 이별시키자는 것이 아니니라. (…) 그대 두 사람은 바둑판의 국수인 데다가 궁합도 괜찮은 편이다. 그러니 내가 나서서 두 사람의 경사를 이루어 주리라!"

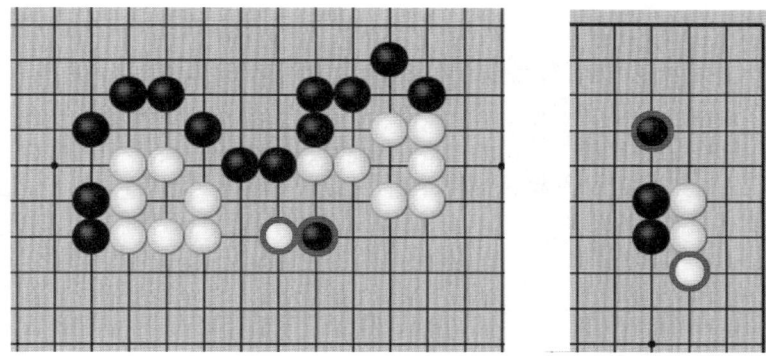

'위기 32자'의 설(挈, 좌백)과 찰(捌, 우흑) 및 교(翹, 상흑)와 날(捺, 하백)

"천대께서 나서 주신다니 따르지 않을 수가 있겠습니까? 하오나 이 자는 우리나라 사람이 아닙니다! 부평초처럼 떠돌아 다니는 떠돌이라서

---

137 말 한 마디를 내뱉으면 사두마차로도 따라잡을 수 없다[一言旣出, 駟馬難追] : 중국 고대의 속담. 입 밖으로 내뱉은 말은 도로 주워 담지 못하며 반드시 책임을 지게 되어 있다는 뜻으로 한 말이다. 북송대의 학자 구양수(歐陽修)가 『필설(筆說)』에서 한 말에 따르면 "항간에서 말하는 '말 한 마디를 입 밖으로 내뱉고 나면 사두마차로도 따라잡을 수 없다' 라는 말은 『논어』의 이른바 '사두마차는 혀를 따라잡지 못한다'라는 말이다[俗云, 一言出口, 駟馬難追, 論語所謂駟不及舌也]".

출가하면 이 자를 따라서 그 나라로 가야 합니다![138] 소녀는 우리나라에서 벼슬을 사는 몸인지라 불편할 일이 많사옵니다!"

묘관이 이렇게 말하자 이번에는 주국능이 말했습니다.

"소인 아무리 강호를 떠도는 처지이기는 하오나 이런 훌륭한 기예를 지닌 것을 자랑스럽게 여기고 있습니다. 그래서 섣불리 하찮은 여자를 짝으로 삼는 것은 바라지 않습니다![139] 묘관의 입장에서도 그럴 테지요. 여자의 몸으로 국수가 되었는데 어찌 섣불리 평범한 남편을 짝으로 삼는 것을 받아들일 수가 있겠습니까? 그러나 천대 나리께서 나서서 혼인을 성사시켜 주신다면 … 소인 기꺼이 이곳으로 호적을 옮겨[140] 내외가 서로 상부상조로 가르침을 베풀면서 고향으로 돌아가지 않겠습니다!"[141]

"그거 마음에 드는구만!"

총관이 이렇게 말하니 묘관으로서는 더 이상 거부할 명분이 없었습니다. 결국 총관의 결정에 따르는 수밖에 없었지요. 이리하여 주국능과 묘관은 각자 처소로 돌아갔습니다.

---

138 【즉공관 미비】 此慮亦長. 이 부분이 그럴 듯해.
139 【즉공관 미비】 自負. 자부심이로군.
140 호적을 옮겨[超籍]: '초적(超籍)'은 명대의 구어식 표현으로, 본적지를 벗어나거나 떠나는 것을 말한다. 여기서는 "호적을 옮기다" 식으로 번역하였다.
141 【즉공관 미비】 受恩深處, 願爲家矣. 큰 은혜를 입은 곳을 집으로 삼기를 바라는 게지.

주국능은 그 길로 가게 할멈에게 부탁해 다시 예물을 전달하고 날짜를 정해서 혼사를 치르기로 했습니다. 그리고는 왕부마다 찾아가서 그 사실을 알렸지요. 그러자 왕들은 저마다 붉은 장식[142]과 등촉燈燭을 장만하는 경비를 부조해 주는 것이었습니다. 호대랑·지도령 같이 남의 일에 끼어들기 좋아하는 이들은 그들대로 그제서야 두 사람이 지난번에 혼사를 치를 작정으로 몰래 부탁도 하고 승낙도 해 주었다는 내막을 알고 다들 웃고 농담까지 하면서 찾아와 인적·물적으로 도움을 주었답니다.

혼사를 치르는 날은 정말 떠들썩했습니다. 얼마 뒤에 두 사람의 사랑이 깊어진 것은 굳이 말할 필요도 없었지요. 주국능은 주국능대로 묘관에게 신묘한 수들을 전수해 주니 두 사람이 나란히 그 조예가 절정에 이르러 마침내 진정한 맞수가 되었답니다. 그리고 친왕과 귀족들은 이 사연을 미담으로 삼을 뿐만 아니라 주국능에게 관직을 제수해 주라는 상소를 올렸습니다. 덕분에 그는 기학박사棋學博士로 봉해져 어전에서 황제를 모시게 되었지요. 나중에 주국능은 사람을 채주蔡州로 보내어 은밀히 부모를 맞아들인 다음 연산으로 가서 함께 부귀영화를 누렸습니다. 주 씨 댁 노부부는 며느리가 훌륭한 인물로 영달한 것을 보고 내외 모두 반가워 했답니다. 그리고 국능이 장가를 들지 않으려 하면서 '기필코 좋은 인연을 찾겠다'고 한 당초의 다짐이 허튼 말이 아니었음을 그제서야 믿게

---

142 붉은 장식[花紅] : '화홍(花紅)'은 중국에서 경사가 있을 때 금빛 꽃을 꽂거나 붉은 비단을 걸치곤 했는데 그 화려한 꽃과 비단을 '화홍'이라고 불렀다. 나중에는 경사가 있는 집에 부주하는 비단·재물 같은 예물을 가리키는 표현으로 굳어졌다. 여기서는 편의상 "붉은 장식"으로 번역하였다.

되었지요. 그야말로 '뜻을 품으면 일을 기필코 이루고 만다[143]'는 경우인 셈입니다. 이 이야기를 증명하는 시가 있습니다.

국수는 단 한 수라도 앞서기를 다투건만          國手惟爭一着先,

그 속에 좋은 인연 감추어져 있었구나.          個中藏着好姻緣.

푸른 창 아래 서로 마주 앉으면 다른 일 없나니   綠窓相對無餘事,

기보 풀이하고 연구하며 깨달음에 들어 보세나![144]  演譜推敲思入玄.

---

143 뜻을 품으면 일을 기필코 이루고 만다[有志者事竟成] : 남북조시대 유송(劉宋)의 역사가
   범엽(范曄, 398~445)의 『후한서(後漢書)』 「경엄전(耿弇傳)」에 나오는 말.
144 【즉공관 미비】樂境. 즐거운 경지지.

## 제3권

# 권 학사가 먼 타향 아씨와
# 잠시 상봉하고
# 백 부인이 친 따님을
# 거저 출가 시키다

權學士權認遠鄉姑 白孺人白嫁親生女

# 해제

명대에 한림원 편수로 있던 권차경權次卿은 어느 날 거리를 거닐다가 뚜껑만 있고 몸통이 없는 자금 빛의 기이한 중고 전합을 하나 구입한다. 원래 그 전합은 내력이 있는 것으로, 남녀가 장래에 혼인을 할 때 맞추어 보기 위한 신물이었다. 그 주인은 소주 성내의 유서 깊은 집안의 자제 서방徐方이었다. 그는 백白씨를 첩으로 맞아 들여 단계丹桂라는 딸을 두었다. 처남 백대랑白大郎에게는 유가留哥라는 아들이 있었다. 백씨는 서방을 속이고 딸을 유가에게 출가시키려고 몰래 문서를 쓰고 전합 뚜껑과 몸통을 두 사람에게 신물로 주고 서방을 따라 임지인 복건 땅으로 떠난다. 몇 년 후, 서방은 임기가 차자 딸을 같은 고을의 진陳 씨댁에 출가시키기로 한다. 그러나 진 씨네 도령은 명이 짧아 병을 얻어 요절하고 단계는 졸지에 청상과부가 되어 처량하고 집에 칩거한다.

한편, 권차경은 아내를 일찍 여의고 후처를 들이려던 참이었다. 그러나 외모가 잘 생기지 않은 권차경은 하는 수 없이 객지에 유학 온 수재 행세를 하면서 늙은 비구니 묘통妙通에게 기회를 봐서 배우자를 구해 줄 것을 부탁한다. 그러던 어느 날, 권차경은 암자에서 마침 불공을 드리러 온 서단계와 마주친다. 서단계의 미모에 반한 그는 그 집 사정을 수소문한 후에 지난번에 산 전합을 생각해 내고 그 집을 방문하여 백유가를 사칭한다. 그가 자신의 조카인 줄로 안 백씨는 그의 말을 믿고 자기 집에 머물게 해 준다. 그렇게 시간이 흐르면서 그는 단계를 사랑하게 되자 백씨와 묘통이 혼인에 동의한 데다가 증거물인 전합을 가지고 있었던 덕분에 마침내 단계와 부부가 되는 데에 성공한다. 이튿날, 거리에 징과 북소리가 떠들썩하게 들리더니 누가 와서 '권나리가 학사로 승진했다'는 희소식을 전한다. 백씨는 그제서야 사위가 권씨이며 자신이 속은 것을 깨닫는다. 권차경은 백씨에게 진상을 전부 설명해 주고 백씨 모녀의 양해를 구한다. 그리고 두 단계는 백씨와 함께 북경의 임지로 따라가서 권차경과 백년해로 한다.

이 이야기는 명대 후기의 극작가 엽헌조<sup>葉獻祖, 1566~1641</sup>가 지은 잡극 희곡 『단계전합<sup>丹桂鈿盒</sup>』을 소재로 지어졌다. 능몽초의 이 작품은 명·청 교체기에 전기 희곡 『촬합연<sup>撮盒緣</sup>』 및 극작가 부일신<sup>傅一臣, 17세기</sup>의 잡극 희곡집 『소문소<sup>蘇門嘯</sup>』에 소개된 「전합기인<sup>鈿盒奇姻</sup>」에 영향을 준 것으로 알려져 있다.

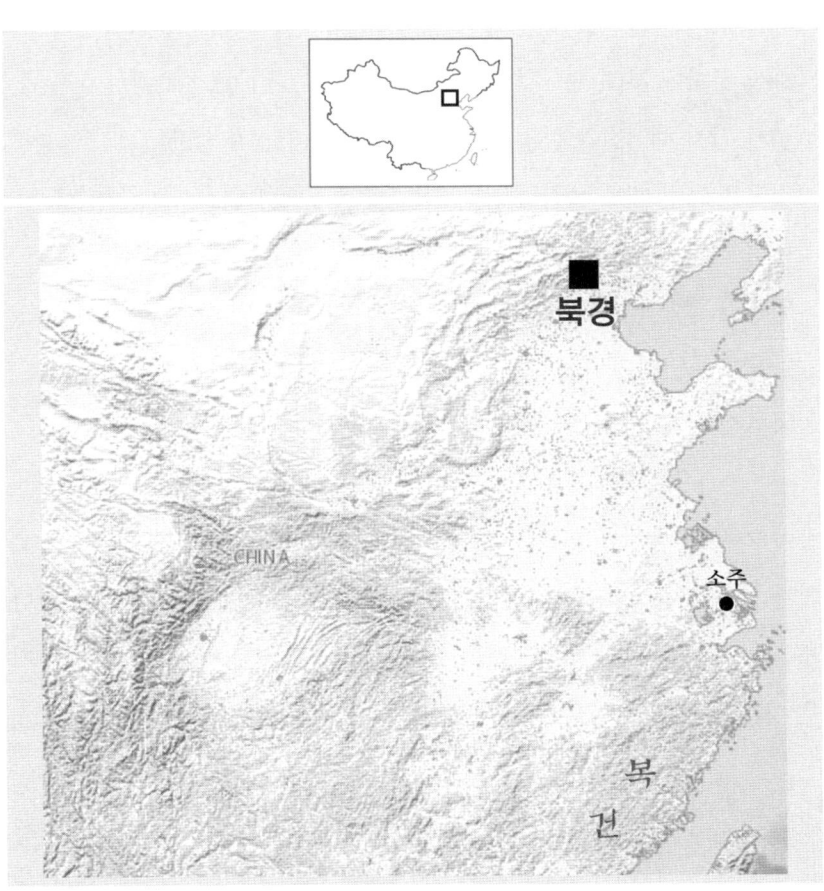

## 번역

이런 가사가 있습니다.

| | |
|---|---|
| 세간 기이한 물건들 인연 얼마나 기막힌가 | 世間奇物緣多巧, |
| 세상 풍파에 부대끼는 것도 두려워 않지. | 不怕風波顚倒. |
| 설사 잠시 헤어진다 한들 | 遮莫一時開了, |
| 결국은 그런 대로 온전히 남네. | 到底還完好. |
| 풍성 검의 기운이 하늘로 치솟으니 | 豐城劍氣冲天表, |
| 뇌환과 장화가 그 보배 나누어 가졌지. | 雷煥張華分寶. |
| 나중에 우연히 한 곳에 모이니 | 他日偶然齊到, |
| 나루 아래에서 쌍룡이 솟아오르네. | 津底雙龍皛. |

이 가사는 제목이 『도원억고인桃源憶故人』입니다. 세상만사들 중에 좋은 데가 있는 것들은 아무리 잠시 헤어지더라도 나중에는 반드시 다시 만나게 되어 있는 이치를 이야기하고 있답니다. 그런데 저기서 '풍성 검의 기운'이란 무슨 말일까요? 진晉나라 때의 대신 장화[1]는 자가 무선茂先으로,

---

1   장화(張華, 232~300) : 서진(西晉)의 문학가이자 정치가. 자는 무선(茂先)으로, 범양(范陽) 방성(方城) 사람이다. 젊었을 때는 가정형편이 나빠서 양을 쳤으나 자신의 처지를 노래한 『초료부(鷦鷯賦)』를 본 위(魏)나라의 명사 완적(阮籍)의 주목으로 문단에서 명성을 떨치기 시작하여 태상박사(太常博士)·장사(長史)·중서랑(中書郎)을 지냈다. 진(晉)나라에 들어와서도 황문시랑(黃門侍郎)·태자소부(太子少傅)·중서감(中書監) 등을 거쳐 사공(司空) 자리에까지 올랐다. 평소 책을 몹시 좋아해서 집에는 변변한 재산은 없었지만 책만은 수레로 30대에 실을 정도로 많았다고 한다. 학식이 풍부하고 전고에 정통하여 백과사전 격인 『박물지(博物志)』(전30권)를 지었다. 무제(武帝) 때에는 오(吳)나라 토벌에 공을 세워 무후(武侯)에 봉해졌으나 나중에 반란을 일으킨 조왕(趙王)

천문을 잘 알고 옛 물건을 감정하는 데에 능했다고니다. 그러던 어느 날이었지요. 하늘의 천상의 두성斗星과 우성 방향[2]에서 웬 보물이 내는 빛이 하늘을 비추고 있는 광경이 눈에 들어 왔습니다. 그는 예장[3] 고을 풍성현[4]에서 기이한 보물이 세상에 모습을 드러낼 것임을 깨달았습니다. 그의 친구 중에 뇌환雷煥이라는 사람도 사물에 박식한 사람이었습니다. 그래서 마침내 그를 풍성의 현령으로 임명하고 그곳에 가서 빛을 내어 하늘을 비추는 그 보물을 찾아볼 것을 부탁했지요. 그러면서 분부했습니다.

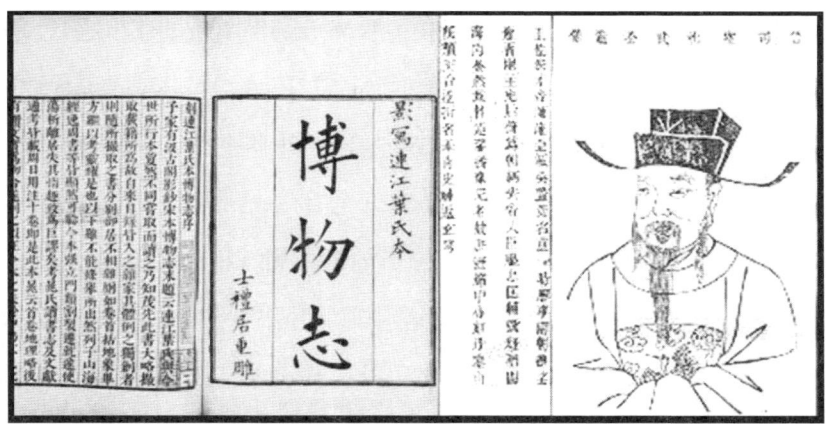

서진의 명신 장화(우)와 그가 저술한『박물지』(좌)

---

사마윤(司馬倫)에게 살해되었다.

2  두성과 우성 방향[斗牛分野之間] : 두성(斗星)은 남두육성(南斗六星, 궁수자리), 우성(牛星)은 견우성(牽牛星, 염소자리)을 각각 가리킨다.

3  예장(豫章) : 중국 고대의 군 이름. 한대에 설치하고 양주(揚州)에 속했으며 치소는 지금의 강서성(江西省) 남창시(南昌市)에 있었다. 수(隋)나라 때는 현으로 격하되어 홍주(洪州)에 속하였다.

4  풍성현(豐城縣) : 중국 고대의 지명. 지금의 강서성 풍성시 일대에 해당한다. 명대에는 남창부(南昌府) 관할하에 있었다.

"빛에 살기가 어려 있으니 그것은 보검임에 틀림이 없소."

뇌환이 그 명령을 받들어 현으로 가서 보니 그 보물의 빛이 현 관아 감옥에서 나고 있지 뭡니까. 그래서 종을 데리고 감옥 끝까지 갔다가 정말로 한 쌍의 보검⁵을 발굴해 내었는데, 수컷이 '순구純鉤', 암컷이 '담로湛盧'였습니다. 뇌환이 그 중 하나는 자신이 차고 나머지 하나를 장화에게 바쳐⁶ 각자 보물 삼아 소장한 것은 말할 것도 없었지요.

나중에 장화는 그 보검을 지니고 연평延平 나루 어귀에 간 적이 있었습니다. 그런데 그 보검이 별안간 칼집에서 뛰쳐나오더니 물가로 날아가 용으로 둔갑하는 것이 아닙니까. 그러자 나루의 물속에서도 용이 한 마리 솟아올라 한 쌍이 되더니 허공을 날고 춤을 추면서 하늘로 날아가 사라지는 것이었지요. 장화는 순간적으로 놀라 기이하게 여겼습니다. 보검이 신통한 것이야 분명히 알고 있었습니다마는 물에서 솟아올라 짝을 이룬 그것은 무슨 물건인지 알 수가 없었지요. 그래서 사람을 뇌환이 있는 곳으로 보내어 당초의 다른 보검의 소재를 물어 보았습니다. 그러자 뇌환이 고하는 것이었지요.

---

5   한 쌍의 보검 : 여기서는 보검의 이름을 순구(純鉤)와 담로(湛盧)로 소개하고 있지만『진서(晉書)』「장화전(張華傳)」에는 용천(龍泉)과 태아(太阿)였다고 적고 있다.『월절서(越絶書)』에 따르면, 춘추시대에 구야자(歐冶子)가 자산(茨山)의 철광석을 가져다 용연(龍淵)·태아(泰阿)·공포(工布) 세 검을 만들었다고 전해진다. 용연의 경우 당나라를 세운 고조(高祖) 이연(李淵, 566~635)의 이름자를 피해서 당대 이후로는 '용천'으로 불렸다고 한다.
6   【즉공관 미비】便不該分開. 나누면 안되는 것을!

"지난번에 연평 나루를 건너다가 실수로 물속에 떨어뜨리고 말았습니다!"

장화는 그제서야 두 보검이 둘로 나뉘어졌다가 도로 합쳐졌고, 그 일을 계기로 모습을 바꾸어 사라진 것임을 깨달았지요. 지금도 인연이 기막히게 잘 맞는 경우를 말할 때 다들 "연평 나루에서 검이 합쳐진" 고사를 인용하곤 한답니다. 이 가사에서 언급한 것도 바로 그 이야기인 거지요.

지금부터는 인연에 관한 이야기를 들려 드리겠습니다. 수 천 수 만 리 거리를 사이에 두고도 오로지 한 가지 물건 때문에 하나로 합쳐졌으니 무척 기이하고 기막히다고 하겠습니다. 그 이야기를 증명하는 시가 있습니다.

| 온교는 일찍이 옥경대를 예물로 보냈다더니[7] | 溫嶠曾輸玉鏡臺, |
| 인연 맺어 준 나전 합자가 더 신기하구나! | 圓成鈿合更奇哉. |
| 홍실로 이어 준 전생의 인연은 | 可知宿世紅絲繫, |

---

7  온교는 일찍이 옥경대를 예물로 보냈다더니[溫嶠曾輸玉鏡臺] : 중국 고대에 민간에 전해지던 온교(溫嶠) 이야기. 남북조시대에 지어진 문언체 소설집인 『세설신어(世說新語)』「가휼(假譎)」에 따르면, "온교가 아내를 사별한 뒤에 종고모가 출가한 유 씨댁에 아름답고 총명한 딸을 두고 있어서 온교에게 혼처를 구해 줄 것을 부탁하였다. 온교는 혼인을 할 마음을 가지고 있었던지라 고모에게 '훌륭한 사위감을 구했는데 자신보다 못하지 않다'고 알려 주고 옥경대를 예물로 보내 주었다. 나중에 혼례를 치룰 때가 되자 고모는 그제서야 그 신랑감이 바로 온교임을 깨달았다[溫嶠喪婦, 從姑劉氏家有一女甚有姿慧, 囑嶠覓婚. 嶠有自婚意, 遂報姑說, 已覓得佳婿, 不比自己差, 并送玉鏡臺爲聘禮. 至婚期, 姑始知新婚卽溫嶠]"라고 한다. 나중에는 이 고사에 착안하여 '옥경대'를 정혼의 예물이나 청혼하는 것을 가리키는 말로 사용하기도 하였다.

중신아비가 달 아래에서 맺어준 것임을 알겠구나!　　　自有媒人月下來.

명대 희곡집『원곡선』에 수록된『옥경대(玉鏡臺)』잡극(좌) 삽화(우)

이제 이야기를 들려 드리도록 하겠습니다. 우리 왕조에 어떤 관리가 있었습니다. 성이 권權, 이름이 차경次卿, 자가 문장文長으로, 바로 남직예[8]

---

8　남직예(南直隸) : 명대에 배도(陪都, 제2의 수도)이던 남경(南京)의 관할 하에 있던 직할지. 주로 지금의 강소성(江蘇省) 대부분 지역과 절강성(浙江省) 일부 지역에 해당한다. 명대에는 황제가 머무는 도성이 자리잡고 있는 지역을 '황제에게 직접 예속되어 있다'라는 뜻에서 '직예(直隸)'라고 불렀다. 명나라 태조(太祖) 주원장(朱元璋, 1328~1398)은 건국 초기에 지금의 강소성 남경을 도읍으로 정하였다. 주원장 사후, 그 아들로 지금의 북경에 연왕(燕王)으로 책봉된 주체(朱棣)는 조카 건문제(建文帝)를 제거하고 제3대 황제 영락제(永樂帝)로 즉위한 후 도성 및 중앙정부의 기능을 자신의 근거지인 북경으로 이관하였다. 반면에 남경은 부황이 왕업을 닦은 명나라의 발상지였기 때문에 그 격을 낮출 수 없어서 '양경제(兩京制)'를 채택하여 당초의 도읍이었던 남경이 유사시의 도읍 즉 '유도(留都)'로서 북경과 동일한 정부기구를 유지하게 하였다. 이를 계기로 북경이 속한 하북지방을 '북직예', 남경이 속한 강소지방을 '남직예'로 일컬었다. 그러나 명대에는 정

땅 영국부[9] 사람이었지요. 젊은 나이에 과거에 급제하더니 벼슬은 한림[10] 편수翰林編修 자리에 배수되었습니다. 권 한림은 풍채가 준수하고 성격에 거리낌이 없었습니다. 게다가 하는 일마다 능숙하게 처리하고 매사에서 열정적이어서 정말 그야말로 하늘에서 속세로 귀양 온 신선이요 인간 세 상의 옥 나무[11] 같은 양반이었답니다. 그는 장원으로 급제하고 나서 서울 에서 벼슬살이를 한 지가 한 해 남짓 된 상태였습니다.

당시에 서울에는 이런 풍속이 있었습니다. 초하루·열닷새·스물닷새 만 되면 '묘시廟市'라고 해서, 무릇 온갖 물건들을 다 성황묘[12] 앞으로 가

---

치적 실권이 북직예의 정부기구에만 집중되어 있었으며 남직예는 기구는 동일하지만 그 권력이나 규모 면에서는 유명무실 해서 한직으로 간주되었다. 청대에는 도읍을 북경에 만 두고 있었으므로 남북의 구분이 없어지고 '북직예'를 그대로 '직예'로 부르는 대신 청나라와 연고가 없는 '남직예'는 '강소성'으로 격하되었다.

9　영국부(寧國府) : 남송대의 지역명. 지금의 안휘성 선성시(宣城市) 일대에 해당하며, 이 전에는 선주(宣州)·선성군(宣城郡)·영국군(寧國郡) 등으로 불리다가 남송 건도(乾道) 2년(1166)에 영국부로 개칭되었다.

10　한림(翰林) : 한림원(翰林院)의 약칭. 한림원은 명대에 역대 왕조의 체례를 계승하여 설 치한 관청으로, 어명의 출납이나 역사 편찬, 도서 관리 등의 사무를 관장하였다. 그 수장 을 장원학사(掌院學士)라고 하고, 그 아래에 시독학사(侍讀學士)·시강학사(侍講學士)· 시독·시강·수찬(修撰)·편수(編修)·검토(檢討) 등의 관리를 두고 이들을 '한림'으로 통칭하였다. 명대에는 인사에 있어 한림원 출신자를 특히 중용하여, 내각(內閣)을 필두 로 이부(吏部)·예부(禮部)의 상서(尙書)와 시랑(侍郞)들이 한림원 출신인 경우가 많았 다. 다만, 북경의 한림원과 비교할 때, 남경 한림원에는 학사만 두고 상설화하지 않아 상 황에 따라 시독학사나 춘방 서자(春坊庶子) 등의 관리가 그 직무를 수행하기도 하였다. 이 이야기에서 주인공으로 등장하는 권차경은 북직예의 한림학사여서 남직예의 한림학 사보다 격이 높다.

11　옥나무[玉樹] : 중국 고대의 도교 전설에 등장하는 옥으로 된 나무. 나중에는 준수한 용모 를 가진 자제들을 가리키는 말로 사용되기도 하였다.

12　성황묘(城隍廟) : 중국 고대에 각 지역을 지키는 수호신인 성황신(城隍神)을 모시고 제사 를 지내던 사당.

지고 와서 형부 거리[13]까지 늘어놓고 팔았답니다. 이때만 되면 사람들이 몸을 움직일 수조차 없을 정도로 인산인해를 이루며 장사를 하곤 했습니다. 그래서 관리들 중에서 할 일이 없거나 호기심이 많은 사람은 평복으로 갈아입고 집사나 종복을 한둘씩 거느린 채 거리를 걸으며 구경을 하다가 좋은 물건이나 옛날 골동품들을 사 들였지요.

조정에서는 유독 한림이 근무하는 부서만 가장 한가했답니다. 그저 책이나 읽고 바둑이나 두거나 술을 마시고 손님을 상대하는 일 말고는 따로 하는 일이 없었지요. 권 한림은 거기다가 젊은 나이이다 보니 처소에서 느긋하게 앉아 있는 법이 없었습니다. 그래서 성황묘 앞에 장이 열리고 인파로 북적거릴 때마다 바로 나와서 거리를 누비고 다녔답니다.

그러던 어느 날이었습니다. 장에서 보니 웬 노인네가 탁자에 온갖 잡다한 물건들을 다 진열해 놓고 있는 것이 아닙니까. 그 물건들은 집집마다 갖추고 쓰는 것들인데, 죄다 등잔대·구리 국자나 주전자·병·사발·접시 같은 것뿐이고 문방구 같은 것들은 보이지 않았지요.

권 한림은 무심코 둘러보다가 그 속에서 빛깔과 모양이 좀 특이한 합보시기에 눈길이 멈추었습니다. 손으로 그것을 집어 들고 보니 오래된 자금색 나전 합보시기紫金鈿盒인데, 뚜껑만 남아 있는 것이었지요. 한림은

---

**13** 형부 거리[刑部街] : 북경의 거리 이름. 명대에 형법·소송 등의 업무를 관장한 관청인 형부가 위치해 있다고 해서 '형부가(刑部街)'로 불렸는데, 지금의 북경시 서단(西單) 부근에 해당한다.

명대 화가 구영(仇英)의 『소주청명상하도(蘇州淸明上河圖)』에 묘사된 명대 소주부의 골동품 좌판
모습

그것이 골동품임을 직감했습니다. 그러나 아쉽게도 온전한 상태가 아니

길래 그 노인에게 물었지요.


"이 물건은 … 몸통이 있을 텐데? … 어디에 있소이까?"


"이 뚜껑뿐이올시다. 몸통 같은 건 본 적이 없어요."


"몸통이 없을 리가 있나! (…) 이 뚜껑이 어디서 났는지부터 한번 말해

보시오. 그 몸통 좀 찾기 수월하게."[14]

그러자 노인네가 말하는 것이었지요.

몸통과 뚜껑으로 이루어진 나전 합보시기의 예시

"이 늙은것한테는 동직문[15]에 빈 집이 몇 칸 있는데 남한테 세를 주어 살게 했지요. 헌데 세 들어 사는 사람이 하나 있었는데 …

온 가족이 너댓새 유행병을 앓더니만 자식 한둘이 먼저 죽어 버렸지 뭡니까. 그 집은 당황한 나머지 병이 든 채로 이사를 나갔지요. 헌데 집세가 좀 밀려서 이 물건들을 남겨 놓은 겁니다요. 해서 이 늙은 것이 그것들을 챙겨서 가져와 팔고 있습지요. (…) 이 합보시기도 그 집 것입니다. 바깥으로 따로 종이로 된 곽에 들어 있었는데 글자가 적힌 낡은 종이 몇 장으로 싸여 있더군요. 저 뚜껑 하나 가지고 무슨 쓸모가 있을지 모르겠습니다마는 일단 탁자에 진열해 놓으면 혹시라도 제 임자를 만나 사 갈지도 모르지요."


그래서 한림이 말했지요.

---

14 【즉공관 미비】起意根尋, 亦是前緣使之也. 그 내력을 캐어 보려고 하는 게지. 이 역시 전생의 인연이 그렇게 이끈 것이다.

15 동직문(東直門) : 명대 북경의 성문 이름. 원나라 세조(世祖) 쿠빌라이[忽必烈]가 대도(大都) 성을 세우고 그 동쪽 대문을 숭인문(崇仁門)이라고 명명했던 것을 명나라 제3대 황제인 성조(成祖)가 영락(永樂) 17년(1419)에 보수하고 '동직문'으로 개칭하였다.

"내가 사야겠군. 온전하지 못한 것이 유감이긴한데! (…) 일단 그 곽이란 것이나 보여 주시오."

20세기 초의 북경 동직문 전경

그래서 노인이 손을 탁자 밑으로 가져가 꺼낸 것을 보니 다 터지고 낡은 종이를 바른 대나무 통이었습니다.

"죄다 아무 짝에도 쓸모없는 것들이군. 몇 푼에 나한테 넘기시오."

"하찮은 물건이니까 나리께서 알아서 쳐 주십시요!"

한림이 수행하던 집사 권충權忠을 시켜 노인네에게 백 전[16]을 주게 하니 그 자리에서 바로 거래가 끝났습니다. 노인네는 이어서 대통에서 오래 전에 씌워져 있던 종이를 꺼내어 그 뚜껑을 싸서 대통에 담은 다음 두 손으로 공손하게 한림에게 건네는 것이었지요.

한림은 권충에게 그것을 들게 한 다음 장에서 문방구 골동품을 몇 개 더 사서 처소로 돌아왔습니다. 이어서 그것들을 물을 부어가며 연마해 만든 천연의 작은 상 위에 놓고 하나하나 꼼꼼하게 살펴보았지요. 그리고 나서 보니 전부 제법 만족스럽게 산 것 같았습니다. 맨 마지막에는 아까 그 종이통에 눈이 갔습니다. 그는 뚜껑을 열고 종이 포장을 꺼낸 다음 싼 종이를 펼쳐 놓고 이번에는 그 나전 합보시기를 자세하게 살펴보았지요. 그 물건은 금빛이 찬란한 것이 정말 훌륭한 물건이었습니다. 그러나 아무리 이리저리 살펴 본들 그래 봤자 딸랑 뚜껑 하나 뿐인 걸요.

'나머지 몸통은 어디로 간 걸까? (…) 일단 가져다 간수해 두자. 어쩌면 운 좋게도 짝을 맞추는 날이 올 지도 모르지.'

권 한림이 이렇게 생각하면서 원래 쌌던 종이로 그것을 도로 쌀 때였습니다. 종이가 터진 곳을 가만히 보니 안에서 붉은 빛이 살짝 드러나 보이는 것이 아닙니까. 한림은 겉의 종이를 걷어내고 다시 보았습니다. 그

---

16 전(錢) : 고대의 중량 단위. 뜻을 따서 '돈'이라고도 한다. '1전'은 10푼[分]에 해당하며, 10전은 1냥(兩)에 해당한다. 따라서 "몇십 전"은 곧 '몇 냥'이라는 뜻으로 이해할 수 있다.

안에 글자가 써진 붉은 종이가 한 장 덧대어져 있었지 뭡니까. 한림은 그
것을 꺼내어 유심히 살펴보더니 말했습니다.

"이제 보니 그랬었구만!"

거기에 뭐라고 적혀 있었는지 아십니까? 거기에는 이렇게 적혀 있었
습니다.

"대시옹방[17] 사는 서 씨댁의 백 씨에게는 딸 서단계가 있는데 나이가
딱 두 살이다. 그의 형은 백대이고, 아들은 유가로 역시 같은 해에 태어
났다. 백씨의 남편 서방은 원적[18]이 소주이다. 훗날 오랜 이별 끝에 증거
가 없을 것을 걱정하여 각자 자금색 나전 합보시기를 절반씩 나누어 지
니고 있다가 그것을 재회했을 때의 증거로 삼고자 한다."

　大時雍坊住人徐門白氏, 有女徐丹桂, 年方二歲. 有兄白大, 子曰留哥, 亦係
同年生. 緣氏夫徐方, 原籍蘇州, 恐他年隔別無憑, 有紫金鈿盒各分一半, 執此
相尋爲照.

그리고 그 뒤에는 연도와 달이 적혀 있고 그 아래에 서명이 적혀 있었

---

17  대시옹방(大時雍坊) : 명대 도읍 북경의 구역명. 지금의 북경시 자금성의 남문에 해당하
　　는 대명문(大明門), 즉 지금의 중화문(中華門) 서편에 자리잡고 있었으며, 명대의 주요한
　　감찰기관인 금의위(錦衣衛)·도독부(都督府)와 이웃해 있어서 오가는 사람들로 북적거
　　렸다고 한다.
18  [교정] 원적[原籍] : 상우당본 원문(제151쪽)에는 '장부 적(籍)'이 '깔개 자(藉)'로 되어
　　있으나 전후 맥락으로 볼 때 '적'의 별자(別字)로 사용한 것이다.

습니다. 그것을 본 한림은

"이제 보니 그 집의 정혼 신물이었군! (…) 중요한 건데 … 어째서 이
것을 버려두고, 심지어 남이 처분하게 방치한 걸까? (…) 참 대책 없는
양반이로군!"

하고 말하다가 문득 이런 생각이 들었습니다.

'이 문서를 작성한 여인에게는 아들이 있으면서 어째서 아들에 대해
서는 언급도 하지 않은 걸까?'

그는 햇수를 손가락을 꼽아가면서 따져 보더니 웃으면서

'약조한 때가 지금으로부터 십팔 년 전이니까 … 이 여자는 벌써 열아
홉 살이 되었겠군. 혼인하기 딱 좋은 나이인데 … 혼례는 치루었는지 아
직 아닌지 모르겠군.'

하는 생각을 하더니 다시 웃으면서 말했습니다.

"주책없이 그 여자 생각은 왜 하누?[19] (…) 일단 간수해 놓자."

---

19 【즉공관 미비】眞妄想, 誰知眞不妄想. 정말 헛된 생각이다. 그러나 정말 헛된 생각이 아니
었음을 누가 알았겠나.

그러면서 다른 물건들과 함께 치우는 것이었습니다.

그리고 다음 번 장날이 왔습니다. 한림은 이번에도 느릿느릿 거리로 나와서 돌아다녔지요. 그러다가 보니 그 노인이 지난번처럼 그 자리에서 물건을 팔고 있는 것이 아닙니까. 그래서 그에게 물었습니다.

"지난번에 판 합보시기 말이요. (…) 그 집에서 잃어 버린 거라고 하셨는데 … 그 댁 분들은 어디로 이사를 갔소이까? 알고 계시오?"

그러자 노인이 말하는 것이었습니다.

"누가 알겠습니까요? (…) 그 집 일가는 어린 것부터 죽었는데 … 죽자 당황한 나머지 그날 밤에 바로 달아나 버렸습니다. 지금은 어쩌면 다 죽었는지도 모르지요."

"노인장 집에 살 때 어떤 친척 하고 내왕을 합디까?"

"그 사람한테는 누이가 하나 있었지요. 외지 사람한테 출가해서 전문[20]에서 살았답니다. 그 뒤에는 어디로 갔는지 모르고요. 몇 해동안 내왕하

---

20 전문(前門) : 명대의 성문 이름. 명대 북경 내성(內城)의 정남쪽으로 난 대문으로, 지금의 북경시 천안문광장(天安門廣場) 남단에 위치해 있다. 성조 주체의 영락 17년(1419)에 세운 것으로 정식 이름은 정양문(正陽門)이며, 앞문이라는 뜻의 '전문'은 속칭이다.

는 걸 못 봤으니까요."

20세기 초의 북경 전문 전경

그러자 권 한림은 생각했습니다.

'수소문해서 알아내면 그 물건을 돌려주자. 그것도 이로움을 베푸는
선행일 테니까.[21] 그러나, … 지금은 단서가 없으니 그의 말을 따르는 수
밖에!'

그는 그 길로 처소로 돌아왔습니다. 그런데 가만 보니 고향집에서 서
신이 왔는데 아내가 집에서 세상을 떠났다지 뭡니까. 한림은 한 바탕 통

---

21 **【즉공관 미비】** *存心甚好, 宜其有美緣也.* 마음씨가 아주 착하구나. 그에게 좋은 인연이 생
기는 것이 옳다.

곡을 했지요. 그리고는 얼이 다 나간 채로 집으로 돌아갈 준비를 하고 병가를 내 달라는 상소를 올렸답니다. 그러자 다음과 같은 어명이 내려졌습니다.

"'권 아무개가 고향으로 내려가 몸조리 하는 것을 윤허한다. 병이 완쾌되면 귀경하여 임용 명령을 받들도록 하라.' 이렇게 명하셨소!"
權某准回籍調理, 病痊赴京聽用. 欽此.

권 한림은 이리하여 서울을 떠나 고향집으로 돌아 왔답니다.

명 · 청대 국자감(북경)

이제부터는 화제를 다른 쪽으로 돌리겠습니다.[22]

---

22　이제부터는 화제를 다른 쪽으로 돌려서[話分兩頭] : 설화 이야기꾼의 상투적인 표현. 이
　　야기에서 두 사람 또는 두 가지 사건이 동시에 발생할 때 그 둘을 동시에 기술할 수는

계속해서 나전 합보시기의 내력에 대해서 이야기를 들려 드리도록 하지요. 소주[23]에는 내력이 오래된 집안의 자제가 살고 있었습니다. 그는 성이 서徐, 이름이 방方, 별호가 서천西泉으로, 태학[24]의 감생[25]이었지요. 자신의 장래 문제를 해결하기 위해 서울에 몇 해째 머물고 있었습니다. 그런데 처소가 적적했던지 매파에게 부탁해서 서울의 백 씨댁 딸을 아내로 맞아들였지요. 그리고는 딸 하나를 두었는데 팔월에 얻었다고 해서 '단계丹桂'라는 이름을 지어 주었답니다. 같은 시기에 백씨의 형인 백대랑白大郎도 아들을 하나 두었는데 '유가留哥'라고 불렀지요.

백 씨댁 여자들은 성격이 무조건 자기 집 안 사람만 싸고도는 경향이 있었습니다. 게다가 서울 사람들은 외지의 지리 사정에 밝지 못했지요. 그래서 외지 사람을 끌어다 친척관계를 맺는 것을 반기지 않고 오로지 단계를 조카에게 줄 생각뿐이었답니다.

서 태학은 전부터 북경에서 더부살이를 하던 처지였습니다. 그렇다 보니 머잖아 고향집으로 돌아갈 생각으로 북경에 머물면서도 외지 사람과

---

없으므로 이야기꾼은 그 중 하나를 먼저 기술하고 그 다음에 나머지 하나를 기술하는 수밖에 없다. 이런 경우 이야기꾼은 하던 이야기를 잠시 멈추고 다른 이야기를 꺼낼 때 '이야기를 둘로 나누고, 제가 다른 하나는 다시 들려 드리지요(話分兩頭)'라거나 '꽃이 두 송이 피었으니 한 가지씩 각자 들려 드리지요[花開兩朶, 各表一枝]'하는 식으로 청중들의 주의를 환기시키곤 한다. 이 구절과 뒤에 이어지는 "계속해서~" 부분을 통하여 이 사이에 막간의 휴식이 있었을 것임을 짐작할 수가 있다. 여기서는 편의상 "화제를 다른 쪽으로 돌리겠습니다"로 번역하였다.

23 소주(蘇州) : 명대의 지명. 남직예에 속했던 소주부(蘇州府, 지금의 강소성 소주시)를 말한다.

24 태학(太學) : 중국 고대의 최고 학부. 서주(西周)시대에 처음으로 설립되었고 그 후로 역대 왕조에서 대대로 인습되었다. 당대의 태학은 도읍인 장안(長安, 지금의 서안)에 있었다.

25 감생(監生) : 대학의 학생을 가리킨다. 처음에는 학정(學政)이나 황제의 특별 허가를 거쳐서 선정되었으나 나중에는 헌금을 통해 그 칭호를 얻을 수도 있었다.

친척관계를 맺으려 하던 입장이었지요. 그래서 백 씨댁에서는 그 일을 몹시 못마땅하게 여겼답니다.

그러던 어느 날이었습니다. 서 태학이 복건 땅의 이윤[26]으로 선임되었지 뭡니까. 그래서 집으로 돌아가 부임길에 오를 채비를 하고 그 길로 백 씨를 데리고 북경을 떠났지요. 백씨는 결국 소원을 이루지 못하자 피붙이에 대한 정에 연연한 나머지 서 이윤을 속이고 몰래 문서를 하나 작성했습니다. 그녀를 주어 혼인시킨다고 대놓고 말은 하지 못하고 나전 합보시기만 둘로 나누어 조카에게 신물로 남겨 놓은 거지요. 훗날 다시 서울로 오거나, 머나먼 땅에서라도 증거로 삼을 수 있기를 바라면서 말입니다.

그렇게 해서 백씨는 이윤을 따라서 오문[27]에 당도했습니다. 그런데 알고 보니 이윤에게는 오랫동안 본처가 없었지 뭡니까. 그래서 백씨를 부인[28]으로 격을 높여 함께 임지로 향했지요. 나중에 아들을 하나 얻었는데, 구월에 태어났다고 해서 '고아糕兒'라는 이름을 지어 주었답니다. 이윤은 두 차례의 임기를 다 마치고 고향집으로 돌아가게 되었고 그래서

---

26  이윤(二尹) : 명대에 지부(知府)를 보좌한 부 동지(府同知) 또는 지현(知縣)을 보좌한 현승(縣丞)에 대한 다른 이름.

27  오문(吳門) : 중국 고대의 지명. 지금의 강소성 소주시 또는 그 일대에 해당한다.

28  부인[孺人] : '유인(孺人)'은 원래 명대에 7품(七品)의 관리의 모친이나 아내에게 내리던 봉호(封號)로, 나중에는 여염집 아녀자들까지 두루 높여 부르는 존칭으로 통용되었다. 여기서도 서 이윤(서 태학)은 직함이 현승이었지만 그 아내 백 씨를 '유인'으로 부르고 있다. 여기서는 편의상 '유인'과 비슷한 의미를 가진 "부인"으로 번역하였다.

단계를 같은 소주부의 진陳 씨댁에 출가시키기로 했지요. 그렇다 보니 백부인이 당초에 염두에 두었던 소원은 서로 거리가 멀고 시기가 좋지 못한 탓에 나중으로 미룰 수밖에 없었습니다. 그렇기는 하지만 속으로는 내내 마음에 걸릴 수밖에 없었지요. 그래서 늘 부처님 보살님 앞에서 묵묵히 기도를 하면서 언젠가는 고향으로 돌아가서 나전 합보시기의 행방을 찾을 생각밖에 없었답니다. 그러나 나중에 이윤이 세상을 떠나자 자녀만 데리고 과부살이를 하게 되고 나서야 도성으로 돌아갈 생각을 접었던 거지요.

도성을 떠날 때를 떠올려 보면 얼추 벌써 십오륙 년은 되어 있었습니다. 단계는 단계대로 남달리 아름답게 자라 있었지요. 그녀를 주기로 한 진 씨댁 아들은 아들대로 나이가 들어서 납폐를 하고 혼례를 치르던 참이었습니다. 그런데 뜻밖에도 결핵을 앓는 바람에 병이 들자마자 죽고 말았지 뭡니까. 단계는 팔자가 사나워 출가하기도 전에 과부 신세가 되어 버리고 만 거지.[29] 그렇다 보니 당장 다른 집에 출가시킬 처지가 아닌지라 일단 어머니와 남동생을 따라 함께 지내면서 옅고 소박한 옷을 입고 꽃다운 시절을 보낼 수밖에 없었답니다. 그야말로

홀아비별 과부별 탓으로 서로 인연 없는 것을　　孤辰寡宿無緣分,

---

29 출가하기도 전에 과부가 되는 바람에[望門寡婦] : 명대에는 여자가 정혼을 한 후 상대 남자가 죽으면 남에게 출가하지 않고 지냈는데 이 경우를 '망문과부(望門寡婦)', '수망문과(守望門寡)', '여아과(女兒寡)' 등으로 불렀다고 한다.

괜스레 하늘 우러르며 직녀 견우 바란 게지.[30] 　　空向天邊盼女牛.

서단계의 처량한 신세 이야기는 잠시 접어 두도록 하겠습니다.


그럼 계속 권 한림 쪽 이야기를 들려 드리도록 하지요. 권 한림은 아내와 사별한 뒤로 병가를 내고 고향집으로 돌아온 지 한 해가 넘은 상태였습니다. 그런데도 아직 재혼을 하지 않아 일에 의욕이 생기지 않지 뭡니까. 그래서 잠시 오문에 가서 한가하게 노닐면서 아름다운 첩이라도 구해 볼 작정이었지요. 그러나 상급 관청인 부나 현에서 알기라도 해서 수레며 말로 태워 줍네 술과 예물을 보냅네 하면서 귀찮게 굴까 봐서 걱정이었습니다. 그래서 자신이 나이가 많지 않고 얼굴이 곱상한 데다가 체구가 작은 까닭에 남들이 자신이 관리임을 눈치채지 못할 거라고 여기고 일부러 '유학을 온 수재'[31]라고 둘러대곤 했지요. 그러면서 성 밖 월파암月波庵에 이웃한 선방[32]에서 머물렀습니다.


그 암자는 비구니 암자였습니다. 그곳의 늙은 비구니는 '묘통妙通 스님'

---

30 **[교정]** 바란 게지[盼] : 상우당본 원문(제151쪽)에는 '분(盻)'으로 되어 있으나 전후 맥락으로 볼 때 '볼 반(盼)'의 별자(別字)로 사용한 것으로 해석된다.

31 수재(秀才) : 중국 고대에 선비들을 높여 부르던 호칭. '수재'는 한대(漢代) 이래로 인재를 발탁하는 절차로서 존재했으며, 당대(唐代)에도 과거시험 과목으로 존립하다가 나중에 폐지되었다. 당대의 제도를 계승한 송대에는 과거시험에 급제한 선비들만 한정해서 '수재'로 불렸지만 명대에는 과거시험에의 당락과는 상관없이 선비들에 대한 통칭으로 사용되기도 하였다.

32 선방[靜室] : '정실(靜室)'은 명대에 불교 사찰의 승려들이 거주하던 방 또는 은자·거사들이 수행하던 방이다. 편의상 여기서는 비슷한 의미의 '선방(禪房)'으로 번역하였다.

으로 불렸는데 나이가 예순이 넘고, 대갓집만 드나들었기 때문에 예법을
잘 알고 물정에도 밝았지요. 권 한림의 인물을 본 묘통은 그가 본명을 숨
긴 귀인인 줄은 눈치채지 못하고 젊은 선비인 것만 알고 있을 뿐이었습
니다. 그래도 그가 뒤쳐진 사람은 아니라고 여겨서 함부로 업신여기지는
않았지요. 그리고는 늘 처사를 시켜 차를 내오게 하거나 암자로 초대하
여 점잖은 이야기를 나누곤 했습니다. 그러자 권 한림은 그 기회를 빌려
후처를 구한다는 뜻을 묘통에게 슬쩍 비쳤습니다. 그러나 묘통이 '출가
한 사람이어서 그런 세속적인 일에는 관심이 없다'고 대답하는 것이 아
닙니까.[33] 그러니 권 한림으로서도 바로 입을 다물고 더 이상 말을 꺼내
기가 난감했지요.

이때가 바로 칠월 초이래였습니다. 권 한림은 객사에서 지내고 있었는
데 외로운 처지에 마냥 '견우와 직녀가 은하에서 만난 이야기'[34]나 떠올
리면서 지내다 보니 그렇게 따분할 수가 없지 뭡니까. 그래서 송대 사람
왕언장[35]의 가사 『추위秋闈』를 읊으면서 그 마지막 구절에서 한 글자를

---

**33** 【즉공관 미비】門面話. 其實最好管閑事者, 出家人也. 인사치레 말이지. 사실은 남의 일에
　　간섭하기 가장 좋아하는 부류가 출가한 자(승려)들인 걸.
**34** 견우와 직녀가 은하에서 만난 이야기[牛女銀河之事] : 중국 고대의 견우와 직녀의 전설
　　을 말한다. 천상에서 옥황상제(玉皇上帝)의 예복을 짜는 일을 맡은 직녀(織女)는 인간
　　세상에 내려갔다가 소 치는 목동 견우(牽牛)에게 반한다. 그러나 정분이 난 두 사람이
　　맡은 일을 게을리 하자 분노한 옥황상제는 그 벌로 직녀를 은하수(銀河水) 동쪽에 견우를
　　서쪽에 떨어져 살다가 칠월 초이래 칠석(七夕)에 한 해에 한번만 만날 수 있게 해 주었다.
　　견우와 직녀가 은하수 때문에 만날 수 없는 신세가 서러워서 눈물을 흘리자 어디선가
　　까마귀와 까치들이 날아와 다리를 만들어 두 사람이 만나게 해 주었다고 한다. 후세 사람
　　들은 그 다리를 까마귀와 까치가 이어 주었다고 해서 '오작교(烏鵲橋)', 이 날 내리는 비
　　를 '칠석우(七夕雨)'라고 불렀다고 한다. 양(梁)나라의 종름(宗懍, 501?~565)이 지은
　　『형초세시기(荊楚歲時記)』에 처음으로 소개된 이 이야기는 지금도 중·한·일 세 나라에
　　널리 전해지고 있다.

고쳐 이렇게 읊었습니다.


높은 버드나무에서 매미 울고                 高柳蟬嘶,

마름 따는 노래 끊기자 가을바람 부누나.       采菱歌斷秋風起.

저녁 구름은 틀어올린 머리 같고              晚雲如髻,

호수 위 산은 푸르기도 하구나.              湖上山橫翠.

서쪽 누각에서 발 말아 올리자              簾捲西樓,

'지나던 비에 옷깃이 서늘해지네.'          過雨涼生袂.

하늘은 물 같이 푸르고                    天如水,

화려한 누각 열두 개나 되는데              画樓十二,

함께 기댈 사람만 빠졌구나!³⁶             少个人同倚.

─【점강순】가락에 부치다              ─ 詞寄【點絳唇】


권 한림은 큰소리로 노래를 부르면서 발길 닿는 대로 선방 밖까지 걸
어 나왔습니다. 그런데 초승달 아래에서 가만 보니 웬 소복³⁷ 입은 여자

---

왕언장 초상

가 암자로 들어가는 것이 아닙니까! 한림은 허둥지둥 그 뒤를 미행해서 컴컴한 구석에 몸을 숨기고 그 여자를 훔쳐보았지요. 그런데 가만 보니 묘통스님이 나와서 마중을 하는 것이었습니다. 여자는 안부인사를 나누기도 전에 일단 부처님 앞에서 향부터 한 대 피우는 것이었습니다. 그 여자가 어떻게 생겼느냐고요?

> 봉황 띠 두 번 묶었다[38]는 말 듣자니　　　　　聞道道雙銜鳳帶,

---

제로 청대 학자 손예양(孫詒讓)도 『주례정의(周禮正義)』에서 "여기서의 '소복'이라는 것에 대하여 『잡기』에서는 주석을 붙여 '소는 (물을 들이지 않은) 생사로 짠 견직물이다'라고 하였다[素服者, 雜記注云, 素, 生帛也]"고 부연하여 설명하였다. 이것이 나중에는 '색깔이 단순하고 화려하지 않다'거나 '소박하고 거칠면서 어떠한 장식도 하지 않다' 등의 의미까지 담게 되었다. 지금은 '소색(素色, 바탕색)'이 '백색(白色, 흰 색)'과 같은 의미로 해석되어 '소복'을 흰 옷으로 이해하는 경향이 있으나 실제로는 물을 들이지 않은 검은색·회색도 해당되었다. 여기서도 '흰 옷'이 아닌 '소복'으로 번역하였다.

38　[교정] 묶었다[銜] : 상우당본 원문(제127쪽)에는 '다스릴 어(御)'로 되어 있으나 전후

교초 한 장만 입은들 어떠하리오? 　　　　不妨單着鮫綃.

밤에 향불은 누구를 위해 피우시나? 　　　夜香知與阿誰燒,

피어오르는 침향 연기 슬피 바라보네. 　　悵望水沉煙裊.

구름 같은 귀밑머리는 바람 앞서 말려 올라가고 　雲鬢風前絲捲,

옥 같은 얼굴은 술에 취한 듯 홍조 띠었구나. 　玉顏醉裡紅潮.

가련한 밤 헛되이 보내게 하지 말라던데 　莫敎空度可憐宵,

달만 고운 님과 함께 어울리는구나! 　月與佳人共僚[39].

—【서강월】 가락에 부치다 　　　　—詞寄【西江月】

향을 피운 그 여자는 불상 앞에 무릎을 꿇고 불상을 우러러 보면서 입으로 중얼중얼 염불을 하고 있었습니다. 그러나 소리가 나지막하고 작다보니 그렇게 많은 말을 하는데도 한 마디도 알아들을 수가 없었지요.

그때 묘통 스님이 다가와 자리를 정리하고 나서 말하는 것이었습니다.

"아씨, 아씨 속내야 아무리 털어 놓아도 부족하실 테지요. (…) 차라리 소승이 부처님께 간단히 한 말씀 올려드리겠습니다!"

그러자 그 여자는 몸을 바로 세우더니 말했습니다.

"스님, 간단히 어떤 말씀을요?"

---

　맥락으로 볼 때 '물 함(銜)'을 잘못 새겼거나 또다른 글자인 것으로 보인다.
**39** 【즉공관 방비】音了. 이 글자는 발음이 '료'이다.

"'부처님께서 살피시어 하루 빨리 근사한 신랑에게 출가하게 해 주사이다!' (…) 이 정도면 되겠지요?"

묘통이 이렇게 말하자 여자가 말하는 것이었지요.

"놀리지 마십시요! (…) 소녀는 그저 살다 보니 팔자가 사나워 아버지는 돌아가시고 어머니는 연로하신데 이 한 몸 기댈 분이 없어서 … 그래서 부처님께 절을 올리고 기도를 하면서 복을 내려 주십사 빈 것뿐입니다!"

그래서 묘통이 웃으면서

"크게 보면 별 차이는 없군요."

하고 말하니 여자도 덩달아 웃는 것이었습니다. 그리고 나서 묘통이 차와 음식을 차리자 여자는 차를 두 잔 마시더니 일어나 작별인사를 하고 길을 나서는 것이었지요.

권 한림은 어두운 곳에서 그녀를 찬찬히 뜯어보고 있다 보니 하마트면 눈에서 불이 다 나올 지경이었습니다. 당장 그 앞으로 다가가 왈칵 끌어안고 싶은 마음이 간절했다 이 말씀이지요. 그런데 그녀가 그곳을 떠나는 광경만 하염없이 지켜보고 있자니 속이 다 근질거려서 참을 수가 없지 뭡니까.

권 학사가 먼 타향 아씨와 잠시 상봉하다

그렇게 한참을 안절부절 하고 있을 때였습니다. 마침 묘통이 여자를 배웅하고 돌아오다가 그를 딱 발견했겠다?

"나리, … 아직 안 주무셨습니까? 언제 여기까지 들어오셨데요?"

"소생 … 백의대사[40]께서 강림하신 것을 보고 이렇게 인사를 드리려고 왔지요!"

그래서 묘통이 말했지요.

"그 분은 이웃인 서 씨댁의 따님인 단계 아씨입니다. 참으로 경국지색으로 좀처럼 마주치기 어려운 미인이지요!"

"출가 … 는 하셨는지…요?"

그래서 묘통이 말했지요.

---

**40** 백의대사(白衣大士) : 명대에 관세음보살(觀世音菩薩)을 부르던 별칭. 밀교(密敎)의 양 대 문파 중의 하나인 태장계(胎藏界) 관음원(觀音院)의 보살이다. 흰 옷을 입고 흰 연꽃 속에 서 있는 모습으로 형상화되곤 해서 '백의대사'로 일컬어졌다. 명대에는 일반 현교 (顯敎)의 관음도(觀音圖)에서도 늘 관세음보살을 흰 옷을 입은 모습으로 형상화 하는 경 우가 많았다. 그래서 관세음보살에 대한 별칭으로 사용되어 '백의대사 · 백의사자(白衣 使者) · 백의관음(白衣觀音)' 등으로 불리곤 하였다. 『박안경기』에 등장하는 '백의대사' 는 모두 관세음보살을 가리킨다.

"말씀드리기가 애매하군요. (…) 그 댁 선친께서 살아 계실 적에 성내의 진 씨댁 도령님과 정혼을 하셨지요. 헌데, … 혼례를 치르기 직전에 그 도령님이 복이 없어서 죽고 말았지 뭡니까! 그렇게 시간이 지체되다 보니 이 아씨만 출가하기도 전에 과부가 되어 버렸고 … 그 바람에 아직도 혼담을 넣는 댁이 없답니다!"

"어쩐지 검소한 차림을 하고 있다 싶었습니다! 그런데, … 어째서 이 야심한 시각에 여기까지 왔을까요?"

"오늘밤은 칠석으로, 견우와 직녀가 만나는 날이 아닙니까. 그처럼 불우한 일을 당한 것도 정성이 부족해서라고 여기고 어머니께 말씀을 드리고 밤중에 치성을 드리러 오신 거지요."

"그 어머님은 … 어떤 분이신지요?"

그래서 묘통이 말해 주었지요.

"아씨의 어머니는 성이 백으로, 북경 분이십니다. 당초에 서 씨댁 대감께서 북경에서 관리에 임명되면서 맞아들여 고향집으로 데려 오셨지요. 거기다가 솔직한 분이어서 격의가 없으시답니다. 소승한테 그러시더군요. '친오라버니가 한 분 북경에 계신데, 북경을 떠나실 때 조카가 마침두 살로, 따님과 동갑'이라고 말입니다. 서울을 떠난 뒤로는 서로 소식이 닿지 않은 지가 거의 이십 년이 다 되어서, 생사존망조차 모르신다고 합니다. 그래서 부처님께 지켜 주십사 빌어 달라고 늘 소승에게 부탁하곤 하시지요."[41]

거기까지 들은 한림은 한동안 멍하니 있다가 생각했습니다.

'지난번에 산 나전 합보시기 뚜껑 … 그걸 싼 종이에 분명히 서 씨댁의 백씨는 딸이 단계이고 오라비가 백대이며 그 아들이 유가라고 적혀 있었지. 지금 이 여자 성이 서, 이름이 단계이고 어머니 성이 백이라고 한 것을 보면 … 바로 이 집인가 보다! 그때 나전 합보시기를 팔던 노인이 그 댁에서 나중에 난 자녀 둘이 죽어 그 댁 어른이 서둘러 도망가는 바람에 신물을 다 버려 두고 갔다고 했었지. 이제 보니 죽은 젊은이는 바로 그 조카 유가임이 분명하군. (…) 뜻밖에도 이 여인이 이토록 아름답건만 여기서 다른 집에 새로 정혼했다가 그것조차 무산된 것이었어. (…) 그 신물이 뜻밖에도 내 손에 들어오고, 또 뜻밖에도 여기서 만났으니 … 이처럼 공교로운 일이 다 있나! (…) 어쩌면 바로 내 인연인지도 모르겠다!'

그는 이렇게 자문자답 하다가 발을 동동 구르면서 생각했습니다.

'일이십 년 전의 일이고 삼사천 리나 되는 거리가 있는데 … 무엇으로

---

41 【즉공관 미비】即此是管閑事. 이거야말로 괜한 일에 참견하는 격이 아닌가.

확인해 본담? (…) 이렇게 해 보는 수밖에!'

계획을 다 세운 한림은 묘통을 보고 말했습니다.

"방금 전에 말씀하신 백 노마님 말입니다. (…) 연세가 어떻게 되시는
지요?"

"마흔몇 쯤 되시지요."

"서울에 계신다는 그 분 친오라버니께서 혹시 '백대'라는 분이십니까?
그 조카는 이름이 '유가'인지요?"

"맞습니다, 맞아요! (…) 나리께서 어떻게 아십니까?"

그러자 한림이 말하는 것이었습니다.

"그 부인은 … 바로 저희 집안 고모님[42]이십니다![43] 소생이 바로 그 백
유가올시다.[44] 부인의 조카 말입니다."

---

42 고모님[姑娘] : '고랑(姑娘)'은 현대 중국어에서는 '처녀, 색시(maiden)'의 의미로 사용
하지만 원·명대 구어에서는 '고모(paternal aunt)'의 의미로 사용되었다. '-낭(娘)'이
시간이 흐르면서 '-모(母)'로 대체되었다는 뜻이다. 여기서는 '고랑'을 편의상 '고모님'
으로 번역하였다.
43 【즉공관 방비】 替死鬼. 그 고모가 희생양이 되어 버렸군.
44 【즉공관 미비】 好想頭, 好臉皮. 참 머리도 잘 돌아가고, 참 뻔뻔하기도 하지!

"농담도 잘 하시는군요. 나리께서는 성이 '권'이라고 하셨지 않습니까? 어째서 갑자기 백씨라고 하십니까?"

그래서 한림이 말했지요.

"소생은 어린 시절에 북경을 떠나 강호[45]를 전전하면서 학문을 익혔지요. 그런데 남쪽 지방의 풍경이 부럽기도 하고, 일부러 이 친척들도 찾을 겸 해서 성과 이름을 바꾸고 이곳까지 온 겁니다. (⋯) 그랬다가 지금 우연히 스님께서 들려주신 사실을 듣게 된 것입니다! 이런 걸 보면 '천생연분의 남녀가 단번에 만나는 것'[46]은 아무래도 하늘께서 그렇게 이끄신다는 생각이 듭니다! 그렇지 않고서야 소생이 어떻게 그 분들 상힘을 다 알고 있겠습니까?"

"알고 보니 그런 기막힌 일이 다 있었군요! (⋯) 나리, 내일 고모님을

---

**45** 강호(江湖) : 세간, 세속. 『장자(莊子)』「대종사(大宗師)」의 "샘이 말랐을 때 물고기들이 그 땅에 서로 함께 있으면서 아무리 물기를 서로에게 불어주고 거품을 서로에게 적셔준다고 한들 강과 호수에서 서로 잊고 사는 것만은 못한 법이다[泉涸, 魚相與處于陸, 相呴以濕, 相濡以沫, 不如相忘于江湖]"라는 말에서 유래한 것이다. 그러나 '강호'는 의미상으로 하천이나 호수와는 무관할 뿐 아니라 실제로 존재하는 특정한 장소를 가리키는 것도 아니다. 이 단어는 조정이나 공직사회에서 멀리 떨어져 국가의 통제나 법률적 구속으로부터 유리된 민간을 가리키는 말로 사용되는 것이 보통이다. 중국문학(특히 무협소설)의 영역에서 '강호'는 협객들이 활동하는 세계, 심지어 암흑사회의 대명사로 받아들여지곤 한다.
**46** 천생연분의 남녀가 단번에 만나는 것[一緣一會] : '일연일회(一緣一會)'는 명대의 격언으로, 글자대로 풀면 '한번의 인연을 단번에 만나다' 정도로 직역되는데, 서로가 전생의 인연으로 맺어지는 천생연분이라는 뜻으로 한 말이다.

확인하러 가시면 소승도 축하인사를 드리러 들르겠습니다!"

한림은 그 자리에서 늙은 비구니와 작별하고 선방으로 온 다음에는 온갖 망상을 다 하면서 하룻밤을 지새웠답니다.

이튿날 날이 밝을 때였지요. 한림은 집사 권충을 불러 단단히 당부를 했습니다. 그리고 나서 가지런히 차려 입고 그 길로 물어 물어 서 씨댁까지 왔지요.

그가 문 앞에 이르렀을 때였습니다. 문간에 웬 노인네가 한가하게 앉아 있는 모습이 눈에 들어오지 뭡니까. 한림은 권충을 시켜 그를 보고 이렇게 이르게 했습니다.

"들어가서 한 말씀만 올려 주시오. '백대라는 나리님이 북경에서 내려오셨다'고 말입니다!"

"우리댁 주인님께서는 돌아가시고 도련님은 어리신데 … 어느 분을 뵈려고 그러시오?"

그래서 한림이 말했지요.

"이 댁 노부인께서 북경 분으로 성이 … 백씨이시오?"

"바로 백씨올습니다요."

그러자 권충이 말했습니다.

"우리 주인님은 백대 나리올시다. 바로 부인의 조카이시지요."

"그렇다면 저를 따라 들어가셔서 고하시지요."

노인은 권충을 데리고 그 길로 부인 앞으로 갔습니다. 권충은 눈치가 있는 사람이었지요. 그래서 머리를 한번 조아리고 나서 말했습니다.

"주인님이신 백대 나리께서 북경서 내려 오셨습니다. 지금 문 앞에 계십니다요!"

"유가가?"

부인이 이렇게 말하자 권충이 말했지요.

"그건 주인님의 어릴 적 이름이지요."

그러자 부인은 기쁜 표정을 지으면서

白媼人白嫁
親生女

백 부인이 친 따님을 거저 출가시키다

"이렇게 반가운 일이 있나!"

하더니 바로 서둘러 자기 아들을 불러서 말했지요.

"고아야, 네 형이 왔구나! 어서 맞이해 들이거라!"

그러자 그 아이는 희희낙락 팔을 흔들면서 나가더니 한림을 맞이해서 집안으로 들어갔습니다.

한림은 한림대로 민망해 하면서도 경망스럽게 안으로 들어가서 보니 그 부인이 몸을 일으키는 것이 아닙니까. 한림은

"고모님!"[47]

하고 부르더니 큰소리로 인사를 하고 나서 큰 절을 하려고 몸을 숙였지요. 그러자 부인은 덥썩 그를 붙잡으면서 말했습니다.

"오느라 고생 많이 했다! 큰 절은 할 것 없느니라!"

부인은 눈물을 머금고 한림을 쳐다보았습니다.[48] 그런데 가만 보니 이목이 수려한 것이 남다른 풍모를 지니고 있지 뭡니까. 그래서 하도 기뻐

---

47 【즉공관 미비】 顏之厚矣. 낯 두꺼운 것 좀 보소!
48 【즉공관 미비】 涕之無從. 그 눈물이 참 근본 없구나!

서 말했지요.

"돌이켜 보면 북경을 떠날 때 너는 겨우 두 살이었는데 … 이제 이렇게 잘 컸구나! (…) 그래 너희 아버님은 지금도 건강하시냐?"

부인이 묻자 한림은 일부러 얼굴을 가리고 눈물을 흘리는 척 하면서[49] 말하는 것이었습니다.

"오래 전에 돌아가셨답니다! 주변에 친척 한 분 안 계시고 … 아버지 계실 적에 고모님 한 분이 지방에 출가하셨다는 말씀을 들은 적은 있었습니다. 그래서 남쪽 지방을 유람하면서 학문을 하러 다니는 길에 일부러 찾아뵈었지요. 그러다가 어제 우연히 월파암의 묘통스님으로부터 사실을 전혀 듣고서야 고모님께서 여기 계신 것을 알고 이렇게 일부러 찾아 뵌 것입니다!"

그러자 부인이 말했지요.

"헌데, … 어째 말투가 … 북쪽 말투는 아닌 것 같구나?"

"이 조카가 객지에서 오래 지내다 보니 남쪽 말을 열심히 익혔지 뭡니

---

49 【즉공관 미비】又涕之無從. 또 근본 없는 눈물을 흘리는구만?

까. (…) 그래서 고향 말투가 많이 변했습니다."

그러면서 한림은 권충을 시켜 선물을 바치게 했습니다. 그러자 반갑게 그것을 받은 부인은 고마워하면서 말했지요.

"아주 가까운 혈육이니 그냥 인사만 하러 와도 될 텐데 군이 이렇게 예의를 차리느냐!"

"오는 길에 고모님께 드릴만한 괜찮은 물건이 없지 뭡니까. 그건 그렇고, … 일단 고모님께서 건강하시니 기쁩니다! 어제 묘통 스님 하는 말씀을 듣자니, 고모부께서는 돌아가셨다더군요. (…) 방금 전의 저 이는 사촌 아우일 테고, … 사촌 누이는 저 하고 동갑일 텐데 … 지금 있습니까?"

그 말에 부인이 말했습니다.

"너희 고모부가 계실 때에 벌써 남의 집에 출가시키기로 해 버렸지 뭐냐! 그랬는데 인연이 닿지 않았던지 시집을 보내기도 전에 죽어 버렸단다. (…) 그래서 지금까지도 이렇게 여태껏 차도 못 마시고[50] 있단다!"

---

50 차도 마시지 못하고 있다[沒喫茶] : 여자가 출가하지 못한 것을 말한다. '차를 마신다(喫茶)'는 것은 혼담을 넣은 남자쪽에서 혼인을 전제로 여자쪽에 예물을 보내는 것을 말하는데, 이 절차를 '하차(下茶)' 또는 '하차례(下茶禮)'라고 불렀다.

"만나 … 보고 싶군요."

그러자 부인이 말하는 것이었습니다.

"어제 불공을 드리러 갔다가 감기가 좀 들었지 뭐냐? 그 바람에 오늘은 여태 자리에서 일어나지 않아서 세수도 안한 상태란다. (…) 어쨌든 너도 여기서 오래 머물러야 할 테니 오누이 사이에 수시로 만날 수 있을 게다. 일단 서쪽 별채로 가서 짐을 풀고 다시 이야기하자꾸나!"

부인은 밥상을 차리도록 분부하는 한편 한 손으로는 권 한림을 끌고 서당으로 향했지요. 그렇게 웬 작은 뜰 문 옆을 지날 때였습니다. 부인이 손으로 가리키면서 말하는 것이었습니다.

"이 안이 바로 너희 누이 침실이란다."[51]

그래서 한림이 코로 가만히 한 줄기 난초와 사향 냄새를 맡노라니 속이 다 설레는 것이었습니다.

부인은 한림과 함께 밥을 먹고 그의 짐을 서재에 풀게 하더니 하나하나 잘 정리하고 나서야 안채로 들어갔답니다. 그리고 나서 서재로 간 권 한림은 생각했지요.

---

51 【즉공관 미비】引入桃源路. 도화원 가는 길로 이끌어 들이는 게로군.

'일부러 조카라고 속인 건 그 여자를 만나보려는 계산이었는데 여태 만나지도 못할 줄이야! (…) 운 좋게도 진짜 조카로 속여 넘겼으니 여기에 머물다 보면 조만간 분명히 기회가 생길 테지. 성급하게 굴 것 없다. 일단 내일 만나보고 나서 방법을 강구하자.'

계속 이야기를 들려 드리도록 하지요. 서 씨댁 단계는 나이가 혼인 적령기에 이르러 있었습니다. 그러나 시기를 놓치는 바람에 속으로 늘 허전하게 생각하고 있었지요. 그 칠석날 불공을 드릴 때에도 그랬습니다. 견우와 직녀의 고사를 떠올리노라니 자기도 모르게 슬픈 마음이 들지 뭡니까. 거기다가 감기까지 좀 들고 나니 순간적으로 일어나기조차 귀찮았습니다. 그러다가 '사촌오라버니가 서울에서 먼 길을 왔다'는 소리를 듣게 되었던 거지요.

청대 화가 개기(改琦, 1773~1828)가 그린 거울을 비추어 보는 여인

그녀는 '어릴 적에 그에게 출가시키려 했다'는 말을 어머니에게서 들은 적이 있었습니다. 게다가 그가 늠름한 용모를 가졌다는 소리를 듣고 나니 속으로 은근히 좀 설레면서 한번 만나보고 싶은 생각이 간절해졌지요. 그래서 기운은 없었지만 억지로 몸을 일으켜 단장을 하는 수밖에 없었습니다. 거울을 마주하고 앉은 그

녀는 길게 한숨을 쉬더니 말하는 것이었지요.

"이렇게 고운 외모를 가졌건만 … 대체 누구한테 출가하게 될런지?"

이 장면을 증명하는 【면탑서綿搭絮】 가사가 한 편 있습니다.

몸 야위어 주체할 수 없다보니                        瘦來難任,

거울 앞에 앉는 것조차 꺼려 지누나.                 寶鏡怕初臨.

해괴한 병이 들고 나서는                            鬼病侵尋,

답답한 심정에 가을 풍광 보니 찬 기운 엄습하고      悶對秋光冷透襟,

고요한 밤 다듬이 소리 듣는 일 가장 슬프구나.        最傷心靜夜聞砧.

수 놓은 단추는 끼우기도 귀찮고                      慵拈繡紐,

거문고 연주할 마음조차 들지 않네.                   懶撫瑤琴.

밤새도록 꿈조차 이루지 못하고                       終宵裡有夢難成,

새벽 되어서도 되려 생각에 잠기누나.                 待曉起翻嫌曉思沉.

빗질과 화장을 마친 그녀가 사촌오라버니에게 인사를 하러 나오려던 참이었습니다. 가만 보니 동생 고아가 허둥지둥 달려 오더니 말하는 것이었습니다.

"엄마가 급성 심장병이 나서 갑자기 쓰러지셨어! (…) 난 길거리로 가서 약을 지어 올께 … 누이는 어서 가서 엄마 좀 보살펴 드려!"

그 소리를 들은 단계 아가씨는 서둘러 방을 뛰쳐나왔습니다. 그리고는 화장품 상자를 수습할 겨를도 없이 방문도 잠글 틈조차 없이 그 길로 부인의 처소로 달려갔지요.

서재에서 빗질과 세수[52]를 마친 권 한림은 정신을 가다듬고 오늘은 사촌누이를 만나 볼 작정이었습니다. 그런데 가만히 들어 보니 누가

"노부인께서 순간적으로 가슴 통증으로 쓰러지셨습니다"
하고 알리는 것이 아닙니까. 그러자 그는 생각했습니다.

'이 병은 전문의 기반 거리[53]에서 파는 정신단[54]을 복용하면 바로 효과를 볼 수 있지. (…) 마침 배갑[55]에 이렇게 챙겨 왔지 뭔가? (…) 내 일단

---

52 빗질과 세수[梳洗] : '소세(梳洗)'는 흐트러진 머리를 빗질하여 가지런히 단장한 다음 얼굴을 씻는 것을 말한다. 이 표현은 『이각 박안경기』 등의 명·청대 중국 고전소설뿐 아니라 역대 중국 문헌들 도처에서 확인된다. 한·중·일 등 아시아 전통사회에서는 '몸에 난 털과 살은 부모님에게서 받은 것[身體髮膚, 受之父母]'이라는 유교사상의 영향으로 남녀 모두 머리를 길게 길렀다. 게다가 수도가 발명되기 전에는 물이 귀했기 때문에 일반 계층에서는 머리를 감거나 몸을 씻는 것이 명절 등 특별한 날로 제한되었다. 지금처럼 세수를 한 다음 빗질을 하려 하면 풀어 헤쳐진 긴 머리가 쉽게 물에 젖고 걸리적거리는가 하면 자칫 사방으로 물이 튀는 경우가 많았다. 그래서 아침이나 행사 직전에는 반드시 머리부터 먼저 잘 정리한 다음 세수를 할 수밖에 없었다.

53 기반 거리[棋盤街] : 명대의 거리 이름. 전문에서 천안문 사이에 있었던 거리로, 골동품·연극·일용품·점술 등 다양한 상업행위가 이루어져서 '소천교(小天橋)'라는 별명으로 일컬어질 정도로 번화했으나 1949년 중화인민공화국 수립 이후로 그 일대의 성벽을 허물고 천안문 광장을 조성하면서 사라졌다.

54 정신단(定神丹) : 명대의 약 이름. 글자 그대로 따져 볼 때 '정신을 안정시키는 환약'이라는 뜻이므로, 일종의 신경안정제였던 것으로 보인다.

55 배갑(拜匣) : 예물이나 청첩을 담는 장방형의 작은 나무 곽. '배첩갑(拜帖匣)'이라고도 불렸다.

조카 신분으로 본채로 들어가 병문안을 하고 이 약을 한 알 드려야겠다. 부인을 낫게 해 드리면 … 그 또한 잘 보일 절호의 기회가 될 게 아닌가!'

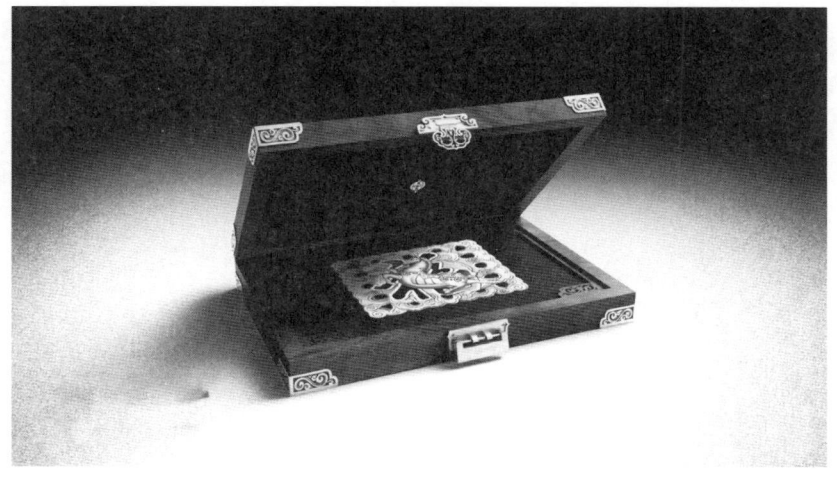

명대의 배갑

그는 약을 꺼내 와서 소매 속에 넣더니 그 길로 병문안을 하러 안채로 향했습니다.

그가 도중에 동쪽의 작은 뜰을 지날 때였습니다. 어제 부인이 하는 말을 통하여 그곳에 단계 아가씨의 침실이 있다는 사실은 알고 있었습니다. 그런데 뜰 문이 열려 있는 것이 아닙니까.

'단계 아가씨가 이 안에 있으렷다? (…) 모르는 척 뛰어 들어가 보자. 그녀를 보면 방법을 강구하기로 하고.'

이렇게 생각한 한림은 손에 땀을 쥐면서 침실로 걸어 들어갔지요. 그 방 안을 볼작시면

| | |
|---|---|
| 향기로운 함은 그대로 열려 있고 | 香奩尙啓, |
| 보물 거울은 미처 치우지 못했구나. | 寶鏡未收. |
| 남은 분이며 연지는 | 剩粉殘脂, |
| 그대로 대야 속에서 출렁거리고 있고 | 還在盆中蕩漾. |
| 꽃 곤지며 푸른 눈썹 화장은 | 花鈿翠黛, |
| 그대로 안석 위에 널려 있구나. | 依然几上鋪張. |
| 생각건대 그녀 가녀린 손으로 단장할 때 | 想他纖手理妝時, |
| 세심하게 눈썹 그려 줄 낭군이 빠졌구나. | 少个画眉人湊巧. |

한림은 얼이 나간 듯 술에 취한 듯 탁자 위의 물건들을 이것도 맡아 보고 저것도 맡아 보았습니다. 그러다 보니 정말로 온 몸이 다 근질거리지 뭡니까 글쎄! 이어서 향긋한 내음이 코 속까지 파고 들길래 고개를 돌려 보니 수를 놓은 휘장이 드리워진 상아 침상 하며 비단 금침에 뿔 베개가 아주 가지런하고 깔끔하게 놓여 있었습니다.

'누이 침상에 … 잠깐만 누워 볼까? 그녀의 향긋한 내음도 좀 묻혀 가고. (…) 그 살에 바로 착 달라붙어 있다고 여기고 말이야!<sup>56</sup>'

---

56 【즉공관 미비】肉麻景態. 닭살 돋는 광경이로고!

이렇게 생각한 권 한림은 침상에 드러눕더니 베개를 베고 누웠습니다. 그리고는 한동안 우두커니 생각에 잠겨 있는 것이었지요.

그렇게 얼마를 기다려도 아무 동정이 없자 별 감흥이 생기지 않았는지 천천히 걸어 나왔지요. 그리고 나서 부인의 방 앞에 이르렀을 때였습니다. 소매 속을 더듬어 보았더니 그 알약이 어느새 사라져 버리고 없는 것이 아닙니까요! 도대체 어디에 떨어뜨렸는지 알 수가 없었습니다. 그래서 정신을 집중해서 생각을 해 보더니 별 수 없이 아까 그 길을 따라 서재까지 찾으러 나섰답니다.

중국의 전통적인 침상

단계 아가씨는 어머니 곁을 지키다가 통증이 좀 가라앉자 미처 방문도 잠그지 않고 화장대도 치우지 못한 것이 생각나서 자기 방으로 달려 왔습니다. 그렇게 방 정리를 다 하고 나니 몸이 피곤하길래 비단 휘장을 걷고 좀 쉬려고 하는 찰나였습니다. 문득 보니 돗자리 사이에 웬 종이 보자기 하나가 눈에 띠는 것이 아닙니까. 그것을 주워서 펼쳐 보니 알약이었습니다. 그 보자기에는 글씨가 적혀 있는데 바로 이런 내용이었지요.

정심단.
가슴통증 치료 전문으로, 특효를 볼 수 있음
定神丹,
專治心疼, 神效.

"이게 … 어디서 났담? (…) 동생이 가지고 온 거라면 어째서 어머니 계신 곳에 가져가지 않고 내 방 돗자리 위에 놓아 둔 걸까? 동생이 아니라면 … 내 방에 누가 왔다 간 게지? (…) 게다가 공교롭게도 심장병을 다스리는 약이라니 … 정말 이상도 하구나! (…) 일단 어머니 처소로 가져가서 경위를 여쭈어 보자."

이렇게 생각한 단계 아가씨는 약을 챙기고 방문을 닫았습니다. 그리고 나서 부인의 처소로 가서 물었지요.

"어머니, … 동생이 약을 가지고 돌아 왔었어요?"

"눈이 빠져라 기다리고 있다마는 어디서 놀고 있는지 올 생각을 안 하는구나!"

그래서 단계 아가씨가 말했습니다.

"마침 알려 드릴 일이 있어요. 방금 제 방에 들렀다가 가만 보니 침상에 알약이 하나 있더군요. 보자기에는 '정심단. 가슴통증 치료 전문으로, 특효를 볼 수 있음'이라고 적혀 있고요. (…) '동생이 가지고 왔으면 어째서 어머니 방에 가져다 놓지 않고 내 방에 갖다 놓았을까' 하고 의아해하던 참이었어요. (…) 지금 동생이 아직 돌아오지 않았으니 이 약이 어디서 난 건지 알 수가 없네요!"

"애야, '정신단'은 북경의 전문 거리에서나 파는 약이란다. 여기서야 어디 구할 수가 있겠니? (…) 그건 네 효심에 감동하시고 신선께서 내리신 게 분명하다.[57] 내가 먹게 어서 이리 다오!"

그래서 단계 아가씨는 따뜻한 물을 가져다 부인에게 건네서 그 약을 삼키게 했습니다. 얼마 지나자 정말로 가슴통증이 금방 가라앉는 것이 아닙니까. 그러자 모녀는 몹시 기뻐하는 것이었지요.

부인은 통증이 가라앉자 정신이 나른해지면서 눈 앞이 몽롱해지더니 잠이 들었습니다. 단계 아가씨는 휘장 앞을 지키며 자리를 떠날 생각조차 하지 못 했지요. 그런데 마침 권 한림은 권 한림대로 약을 찾다가 보

---

57 【즉공관 미비】婦人見識如此. 여인네 식견이 이렇다니까.

이지 않아 빈손으로 병문안을 하러 오다가 거기에 있던 단계 아가씨와 딱 마주치고 말았지 뭡니까. 그 바람에 미처 몸을 피할 겨를도 없었지요. 단계 아가씨는 그가 백 씨댁 사촌오빠인 것을 안 이상 인사를 하지 않을 수가 없으니 그 자리를 피하지 않았지요. 이쪽의 권 한림은 권 한림대로 그렇지 않아도 가까이 접근하려던 참이었다 보니 얼굴에 웃음을 띠고 아는 척하면서 다가가 큰 소리로 인사를 하는 것이었습니다.

"누이! (…) 인사 받으시오!"

그러자 단계 아가씨도 황급히 답례를 했지요.

"오라버니 … 복 받으세요![58]"

"고모님 병세는 … 어떻습니까?"

"좀 나으신 거 같아요. 방금 잠이 드셨습니다."

그러자 한림이 말했습니다.

---

**58** 복 받으세요[萬福]: '만복(萬福)'은 중국에서 고대에 부녀자들이 하던 인사말. 이 인사를 할 때는 주먹을 쥔 두 손을 포개어 가슴쪽 우측 하단에 두고서 위아래로 흔들면서 절을 하는 자세를 취했는데, 지금은 경극(京劇) 등의 중국 전통극에서 젊은 아가씨를 맡은 배우가 이런 식으로 인사를 하는 것을 볼 수 있다. 여기서는 편의상 우리 식으로 "복 받으세요"로 번역하였다.

"어제 댁에 도착하니 누이를 꼭 보고 싶다는 생각이 간절합니다. 그런데 옥체가 편찮으시다길래 방해를 할 엄두가 나지 않더군요."

"저는 오라버니께서 오셨다는 말씀을 듣고 급히 마중을 나갈 작정이었습니다마는 미처 단장을 하지 못해서 결례를 할 수가 없더군요. 오늘도 마침 뵈려던 참이었는데 어머니께서 갑자기 급한 병을 만나시는 바람에 그 자리를 떠날 수가 없었답니다. 그런데 뜻밖에도 오라버니께서 이렇게 들어와 병문안까지 해 주시니 이런 다행이 없군요!"

단계 아가씨가 이렇게 말하자 한림이 말했습니다.

"천 리 길을 마다하지 않고 와서 누이의 모습을 볼 수 있게 되었으니 이번에 이렇게 멀리까지 온 것이 정말 헛수고가 아니었구려!"

"오라버니는 어머니와 가까운 친척이십니다. 당연히 뗄려야 뗄 수 없는 사이시지요. 이 누이야 … 박명한 사람이니 무슨 말이 필요하겠습니까!"[59]

"누이는 꽃다운 나이에 고운 모습이니 … 나중에 누릴 복이 무척 많고 경사도 … 머지 않았는데[60] 어째서 그런 말씀을 하시오?"

---

59 【즉공관 미비】怨恨可掬. 그 원망하는 마음이 손에 잡히는 듯하구나.
60 【즉공관 미비】全仗尊庇. 만사가 그 어머님한테 달려 있지.

이때 두 사람은 서로 마주보며 이야기를 주거니 받거니 나누었습니다. 단계 아가씨는 나이가 들어서 물정을 아는 사람이었지요. 그래서 권 한림의 준수한 풍채를 보고 나니 벌써부터 사랑하는 감정이 달아오르지 뭡니까. 더욱이 자기 집안의 사촌 오누이 사이임을 알고 나니 달콤하고 부드러운 말투로 조금도 부끄러워하거나 위축되지 않았습니다. 그녀는 한림을 보고 말했지요.

북경 정양문

"오라버니 … 처음 저희 집에 오셨는데 서재에 무슨 소홀한 구석이라도 있으면 이 누이한테 말씀해 주세요. 제가 일일이 잘 보살펴 드리도록 하겠습니다!"

"무슨 소홀한 구석이 있다고요!"

"설마 … 불만스러운 구석이 없으시려고요?"

"불만스러운 점이 있더라도 누이 앞에서 … 말하기가 민망하군요."

"말씀하시면 뭐 어때서요."

"부족한 것이 있더라도 … 누이가 보살펴 주기는 어려울 겁니다. 그렇기는 한데 … 누이가 아니더라도 보살펴 주기 어렵기는 마찬가지이겠군요."

"어떤 것이 부족하시길래요?"

그 말에 한림이 웃으면서 말하는 것이었습니다.

"밤에 짝이 되어 줄 분이 없구려."

그러자 단계 아가씨는 얼굴이 빨개지더니 대답조차 못하고 몸을 돌리자마자 가 버리는 것이었습니다. 한림이 따라가서 덥석 붙잡더니 말했지요.

"이 오라비를 누이 방으로 데리고 가서 누이 구경을 좀 하게 해주면 … 어떨까요?"[61]

---

61 【즉공관 미비】武莽些. 어지간히도 무례하구나.

단계 아가씨는 그가 자신의 몸에 함부로 손과 발을 대는 것을 보면서도 떼어 놓지 못해 곤혹을 치르고 있었습니다. 바로 그때 가만히 들어보니 휘장 안에서 노부인이 입을 여는 것이었지요.

"누가 여기서 이야기를 나누는 게냐?"

그러자 한림은 하는 수 없이 손을 놓더니 고개를 돌려 침상 쪽으로 돌아왔습니다.

"조카가 문안을 왔습니다!"

그 때는 단계 아가씨가 벌써 몸을 피해 자기 방으로 뛰어 들어가 버린 뒤였습니다. 휘장을 연 부인은 한림을 발견하고 말했지요.

"이제 보니 조카였구나! 아우는 바깥에서 아직 돌아오지 않았는데 … 누이가 어째서 마중도 하러 오지 않았을꼬! (…) 조카야! 그건 그렇고 … 방금 전에는 누구 하고 이야기를 나눈 게냐?"

그러자 한림은 속마음을 숨긴 채 거짓말을 둘러대었습니다.

"저 뿐이었습니다. 다른 사람은 없었고요."

"그럼 이 늙은이가 잘못 들은 게로구나."

그러자 한림은 마음이 어수선해져서 한두 마디 이야기를 나누더니 서둘러 물러가겠다고 인사를 하는 것이었지요. 부인은 당황해서 어쩔 줄을 모르는 그의 모습을 보더니 속으로 이상하게 여겼습니다.

'아까 내가 복용한 정신단은 북경에서 나는 것이니 조카가 가지고 왔을 것이다. 헌데 … 어째서 딸 방에 있었을꼬? (…) 방금 잠을 잘 때에도 분명히 내 딸 하고 이야기를 나누는 소리를 들었는데 '그런 적이 없다'고 하지를 않나 … 둘이서 앞뒤 재지 않고 자칫 몰래 드나들다가는 나중에 사달을 내게 생겼구나! (…) 조카와 딸이 다 컸고, 게다가 나도 처음부터 딸을 짝 지어 줄 생각이었다. 그렇기는 하지만 … 조카가 이제 막 와서 어떤 상황인지 알 수가 없구나. (…) 어쩌면 벌써 아내를 맞아들였는지도 알 수 없으니 입을 떼기가 난처하구나! (…) 일단 좀 더 지나서 상황을 보고 인연을 맺어주도록 하자!'

이렇게 이런저런 생각을 하고 있을 때였습니다. 가만 보니 고아가 약을 한 첩 들고 와서 말하는 것이었습니다.

"의원 그 망할 놈이 외출을 했지 뭐에요! 한참을 기다리고 나서야 겨우 이 약을 받아 왔어요."

부인은 고아가 늦게 온 것을 나무라면서 말했지요.

"네가 약을 받아 왔을 때에는 이 어미가 벌써 죽고 없겠구나! (…) 오늘은 다행히도 아프지 않으니 이 약은 안 먹어도 되겠다. 가서 네 형 대접이나 하도록 해라!"

"저 형님도 착실한 양반은 아니더군요. 방금 들어오다가 무심코 마주쳤는데 … 누이 침실 문 앞에서 두리번두리번 거리다가 나를 발견하자마자 나가 버리더라구요."[62]

그래서 부인이 말했습니다.

"여러 소리 할 것 없다!"

"보니까 이 형님이 준수하긴 하더라구요. (…) 우리 누이는 자형도 없으니 그 형님한테 짝 지어 주지 않으시고요. 그렇게 하면 큰 일을 치루는 셈이고 그 형님이 껄떡거리면서 별별 추태를 다 벌일 걱정도 없구요."

"사내 자식이 이렇게 입이 가벼워서야! (…) 내게도 다 생각이 있다니까!"

---

62 【즉공관 미비】 好點綴. 아주 잘 연결시켰군.

부인은 아들에게 호통을 치기는 했지만 '일리가 있는 말'이라고 여겼습니다. 그래서 그 일을 염두에 두고 준비를 할 마음을 품기는 했습니다. 그러나 그 말을 꺼내기가 불편했지요.

권 한림은 단계 아가씨를 마주친 자리에서 이야기를 나눈 뒤로 수시로 마주치기만 하면 눈길을 주고받으면서 서로에게 호감을 품었습니다. 한림은 하루 종일 정신이 나간 것 같았습니다. 붓을 들고 깨작거리면서 끼니조차 거를 정도였지요. 단계 아가씨는 그녀대로 날마다 의욕이 하나도 없었습니다. 그저 피곤해 잠이라도 들 것처럼 바느질조차 할 마음이 생기지 않는 것이었지요. 결국 그 모습을 모두 부인에게 들키고 말았답니다. 그러나 두 사람은 그저 각자 마음만 간절할 뿐이었습니다. 서로가 남들 이목을 신경 쓰느라 이렇다 할 대책도 세우지 못하고 있었지요.

그러던 어느 날이었습니다. 한림이 부인의 처소에 가는 길에 마침 단장을 마치고 막 방을 나서는 단계 아가씨와 마주쳤겠다? 한림은 문을 가로막고 다가가더니 인사를 하고 나서 말했습니다.

"전부터 누이 방이 아주 잘 꾸며져 있다고 들으면서도 여태 구경 한번 못 했구려. (…) 오늘 운 좋게도 이렇게 만났으니 꼭 한번 들어가서 구경을 해야겠소!"

그러면서 다짜고짜로 방문 안으로 비집고 들어가려고 드는 것이 아닙니까. 단계 아가씨는 하는 수 없이 도로 방으로 들어 왔지요. 그런데 사람이 없는 것을 확인한 한림은 그녀를 와락 끌어안더니 말하는 것이었습니다.

"누이! 자비 좀 베풀어 주시오! (…) 객지에서 외로운 이 오라비 목숨 좀 살려 주시구려!"

단계 아가씨는 소리도 지르지도 못하고 나지막히 말했습니다.

"오라버니, 자중하십시요! 오라버니께서 이 누이를 저버리지 않으실 거라면 어째서 사람을 시켜 어머니께 혼담을 넣지 않으세요? 그렇게만 하면 허락해 주실 것이 분명합니다. 그런데 어째서 … 이렇게 경박한 짓을 하세요?"

"누이가 이처럼 가르침을 주는 걸 보니 그 두터운 호의를 알 수가 있겠구려! 하지만 … '먼 곳의 물로는 가까운 곳의 불을 끌 수가 없다'[63]고 했소. 이 오라비는 솔직히 그렇게 진지하게 일을 진행할 때까지 기다릴 수가 없구려!"

---

63 먼 곳의 물로는 가까운 곳의 불을 끌 수가 없다[遠水不救近火] : 『한비자(韓非子)』「설림상(說林上)」에 나오는 말. 더딘 방법으로는 긴급한 일을 해결할 수 없다는 뜻이다. 때로는 '먼 곳의 물로는 물로는 가까운 곳의 불을 끄기 힘들다[遠水難救近火]' 식으로 쓰기도 한다.

그러자 단계 아가씨는 정색을 하면서 말했습니다.

"정이나 통할 생각이시라면 이 누이도 단연코 따르지 않을 겁니다! 나중에 부부가 될 수가 있는데 오라버니한테 몸을 망치는 격이 아니겠습니까?"[64]

단계 아가씨는 몸을 빼서 문 밖으로 달아났습니다. 그 바람에 틀어올린 머리가 삐뚤어지고 양쪽 살쩍도 다 흐트러져 버렸지 뭡니까.

그렇게 허둥지둥 부인 처소까지 갔을 때에는 가쁜 숨이 채 진정되지 않은 상태였지요. 그 모습을 본 부인은 평소와는 좀 이상하다고 여겼던지 물었습니다.

"어째서 그 모양이냐?"

"방금 방에서 나오다가 뒤에서 오는 오라버니와 마주쳤답니다. 그래서 서둘러 먼저 뛰어오다 보니 좀 급하게 왔네요."

"한 집안 오누이인데 굳이 그렇게까지 내외를 할 필요가 있느냐?"[65]

부인은 조카도 바로 뒤 따라 올 줄 알았습니다. 그런데 올 기색도 보이

---

64 【즉공관 미비】正氣語. 不碍其爲鍾情. 바른 말이다. 그가 사랑하는 사이라도 거리낌이 없구나.

65 【즉공관 방비】老幫襯. 모친까지 한림을 거드는구만.

지 않지 뭡니까. 알고 보니 권 한림은 맥이 풀려서 되려 그곳을 나가 버린 것이었지요.

부인은 그렇게 되자 또 이상하게 여기고 서둘러 두 사람을 짝 지어 주어야겠다고 생각했답니다. 그러나 그 중간에서 인연을 맺도록 이끌어 줄 사람이 없으니 어쩌겠습니까! 그러다가 불현 듯 이런 생각이 들었습니다.

'조카가 왔을 때에 '묘통 스님 말씀을 듣고 우리 집을 찾아 왔다'고 했었지. 그렇다면 … 아예 당장 묘통을 불러서 그 일을 일러 주어야겠다. 그렇게 되면 딱 좋지 않겠는가?'

그래서 바로 아들 고아에게 분부하여 암자로 가서 묘통을 데려오게 한 것은 말 할 필요도 없었습니다.

계속 이야기를 들려 드리도록 하겠습니다. 서재로 돌아온 권 한림이 방금 전의 일을 생각하니 속이 몹시 언짢았습니다. 그러다 보니 이런 생각이 들었지요.

'단계 아가씨는 나한테 마음이 있어. 내 뜻을 따르지는 않았지만 그 말은 일리가 있지. 그러나 (…) 내가 가짜라는 사실을 몰라서 그런 거지. (…) 이 일을 누구한테 부탁을 해야 한담?'

그러면서 다시 곰곰이 생각했습니다.

'그 모녀가 나를 백대로 알고 있는 건 물론 나전 합보시기 때문이지. (…) 무조건 합보시기를 증거로 내밀자. 그러면 이 일이 안 이루어질 리가 있어?

그런데 이번에는 이런 생각까지 들었지요.

'안돼, 안되지! (…) 만에 하나 이름이 우연히 같다고 치자. 그러나 합보시기가 이 댁 것이 아니라면 진짜가 가짜로 변하는 꼴이 아닌가! (…) 일단 그물은 찢지 말자! 무조건 공을 들이면서 아주 가깝게 지내다 보면 저절로 내 손에 들어올 테지!'

이렇게 오만 가지 생각을 다 하면서 본채 앞으로 나와 산책을 하고 있을 때였습니다. 어느새 묘통 스님이 대문 안으로 들어오다가 한림을 발견하고 안부를 묻는 것이었습니다.

"나리! 친척댁 좋은 집에 오래 머무시느라 이제 저희 암자에는 아예 안 오시는군요?"

그러자 권 한림은 답례를 하고 웃으면서 말했지요.

"솔직히 말씀드리면 … 무엇보다도 고모님께서 붙잡으시는 데다가 소생도 외로운 처지이다 보니 적적하게 지내는 건 못 견디겠더군요. 그래서 혈육끼리 서로 의지하고 지내느라 바쁘다 보니 좀처럼 바깥에 나갈 일이 없지 뭡니까."

"고단한 처지라고 하시니 … 이 늙은 것이 중매라도 서 드리지요!"[66]

"소생이야 오래 전부터 아내를 맞아들일 작정이었습니다마는 스님께서 지난번에 '남의 일에는 상관하지 않는다'시길래 감히 부탁드릴 엄두를 못 내었습니다. 저 대신 중매인을 맡아 주신다면 아주 좋지요!"

"혼사야 제가 속에 생각해 둔 곳이 한 군데 있지요. 방금 전에 백노마님께서 저를 불러 하실 말씀이 있다고 하시더군요. 마님을 뵙고 나서 자세히 말씀드리지요."

그러자 한림이 말했습니다.

"저도 마음속에 한 사람이 있습니다마는 하필 중매 서 줄 분이 안 계시던 참인데 … 마침 잘 오셨습니다. 고모님을 뵙고 나서 꼭 서재로 걸음 좀 해 주십시오. 상의드릴 말씀이 있습니다!"

"알겠습니다."

---

66 【즉공관 미비】慈悲爲本. 불교는 자비가 근본이니까.

묘통은 이야기를 마치자마자 안으로 들어가서 부인과 인사를 나누었습니다.

"오랫동안 적조하셨군요."

부인이 이렇게 말하자 묘통이 말했지요.

"편찮으시다고 하셔서 그렇지 않아도 찾아뵈려던 참이었습니다. 그런데 마침 도련님께서 부르러 오셨길래 뵈러 왔지요."

"지난번에 제 조카가 막 왔을 때는 속으로 기쁘기도 하고 슬프기도 하더군요. 거기다가 고생을 좀 했더니 병이 났습니다. 지금은 병이 벌써 나았으니 걱정하실 것 없습니다. 그건 그렇고 … 스님께 한 말씀만 드리려고요."

"무슨 말씀이신지요?"

"딸에게 여태 임자가 없어서 … 제가 주야로 걱정을 하고 있지 뭡니까!"

그래서 묘통이 말했지요.

"당장은 만족스러운 결과를 얻기 어려우실 테지요."

"여기에 한 사람이 있기는 해서 … 마침 스님 하고 상의를 하려던 참입니다."

"누구이길래 저 같은 출가한 사람하고 상의를 다 하신다는 겝니까?"

"그 사람이 누구인지는 일단 접어놓고 … 스님한테 한 말씀만 여쭙겠습니다. 북경에서 온 제 조카 말이 '스님을 먼저 알았다'고 하던데 … 알고 계십니까?"

"저희 암자에 오랫동안 머무시다가 제가 마님 이야기를 하자 친척을 찾아 오셨지요. 어떻게 모를 리가 있겠습니까? 게다가 아주 준수한 인물이신 걸요!"[67]

그러자 부인이 말하는 것이었지요.

"조카가 제 딸과 같은 해에 태어난 것은 지난번에 스님께도 말씀드렸었지요. 당시 우리 집이 북경에 있을 때에는 제가 딸을 조카에게 아내로 주려고 했습니다. 그러나 우리 집의 돌아가신 양반이 바라지 않았지요. 그래서 제가 북경을 떠날 때 은밀히 나전 합보시기 하나를 두 쪽으로 나누어 각자 한 쪽씩 나중의 증거로 간수하게 하고 문서를 한 장 작성했었

---

67 【즉공관 방비】老幫襯. 이번에는 스님이 거들어 주는군.

답니다. 그때 조카는 아직 나이가 어렸지요. (…) 세월이 많이 흘러서 그 합보시기와 문서가 있는지 어떤지는 알 수가 없습니다. 하지만 사람은 맞는 것 같군요.[68] 보아 하니 딸은 다른 집안과는 인연이 없는 것 같네요. 하늘의 뜻은 거기에 있는 것 같습니다. (…) 저야 전날의 약속을 지킬 작정입니다마는 스스로 입을 떼기가 민망하군요. 게다가 조카가 북경에서 혼인을 한 적이 있는지도 알지 못합니다. 그러니 귀찮으시겠지만 스님께서 서당으로 가셔서 제 조카한테 이 사정을 이야기해 주시지요. 만약 아직도 아내를 들이지 않았다면 조카 하고 인연을 맺어 주는 것도 좋지 않겠습니까?"

그래서 묘통이 말했습니다.

"그거야 당연히 그렇게 해 드려야지요. 단번에 성사시켜 드린다고 장담합니다! (…) 일단 이 나전 합보시기 반쪽을 가져가면 말을 꺼내기가 수월할 겝니다."

"맞는 말씀이십니다."

방 안으로 들어간 부인은 그것을 가지고 나오더니 묘통에게 건넸습니다. 묘통은 그것을 소맷부리에 넣더니 그 길로 서당 서재로 건너왔지요.

---

68 【즉공관 미비】 誰知鈿盒文書却在, 人却不是. 그러나 뜻밖에도 나전 합보시기와 문서는 그대로 있지만 사람만 엉뚱한 사람인 줄을 누가 알겠는가?

그러자 한림이 마중을 나와서 말했습니다.

"스님! … 고모님은 뵈었습니까?"

"예, 뵈었습니다."

"무슨 … 이야기를 하시던가요?"

"오랫동안 못 뵈어서 이런저런 이야기를 나누었을 뿐입니다."

그래서 한림이 말했지요.

"제 누이는 … 보셨는지요?"

"방금 전에는 못 보았습니다. 좀 지나서 아씨 방에도 가 보아야지요."

그러자 한림이 말하는 것이었습니다.

"아주 잘 근사하게 꾸며 놓은 방인데 … 아쉽게도 누이 혼자 독수공방을 하고 있으니!"

"지금 그렇지 않아도 한 분을 소개시켜 드릴 작정이랍니다."

"아까 소생한테 중매를 서 주실 혼처가 있다고 하셨지요? 어느 댁입니까?"

"그렇지요. 한 댁이 있습니다. 저희 암자의 단월[69]이시지요. (…) 그 댁 아가씨는 외모도 그렇게 고울 수가 없답니다. (…) 나리 하고 딱 어울리지요! 그렇지만 … 나리는 소실을 들일 작정이 아니십니까? 정실 부인은 분명히 있으실 테고 … 헌데 그 댁은 소실로 들어가는 건 바라지 않으시는지라…"

묘통이 이렇게 말하자 한림이 말했습니다.

"본처가 있기는 있었지요. 그러나 여읜 지가 일 년이 넘었습니다. 당장은 제게 걸맞는 연분을 구하시기 어려우실 겁니다. 그러니 일단 소실 감을 한 사람 구해 주십시오. 정말로 제 마음에 드는 댁이 있다면 당연히 정실로 맞아들여야지요!"

---

[69] 단월(檀越) : 불교 용어. 산스크리트어 '다나 빠띠(daana padi)'를 한자로 번역한 말. 산스크리트어에서 '다나'는 '베풀다, 주다'라는 의미를 나타내는 동사이며 '빠띠'는 '주인, 물주'라는 의미를 가진 명사이다. '다나 빠띠'는 말하자면 '베푸는 주인' 즉 자선가를 뜻하며 이를 의미대로 한자로 옮긴 것이 '시주(施主)'이다. '다나 빠띠'는 원래 그 발음대로 한자로 옮긴 음사(音寫)로 '타나발저(陀那鉢底)'로 번역되었다. 원래의 산스크리트어 그대로 중국에 수용되었음을 알 수가 있다. 그러나 그 후로는 '단월(檀越)'로 정착되었는데 「음사＋의역」의 복합어라고 할 수 있다. 다만, '단(檀)'은 '다나'의 음사라고 할 수 있지만 '월(越)'은 그 의미('넘다')나 발음에서 '빠디'와는 거리가 멀다. 『중화불교백과전서(中華佛敎百科全書)』에 따르면, 사람들에게 자선을 베풀면 자연히 윤회에서 벗어날 수 있다[越渡]는 의미에서 '월'자를 사용한 것으로 해석하고 있다. 즉, '단월'은 '(자선을) 베풀다'와 '해탈하다'의 복합어인 셈이다. 국내에서는 '단월'이 그다지 널리 사용되지 않기 때문에 여기서는 편의상 "시주"로 번역하였다.

"어떤 … 분이어야 나리 마음에 쏙 드시려나?"

한림은 손으로 안쪽을 가리키면서 말했지요.

"솔직히 말씀드리면 … 저 안의 사촌 누이 … 정도 되면 딱 좋겠습니다!"[70]

그러자 묘통이 웃으면서 말했지요.

"외모는 그래도 비슷하겠군요."

"지참금을 얼마나 달라던가요?"

묘통은 소매 안에서 합보시기를 꺼내더니 말했지요.

"다른 지참금은 필요 없는데 … 난제가 하나 있습니다. (…) 그 댁에 금 합보시기 반 쪽이 있는데 그 합보시기 하고 짝이 맞는 분한테 따님을 출 가시키시겠다는군요."

그래서 한림이 그것을 손에 건네받아서 보았더니 아 글쎄 바로 자신이 가진 합보시기의 몸통이지 뭡니까. 그는 이루 형용할 수 없을 정도로 기

---

70 【즉공관 미비】有味乎.其言之也. 구미가 당기는 걸까? 그녀 이야기를 한 것을!

뺐습니다. 그렇지마는 일부러 이렇게 물었지요.

"그 댁에서 이 합보시기와 짝을 맞추려 하신다니 … 거기에는 까닭이 있음이 분명합니다. 스님께서 혹시 잘 알고 계시는지요?"

"당초에 그 댁은 원래 북경에서 사셨답니다. 그런데 어떤 사촌과 혼약을 맺고 각자 합보시기를 한 쪽씩 신물로 간수했다고 합니다. 그 반 쪽을 가지고 있다면 그 분이야말로 전생의 인연인 게지요."

그러자 한림은

"합보시기라면 저한테도 반쪽이 있습니다. (…) 둘이 서로 짝이 맞을지 모르겠군요?"

하더니 서둘러 배갑에서 꺼내서 맞추어 보았지요. 그랬더니 온전한 합보시기로 맞추어지는 것이 아닙니까 글쎄!

"정말 하나가 되었군요! 운 좋게도 나리가 그것을 간수하고 계셨군요!"

"일단 그 반쪽이 어느 댁 것인지 … 이야기해 주십시오!"

그래서 묘통이 말했지요.

"뉘댁은 뉘댁이겠습니까? 어떻게 모른 척하면서 저를 속이려 드십니까? 바로 나리의 가까운 친척인 사촌누이 단계 아씨의 것입니다! 설마 모르지는 않으실 텐데요?"

"스님께서 어물어물 하시면서 바로 이야기해 주지 않으시길래요. 그래서 저도 시치미를 떼고 능청을 좀 떤 것입니다. 또 하나, … 이건 고모님께서 제가 어릴 때 주신 것입니다. 그런데 굳이 오늘 스님께서 이렇게 돌려서 이야기하실 필요야 어디 있겠습니까!"

그러자 묘통이 말하는 것이었습니다.

"나리의 고모님께서도 말씀하셨지요. 세월이 오래되어 나리께서 다른 댁과 혼인을 하셨으면 서로가 민망해질까 걱정이셨던 게지요. 그래서 절더러 분명히 캐물어 보라고 하셨습니다. (…) 지금 나리께서 전부인을 여읜 뒤로 재혼을 하지 않으셨고 합보시기도 이렇게 완전하게 맞추어 졌으니 … 제가 마님께 고해서 혼인만 하시면 되겠습니다!"

"중매를 서 주신 큰 은혜에 감사드립니다! (…) 그건 그렇고 … 언제 혼례를 치를 수 있을지요? 하루라도 빠르면 좋겠습니다만?"

"신랑께서 안달이 나셨네! (…) 내일이 중추절仲秋節이지요. 제가 마님을 설득해서 성사시키도록 하지요. 더 기다릴 것 뭐 있습니까?"

"감사합니다, 감사합니다!"

묘통은 소매 속에 그 나전 합보시기 두 쪽을 챙겼습니다. 그리고는 기쁜 마음으로 그 자리를 떠나 바로 부인에게 알려 주었지요. 그러자 부인은 '혈육이 다시 인연을 맺고 옛 물건을 다시 보게 되었다'면서 몹시 기뻐하는 것이었습니다. 이제는 다음날 혼례를 치루고 축하주만 먹으면 되는 셈이었지요. 부인은 이때 마음속에는 별별 생각이 다 들었습니다. 그 중에 어디 조금이라도 그의 조카 생각 아닌 것이 있었겠습니까? 그야말로

| | |
|---|---|
| 그저 합보시기만 진짜라고 여겼지 | 只認盒爲眞, |
| 사람은 가짜임을 어찌 알리오? | 豈知人是假. |
| 기이한 일은 뒤집히고 또 뒤집히는 법 | 奇事顚倒顚, |
| 그야말로 새옹지마의 경우와도 같구나! | 一似塞翁馬. |

권 한림은 뛸 듯이 기뻐하면서 밤이 새도록 잠을 이루지 못했답니다. 그는 꼭두새벽부터 잠자리에서 일어나더니 권충을 불러 전당포로 가서 유생이 쓰는 유건儒巾 하나, 유의儒衣 한 벌을 빌려 오게 했습니다. 초례청에서 혼례를 치르기 위해서 말입니다. 부인은 부인대로 이른 아침에 일어나서 술자리를 준비하고, 딸의 몸단장을 재촉했지요. 그런 다음에는 신랑과 신부의 맞절이 빠질 수가 없었습니다. 권 한림은 유의를 입으니 그야말로 '흰 용이 물고기 옷을 입은 것'[71]같이 신수가 훤했지요. 그는 입을 가린 채 마냥 웃기만 할 뿐이었습니다. 권충조차 싱글벙글 웃는 것이

었지요. 옆에서 구경하는 사람들이야 저마다 '권 한림이 장가드는 것이 기뻐서 그러나 보다' 하고 생각할 뿐 어디 그 내막을 알기나 하겠습니까? 그 광경을 볼작시면

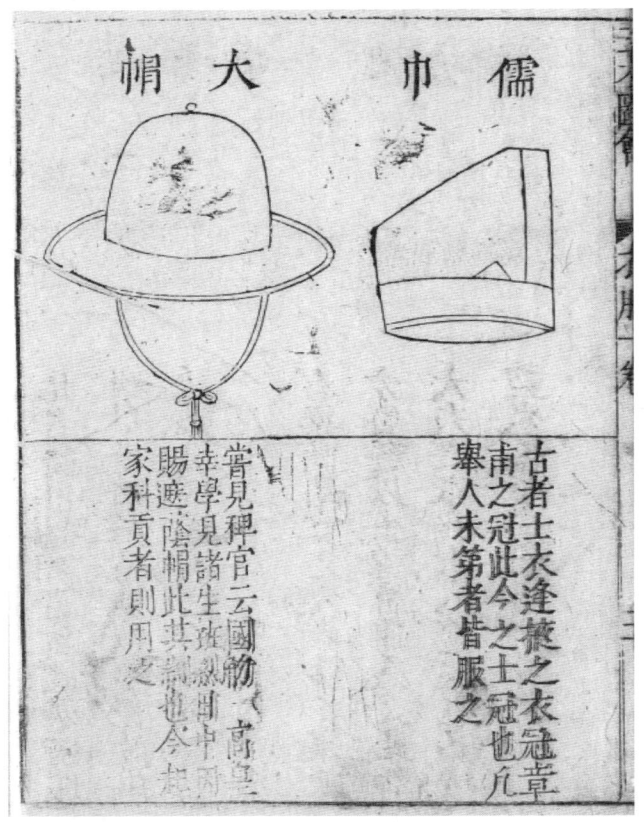

명대의 백과전서 『삼재도회』에 소개된 유건(우)

---

**71** 흰 용이 물고기 옷을 입은 것[白龍魚服] : 명대의 유행어. 귀인이 평복을 입고 모험에 나서는 것을 뜻한다. 여기서는 권차경이 자신의 고귀한 신분을 감추고 선비 행세를 한 것을 두고 한 말이다.

화촉이 휘황찬란한 것이            花燭輝煌,

황홀하기가 신선이 된 꿈을 꾸는 것 같구나!    恍作遊仙一夢.


이 일을 증명하는 가사가 있습니다.


은빛 초는 부용꽃 촛대에서 빛나고           銀燭燦芙渠,

오리 향로에선 사향 연기 피어[72] 오르네.      瑞鴨微歕麝煙浮.

경사로운 홍실 이제 비로소 맺어지고        喜紅絲初綰,

보배로운 합보시기 일찍이 건네졌었지.      寶合曾輸.

하서방[73]의 훌륭한 재주는 구름까지 능가하고   何郞俊才調凌雲,

사 씨댁 따님[74] 고운 외모는 이슬로 씻은 듯.   謝女艷容華濯露.

보름달 뜬 날 혼례 치루는 밤을          月輪正値團圓暮,

고아하게 '금당환취'라고 부른다네.       雅稱錦堂歡聚.

---

72 [교정] 피어[歕] : 상우당본 원문(제184쪽)에는 '불 분(歕)'으로 되어 있으나 전후 맥락
   으로 볼 때 '뿜을 분(噴)'의 오각(誤刻) 또는 (別字)로 보인다.
73 하 서방[何郞] : 삼국시대 위나라의 대신이자 현학자인 하안(何晏, ?~249)을 말한다. 자
   는 평숙(平叔)이며 남양군(南陽郡) 완현(宛縣, 지금의 하남성 남양시) 사람이다. 그 부친
   이 일찍 죽어 과부가 된 그 생모 윤씨(尹氏)를 조조(曹操)가 첩으로 들이면서 거두어져
   조조의 총애를 받았다. 용모가 준수하고 평소에 꾸미기를 좋아해서 분을 손에는 놓는 일
   이 없을 정도여서 사람들이 '분 바른 하 서방[傅粉何郞]'이라고 불렀을 정도라고 한다.
   여기서는 권 한림을 두고 한 말이다.
74 사 씨댁 따님[謝女] : 동진(東晉)의 시인이자 재녀로 명성이 높았던 사도온(謝道韞, ?~?)
   을 말한다. 동진의 명문가인 양하(陽夏, 지금의 하남성 태강현) 사씨 집안 출신으로 어릴
   때부터 총명하고 문재가 뛰어났다고 한다. 한번은 눈이 내리는 것을 본 숙부 사안(謝安)
   이 무엇과 비슷한지 자리를 함께 한 사람들에게 물었다. 그래서 조카 사랑(謝朗)이 "소금
   을 공중에 뿌리는 것과 거의 비슷합니다(撒鹽空中差可擬)"라고 대답하자 사도온은 그 말
   을 받아 "그게 버들 솜이 바람에 흩날리는 것만 하겠습니까(未若柳絮因風起)"라고 대답
   해서 사안을 즐겁게 했다고 한다. 여기서는 단계를 두고 한 말이다.

—이상은 【화미서】가락에 맞추다　　　　　—右調【画眉序】

술자리가 끝나자 사람들은 신랑 신부를 신방으로 들여보냈습니다. 신방은 바로 동쪽 작은 뜰 단계 아가씨의 침실이었지요. 지난번에 몰래 누워서 공상을 하고, 막무가내로 밀고 들어갔다가 따귀를 맞았던 바로 그곳이었습니다. 그런데 오늘에서야 느긋하게 누워서 밤이 샐 때까지 잘

수 있게 된 거지요. 그러니 신이 나겠습니까 안 나겠습니까? 권한림은 그야말로 신선들이 산다는 봉래선도[75]에라도 들어간 기분이었지요! 비단 휘장 안으로 들어가서 신랑은 탐닉하고 신부는 사랑하며 두 사람이 원 없이 사랑을 속삭인 것은 말 할 것도 없었답니다.

중국 전설상의 봉래산(『삼재도회』)

그렇게 운우의 정[76]을 나누고

---

**75**　봉래선도(蓬萊仙島) : 중국의 고대 전설에 등장하는 봉래산(蓬萊山)을 말한다. 중국 전설에 따르면 바다에 있는 세 개의 신령스러운 산들 중의 하나로, 그 모습이 주전자와 닮았다 하여 '봉호(蓬壺)'로 불리기도 하였다. 때로는 바다 한 가운데에 있다고 해서 '해상선도(海上仙島)'로 부르기도 하였다.

**76**　운우의 정[雲雨] : 남녀간의 정사를 두고 한 말. 전국시대 초(楚)나라의 가객 송옥(宋玉)이 지은 「고당부(高唐賦)」에 따르면, 초나라의 양왕[楚襄王]이 고당으로 유람을 갔다가 꿈에 어떤 여자를 만났는데, 작별할 때 "소녀는 무산의 남쪽 고구의 험지에 산답니다. 아침에는 떠다니는 구름이고 저녁에는 움직이는 비가 되어 아침저녁으로 양대 밑에 있답

났을 때였습니다. 한림은 단계 아가씨를 어루만지면서 말했지요.

"나와 당신은 천 리 먼 곳에 떨어져 있다가 오늘 아름답게 맺어졌으니 '삼생[77]의 행운'이라고 하겠소."

그러자 단계 아가씨가 말하는 것이었습니다.

"저와 서방님은 어려서부터 사랑을 기약한 사이입니다. 그러니 오늘 부부가 된 것도 이상할 것이 없지요.[78] 기쁜 일은 그토록 오랜 세월동안 떨어져 지내고, 또 이처럼 먼 길을 오셔서 결국은 부부가 된 것이지요. 그야말로 하늘께서 보살펴 주신 덕택인 것 같습니다! 다만 한 가지, … 서방님은 이곳 분이 아니셔서 지금은 우리 집에 데릴사위로 더부살이를 하십니다. 하지만 나중에는 부평초처럼 떠돌다가 어디에 정착하게 될지 모르겠군요. 더욱이 서방님이 유학자인지 상인인지, 어떤 생업에 종사하고 계신지도 모르고 있지요. (…) 저야 '닭에게 시집을 가면 닭을 따라야 한다'[79]지만 … 그래도 평생을 갈 계획은 상의해야 옳습니다. 한 순간의 사랑은 따를 수가 없으니까요!"

---

니다(妾在巫山之陽, 高丘之阻. 朝爲行雲, 暮爲行雨, 朝朝暮暮, 陽臺之下)"라고 말했다고 한
다. 다음날 아침 양왕이 현장으로 가 보니 그 여인의 말과 같길래 그 곳에 사당을 짓고
'조운(朝雲)'이라고 이름 붙였다고 전한다. 중국문학에서는 이로부터 남녀간의 정사를
형용할 때 운우·장 지휘巫山)·고당·양대(陽臺) 등의 말로 완곡하게 표현하곤 하였다.
77  삼생(三生) : 과거의 전생(前生), 현재의 현생(現生), 미래의 후생(後生)을 말한다.
78  【즉공관 미비】都是見鬼之談. 모두 다 말도 안되는 소리이다.
79  닭에게 시집을 가면~[嫁鷄隨鷄, 嫁狗隨狗] : 원·명대의 속담. 여자가 출가하면 남편이
싫든 좋든 무조건 순종해야 한다는 뜻이다.

"걱정할 필요 없소. 당신이 시집을 오지 않았다면 모르지. 그러나 일단 내게 시집을 온 이상 당신에게 좋은 일이 생길 거라고 장담하오!"

"무슨 좋은 일인데요? 그래 보았자 오화관고[80]와 부인[81]의 명예를 누릴 팔자는 아닐 텐데요 뭘!"

그러자 한림은 웃으면서 말했습니다.

"다른 거야 어쩌면 어려울지 모르겠소이다. 허나 … 만약 오화관고의 명예를 바란다면야 저 함짝에서 지금 당장 꺼내 줄 수도 있지."[82]

단계 아가씨는 코웃음을 치면서 말했습니다.

"뻔뻔스럽기도 하셔라!"

단계 아가씨는 그것이 허풍인 줄로만 알고 대수롭지 않게 넘겼습니다. 그래도 한림은 웃기만 할 뿐 대놓고 설명해 주지도 않았지요. 그러면서

---

80  오화관고(五花官誥) : 황제가 고급 관리에게 내리는 일종의 임명장. 여기서는 그 관리의 아내에게 내려진 봉호(封號)를 뜻한다. '오화(五花)'는 여러 가지 색깔을 써서 알록달록 화려하고 고급스럽게 꾸며진 모습을 형용하는 수식어로 사용되었다.

81  부인(夫人) : 중국 고대의 존칭. 당대에는 3품 이상의 고관대작의 모친이나 아내를 '군부인(郡夫人)', 왕의 모친, 아내 및 1품 고관대작과 제후의 모친, 아내는 '국부인(國夫人)'으로 높여 불렀다. 나중에는 대갓집의 여주인 역시 '부인'으로 불려졌다.

82  【즉공관 미비】說得響的. 아주 자신 만만하시구만?

일단 부드럽고 상냥하게, 어화 둥둥 내 사랑 하면서, 마치 물고기와 물인 양 첫날 밤을 보냈답니다.

다음날 아침에 잠자리에서 일어난 두 사람은 각자 머리를 빗고 세수를 마쳤습니다. 그리고 내외가 외투를 입고 고모에게 가서 절을 했지요. 마찬가지로 묘통에게도 중매를 서 준 수고에 고맙다고 인사를 했습니다. 그런데 이렇게 인사를 나누고 있을 때였지요. 별안간 본채 앞에서 요란하게 징 치는 소리가 들리는 것이 아닙니까. 열 명 정도 되는 사람들이 떠들썩하게 아우성을 치고 있었지요. 그 서슬에 처남 고아는 숨느라 정신이 없었습니다. 그러자 한림은 본채 앞으로 걸어 나오더니 물었습니다.

"누가 여기서 소란을 떠는 게냐!"

그 말이 끝나기도 전이었습니다. 가만 보니 한림 집안의 나이 많은 하인 권효權孝가 북경에서 기별을 전하러 온 사람들 한 무리를 데리고 나타난 것이었지 뭡니까. 그는 한림을 보자마자 머리를 조아리면서 말하는 것이었지요.

"서울에서 기별을 전하는 사람들이 나리의 영전 소식을 알려 드리러 일부러 달려 왔습니다요! 쇤네들이 못 찾아낼 줄 아셨지요? 방금 길거리에서 권충이 하고 마주친 덕분에 예서 머물고 계신 걸 알게 되었답니다. (…) 그건 그렇고 … 어째서 그런 차림을 하고 계십니까요? 어여 옷부터

과거급제 첩보 (남경중국과거박물관 소장)

갈아 입으십시오!"

그러자 권 한림은 권효에게 재빨리 손사래를 치면서 말하지 말라는 신호를 보냈습니다. 그러나 어디 누구 하나라도 막을 수가 있어야지요. 너도 '권 나리' 나도 '권 나리' 여기저기서 쉬지 않고 불러대면서 통지서를 한 장 꺼내더니 '이제 학사 자리로 영전하셨다'며 무작정 떠들어대면서 상을 달라고 아우성이지 뭡니까. 그러자 한림은 그들에게 딱 잘라서 소리쳤습니다.

"내가 권가라는 말은 하지 말라니까!"

그러나 그 소식을 전하러 온 사람들이야 그런 속사정을 어디 신경이나 쓰나요? 어느 사이에 희소식을 알리는 붉은 종이를 한 가운데에 떠억 붙여 놓은 것이 아닙니까요? 거기에는 이렇게 씌어져 있었습니다.

속히 알립니다

귀댁의 나리 권＿＿가 한림 학사로 영전되셨다는 명령이 내려졌습니다.

飛報

貴府老爺權 ＿＿ 高陞翰林學士 命下


상황이 이렇게 되자 이쪽에서 한림을 수행했던 집사 권충도 덩달아 사모관대를 꺼내더니 학사를 보고 말하는 것이었습니다.


"이젠 속이시기는 틀린 것 같습니다요. 차라리 솔직하게 털어 놓으시지요?"[83]


그러자 학사는 웃음 띤 얼굴로 유건과 유의를 벗고 사모관대로 갈아입었습니다. 그리고는 향안[84]을 내 오도록 부탁해서 성은에 감사하는 절을 했지요. 이어서 희소식을 알리러 내려온 사람들에게는 문 밖에서 상을 내릴 때까지 대기하도록 일렀습니다.


몸을 돌려 집안으로 들어온 권 학사는 다시 장모를 모셔서 절을 했습니다. 백 부인은 뜻밖의 일이 벌어지자 당황해서 어쩔 줄을 모르느라 말

---

**83** 【즉공관 미비】佳人易得. 此景不可得也. 아름다운 미인은 구하기 쉬워도 이런 장면은 구하기 어렵지.

**84** 향안(香案) : 명대에 신위를 모시거나 향로·촛불·제물을 올리는 데에 사용한 장방형의 탁자. 일반적으로 불교 사찰이나 도교 사원에서 신을 모시거나 가정에서 신령이나 조상에게 제사를 지낼 때에 주로 사용했지만 이 장면을 통하여 황제의 조서를 영접할 때에도 사용했음을 알 수 있다.

중국 '5악(五嶽)' 중 하나인 태산(泰山)과 숭배대상으로 형상화한 동악대제(東嶽大帝) 신상

이 아니었지요. 마치 맨 하늘에 벼락이 떨어지기는 했는데 당최 어디서 떨어졌는지 알 수가 없는 격이었습니다. 그런데 가만 보니 학사가 절을 하는 것이 아닙니까. 그러자 부인은 연거푸 말했지요.

"아이고 황공해라! 이 늙은 것이 우리 사위님께서 성도 권씨고 조정의 대신이신 줄도 모르고 … 정말로 멀쩡히 눈을 뜨고도 태산[85] 같은 분을 몰라 뵈었습니다! 모쪼록 관용을 베푸시어 무례를 범한 저희 죄를 용서해 주십시오!"

---

85  태산(泰山) : 중국의 산 이름. 산동성(山東省) 곡부(曲阜)에 위치한 이 산은 예로부터 역대 제왕들이 제천의식을 거행하여 성산으로 숭배되었는데, 중원의 동부에 있다고 하여 '동악(東岳)'으로도 불린다.

"이제는 어쨌든 한 집안 사람이 되었으니 이렇게 겸양하실 것 없습니다."

그러자 부인이 말했지요.

"함부로 여쭐 엄두가 나지 않습니다마는 … 사위님은 백씨도 아니신데 어째서 제 조카라고 속이고 하찮은 저희 집까지 다 왕림하셨던 것입니까? 거기에는 분명히 까닭이 있으실 텐데요."

그래서 권학사가 말했습니다.

"이 사위는 절에 머물던 중 밤에 한가하게 달 아래에서 산책을 하고 있었습니다. 그러다가 따님의 꽃다운 자태를 보고 속으로 흠모해 마지않았지요. 묘통 스님께 여쭈었더니 성명과 주소, 집안의 이런저런 일들을 소상하게 이야기해 주시더군요. 그래서 이름을 감춘 채 찾아뵙고 친척을 찾는 척 한 것입니다. 뜻밖에도 장모님께서 이상하게 여기지 않고 흔쾌히 거두어 주셨으니 삼생[86]에 인연이 있었던가 봅니다!"

묘통은 묘통대로 이렇게 말하는 것이었습니다.

---

86  삼생(三生) : 과거의 전생(前生), 현재의 현생(現生), 미래의 후생(後生)을 말한다.

"학사께서 처음에 암자에 오셨을 때에는 원래 '권씨'라고 하셨었지요. 그런데 나중에 마님 댁 일을 이야기하실 때에는 말을 바꾸어 '백씨'라고 하시더군요. 그래서 소승이 전에 여쭈었더니 '친척을 찾아뵙느라 성씨를 바꾸었다'고 하셨지요. 아 그런데 귀인께서 장난을 치신 것인 줄 누가 알았겠습니까? 우리가 어이없게도 모두 속았으니 … 정말 엄청난 웃음거리입니다 그려!"

그러자 부인이 말하는 것이었지요.

"또 한 가지 있습니다. (…) 그 나전 합보시기 … 그 반쪽은 어디서 난 것입니까? 설마 신통력이라도 가지고 있는 겁니까?"

그래서 학사가 웃으면서 말했습니다.

"조카라고 한 것은 거짓말이었습니다. 그러나 합보시기만큼은 진짜입니다. 그 내막을 말씀드리자면 그야말로 하늘이 맺어 주신 인연인가 싶습니다. 절대로 사람의 힘으로는 강제할 수 없는 일이니까요."

그러자 부인과 묘통은 놀라면서 말했지요.

"그 내막을 들려주시지요."

"이 사위가 장안[87]의 장에서 우연히 이 합보시기를 한 쪽 샀습니다. 그런데 합보시기를 싼 종이에 웬 글자가 적혀 있지 뭡니까. 알고 보니 장모님께서 조카 분에게 써 주신 글로, 거기에 따님의 이름이 적혀 있었지요. 지금 그 종이는 제 처소에 있답니다. (…) 그런 까닭에 이 사위가 더더욱 대담하게도 거짓으로 조카 분 행세를 할 수 있었던 거지요. 장모님을 속인 죄 용서해 주시기 바랍니다!"

학사가 이렇게 말하자 부인이 말했지요.

"그 이야기는 하실 것 없소이다. 그건 그렇고 … 우리 조카네는 어째서 그 합보시기를 판 겁니까? 판 사람이 누구인지요? 사위님은 분명히 잘 아실 테지요."

"그것을 판 사람은 웬 노인장이었습니다. 장모님의 오라버님이 사시던 댁의 집 주인이라고 하더군요. 그 노인장 말이 오라버님 댁 분들이 돌림병을 만나는 바람에 젊은 분들은 먼저 돌아가시고 겨우 나이 드신 분만 살아남았는데 그조차 갑자기 도망가 버려서 남겨 놓은 물건들을 가져 나와서 파는 것이라고 하더군요."

---

87  장안(長安): 중국 고대의 지명. 글자 그대로 풀면 '길이 다스려지고 오래도록 평안한[長治久安]' 도시라는 뜻으로, 한나라와 당나라의 도읍이었던 지금의 섬서성(陝西省)의 서안시(西安市) 일대를 부르는 이름이다. 그러나 명대의 구어체 문학 작품들에 등장하는 '장안'은 '서울'의 별칭으로 사용된 것으로 지금의 북경(北京)을 가리키는 말이다. 참고로 북경시에서 천안문(天安門) 앞을 가로지르는 거리는 명대부터 '장안가(長安街, 장안거리)'로 불렸다. 여기서도 북경의 별칭으로 사용되었다.

"그렇다면 내 오라버니와 조카는 모두 세상을 떠났겠구려! (…) 정말 '물건은 남았지만 인걸은 가고 없다'[88]더니…"

그러면서 부인은 무심결에 눈물을 흘리는 것이었습니다.[89] 그러자 묘통은 그 상황을 수습하면서 말했지요.

"노마님, 인연은 팔자에 정해져 있는 것입니다. 이 상황에서 조카이든 아니든, 권씨이든 백씨이든 그게 다 무슨 상관이 있겠습니까? 한림학사를 사위로 맞아 들이셨으니 따님한테도 부끄러운 일도 아닐 테지요!"

"노스님 말씀에 일리가 있습니다!"

그러자 사람들은 저마다 축하 인사를 하느라 여념이 없었습니다.

이때 단계 아가씨는 옆에서 한 마디 한 마디 다 들으면서도 입으로는 아무 말도 꺼내지 못했습니다. 그제서야 간밤에 권학사가 자신에게 오화관고와 함께 부인의 명예를 받게 해 주겠다고 약속한 것이 다 이유가 있는 말로, 지나가는 소리가 아니었으며, 게다가 나전 합보시기는 하늘이

---

88 물건은 남았건만 인걸은 가고 없다[物在人亡] : 인간 수명이 덧없는 것을 아쉬워하는 마음을 나타내는 말이다. 송나라 시인 증회(曾會, 952~1033)의 『다시 소상의 누각에 오르다[重登瀟湘樓]』라는 시의 "물건은 남았건만 인걸은 가고 없으매 괜스레 눈물 흘리고, 시운이 기구해 상황이 변하매 홀로 안타까워 하노라(物在人亡空有淚, 時殊事變獨傷心)"에서 유래하였다. 때로는 특정인의 유물을 보고 망자에 대한 슬픔이나 그리움을 품는 것을 가리키기도 한다.
89 【즉공관 미비】此淚方有着落. 이 눈물이야말로 까닭이 있지.

맺어준 인연으로, 그야말로 우연의 일치였음을 깨달았으니까요. 그녀가
속으로 뿌듯하게 여긴 것은 새삼 말하지 않더라도 알 수 있는 일이었지요.
권학사는 권학사대로 단계 아가씨의 미모에 만족해 할 뿐 아니라 합보시
기가 맺어 준 인연을 보고 기이하게 여겨 내외의 금슬이 남달랐답니다.

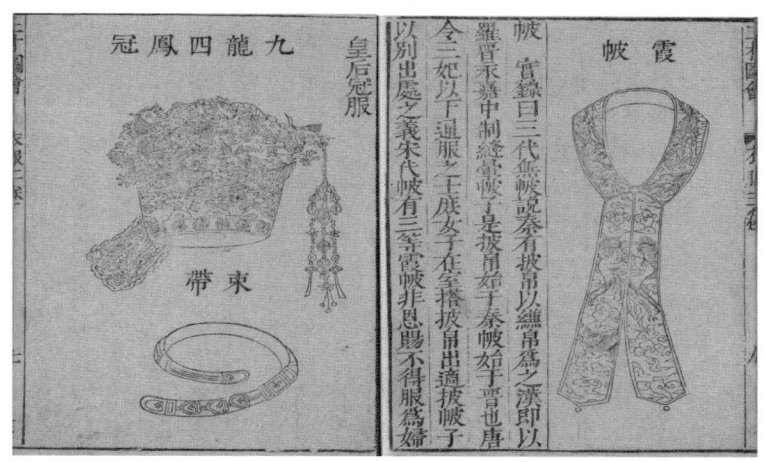

명대의 봉관(좌)과 하피(우)(『삼재도회』)

　학사는 묘통 스님에게 톡톡히 사례를 하고 장모와 어린 처남까지 다
데리고 부임 길에 올랐습니다. 나중에 임기가 끝나자 단계 아가씨는 '의
인[90]'으로 봉해지고 부부는 백년해로 했답니다.


　세상의 만물은 예외 없이 인연을 따르는 법　　世間百物總憑緣,

---

90　의인(宜人) : 중국 근세에 고관대작의 부인에게 내리던 봉호. 송대에 처음 시행할 때에는
　'실인(室人)'이라고 부르다가 나중에 '의인'으로 개칭되었다. 원대에는 7품관의 모친이
　나 아내를 '의인'으로 봉했으며, 명대에는 5품관의 아내를 의인으로 봉하되 그 자손이
　관리인 경우에는 '태의인(太宜人)'으로 높여 불렀다.

망망대해 부평초도 우연이 생기기 마련이란다.　　大海浮萍有偶然.
장안에서 나전 합보시기 사지 않았더라면　　不向長安買鈿盒,
어찌 천리 길 와서 미인과 부부 될 수 있었겠나!　何從千里配嬋娟.

# 제4권

## 홍등가에서 사람의 행적을 수소문하고 잇꽃 밭에서 귀신이 나타난 척 꾸미다

青樓市探人踪 紅花場假鬼鬧

# 해제

　운남 땅의 부잣집 아들인 장인張寅은 부친에게 재산을 요구하지만 그
것이 받아들여지지 않자 양 첨헌楊僉憲을 찾아가서 송사를 제기한다. 그는
송사에서 이기기 위하여 500냥의 은자를 양 첨헌에게 건넨다. 양 첨헌이
그 사안을 판결하려 하는데 마침 황제의 생일인 만수성절萬壽聖節이 임박
하자 그는 서울로 가서 축하인사를 하고 나서 원적지인 성도 고향집으로
향한다. 장인은 500냥을 그냥 날리고 마음이 언짢아지자 서울에 정시廷試
를 치르러 간 김에 첨헌을 찾아가 지난번의 500냥을 돌려 줄 것을 요구
한다. 그러던 어느 날, 성도의 홍등가를 기웃거리던 그는 기생 홍가興哥의
집에 머문다. 며칠 뒤에 양 씨댁에 돈을 받으러 가지만 첨헌은 처음에는
잡아떼다가 장인이 증명서를 내밀자 돌려주겠다고 약속하는 척하면서
술자리를 마련해 장인을 환대한다. 그 자리에서 장인을 곤드레만드레 취
하게 만든 그는 수하들에게 그들을 잇꽃밭으로 끌고 가게 한 다음 그와
종복 등 5명의 목숨을 빼앗고 시신을 암매장한다.

　1년 뒤에 장인의 두 아들은 부친의 안위가 걱정되어 성도로 와서 그
행방을 수소문한다. 사방을 찾아다닌 끝에 부친이 이미 남의 손에 피살
당한 것을 안 그는 사천 순안찰원에 송사를 제기한다. 그러나 증거가 없
어서 순안찰원에서는 한동안 판결에 난색을 표한다. 이때 사렴사謝廉使와
승사承差이던 사응史應과 위능魏能은 잇꽃을 취급하는 객상으로 변장하고
진상을 밝힌 다음 양 첨헌을 체포해 사건을 종결시킨다. 진상이 밝혀진
다음 양 첨헌은 자신의 죄가 막중한 것을 깨닫고 감옥에서 자살한다.

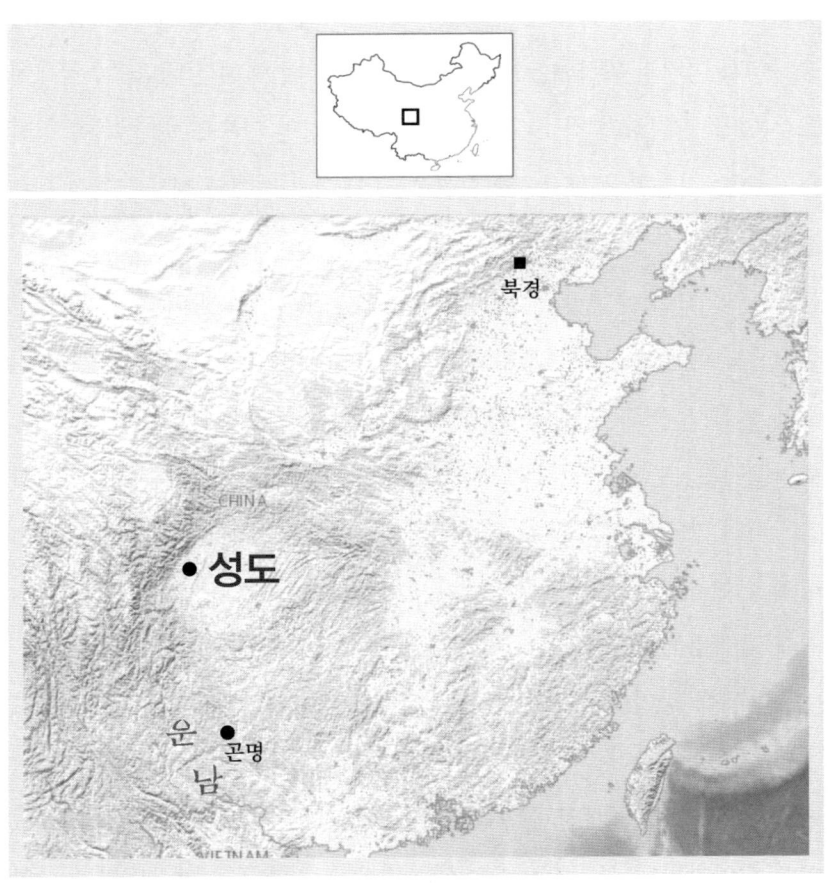

북경

CHINA

● 성도

운　● 곤명
남

VIETNAM

## 번역

옛날 송나라 때 삼구[1]의 군수이던 송언첨宋彦瞻이 장원[2]으로 급제한 유몽염[3]에게 글로 답변한 일이 있었습니다. 그 대체적인 내용은 다음과 같았지요.

"일찍이 선배 분이 이런 말씀을 하시더군요. '내 고향에 예전에 봉상에 급제하고 귀향한 분이 계셨지. 그때 깃발 든 자, 북 치는 자, 예물을 바치는 자, 영접하는 자, 오가면서 구경하는 자들이 마치 담을 친 것처럼 길가에 가득 했다는군. 그러고 나니 규방 식구들이 축하인사를 하고, 문중에서 축하인사를 하고, 혼인 한 이, 벗인 이, 손님인 이들이 번갈아서 축하인사를 했다네. 원수 진 자들은 그들대로 부끄러움을 무릅쓰고 축하인사를 하러 나타나서 용서를 해 달라고 빌기까지 하더만.[4] 그러자 그는 홀로 이웃의 한 방에 머물면서 마치 도적들을 피하듯이 문고리[5]에 자물

---

1 　삼구(三衢) : 중국의 지명. 지금의 절강성 구현(衢縣) 일대에 해당한다. 현 경내에 자리잡고 있는 삼구산에서 유래했다고 한다.
2 　장원(狀元) : 중국 중·근세에 과거시험에 수석으로 급제한 사람에 대한 호칭.
3 　유몽염(留夢炎, 1219~1295) : 남송·원대의 정치가. 자는 한보(漢輔), 호는 중재(中齋)로, 삼구 사람이다. 이종(理宗) 순우(淳祐) 4년(1244)에 진사로 급제하고 진동군 절도(鎭東軍節度) 판관(判官)·비서정자(秘書正字)를 거쳐 저작랑(著作郞)을 역임하였다. 보우(寶祐) 원년(1253)에 군기소감(軍器少監), 4년에 비서소감(秘書少監)이 되고 공제(恭帝)의 덕우(德祐) 원년(1275)에 우승상 겸 추밀사(右丞相兼樞密使)에 배수되었다. 10월에는 좌승상 도독 제로군마(左丞相都督諸路軍馬)로 승진했으나 전장에서 도주하였다. 원나라 군사가 구주를 격파하자 원나라에 투항하여 한림학사 승지(翰林學士承旨)가 되었다.
4 　【즉공관 미비】趁極失態. 다급해지니까 이성을 잃은 게지.
5 　[교정] 문고리[扃] : 강소고적판(제070쪽)과 천진고적판(제463쪽)에는 이 글자가 '빗

통을 채우고[6] 멀리 나가 있기 일쑤였다는 거야. 내가 그래서 괴이하게 여기고 까닭을 물어 보았더니 언짢은 표정으로 말하더라구. 금의환향 한 것을 소중하게 여기는 자들은 그 일로 시운을 얻어 천도를 실천하면 장차 우리 고을에 보탬이 있을 거라고 합니다. 지금 어쩌다가 명성을 하나 훔쳐 벼슬을 하나 얻기라도 하면 금세 아침에는 존귀해지고 저녁에는 부자가 될 생각을 품을 것입니다. 명성이 높아지고 벼슬이 높아지면 마음 쓰는 것이 더더욱 황당해지겠지요. 그래서 멋대로 억측하는 자도 생기고, 간특한 자를 비호하고 주·현 편을 드는 자도 생기니 이는 자신에게는 영광이지만 그 고을로서는 해악인 셈입니다. 그가 머무는 날이 많으면 많을수록 이웃은 갈수록 울상이 됩니다. 해서 나는 산 속 깊고 숲 빽빽한 곳으로 들어가 그 사달을 피하고자 합니다. 이것이 슬퍼할 일이지 어디 축하할 일이겠습니까?'"

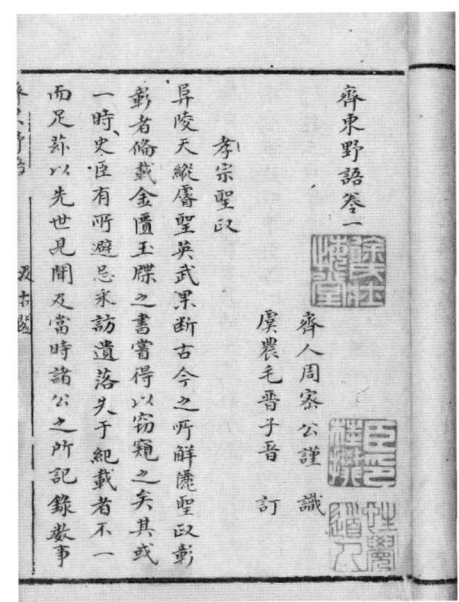

『제동야어(齊東野語)』(명대 급고각본)

---

장 경(扃)'으로 되어 있다. 그러나 상우당본 원문(제193쪽)에는 '문고리 상(扃)'으로 나와 있다. 문고리와 빗장 어느 쪽으로 해석하든 자연스럽지만 상우당본에 '상'으로 나와 있으니 '문고리'로 해석해야 옳다고 본다.

6　【즉공관 방비】高. 높다는 뜻.

이 이야기는 『제동야어』[7]에 실려 있습니다. 모두가 세상의 관리들이 처음에 입신 출세하지 않았기 때문이니, 가난하고 미천한 신세로 있을 때에는 친척이든 친구이든 문중이든 이웃이든 어느 누가 그가 언젠가는 출세해서 모두를 빛내 주기를 바라지 않는 사람이 있겠습니까? 그 뒤에 귀인을 만나[8] 미천하던 신분을 뛰어넘어 언제나 벼슬길에서 관리들 사이에서 부귀를 쫓고 이익과 명성을 구하기에 바쁘지요. 자신의 헐벗고 가난하던 시절은 모두 까맣게 잊어버리고 당초 가난할 때의 지인들을 외면하고 관심도 두지 않습니다. 그들을 보살피고 불쌍히 여길 마음일랑 터럭만큼도 없이 차갑게 바라보기만 하지 조금도 힘을 보태 주려 하지 않는 거지요. 그야말로 '관리들 인정이란 종잇장처럼 얇다'[9]고 개탄하는 소리가 나올 판이지요. 왕년에는 그들이 그런 마음을 갖고 있기를 바랐을지 몰라도 이런 식이라면 돌아간다한들 무슨 소용이 있겠습니까! 아

---

7  『제동야어(齊東野語)』: 남송대의 필기소설집. 남송의 학자인 주밀(周密, 1232~1298)이 지었으며, 제목은 『맹자(孟子)』의 '제나라 동쪽 시골 사람들의 말'이라는 뜻을 가진 '제동야인지어(齊東野人之語)'에서 유래하였다. 장준(張浚)·악비(岳飛) 등 남송대 인물들의 사적을 중심으로 한 기존의 야사들을 주로 다루었지만 주밀 당대의 일화들도 소개하였다. 이 이야기는 그 중에서도 권17의 「성장원동군(省壯元同郡)」 대목에 소개되어 있다.

8  귀인을 만나[風雲際會]: '풍운제회(風雲際會)'란 범이 바람을 만나고 용이 구름을 만나듯이, 인재가 어진 군주를 만나 관직에 발탁되어 기량을 발휘하는 것을 두고 하는 말이다. 풍몽룡의 송대 화본소설집인 『유세명언(喻世明言)』의 제15권 「사홍조용호군신회(史弘肇龍虎君臣會)」 "(바람과 구름을 10년간 만나매 번씨는 제후가 되고 유씨가 황제가 되었구나(風雲際會十年間, 樊作諸侯劉作帝)"에도 같은 표현이 보인다. 때로는 '풍비운회(風飛雲會)' 또는 '제회풍운(際會風雲)' 식으로 사용되기도 하였다. 여기서는 편의상 "귀인을 만나다" 식으로 번역하였다.

9  관리들의 인정이란 종잇장처럼 얇다[官情紙薄]: 명대의 속담. 관리들은 재물만 탐내지 인정이 없는 자들이라고 비꼬는 말이다. 풍몽룡의 송대 화본소설집인 『성세항언(醒世恒言)』 제27권의 "시쳇말에 '관리들의 인정은 종잇장처럼 얇다'고 하더군요[常言道, 官情如紙薄]"에서 볼 수 있듯이, 때로는 '관정여지박(官情如紙薄)' 식으로 사용되기도 하였다.

무리 그렇다고는 하지만 이런 자들은 아무리 악독하고 각박하다고는 해도 쓰이지 않아서 그런 것뿐입니다. 뜻이 있고 힘이 있는 이를 만나기만 하면 필사적으로 그 사람 기분을 맞추지 않으려 하고 그 사람에게 애걸하지 않을 해도 마음대로 되지 않지요. 큰 해악이 되지는 않는다는 뜻입니다. 그러나 이보다 더 심성이 고약한 자들은 기어이 그 집 문간에서부터 담장 토대를 쌓아 친척들을 등치고 고을 땅을 가로채는가 하면[10] 남이 바치는 뇌물을 챙기고 도적들을 숨겨 주기까지 합니다. 그야말로 바람이 없는데도 물결을 일으키고 건물도 없는데 들보부터 세우는 격이었지요.[11] 온 고을을 탈탈 쥐어짜서 부추조차 자라지 못하고 닭·개조차 편안할 날이 없게 만드니 사람들이 저마다 두려워하고 저마다 움츠리면서 빌미라도 잡힐까 그들이 쳐놓은 그물에 걸리기라도 할까 걱정할 뿐입니다. 그 자들은 더욱이 남이 그의 세력을 빌어 무슨 부당한 이득이라도 챙길까 의심하면서 속으로 마음을 놓지 않고 밤낮으로 꾀를 꾸미기 일쑤지요. 고을에 그런 자들이 있는 이상 어떻게 그들이 없는 것보다 편안할 턱이 있겠습니까?[12] 그래서 송언첨은 유몽염이 장원이 된 뒤로 이 글로 그에게 충고하면서 그가 훌륭한 사람이 되기를 바랐던 것입니다. 그의 글에서 언급된 이야기는 격동적이기는 해도 마디마디마다 지금의 병폐들을 철저하게 지적하고 있습니다.

---

10 **【즉공관 미비】** 實有此等, 非閑語也. 참으로 그런 경우들이 있으니 객쩍은 소리는 아니지.
11 바람이 없는데도 물결을 일으키고~[無風起浪, 沒屋架梁] : 명대의 유행어. 아무 이유도 없이 사달을 만들거나 쓸데없이 소란을 일으키는 것을 두고 하는 말이다. 두 구절은 4자씩 따로 사용하기도 하였다.
12 **【즉공관 미비】** 眞話. 진짜 맞는 이야기이다.

손님들께서 믿지 않으신다면 소생이 지금 못된 짓을 벌인 어떤 관리의 이야기를 간단히 들려 드리도록 하지요. 그는 하늘의 뜻을 저버린 짓들을 일삼다가 나중에 청렴하고 결백한 헌사[13]를 만나는 바람에 그 죄가 만천하에 드러나게 되었답니다. 그 이야기를 들려 드려서 세상사람들에게 경계로 좀 삼게 해 드리도록 하지요. 이 일을 증명하는 시가 있습니다.

| | |
|---|---|
| 악인의 심성은 태어날 때부터 생긴 것이니 | 惡人心性自天生, |
| 괜스레 '모두가 습관 탓'이라 하지 마소! | 慢道多因習染成. |
| 온갖 흉계 다 써서 날개 단 범처럼 굴어대지만 | 用盡兇謀如翅虎, |
| 언젠가 그 죄 드러날 날 온다는 걸 어찌 알까! | 豈知有日貫爲盈. |

이 이야기는 바로 사천 땅 산도현[14]에서 있었던 일입니다. 성씨가 양楊인 시골의 향반[15]이 한 사람 살았지요. 우리 왕조의 갑과[16]에 급제했으나 나중에는 천수를 다하지 못했기 때문에 그의 이름을 언급할 수 없는 것

---

13  헌사(憲司) : 송대의 관직명. 정식 명칭은 '제로제점형옥공사(諸路提點刑獄公事)'이다. 북송 진종(眞宗)의 경덕(景德) 4년(1007)에 설치되어 미해결 사건들을 조사하거나 농사를 권장하거나 조정의 관리에 대한 감찰·심사 등의 업무를 관장하였다. 나중의 안찰사(按察使)에 해당한다. 위·진대 이래로 어사(御史)를 부르는 또다른 이름으로 사용되기도 하였다.
14  신도현(新都縣) : 중국 송대의 지명. 지금의 사천성 성도시 신도구(新都區)에 해당한다.
15  향반[鄕宦] : '향환(鄕宦)'은 명대에 벼슬살이를 마치고 고향에 살면서 지역의 유지로 활동하는 사람들을 부르던 말이다.
16  갑과(甲科) : 중국 고대에 시행된 과거시험의 과목 이름. 한대에 관리들을 평가할 때에는 갑·을·병의 3과(科)로 구분했으며 당·송대에는 과거시험에 급제한 진사를 갑·을의 2과로 구분했는데 갑과의 시험문제가 가장 어려웠다고 한다. 명대 이래로는 진사를 일컫는 또다른 이름으로 사용되기도 하였다.

이 유감입니다. 그 사람은 집안이 부유하면서도 심성이 탐욕스러운 데다가 흉포하고 잔인하여 그 고을의 해악으로 여겨질 정도였음은 말할 필요도 없을 정도였지요. 그는 일찍이 운남 땅에서 병비 첨사[17]를 지낸 바 있었습니다. 그때 그의 수하에는 학당에서 악명이 높은[18] 늠생[19]이 하나 있었는데, 성이 장張, 이름이 인寅이었답니다. 그의 부친은 만 금이나 되는 재산을 가진 부자로, 정실과 소실을 거느리고 있었습니다. 정실에게서 낳은 아들이 바로 장 늠생이었지요. 소실에게서도 아들을 하나 낳았는데 이름이 장빈張賓으로, 나이는 아직 어렸답니다. 장 늠생의 생모는 일찍이 세상을 떠나서 부친은 집안일을 장남에게 맡긴 상태였습니다. 그 늠생은 학업에서 두루 통달하여 시험을 볼 때마다 우수한 성적을 얻어서 순식간에 명사로 일컬어진 덕분에 군과 현의 수령들과도 제법 친분이 있었지요. 다만 천성이 음험하고 마음씨가 착하지 않았답니다. 부친은 그가 매사에서 가혹하게 이득을 챙기려 드는 것을 보고 늘 그를 이렇게 설득했습니다.

---

17 병비첨사(兵備僉事): 명·청대의 관직인 첨사(僉事)의 하나. 주원장(朱元璋)이 명나라를 건국하기 전인 오(吳) 원년(1367)에 안찰사사(按察使司)의 정5품 정관(正官)으로 처음 설치되었으며, 관장하는 업무 분야에 따라 제학(提學)·역전(驛傳)·청군(淸軍)·분순(分巡)·병비(兵備) 등으로 세분되었다. 각 성(省)에서 필요할 때마다 임시로 설치하되 정원은 없었다. 청나라 건륭(乾隆) 18년(1753)에 폐지되었다.
18 학당에서 악명이 높은[學霸]: '학패(學霸)'의 경우 현대 중국어에서는 학습능력이나 성적에서 남들보다 월등하게 뛰어난 학생을 가리킨다. 그러나 명대의 구어체 중국어에서는 그 의미에서 다소 차이가 있는 것으로 보인다. 여기서는 편의상 "학당에서 악명이 높은" 정도로 번역하였다.
19 늠생(廩生): 중국 송대에 정부로부터 끼니를 제공 받으면서 관립 학교에서 학업을 닦던 수험생들에 대한 호칭. '늠선생원(廩膳生員)·늠선수재(廩膳秀才)·늠선생(廩膳生) 등으로 부르기도 하였다. 명대에는 세시(歲試)와 과시(科試) 두 시험을 거쳐 성적이 우수한 증생(增生)을 늠생으로 진급시켰는데 이를 '초증보름(超增補廩)'이라고 하였다.

"우리집은 형편이 넉넉하여 네가 몇 대를 호강하고도 남을 정도이니라. 더욱이 너는 학업에 나날이 발전이 있어 언젠가는 출세하게 되어 있다. 헌데 어째서 기를 쓰고 재고 따지면서 남들한테서 이득을 챙기려 드는 게냐?"

그러나 장 늠생은 그 말을 충고라고 여기기는커녕 되려 이렇게 의심했습니다.

'아버지는 몰래 모은 재산이 있는 게 분명해. 그러니까 재물을 가볍게 여기고 날더러 각박하다는 소리를 하시는 게지! 더욱이 나는 어머니가 돌아가시고 지금은 아버지가 애첩의 어린 아들놈만 아끼시니 … 결국에는 그것들이 이득을 얻을 테지! 내게는 기껏해야 지금 가진 물건들 밖에 없는데 … 거기에 그것들 몫까지 챙겨가 버리면 내가 얼마나 가질 수 있겠어?'

이 일 때문에 주야로 계획을 꾸미더니 관아와 결탁해서 아버지가 쓰러지기만 하면 그 서모庶母가 낳은 어린 동생을 조종해서 그 재산을 차지할 작정이었지요.

장 늠생은 그 뒤에 부친이 죽으면 재산을 나누어 주기라도 할까 싶어서 걱정이었지요. 그래서 되려 몰래 모은 재산을 달라고 부친에게 요구했지만 부친은 '없다'고 대답하는 것이 아닙니까. 그래서 장 늠생이 방

안의 함이며 궤짝들을 엎어 놓고 뒤졌지만 몰래 모은 재산 따위는 흔적
조차 없는 것이었습니다. 그러자 이번에는

'부친이 땅 속에 묻거나 ⋯ 어쩌면 남의 집에 감추어 놓았을 테지!'

이렇게 멋대로 넘겨짚으면서 마구 소란을 피우기에만 골몰하는 것이
었지요. 심지어 부친이 자신더러 동생에게 재산을 좀 나누어 주라고 요구
해도 그는 한 푼도 내놓지 않은 채 무조건 이렇게 둘러대기만 했습니다.

"아버지도 나한테 안 주셨으니 나도 당신 아들한테 줄 수가 없습니다!"

문중 사람들은 그들대로 이 일에 대해서 저마다 뒤로는 이러쿵저러쿵
말이 많았습니다. 그런데 형 편을 드는 이도 있고 동생 편을 드는 이도
있다 보니 도무지 결론이 나지 않는 것이었지요. 결국 양쪽이 부추겨서
송사까지 벌이게 되고 말았지 뭡니까. 장 늠생이 둔 두 아들은 벌써 학궁
에 들어가서[20] 재산도 있고 권세도 있어서 관아와도 잘 알고 지내는 사이
였지요. 그러나 배다른 동생 쪽은 고아에 과부 신세이다 보니 하소연 할
곳이 없었습니다. 그래서 양 순도[21]의 손을 통하여 고발장을 제출하는 수

---

20 학궁에 들어가서[入泮] : 중국 고대의 관립 학교인 학궁은 그 앞에 반수(泮水)라는 개천
   이 흘렀다. 그래서 학궁은 '반궁(泮宮)'으로 불리기도 하였다. '입반(入泮)'은 학령기의
   학생이 학궁에 입학하여 생원(生員)이 되는 것을 말한다.
21 순도(巡道) : 명·청대의 관직인 병순도(兵巡道)의 약칭. 감찰관이 군사 업무까지 겸직하
   고 병력의 이동·작전 등을 감시하였다. 명대에 안찰사(按察司) 아래에 안찰분사(按察分
   司)를 두고 그 관청의 수장인 안찰사(按察使) 아래에 안찰부사(按察副使)·안찰첨사(按

밖에 없었지요.

양 순도가 그 고발장을 받아들이는 것을 본 장 늠생은 엄청 놀라고 말았습니다. 왜 놀랐는지 아십니까? 이 순도는 욕심도 많고 가혹한 자였기 때문입니다. 거기다가 체면도 따지지 않고 성질을 내면서 안하무인으로 행동했지요. 이유야 어찌 되었든 간에 우회적으로 돌려 말하면서 끝까지 목적을 이루고야 마는 사람이었습니다. 그래도 한 가지 유난스러운 것이 있다면 그놈의 돈 욕심이어서 은자 말고는 약이 없을 지경이었지요. 그래서 '양 풍자[22]'라는 별명으로 불렸는데 '건드리면 큰일 난다'는 뜻이었답니다. 장 늠생은 생각했습니다.

'재산 분쟁으로 인한 송사는 무조건 부·현의 처분에 맡겨야 한다. 부·현에서야 알아서 점잖게 처리해 주니 낭패 보는 일은 없을 테지. 다만…, 그 풍자 손 안에 있는 고발장은 … 처음에 합당하게 처리하지 않고 만에 하나 비틀어서 '이치에 따라 공평하게 반씩 나누라'는 판결이라도 내린다면 … 내 재산이 절반이나 날아가는 꼴이 아닌가? (…) 이건 정말 보통 일이 아니다!'

장 늠생은 세상 물정을 잘 알고 있었지요. 그래서 곧바로 순도에게 쌈

---

察僉事) 등을 두고 각 부·주·현의 정치나 사법을 감찰하는 것을 '분순도(分巡道)'라고 불렸다. 특히 이 분순도들 중에서 군사 업무를 겸한 경우는 '병순도(兵巡道)'로 불렸다. 청대에는 부사·첨사 등을 폐지하고 '순도'로 불렸다.
22  양 풍자(楊瘋子) : 우리 식으로 옮기면 '미치광이 양가' 정도로 번역할 수 있겠다.

지돈[^23]을 건넬 대리인을 하나 구한 다음 몰래 돈을 써서 도장밥을 장만하는 데에 드는 가격 오백 냥을 그에게 건네기로 약속했답니다. 그러자 순도는 그 제의를 수락하면서도 '당장 뇌물을 건네야 만족스럽게 처리해 줄 수가 있으며 만약 불만스러운 결과가 생기면 한 푼도 건드리지 않겠다'고 다짐하는 것이었지요. 장 늠생은 하는 수 없이 현찰로 삼백 냥의 은자와 함께 보석을 박은 금 주전자 하나, 금실을 박은 장신구 한 벌을 꺼냈습니다. 그것들은 정교하고 아름다운 것이 값어치가 꽤 나가는 것들이었지요. 그래서 급한 대로 단 이백 냥 삼아 쓰기로 하고 다른 날 전액을 준비해 갖다 바쳤지요. 그리고는 뇌물을 건네는 대리인에게는 수령증을 작성하게 해는 동시에 일이 성사되지 않았을 때 환불한다는 확약서도 받아내었습니다 … 그렇게 해서 부·현에서 공문을 상신하여 만족스러운 판결을 내려만 준다면야 형제에게 재산을 쪼개 줄 걱정은 영원히 하지 않아도 될 판이었습니다. 지금 일단 고발장을 받아들이는 것을 신호로 삼아 만약 효과를 보지 못했을 때에는 당초의 물건들을 고스란히 돌려받으면 그만이었지요. 그러면서 순도는 늠생에게 다시 평복으로 갈아입고 그 대리인을 따라서 사저 문 앞까지 가서 현장에서 바로 인수인계를 하여 양측이 직접 확인을 해서 각자가 그 일을 새겨 두게 하는 것이었습니다.[^24] 장 늠생은 '착오는 없는 셈이고 … 그저 오백 금만 쓰면 만 금이나 되는 재산을 혼자서 차지할 수가 있다. 그야말로 '소 아홉 마리를 얻고

[^23]: 쌈지돈[梯己] : '제기(梯己)'는 명대에 개인이 조금씩 모은 비자금을 가리키던 말로, 체기전(體己錢)'이라고도 쓴다. 여기서는 편의상 "쌈지돈"으로 번역하였다.
[^24]: 【즉공관 미비】 筋節之極, 豈知是喪身之謀. 뇌물의 극치로군. 이것이 자신을 망치는 꾀임을 어떻게 알겠는가!

털 한 오라기를 잃는 격'[25]이니 엄청난 이득이 아닌가!' 하고 생각하면서 기뻐서 어쩔 줄을 모르는 것이었습니다.

손님들, 사람 마음이란 것이 참 불평등하지요? 만약에 장 늠생이 자신을 절제할 줄 아는 사람이었다면 재산을 공평하게 나누는 것은 말할 필요도 없었을 것입니다. 그 오백 냥이나 되는 물건들도 어린 동생에게 양보했더라면 어쨌거나 자기네 피붙이한테 주는 셈이니 그 어린 동생 쪽은 당연히 모자 모두 감격해 마지 않았을 테지요. 아 그런데 왜 사사로운 욕심을 채우겠다고 그 고생을 사서 하면서 재산을 독차지할 생각을 하면서 되려 집안의 물건들을 별 상관도 없는 남들한테 갖다 바쳤을까요?[26] 그런 못돼먹은 심보는 도대체 어쩌다가 생긴 걸까요? 이런 시가 있습니다.

| | |
|---|---|
| 이기심으로 그저 친혈육 멸시하려고 | 私心只欲蔑天親, |
| 되려 재산을 남에게 갖다 바치네. | 反把家財送別人. |
| 집안에서 왜 조금만 양보하지 않나? | 何不家庭略相讓, |
| 절로 분노가 즐거움으로 변했을 것을! | 自然忿怒變歡欣.[27] |

---

25 소 아홉 마리를 얻고 털 한 오라기를 잃는 격[九牛去得一毛] : 아홉 마리의 소에게서 털 하나를 뽑는 것만큼이나 지불해야 할 대가나 손실이 미미한 것을 두고 한 말이다. 전한대 역사가 사마천(司馬遷, BC145?~BC86)이 쓴 『보임안서(報任安書)』의 '구우망일모(九牛亡一毛)'에서 유래하였다.

26 【즉공관 미비】世上狼心人每每生此病, 所不可解. 이 세상에서 고약한 심보를 가진 자들에게 늘 이런 병폐가 있으니 알다가도 모를 일이다.

27 【즉공관 미비】好話. 좋은 이야기이다.

장 늠생이 이렇게 잔꾀를 부리니 만약에 나중에 만사가 뜻대로 된다면 그야말로 하늘님에게 눈이 없는 격이 아니겠습니까! 그러나 세상사라는 것이 뜬 구름과도 같아서 급변하며 갈피조차 잡을 수가 없을지 누가 알았겠습니까?

재물을 받은 양 순도는 고발장을 받아주었습니다. 심문관이 상세하게 심문을 하기도 전이었지요. 그리고 바야흐로 만수성절[28]이 임박하자 양사[29]에서는 의례적으로 한 사람이 표[30]를 지니고 서울로 들어가 조정에서 축하인사를 하게 되어 있었답니다. 그런데 공교롭게도 이번에는 양 순도가 갈 차례였지 뭡니까. 거절할 도리가 없자 양 순도는 하는 수 없이 행장을 챙겨 길을 나섰지요. 그러자 장 늠생은 다급해져서 다시 뇌물을

---

28 만수성절(萬壽聖節) : 중국 고대에 황제의 생일을 높여 부르는 이름. 나라에서 황제의 생일을 기념하기 시작한 것은 당나라 현종(玄宗)의 개원(開元) 17년(729)부터이다. 당시의 상서(尙書)·좌승상(左丞相)이던 원건요(源乾曜)와 우승상(右丞相) 장열(張說) 등 문무 백관이 표(表)를 올려 현종의 생일인 8월 5일을 '천추절(千秋節)'로 정하고 기념할 것을 주청하였다. 이때부터 황제의 생일이 되면 전국에 사흘동안 휴가를 주고 경축 행사를 거행하게 했으며 신하들이 축하주 등의 예물들을 진상하여 황제의 환심을 사고자 애썼다. 명대에는 만수성절과 설날인 초하루[正旦]와 동지(冬至)의 세 날이 3대 명절로 일컬어졌다.

29 양사(兩司) : 명·청대에 한 성(省)의 최고 관서인 승선포정사(承宣布政使司)와 제형안찰사사(提刑按察使司)을 아울러 일컫었던 이름. 일반적으로 포정사사는 민정을 관장하고 안찰사사는 형옥을 관장했는데 최고 수장은 각각 포정사(布政使)와 안찰사(按察使)로 불려졌다.

30 표(表) : 중국 고대에 신하가 제왕에게 특정한 사안에 대하여 진술하거나 요청 또는 건의할 때 올리던 글. 한대에는 이를 장(章)·주(奏)·표(表)·의(議)의 네 가지로 구분했는데, 유송의 문학가 유협(劉勰, 465?~532)은 『문심조룡(文心雕龍)』「장표(章表)」에서 "장은 황은에 감사하는 데에, 주는 관원을 탄핵하는 데에, 표는 의견을 개진하는 데에, 의는 이의를 제기하는 데에 각각 사용하였다(章以謝恩, 奏以按劾, 表以陳情, 議以執異)"고 하였다. 이 중에서 표는 주로 신하가 제왕에 대한 충성심과 소망을 피력하는 데에 주된 목적이 있었다.

청대 건륭황제 팔순 기념행사를 묘사한 『만수절도(萬壽節圖)』의 일부분

쓴 그 대리인을 찾아가서 눈치를 살폈습니다. 그랬더니 양 순도가 이렇게 대답하는 것이었습니다.

"이번 길은 한 해를 넘기기 전에 돌아올 수 있소. 부·현에서는 일단 아직 상신을 요구하지 않고 있으니 … 내가 귀환하면 꼭 잘 마무리해 드리리다!"

장 늠생은 관아 사람들을 시켜 기소 절차를 잠시 멈추게 하고 이 양 첨헌이 돌아오기만을 멀뚱멀뚱 기다릴 수밖에 없었답니다. 그런데 '하늘은 사람 소원을 들어 주지 않으신다[31]'고 했던가요? 양 첨헌이 표를 지니고

31 하늘은 사람 소원을 들어 주지 않으신다[天不從人願] : 명대의 속담. 세상 일은 바라는
　 대로 이루어지지 않는다는 뜻이다. 남송의 남희(南戲) 희곡인 『장협장원(張協狀元)』제

서울에 들어가서 황제에게 만수무강을 비는 절을 올린 다음 이부로 가서 고과 평가를 기다렸겠다? 아 그런데 그가 탐욕스럽다는 악명이 자자해서 진작부터 성실하지 못하다는 딱지가 붙는 바람에 근신 처분[32]이 내려졌지 뭡니까.[33] 결국 양 첨헌은 우울한 심정으로 서울을 나오자마자 사람을 임지로 보내 가솔들과 합류한 뒤에 고향으로 돌아가 버리고 말았지요. 그 가솔들이 출발할 때 장 늠생은 이번에도 뇌물을 썼던 그 대리인으로 하여금 찾아가 그 물건들을 받아 내게 했습니다. 그랬더니 관아에서는 이렇게 대답하는 것이었습니다.

"그거야 주인 마님께서 혼자 벌이신 일이올시다! 정 돌려 받으려거든 우리 고향 댁으로 와서 마님한테서 받아가셔야 할 겝니다! 우리는 그런 건 모릅니다요!"

장 늠생은 어쩔 도리가 없자 그 돈과 물건들을 포기하는 수밖에 없었습니다. 그야말로 그 많은 은자들이 큰 바다 속에 내던져질 판국이었지요.

이건 장 늠생이 마음만 앞섰지 수완은 부족했다고 해도 이상할 것이 없었습니다. 그래도 이렇게 받아낼 곳도 없는 채로 끝났다면 그래도 괜

---

29착에서는 "하늘은 사람의 이 소원들일랑 들어 주지 않으시는구나(天不從人這些願)" 식으로 사용되었다.

32 근신 처분[冠帶閑住] : '관대한주(冠帶閑住)'는 명대에 관원들에 대한 고과 평가 결과로 내리는 처분을 가리킨다. 일반적으로 업적이 없거나 행실이 좋지 않은 관원들에 대해서는 '성실하지 못하다[不謹]'라는 평가가 내려지면 품계는 그대로 둔 채 그 직무를 잠시 정지시키고 별도의 명령이 내려질 때까지 반성하게 하였다. 편의상 "근신 처분"으로 번역하였다.

33 【즉공관 미비】吏部尙有公道. 이부에 그래도 정의가 살아 있었군?

찮은 편이었을 것입니다. 그러나 장 늠생은 욕심이 많은 자였습니다. 어디 오백 냥이나 되는 물건을 호락호락 포기할 턱이 있겠습니까? 그는 생각했지요.

'내가 확약서를 지니고 있는데 … 일을 처리해 주지 못했으면 당연히 나한테 돌려주어야 옳지! 그 자도 이제는 은퇴한 향반일 뿐이니 나를 어떻게 할 수도 없을 것이다! 내가 그 댁으로 받으러 가야겠다! 나를 설득하지 못하면 어쨌든 나한테 조금이라도 돌려 줄 테지! (…) 설사 은자는 돌려주지 않더라도 금으로 만든 내 그 두 물건이라도 돌려주면 좋겠구나! 더욱이 사천 땅은 서울로 들어가려면 반드시 거쳐 가야 하는 길이고, 성도 성하[34]에서 신도까지는 오십 리 거리 밖에 되지 않으니 왔다 갔다 하기에도 아주 수월하다. (…) 내 금년에 마침 과거시험이 있으니 서울에 정시[35]를 보러 갔다가 성도를 지나갈 때 딱 좋게 그 고을로 가서 그 물건들을 받아 길에서 노잣돈으로 쓰려 한들 안 될 일이 어디 있겠나!'

계획을 잘 세운 그는 남이 알면 몰래 비웃을까 두려워서 그 말을 속에 감추고 있을 수밖에 없었습니다. 아내한테조차 자세히 일러 준 적이 없

---

**34** 성하(省下) : 명대에 각 성(省)의 행정관청 소재지를 가리킨다. 대체할 만한 적절한 표현이 없어서 편의상 그대로 옮기기로 한다.

**35** 정시(廷試) : 중국 고대에 과거(科擧) 시험의 마지막 단계로 황제의 주관하에 조정에서 치루어지던 전시(殿試)를 가리킨다. 전시는 때로는 '어시(御試)·정시(廷試)·정대(廷對)' 등으로 불리기도 하였다. 일반적으로 내각(內閣)에서 예상문제를 출제하여 황제에게 보고하면 황제가 그 중 적당한 문제를 골라서 회시(會試)에 급제한 수험생들을 대상으로 시험을 보였다고 한다. 이 시험에서 수석을 차지한 수험생을 '장원(狀元)'이라고 불렀다.

었지요.

이때 그 집안에서는 송사가 아직 끝나기 전으로 마침 종사[36]의 공생 시험을 앞두고 있었습니다. 장 늠생은 이미 학업을 끝낸 상태인지라 순간적으로 신바람이 나서 집으로 돌아가 축하인사를 받고 한 동안 술을 마시고 즐거운 시간을 보냈습니다. 그리고 한편으로는 먼 길을 갈 채비를 하느라 재산 분쟁과 관련된 송사는 일단 한쪽으로 제쳐 놓았지요. 그는 하인을 네 명 데리고 가기로 했는데 장룡張龍 · 장호張虎 · 장흥張興 · 장부張富가 그들이었습니다. 그렇게 해서 즉시 길에 올라 풍찬노숙하면서 벌써 성도 땅에 도착했답니다.

객줏집에서 하룻밤을 묵은 다음 장 공생[37]은 생각했지요.

'나는 여기서 길을 돌아 신도로 가서 예전의 물건들을 받아 와야 하는데 … 먼 길을 가면서 행장을 객줏집에 남겨 놓는 건 불편하다. (…) 오는 길에 며칠 내내 기분이 우울했는데 … 이곳 기방에 놀러 가서 마음에 드는 기생이나 하나 골라 이틀 밤이든 묵으면서 객지에서의 울적한 기분이

---

36  종사(宗師) : 명대에 제학(提學)을 높여 부르던 존칭. 때로는 각 분야에서 사람들의 귀감이 되고 존경을 받는 사람을 두루 일컫기도 한다.
37  공생(貢生) : 명 · 청대에 전국의 부 · 주 · 현의 생원(生員, 즉 수재)들 중에서 성적이 우수한 이들을 선발하여 도성의 최고 관립 학교인 국자감(國子監)에서 수학하게 했는데 그 학생들을 '공생'이라고 불렀다. '공생'은 글자 그대로 직역하면 '자신의 재능을 황제에게 바치는 학생' 정도로 번역할 수 있다. 공생의 선발 방법에는 연례적으로 시행되는 세공(歲貢), 세공과는 별도로 시행되는 선공(選貢), 나라에 경사가 있을 때에 황제의 요청으로 시행되는 은공(恩貢), 나라에 소정의 공물 · 재물을 바치고 선발되는 납공(納貢) 등이 있었다.

라도 좀 풀어야겠어! 그 길에 행낭을 그 집에 놓아두었다가 빚을 받아 돌아올 때에 가져가면 안 될 일이 어디 있겠나!'

그래서 데려간 하인 네 명을 불러서 그 생각을 이야기 했지요. 하인들 입장에서야 객지에 나온 입장에 상전이 오입질을 하면 자신들에게도 떡 고물을 좀 챙길 여지가 생기는 셈이었지요. 그러니 마다할 사람이 어디 있겠습니까? 그 늙은 공생을 호위하면서 그 길로 홍등가로 향하는 것이 었습니다.

| | |
|---|---|
| 늙은 공생이 어째서 홍등가로 가셨나 | 老生何意入靑樓, |
| 풍류 놀음 끊기 싫으셨나? | 豈是風情未肯休. |
| 전생의 업보와 원한이 드러나고 나면 | 只爲業冤當顯露, |
| 여기에 틀어박혀 지낸 일이 단서가 되겠지. | 埋根此處做關頭. |

다시 이야기를 들려 드리도록 하지요. 장 공생은 홍등가로 가서 이 집 저 집을 기웃거리는데 그 거리 모습을 볼작시면

| | |
|---|---|
| 요염하고 짙은 화장한 채로 | 艶抹濃妝, |
| 저잣거리 대문에 기댄 채 추파 던지는가 하면. | 倚市門而獻笑. |
| 붉은 저고리에 퍼런 치마 입고서 | 穿紅着綠, |
| 주렴 만지작거리며 즐겁게 맞이하는구나. | 搴簾箔以迎歡. |
| 누구는 소매들 맞대고 | 或聯袖, |

| 누구는 어깨 걸었는데 | 或憑肩, |
| 모두가 몰려드는 자매들이요 | 多是些湊將來的姊妹, |
| 누구는 빈정거리고 | 或用嘲, |
| 누구는 말 주고 받지만 | 或共語, |
| 그래 봤자 억지로 꾸며내는 감정들일 뿐. | 總不過造作出的風情. |
| 속으로는 일도 없이 지레 놀라고 | 心中無事自驚惶, |
| 날마다 그 집 기생어미 성내게 만들까 겁내며 | 日日恐遭他假母怒, |
| 마음에 둔 이 있어도 인연 맺지 못하도록 | 眼裡有人難撮合, |
| 수시로 □□를 바꾸게 하는구나![38] | 時時任換□□生來. |

곱게 단장한 기생들을 본 장 공생은 눈이 다 어지러울 정도였습니다. 그러나 동행 한 사람이 하나도 없다 보니 순간적으로 어느 집으로 가야 좋을지 몰라서 말머리를 가누기가 난처했지요. 그런데 가만 보니 앞에서 웬 사람이 거드름을 피우면서 다가오는 것이 아닙니까. 그는 장 공생이 하인들을 데리고 두리번거리고 다니는 모습을 보더니 '오입질을 하려 하는 오입쟁이인데 같이 갈 사람이 없어서 망설이나 보다' 싶어서 다가가서 물었지요.

"노선생께서는 귀하신 분 같은데 … 어째서 이 천한 곳을 다 드나드십니까?"

---

**38** 【즉공관 미비】描出妓家心事. 기생들의 속내를 그대로 묘사해 내는군.

青樓市探人蹤

홍등가에서 사람의 행적을 수소문하다

장 공생은 두 손을 모으고 말했습니다.

"소생[39] 객사에서 심심하길래 한가하게 산보를 하면서 즐길 거리를 찾던 참이올시다!"

그러자 그 사람은 웃으면서 말하는 것이었습니다.

"눈요기만 하셔서야 무슨 즐길 것이 생기시겠습니까!"

그래서 장 공생은 장 공생대로 웃으면서 말했지요.

"어떻게 소생이 몸은 눕히지 않는다는 걸 다 아셨을꼬?"

그러자 그 사람은 얼굴 가득 웃음을 머금은 채 말했습니다.

"정말 마음이 있으시다면 … 소생이 길잡이를 서 드려야겠군요!"

장 공생은 마음이 잘 맞는다 싶었던지 물었지요.

---

**39** 소생[學生] : 명·청대 구어에서 '학생(學生)'은 원래 제자가 스승 앞에서 자신을 낮추어 일컫는 겸칭으로 사용되었다. 여기서는 학관 한찬경이 오히려 제자들인 수재들 앞에서 자신을 일컫는 겸칭으로 사용되고 있다. 원래는 '제자, 소생' 정도로 번역해야 하지만 여기서는 상황에 맞게 "소생"으로 번역하였다.

"노형께서는 … 함자가 어떻게 되시는지요?"

"소생은 성이 유遊, 이름이 수守, 호가 호한好閑입니다. 이 구역에 대해서
는 길눈이 아주 훤하지요. (…) 실례지만 노선생께서는 고향과 성씨가
어찌 되시는지…"

"소생은 전滇[40] 땅 사람이올시다!"

"운남 출신이시군요!"

명대 화가 구영(仇英)의 『소주청명상하도』에 묘사된
명대 소주 기방의 모습

유호한이 이렇게 말할 때였습니다. 뒤쪽에서 장흥이 튀어나와서 끼어
드는 것이었지요.

---

**40** 전(滇) : 중국 고대의 지역명. 지금의 운남성(雲南省) 일대에 해당하였다.

"우리 상공께서는 금년 향시의 공원[41] 출신이십니다. 정시를 치루러 서울로 올라가는 길이시지요!"

"실례했습니다, 실례를! (…) 뵙게 돼서 영광이올습니다! 이 즐거운 곳을 모시고 구경을 시켜 드리고 실컷 술을 대접하며 주인으로서의 도리를 다하고 싶은데 … 어떠신지요?"
그러자 장 공생이 말했습니다.

"아주 좋습니다! (…) 이곳에서 어느 기생이 으뜸인지요?"

유호한은 손가락을 하나하나 꼽으면서 말하는 것이었지요.

"유금劉金 … 장새張賽 … 곽사사郭師師 … 왕주아王丟兒 … 다들 젊은 나이로 명성을 날리는 자매들이지요!"

"누가 좀 더 뛰어납니까?"

"뛰어난 걸로 치자면 … 이 병아리들이야 죄다 탕흥가湯興哥 하나를 능가하지 못합니다! 가장 분위기를 잘 맞추고 나긋나긋한 데다가 다정다감 하거든요. 역시 명성을 날리던 아이인데 나이가 두 해 정도 많아 거진

---

**41** 공원(貢元) : 명대에 공생을 높여 부르던 호칭.

서른 살 가까이 되었다 뿐이지 확실히 매력적이랍니다!"

"우리[42] 자신부터가 연배가 적지 않으니 아이 같은 심성을 가진 기생들은 별로이고 … 어른스러운 쪽이 낫지요!"

"그렇다면야 … 말할 필요도 없이 바로 저기로 가시면 됩니다!"

이리하여 그는 장 공생을 데리고 그 길로 탕 씨네로 들어왔답니다.

그러자 홍가가 나와서 그들을 마중하는데 정말로 점잖고 고상하면서도 작가 같은 분위기가 완연했지요. 장 공생은 한 눈에 반해 버렸습니다. 차를 마시고 통성명을 하고 나니 유호한이 일일이 대신 분명하게 대답해 주었답니다. 그리고는 장 공생이 흡족해 하는 것을 눈치채고 장 씨네 하인들을 시켜 은자를 가져 오게 해서 그에게 한 턱을 내는 것이었지요.

이날 밤 유호한은 그 자리에 끼어 앉아서 술을 마셨습니다. 장 공생은 원래부터 술고래인 데다가 객지에서 신바람까지 나자 마음껏 즐거운 시간을 보냈지요. 유호생이라는 양반은 머리만 치우면 그야말로 술 항아리 그 자체였습니다. 홍가는 이쪽으로는 훤한지라 주령[43]을 놀아도 범칙을

---

42 우리[我每] : '-매(每)'는 중국 근세의 구어체 중국어에서 사용된 접미사로, 2명 이상의 복수의 사람들을 나타내는데 그 의미나 용법은 대체로 현대 중국어의 '-문(們)'과 대동소이하다. 서로 다른 한자로 표기되었지만 같은 발음으로, 아마 '매'가 비음 요소의 작용으로 말미암아 '매→문' 식으로 발음이 '문'으로 변형된 것으로 보인다.

43 주령(酒令) : 중국의 전통적인 놀이. 술자리에서 참여자들이 한 사람을 영관(令官)으로 선정하고 남은 사람들은 시나 대련(對聯), 그 밖에 즉석에서 정한 규칙 등을 돌아가면서 차례로 대답해야 되는데, 이를 어기거나 틀리면 벌로 술을 마셔야 했다.

하는 일도 없었으며 연거푸 마시고도 취하지 않는 것이 아닙니까. 세 사람은 그렇게 서로가 술 실력을 겨루면서 삼경[44]이 될 때까지 먹고 나서야 멈추었습니다. 그러자 유호한은 알아서 처소로 돌아가고 장 공생은 그렇게 해서 홍가와 동침하게 되었지요. 홍가는 홍가대로 온갖 수단을 다 써서 하룻밤 동안 잠자리 시중을 들어 주니 장 공생은 몹시 흡족해 했답니다.

주령을 놀 때 사용한 찌. 꽃 이름 아래에 벌칙이 적혀 있는 것이 보인다.

이튿날, 그는 하인에게 시켜 객줏집에 있던 행장들을 모두 날라 오게

---

44  삼경(三更) : 중국에서는 고대에 밤 시간을 다섯 단계로 구분하고 저녁 일곱 시부터 밤 아홉 시까지를 '초경(初更)' 또는 '일경(一更)', 밤 아홉 시부터 밤 열한 시까지를 '이경(二更)', 밤 열한 시부터 새벽 한 시까지를 '삼경(三更)', 새벽 한 시부터 새벽 세 시까지를 '사경(四更)', 새벽 세 시부터 새벽 다섯 시까지를 '오경(五更)'이라고 불렀다.

해서 홍가네 집에 갖다 놓았습니다. 그리고는 잇따라 며칠을 더 묵는 바람에 은자를 몇 냥이나 썼지만 홍가의 재주와 미색에 반한 나머지 그녀에게 흠뻑 빠져 떠날 줄을 모르는 것이었지요.

'내 수중의 노잣돈에도 한정이 있으니 마음껏 즐길 수가 없다. 차라리 잠시 성도로 가서 그 물건들부터 받아 와야겠구나! 그러면 홍가한테 돈을 좀 더 써도 괜찮겠지!'

이렇게 생각한 그는 밖으로 나와 하인 네 사람과 상의한 다음 말에 안장을 얹고 신도로 갔습니다. 그는 속으로 '금방 돌아올 수 있겠거니' 하고 여기고 홍가를 보고 말했지요.

"나는 신도에 은자가 좀 있는데 … 지금 가면 반 나절 길 밖에 되지 않는다. 내 가서 받아 오면 또 너희 집에서 한 동안 놀아야겠구나!"

그래서 홍가가 말했습니다.

"차라리 나리께서 여기에 남아 계시고 집사들한테 받아 오라고 하시지 그러세요?"

"그 물건들은 직접 가서 받아야 한다. 남을 보내면 그 쪽에서는 내 주려 들지 않을 게야!"

"물건이 얼마나 많길래요?"

"오백 냥이 넘지."

그러자 홍가가 말하는 것이었지요.

"이건 중요한 일이니 나리를 말릴 수가 없군요. 허나 … 나리께서 가셨다가 만에 하나라도 우리 집에 오지 않으신다면 … 제가 괜한 바램만 가지는 꼴이 아니겠습니까!"

"내 모든 행낭을 다 가져가지 않고 너희 집에 남겨 놓겠다. 그냥 휴대용 이불과 예물 몇 개만 지니고 가마. 어쨌든 한두 날이면 바로 돌아올 것이니라! 너희 집이 얼마나 운이 좋을지 두고 보자꾸나. 모두 받아 오기만 하면 너한테 좀 더 많이 챙겨 주도록 하마!"

그래서 홍가가 웃으면서 말했습니다.

"나리께서 속히 가셨다가 속히 돌아오시기만 바랄 뿐이지. 그런 건 바라지도 않습니다요!"[45]

---

45 **【즉공관 미비】**一个酸子, 一个行家.語言俱肖. 한쪽은 샌님이요 한쪽은 전문가로군. 말투가 양쪽 다 빼다 박았네 그려!

두 사람은 몸조심 하라는 인사를 나누고 작별 인사를 나누는 것이었지요.

손님들, 이때 만약에 지각이 있는 사람이 하나라도 있었다면 장 공생을 보고 이렇게 말했을 것입니다.

"그 은자들이야 당신이 스스로 양심을 속이고 잘못해서 자기도 모르는 사이에 다 날려 놓고 누구를 원망하시오? 그 관리들님네들이야 손에 물건을 챙기기만 하지 돌려주는 일은 절대로 없소이다! '범 아가리에서 뼈다귀를 빼앗으려는 격이요 큰 코끼리 입에서 생 어금니를 뽑으려는 격46'이지! 그 자들은 만만한 자들이 아니니까 돌려받을 생각일랑 하지도 마시오! 더욱이 받아 와서 화류계 인간들한테 갖다 바치는 것도 '눈으로 우물을 채우려 드는 격'47이올시다! 괜히 쓸데없이 애를 태우면서 그 길을 가려 들다니 그게 무슨 고생이오? 차라리 '재수가 없었다'고 여기고 포기하는 편이 낫소이다!"

---

46 범 아가리에서 뼈다귀를 빼앗으려는 격이요 큰 코끼리 입에서 생 어금니를 뽑으려는 격[老虎喉中討脆骨, 大象口裏拔生牙] : 명대의 유행어. 상대가 누구인지 따져 보지도 않고 무모한 짓을 벌이는 것을 두고 하는 말이다. 우리 속담 '하룻 강아지 범 무서운 줄 모른다'와 비슷한 비유이다.

47 눈으로 우물을 채우려 드는 격[塡不滿底雪井] : 명대의 속담. 당대의 불교 어록인 『오등회원(五燈會元)』「정인계성선사(淨因繼成禪師)」에 나오는 말로, 물을 만나면 녹는 눈으로 우물을 메우려 드는 것처럼 헛 수고만 하고 아무 보상도 얻지 못하는 경우를 가리킨다. 『수호전』(제83회)에서는 "마치 눈을 져서 우물을 메우려 드는 것 같다(正如擔雪塡井一般)", 『이각 박안경기』 제8권에서는 "눈을 져서 우물을 메우려 드는 것[擔雪塡井]" 식으로 각각 사용되었다.

만약에 장 공생이 이런 말을 듣고 생각을 바꾸었더라면 그래도 무척이나 운이 좋았을 것입니다. 그러나 안타깝게도 당시에는 그런 충고를 해준 사람이 아무도 없었지 뭡니까. 설사 누가 충고를 했더라도 짐짓 못 들은 척 했을 테지요. 그러나 바로 이 걸음 때문에 다음과 같은 일이 벌어지게 됩니다.[48]

청대에 향시가 치루어진 남경의 강남공원과 호군(護軍, 경비병)의 모습

---

**48** 다음과 같은 일이 벌어지게 됩니다[有分交] : 명대 (의)화본 및 장회(章回)소설에서 장면이 끝나거나 바뀔 때마다 사용하는 상투어. 보통 이 앞에는 "바로 이 걸음 덕분에(只因此一去)"라는 말이 관용적으로 사용되며, 이 뒤에는 다음 장면에서 벌어지게 될 사건이나 상황들을 사전에 미리 암시하는 두 구절의 시를 사용함으로써 청중들이 이야기에 몰입하도록 이끄는 역할을 하는데, 엄밀한 의미에서는 독서를 목적으로 한 일반 소설의 관용적인 표현이라기보다는 극장에서의 공연을 목적으로 한 공연물에서 주로 사용하는 연극적 장치의 일종으로 이해하는 것이 더 좋을 듯하다. "분교(分交)"는 '분교(分敎)'로 표기하기도 한다. 여기서는 "유분교(有分交)"를 편의상 "다음과 같은 일이 벌어지게 된다" 식으로 번역하였다.

| | |
|---|---|
| 중늙은이 서생은 | 半老書生, |
| 어지러이 잇꽃 밭의 귀신 되고 | 狼藉作紅花之鬼. |
| 극악무도한 향반은 | 窮兇鄉宦, |
| 중죄인 가둔 감옥의 죄수로 전락하누나! | 拘拏爲黑獄之囚. |

그야말로

| | |
|---|---|
| "돼지와 양이 백정 집으로 들어간 격이니, | 猪羊入屠戶之家, |
| 옮기는 걸음마다 죽음의 길로 접어드누나!"[49] | 一步步來尋死路. |

이쪽 시장은 말 할 것이 없습니다.[50]

계속 이야기를 들려 드리도록 하겠습니다. 양 첨헌은 고과 처분을 받고 고향집으로 돌아온 뒤로 이제는 끝장 났다고 여겼던지 하는 짓이 더욱 막무가내가 되어 버렸습니다. 집안 형편이 풍족하면서도 욕심을 미처 채우지 못하자 평생 집에서 잔꾀나 부리면서 못된 짓을 일삼았지요. 그에게는 동생이 하나 있었는데 집에서 둘째였습니다. 형편은 원래부터 부

---

49 돼지와 양이 백정의 집으로~[猪羊入屠戶之家, 一步步來尋死路] : 송·명대의 구어식 표현. 송·원대 화본소설집으로 알려져 있는 『경본 통속소설(京本通俗小説)』(문성재 역, 문학과지성)의 「서산 굴의 귀신[西山一窟鬼]」에도 같은 표현이 보인다.
50 말 할 것이 없습니다[不題] : '부제(不題)'는 송·원·명대 희곡, 소설에서 상투적으로 사용된 구어체 중국어 표현이다. 여기서의 '제(題)'는 '들 제(提)'와 같은 의미여서 글자대로는 '언급하지 않는다' 식으로 직역된다. 여기서는 장 공생 시점의 이야기를 잠시 멈추고 양 첨헌 시점의 이야기를 시작하기 위하여 이 표현을 쓰고 있다. 이 표현과 다음 대목 사이에서 시점의 전환이 이루어지는 셈이다.

유했기 때문에 자신과 상관 없는 일에는 전혀 간섭하지 않는 등, 제법 분수를 잘 지키는 사람이었지요. 그래서 형이 못된 짓을 일삼는 것을 본 그는 번번이 완곡한 말로 그를 설득하곤 했답니다. 그러나 첨헌은 그때마다 이렇게 말했습니다.

"너는 내 덕에 둘째 나리 대접을 받았던 게다. 그런데 재산 좀 모이니까 이제는 내 일까지 간섭하려 드는 게냐!"

두 사람은 이렇듯 서로 마음이 맞지 않았습니다. 양이楊二는 그가 모진 마음을 품고 있으니 나중에는 자기 집안에서 상잔을 벌이게 될지도 모른다는 것을 눈치챘지요. 그래서 집안에는 집안대로 수완이 있는 하인을 몇 사람 두고 수시로 그가 들이닥치는 일에 대비했답니다. 그러다가 근래에 새로 병을 얻어 앓아 눕고 말았지 뭡니까. 그는 아들을 하나 두었지만 겨우 여덟 살이었지요. 그래서 임종할 때 아내를 자기 앞에 불러다 놓고 하인들에게 이렇게 분부했습니다.

"나는 평생 이 피붙이만 남았구나. 저 큰 댁의 벼슬을 한 양반은 범처럼 눈을 희번덕거리고 있으니 … 조심해서 대응하되 절대로 그 올가미에 걸려들지 않도록 해라! 그래야 나도 죽어도 눈을 감을 수가 있겠다!"

그리고는 눈물을 비처럼 쏟더니 길게 한숨을 쉬고 세상을 등지는 것이었지요. 그가 죽고 나서 아내는 집안 하인들과 함께 가산을 단단히 지키며 따로 생활하면서 다시는 첨헌 집의 덕을 보려 하지 않았답니다.[51] 첨헌은 동생 집에 비집고 들어갈 틈이 보이지 않자 속으로 생각했습니다.

'둘째네 집에는 재산이 무척 많지. 그러나 그놈의 어린 아들놈이 남아 있으니 … 그놈만 요절낸다면 그 집 재산도 내 것이 되지 않겠어?'

그래서 그는 은밀히 손을 쓰려고 했습니다. 그러나 그 집 모자가 대문을 굳게 닫아 걸고 있으니 어쩌겠습니까! 호락호락 그 집에 드나들 수가 없자 이렇게 생각했지요.

'내가 만약에 … 독약 같은 걸로 그 놈을 몰래 없앤다면 … 외간사람들은 내가 그런 것으로 알 것이 분명하다. (…) 속일 수가 없을 테고 … 그렇다고 얼렁뚱땅 해치울 수도 없지. 만약에 … 강도들을 규합해서 그놈 집을 털고 목숨을 **빼앗는다면** … 내가 그런 대로 남들 눈을 피하기도 좋고 바른말을 하면서 도둑질 당한 일을 빌미로 삼는다면 … 내가 벌인 일이라고 누가 말을 할 수가 있겠나! 그렇게만 된다면 놈의 목숨을 **빼앗지** 않고서도 재산을 몽땅 털 수가 있을 테지! (…) 그렇게 하는 수밖에!'

그는 과거부터 은밀히 강도를 서른 명 넘게 기르면서 다른 고을에서 써 먹곤 했습니다. 그러다가 노략질 해 온 것이 있으면 그들과 공평하게

---

51 **【즉공관 방비】** 高着. 탁월한 선택이다!

나누었지요. 만약에 한두 군데에서 도둑질을 하면 그는 직접 나서서 그 사건을 도맡아 그 강도들을 비호하곤 했답니다. 관아에서는 그가 교활한 것을 아는 데다가 아전들도 그의 권세를 두려워하여 아무도 그를 응징할 엄두를 내지 못했지요. 누구라도 내심 못마땅하거나 눈엣가시 같은 인사들이라도 있으면 공공연히 그들을 불러 농장으로 그것들을 옮겨 와서 나누게 했답니다. 그런 짓을 하도 오래 저지르다 보니 나중에는 대수롭지 않게 여기게 되었지 뭡니까.

그는 이런 식으로 어린 조카의 집을 털고 그 틈에 그의 목숨을 해칠 작정이었습니다. 그러나 그 집 하인들이 밤낮으로 순찰을 도는 데다가 이리와도 같은 문지기 개를 몇 마리나 기르고 있는 등, 아주 단단히 지키고 있으니 어쩌겠습니까? 그래도 하늘에도 눈이 있는지라 다른 곳으로 가서 물건들을 훔쳐 오곤 했지요. 양이의 집은 몇 번 가기는 했지만 가는 것부터 저지를 당하다 보니 제대로 손을 쓸 수가 없었답니다.

첨헌은 마침 그 일을 염두에 두고 있던 참이었습니다. 그래서 이번에는 기필코 본때를 보여 주려고 벼르고 있던 참이었지요. 그런데 갑자기 문지기가 웬 명첩을 한 장 들고 들어왔지 뭡니까. 거기에는 이렇게 적혀 있었습니다.

"옛 임지의 운남 출신 공생인 장인이 뵙기를 바랍니다."
舊治下雲南貢生張寅棄見

그는 속으로 깜짝 놀라고 말았습니다.

'내가 지난번에 그 자에게서 오백 냥의 뇌물을 받았지만 일을 해결도
해 주지 못한 상태에서 근신 처분을 받자마자 바로 귀향했었지! (…) 나
도 속으로 이 은자들은 분명히 나중에 뒤탈이 생길 것이라고 짐작은 하
고 있었다마는 그 자가 정말로 곧바로 여기까지 들이닥칠 줄이야! (…)
이 일은 애초부터 손을 댄 적도 없어서 그를 설득할 도리가 없으니 … 이
치상으로도 돌려주어야 옳지. 그러나 … 어떻게 삼켜버린 것을 도로 토
해 낼 수가 있겠나! (…) 만약에 … 그 자한테 돌려주지 않았다가는 그 자
도 공생이다 보니 샌님의 머리를 믿고 그냥 넘어가지는 않을 게 분명해!
혹시라도 관아에 진정이라도 넣는다면 그의 명성에 누가 되는 것도 아랑
곳하지 않을 테지. 그러니 누가 그 자와 입씨름하는 고생을 견딜 수가 있
겠는가? (…) 일단 예의를 갖추어 그 자를 만나 보도록 하자. 대화를 나
눌 때 어쩌면 … 물정을 알고 그 이야기를 꺼내지 않을 지도 모르지! 그
렇게만 된다면 그 자에게 노잣돈이나 두둑하게 챙겨 주고 돌려보내면 그
만이다. 허나 … 만약에 돌려 달라는 말을 꺼낸다면 다른 방법을 강구하
는 수밖에!'

첨헌은 입으로 이렇게 되뇌면서 속으로 꾀를 내어 보았습니다. 그러다
가 계획이 서자 천천히 정청正廳을 나와서 사람을 시켜 공생을 맞아들이
게 해서 만났지요.

장 공생은 의관을 반듯이 차린 모습으로 상급 관청에 대한 과거의 체

통을 생각해서 깍듯이 예의를 갖추고 특산물까지 좀 바쳐 예물로 삼았습니다.[52] 그것을 받은 첨헌은 자리를 마련해 차를 대접했지요. 그런 다음 첨헌이 말했습니다.

"이 몸이 선생 고을에서 폐를 끼치는 동안 죄를 많이 지었소이다. 나중에 파직되어 고향집에서 지내게 되는 바람에 다시 그 고을에 갈 수가 없었지요. 오늘 그 고을의 벗을 만났건만 그래도 뵐 면목이 없구려!"[53]

그러자 장 공생이 말했습니다.

"첨헌 나리, 솔직하게 드린 말씀이 받아들여지지 않아 시류를 거스르는 결과를 초래하고 말았습니다마는 저희 고을 백성들은 여태껏 나리께서 덕정을 그리워하고 있답니다!"

"이거 몸 둘 바를 모르겠구려!"

이렇게 말한 첨헌은 이어서 두 손을 모으고 말하는 것이었지요.

"장 선생께서 향시에 급제하셨다니 축하드립니다!"

---

52 【즉공관 방비】再加利錢. 거기다 이잣돈까지.
53 【즉공관 미비】紗帽話, 極省. 벼슬아치 말투로군. 아주 많이 닮았어.

"정해진 순서대로 요행으로 그렇게 된 것인데 뭐 그리 대단한 일이라고요."

"이제는 어디에 가서 지내실 생각이십니까?"

그러자 장 공생이 말했지요.

"서울에 정시를 보러 가면서 사천성을 지나다가 특별히 찾아뵈러 왔답니다!"

"이곳은 성도에서 오십 리나 떨어진 곳인데 특별히 이렇게 왕림까지 하시다니! 이 늙은이를 잊지 않으셨군요!"

그가 자꾸 말을 빙빙 돌리는 것을 본 장 공생은 하는 수 없이 스스로 이야기를 꺼냈습니다.

"지난번에 저희 집에 사소한 일이 좀 있어서 … 첨헌 대감을 뵌 자리에서 예물을 드리고 도움을 부탁드린 적이 있지요. (…) 나중에 결론이 나지 않은 상태에서 첨헌께서는 저희 고을을 떠나 그 뒤에 바로 고향 댁으로 돌아가셨습니다. (…) 이번에도 사실은 … 찾아 뵐 엄두가 나지 않았습니다마는 … 소생이 서울로 가면서 여비가 부족하길래 첨헌 대감께 당초의 그 물건들을 돌려주시어 소생이 시험을 보러 가는 것을 도와주십사

하고 … 이렇게 특별히 인사를 드리러 온 것입니다!"

그러자 첨헌은 정색을 하면서 말했습니다.

"이 몸은 그 고을에서 맹물만 먹었을 뿐이올시다!⁵⁴ 내가 언제 그런 뇌물을 받은 일이 있었소이까? 말씀이 심하십니다! 선생이 다른 왈패한테 속임수를 당했을 테지요!"

그가 양심을 저버리고 말을 바꾸고 발뺌을 하는 모습을 본 장 공생이 만약에 물정에 밝은 사람이었다면 거기서 멈추었어야 합니다. 그러나 장 공생도 애초부터 선량한 사람이 아닌데 어쩌겠습니까? 속으로 다급해진 그는 사납게 이렇게 말했지요.

"소생이 직접 관아 앞에서 드린 것을요! 수령증과 확약서가 다 있는데 어떻게 속이실 수가 있습니까?"

수령증과 확약서를 가지고 있다는 말을 들은 첨헌은 성을 내다가 이내 기뻐하면서 말하는 것이었습니다.

"이 몸이 잊어 버렸나 보오. 죄송하외다, 죄송해요! (…) 그때는 처남

---

54 【즉공관 미비】紗帽慣說的話. 벼슬아치들이 입버릇처럼 하는 말이지.

이 관아에서 길을 나서는 통에 이 몸이 선물을 좀 챙겨 주어야 했소이다. 허나 이 몸은 당시 주머니 사정이 여의치 않아서 어쩔 수가 없었지요. 해서 댁에서 그 물건들[55]을 빌려서 그를 보내 주었답니다! 그러나 뜻밖에도 그 뒤로 이런저런 애로가 많아서 댁의 일에 힘을 보태지 못했던 것이 올시다. 그 물건들은 당연히 돌려 드려야지요! 다만, … 처남이 이미 그 물건들을 다 써 버리고 말았으니 … 이 몸이 배상해 드려야 되겠군요. 일단 며칠 말미를 주시면 꼭 갚아 드리도록 하겠소이다!"

'돌려주겠다'는 말을 들은 장 공생은 그제서야 마음이 좀 누그러졌습니다. 그러나 '다 써 버렸다'는 말을 듣자 내심 그 두 금부치가 아까웠던지 다시 첨헌을 보고 말하는 것이었지요.

"그 중에 금부치 두 개는 집안에서 대대로 전해져 오던 물건입니다. 부디 원래의 물건을 돌려주시기 바랍니다!"

그러자 첨헌은 코웃음을 치더니[56] 이렇게 말했습니다.

"대대로 전해지는 가보를 … 누가 그렇게 경솔하게 내놓으라고 합디까? (…) 일단 안심하십시오. 약소하지만 환영하는 술자리에서 상의하도록 하십시다!"

---

55 【즉공관 미비】好貨. 좋은 물건들이지.
56 【즉공관 미비】此笑殺机動矣. 이 웃음에 살기가 생기겠군!

그리고는 몸을 일으켜 장 공생을 서재로 안내해 느긋하게 앉아 있으면서 한편으로는 술자리를 준비하도록 분부하는 것이었지요. 그러자 장 공생은 혼자서 서재로 갔습니다.

첨헌은 혼자서 한 동안 생각해 보았습니다. 그가 처음에 시치미를 뗄 때만 해도 그냥 장 공생이 자신의 속뜻을 눈치 채고 자기 기분이나 좀 맞추어 주면 자신이 그에게 답례로 노잣돈이나 두둑이 챙겨 주기만 해도 피차 원만하게 마무리될 것이라고 믿었지요. 아 그런데 장 공생이 하찮은 이익에 욕심을 내면서 자기 체면을 차려 주기는커녕 꼬치꼬치 따지고 들 줄이야 누가 알았겠습니까? 의외의 반응이었지만 그래도 그에게 그 물건들 중 절반은 돌려주어서 그 물욕을 풀어 줄 생각이었습니다. 다만 금 주전자와 금 장신구만은 자신도 속으로 좋아하는 물건이어서 수시로 감상을 하던 참이었지요. 이미 몇 번이나 꺼내서 친척들에게 자랑까지 하곤 했는데 아깝겠습니까 안 아깝겠습니까? 그러나 장 공생은 장 공생대로 공교롭게도 그 두 물건이 가장 간절한 물건이었습니다.

첨헌은 이런 생각 저런 생각을 하다가 순간적으로 나쁜 마음을 먹고 말았습니다. 그는 모진 마음을 먹고 생각했지요.

'일단 저지른 일은 끝장을 보아야 하는 법![57] (…) 놈은 운남 출신이지.

---

[57] 일단 저지른 일은 끝장을 보아야 하는 법[一不做, 二不休] : 명대의 유행어. 당대에 조원일(趙元一)이 지은 『봉천록(奉天錄)』에서 소개한 장광성(張光晟)의 말에서 유래하였다. 당나라 말기에 태위(太尉)이던 주차(朱泚, 742~784)가 반란을 일으키고 황제를 자처하자 장광성은 처음에는 그의 휘하에서 충성하였다. 나중에 궁지에 몰리자 주차를 죽이고

고향집을 떠나 길을 가다가 이곳에 들렀다고 했으니 … 놈을 … 없앤다고 한들 누가 알기나 하겠나? 그 시신의 연고자[58]도 눈치 챌 수가 없을 게야!'

그리고는 일처리에 능한 종복 몇 명에게 시켜 자기 농장의 강도 패거리와 약속해서 밤중에 술자리가 끝나고 나면 명령을 기다리게 했답니다.

분부를 마친 첨헌은 장 공생을 술자리로 불러내었습니다. 그는 술자리에서 이런저런 이야기를 하고 조정의 일들도 거론하면서 극진히 대접을 하면서 잘 생긴 시동을 시켜 틈틈이 술을 권하게 했답니다. 첨헌의 호의를 본 장 공생은 거절하기가 난처했지요. 거기다가 '이렇게 호의를 베푸는 것을 보면 지난번 물건들은 돌려받는 것이 어렵지 않겠다'[59]고 여겼는지 마음 놓고 술을 먹는 데에만 집중했습니다. 그러다가 결국 어느새 곤드레만드레 취하고 말았지 뭡니까. 첨헌은 그래도 시동을 시켜 술을 권하고 또 권하더니 그가 인사불성이 되고 나서야 멈추는 것이었습니다. 그리고는 물었지요.

"장 씨댁 집사들은 술을 먹었느냐?"

---

조정에 투항했으나 후환을 우려한 조정에서 자신을 제거하려 하자 "가장 좋은 것은 일을 벌이지 않는 것이지만 그 다음은 벌인 이상 멈추지 않는 것이다[第一莫作, 第二莫休]"라는 말을 남기고 죽음을 당했다고 한다. 애초에 일을 벌이지 않는 것이 최선이지만 이미 벌였다면 끝까지 포기해서는 안된다는 뜻으로 한 말이다.

**58** 시신의 연고자[尸親] : 명대의 구어식 표현. '시친(尸親)'은 죽은 사람의 직계 가족이나 혈연적으로 연고가 있는 친척을 말한다.

**59** 【즉공관 방비】 未必. 꼭 그렇지는 않을 텐데?

아니나 다를까 일처리에 밝은 그 몇 명의 종복이 번갈아 가며 술동무가 되어 술을 마시고 있었습니다. 그 종복들은 좋은 술에 맛난 밥을 보더니만 '이게 웬 떡인가' 싶었지요. 그러니 무슨 영문인지 상관할 바가 어디 있겠습니까?[60] 무조건 사양도 하지 않고 욕심을 내면서 네 명이 하나같이 술을 먹고 눈이 희번덕하게 뒤집혀 사람조차 알아보지 못하는 것이 아닙니까. 종복들이 그 사실을 첨헌에게 알리자 첨헌이 분부하는 것이었지요.

"모두 잇꽃 밭으로 보내서 해치워 버려라!"

알고 보니 이 양 첨헌에게는 잇꽃 밭에 농장을 하나 가지고 있었습니다. 여기저기에 잇꽃을 심어 놓았는데 면적이 일천 무[61]가 넘는 땅이었지요. 그는 해마다 그 잇꽃을 팔아서 팔구백 냥의 돈을 벌고 있었습니다. 이 농장에는 이런저런 집 건물을 많이 지어 놓고 전적으로 나그네들이 묵게 해 주는 한편 강도들을 숨겨 주기도 했답니다. 이때만 해도 그저 '장 공생 주종 일행을 그곳으로 보내 묵게 해 주라'고 이르기만 했을 뿐

---

**60** 무슨 영문인지 상관할 바가 어디 있겠습니까[那里管三七二十一] : 원래 '삼칠 이십일(三七二十一)'은 구구단의 제3단에 해당한다. 그러나 원·명대의 구어체 중국어에서는 그 앞에 '불관(不管)'이 추가되어 '삼칠 이십일이건 말건[不管三七二十一]' 식으로 사용되어서 '결과야 어찌 되었든 간에 상관없이'라는 의미를 나타낸다. 때로는 '삼칠 이십일이건 어쨌건[管他三七二十一]' 또는 '삼칠 이십일일랑 따질 것 없이[休管三七二十一]' 식으로 사용되기도 하였다.

**61** 무(畝) : '무(畝)'는 중국의 면적 단위로 미터법으로 환산하면 대략 666제곱미터(m2) 정도이다. 따라서 "백 무"는 6.6헥타르(ha)에 해당하는 셈이다. 편의상 여기서는 '무'를 "마지기"로 번역하였다.

이었지요. 그런데 농장에 도착하자 다섯 사람은 한결같이 술에 취하여 이불을 보더니 고꾸라지자마자 잠이 들더니 코 고는 소리가 우레 같지 뭡니까. 어디가 어딘지는 아랑곳도 하지 않은 채로 말입니다. 아 그런데 그 드넓은 공간에 징 소리가 들리더니 날렵하고 사나운 그 농장의 장정들 몇 명이 몰려오는 것이었습니다. 그들은 모두 수완이 대단한 강도들로 저마다 단칼에 한 사람씩 해치워 버리는 것이었지요. 그러니 장 공생의 그 종복들에게 아무리[62] 머리가 세 개나 있고 팔이 여섯 개씩 달려 있으면[63] 뭐 합니까? 그래 보았자 그들을 처리하는 시간만 좀더 들었을 뿐이었지요. 더욱이 샌님 하나와 얼이 나가 버린 종복 몇 명이야 저마다 머리가 하나씩만 나 있으니 시간이 들어 봤자 얼마나 들겠습니까. 어느새 몽땅 머리가 잘리고 말았지요!

이리하여 장정들은 잇꽃이 듬성듬성 있던 자리에 구덩이를 하나 파서 그 시신들을 무더기로 묻어 버렸답니다. 불쌍한 장 공생이 빚을 받는 데에 미련을 가지고 거기다가 성도에 가서 사랑하는 여인을 만나러 가려 하다가 악독한 임자를 만나서 이처럼 비명에 죽게 될 줄이야 어떻게 알았겠습니까? 그야말로

한 순간의 목숨인 줄도 모르고          不道逡巡命,

62  아무리[遮莫] : '차막(遮莫)'은 송·원·명대의 구어식 표현으로, '제 아무리, 비록'이라는 의미를 나타낸다. 때로는 같은 발음을 '절말(折末)·절막(折莫)·절마(折麽)·차불(遮不)·차말(遮末)·자말(者末)·점불(占不)' 식으로 다른 한자로 표기하기도 하였다.
63  아무리 머리가 세 개나 있고 팔이 여섯 개씩 달려 있으면[三個腦袋, 六條胳臂] : 불교 용어. 부처가 변신한 법상(法相)의 모습을 가리킨다. 나중에는 신통력을 가진 사람을 두고 하는 말로 사용되는 경우가 많았다.

| 한 순간의 꽃에 욕심까지 내었구나! | 還貪傾刻花. |
| 황천에는 기방이 없는 것을 | 黃泉無妓館, |
| 오늘 밤에는 뉘 집서 잘 텐가?[64] | 今夜宿誰家. |

이로부터 한 해 남짓 지났을 때였습니다. 고향 집에 있던 장 공생의 수재 아들 둘은 부친이 서울로 들어간 뒤로 집에 서신 한 장, 기별 한 번 받지 못하고 있었지요. 그래서 서울에서 돌아온 사람들에게 물어 보았지만 그때마다 '만난 적이 없다'는 대답만 돌아와서 전혀 소식을 알 수가 없었습니다. 두 아들은 속으로 이상하게 여기면서 상의했지요.

"전 땅은 하늘 끝에 있으니 어떻게 서울 소식을 들을 수가 있겠나? 아무래도 사천 땅 성하로 확인해 보러 가야겠다. 거기에는 북경에서 돌아오는 사람을 수시로 접할 수 있을 테니!"

이리하여 두 아들은 노잣돈을 좀 모아 몸에 지니고 그 길로 성도로 가서 거처를 찾아 묵었습니다. 그리고는 저잣거리를 왔다 갔다 하면서 둘러 보았지만 아는 사람을 도통 만날 수가 없었지요. 두 형제는 열흘 가까이 묵다 보니 지루해졌던지 이렇게 상의했습니다.

"이곳에는 이름난 기생들이 무척 많다지. 우리 각자 하나씩 구해서 시

---

**64** 【즉공관 미비】酸鼻. 코가 다 시큰해지는군.

간을 보내도록 하자!"

두 젊은이는 따로 알랑쇠[65]를 쓸 것도 없이 내가 너를, 네가 나를 하는
식으로 각자 어린 기생을 하나씩 골랐는데 한 사람은 동소오童小五, 한 사
람은 고아도顧阿都였지요. 두 사람은 두 기생을 처소에 불러 들여 같이 즐
거운 시간을 보냈습니다. 그렇게 며칠을 함께 어울려서 떠들썩하고 화끈
하게 놀아 나다 보니 부친 행방을 수소문하겠다던 당초의 계획은 어느새
뒷전에 가 있지 뭡니까요.

그러던 어느 날이었습니다. 좀 나이가 많은 쪽에게 상대를 바꾸고 싶
은 마음이 들지 뭡니까. 두 어린 기생은 그가 운남 사람인 것을 알고 이
렇게 놀려 대었지요.

"당신네 운남 양반들은 무조건 나이 든 여자만 밝힌다고 하더니만 …
우리가 여러분 마음에 들지야 않겠지만[66] 며칠 되지도 않았는데 기어이
상대를 바꾸어야겠어요?"

"우리 운남 사람들이 나이 든 기생만 밝힌다니 … 그게 무슨 말이냐?"

---

65  알랑쇠[幫閑] : '방한(幫閑)'은 중국 근세에 술자리에서 분위기를 흥겹게 띄우는 일을 생
    업으로 삼던 사람을 가리킨다. 나중에는 때로는 남에게 빌붙는 사람을 낮추어 부르는 이
    름으로 사용되기도 하였다.
66  【즉공관 미비】無端用話露出根芽, 皆天使之也. 공연히 쓸데없는 말로 화근을 만들 줄이야!
    이게 모두 하늘의 뜻인 게지.

두 수재가 이렇게 말하자 동소오가 냉큼 대답하는 것이었습니다.

"지난번에 유 씨네 아저씨가 그러더군요. '작년에 웬 운남 출신 지인이 여기에 왔더랬는데 창기를 찾아 달라면서 인기 있는 기생은 싫고 물정에 밝은 기생만 찾더라'나요? 나중에 그 지인을 탕 씨네 홍가 집에 데려갔다지 뭐예요. 홍가는 우리 엄니 뻘 되는 여자인데 '그 지인이 홍가하고 화끈하게 지내면서 큰 돈을 쓰고도 다시 와서 또 큰 돈을 쓰겠다고 약속을 했다'더군요. (…) 나중에 어떻게 되었는지는 모르겠는데 … 그게 운남 양반들이 늙은 여자만 밝히는 게 아니고 뭐예요?"

"그 운남 양반 … 성이 무엇이라더냐? 어떤 모습이었고?"

그러자 동소오와 고아도는 둘 다 손뼉을 치고 웃으면서 말했습니다.

"또 농담을 하시네! 마침 우리도 마음에 두고 있던 일[67]이긴 하지만 그 양반이 장씨든 이씨든 무슨 상관이에요? 언제 그 양반 얼굴을 보기나 했어야지. 그냥 유 씨네 아저씨가 그렇게 말하길래 그 일로 농담을 한 것뿐이랍니다."

---

**67** 마음에 두고 있던 일[肝上的事] : 명대의 구어식 표현. 중국의 동북 방언에는 '심부재간상(心不在肝上)'이라는 표현이 있다. 글자 그대로 직역하면 '마음이 간에 있지 않다' 정도로 번역되는데, 딴 곳에 정신을 파는 상황을 가리키는 말이다. 그런데 '간상적사(肝上的事)'는 그와는 반대의 상황을 가리키는 말이므로, '염두에 두고 있는 일' 정도의 의미로 이해할 수 있는 셈이다. 여기서는 편의상 "마음에 두고 있던 일"로 번역하였다.

"유씨 아저씨는 어떤 사람이냐? 어디에 살고? 그건 … 너희들도 알고 있을 테지?"

동소오와 고아도는 이번에도 손뼉을 치면서 말했지요.[68]

"유 씨네 아저씨도 모르면서 오입을 하려고 그러셨어요?"

두 수재는 기필코 그 내력을 캐묻고 말겠다는 기세였습니다. 그래서 동소오가 말했지요.

"유씨 아저씨는 알다가도 모를 분이에요. 그런데 들이닥치자마자 만나 보시겠다니요? 아마 보시려면 한 평생이 되어도 힘드실 걸요?[69] 두 분의 그 동향 양반에 관해서 캐물으실 요량이라면 당장 탕흥가네로 가서 물어 보시면 됩니다."

"그렇구나!"

두 수재 중 동생이 두 어린 기생과 어울려 노는 동안 형은 혼자서 물어 물어 탕 씨네로 왔답니다.

---

68 【즉공관 미비】宛然雛兒氣質. 그야말로 풋내기들이로군.
69 【즉공관 미비】幇閒之定評像贊. 알랑쇠가 그림을 평하는 격이로군.

한편 탕홍가는 장 공생이 떠날 때 '겨우 오십 리 거리여서 얼마 뒤에 바로 오겠다'고 하더니만 뜻밖에도 떠난 지 한 해가 넘었는데도 아무 소식도 없지 뭡니까. 그가 남겨 놓은 옷주머니며 행장들도 가지러 오는 사람이 없었지요. 그래서 그 기방에서는 그 일을 마음에 두지 않고 진작에 잊어버린 채 지내고 있었답니다.

그 날도 손님이 없어서 집에서 문을 닫고 낮잠을 자다가 갑자기 꿈을 하나 꾸었습니다. 그런데 그 꿈에서 장 공생이 찾아오더니 '은을 가지고 돌아왔다'고 하는 것이 아닙니까. 그래서 안부 인사를 나누려고 하는데 대문 두드리는 소리가 다급하게 들리는 바람에 순간적으로 놀라 깨고 말았지요. 잠을 깬 홍가는 생각했습니다.

'그 분을 그리워한 것도 아닌데 어째서 그런 꿈을 다 꾸었담? (…) 옷과 짐을 가져간다는 소식을 전하러 누가 찾아올 지도 모르겠구나!'

이렇게 긴가민가 하고 있을 때였습니다. 그런데 이번에도 대문을 두드리는 소리가 들리는 것이 아닙니까. 홍가는 옷매무새를 바로잡고 어린 여종을 앞장 세워서 대문을 열고 나왔습니다. 그런데 여종이 홍가를 부르더니 말하는 것이었지요.

"손님이 오셨어요!"

장 씨네 큰 수재가 발을 안으로 들여 놓자마자 그 모습을 본 홍가는 깜짝 놀라고 말았습니다.

'분명히 장 공생님 하고 외모는 똑같은데 ··· 나이가 어째서 훨씬 젊은
거지?'

홍가는 그를 손님 자리로 안내해 앉게 했습니다. 그런 다음에 고향과
이름을 물어 보니 다름 아닌 운남의 장씨이지 뭡니까. 홍가는 속으로 몹
시 희한하게 여기면서도 불쑥 말을 꺼낼 엄두를 내지 못하고 있었지요.
그러자 큰 수재가 먼저 묻는 것이었습니다.

"처녀,[70] 듣자니 ··· 이곳에 작년에 운남 양반 한 분이 다녀 가셨다던데
··· 어떤 분이셨소? 성은 무엇이고 이름은 무엇입디까?"

그래서 홍가가 말했지요.

"어떤 점잖은 지인께서 성이 장씨이신데 '공생 출신으로 서울에 정시
를 보러 가면서 이곳을 지나게 되었다'고 하시더군요. 며칠 동안 머무시
다가 신도로 빚을 받으러 가셨답니다. '반 나절 거리니까 갔다가 바로 오
겠다'고 하셨는데 어찌 된 영문인지 한번 가시더니 안 오시네요."

---

70 처녀[大姐] : '대저(大姐)'는 명대에 미혼 여자를 부르던 호칭.

그래서 장 씨네 큰 수재가 말했습니다.

"몇 사람이 그 분을 따라 갔소?"

"집사 네 명이요."

큰 수재는 속으로 '제대로 찾아 왔다'고 깨닫고 물었지요.

"그때 떠나서 돌아오지 않았다면 … 설마 그 길로 먼 길을 떠나셨다는 게요?"

"그럴 리가요! 옷주머니며 행장들이 여태 우리 집안에 남아 있는 걸요. 돌아와서 그것들을 챙겨야 길을 떠날 수 있지 않겠습니까?"

"그럼 어째서 안 오시는 게요? 설마 서울에 들어가실 생각 없이 계속 그곳에 머물고 계시다는 게요?"

그러자 홍가가 말하는 것이었지요.

"아마도 빚을 받아내지 못해서 거기에 남아 계신 게지요. (…) 그렇더라도 어쨌든 기별이 있었거나, 하다못해 집사 하나라도 보내셨어야 옳지요. 그런데 … 아무 동정도 행방도 없으니 당최 무슨 영문인지 알 수가 없습니다.”

“신도까지 … 무슨 빚을 받으러 간다고 하십디까?”

“그냥 ‘오백 냥 어치의 물건들’이라고만 들었을 뿐 … 어떤 빚인지는 모릅니다요!”

큰 수재는 발을 동동 구르면서 말했습니다.

“맞네, 맞아! 그럼 우리가 신도로 찾으러 가야겠구려!”

“그 분께서 … 나리하고 무슨 상관이길래 찾으러 간다는 겁니까?”

“아가씨에게 사실대로 이야기하리다. 바로 이 몸의 아버님이올시다!”

“큰 실례를 저질렀습니다! 어쩐지 외모가 이렇게 서로 닮았다 했습니다. 그럼 한 가족이시군요!”

홍가는 웃으면서 점원을 시켜 식사를 준비하게 하고 큰 수재에게는 잠시 앉아 있게 했습니다. 그러자 큰 수재가 대답하는 것이었지요.

“그럴 것까지는 없소이다! 이 몸에게 아우 하나가 다른 데서 기다리고 있는 중이올시다. 그건 그렇고 … 방금 한 이야기 … 확실한 거지요?"

"확실하지 않고요! 옷주머니과 행장이 여기 이렇게 있는 걸 보세요. (…) 확인을 좀 해 보시지요 맞는지 아닌지."

그리하여 장 씨네 큰 수재를 안채 방으로 안내해 와서 맡겨 놓은 물건을 확인시켜 주었습니다. 큰 수재는 그 말이 사실임을 알고 서둘러 홍가에게 작별인사를 했습니다.

"그렇다면 지체해서는 안 되겠소! 밤중이라도 아우와 같이 신도로 가서 찾아보아야겠소. 찾으면 그때 만나도록 합시다!"

홍가는 일부러 다정한 척 하면서 한 동안 붙잡아 놓고 있다가 자연스럽게 대문 밖까지 배웅해 주었습니다.
그런데 큰 수재가 허겁지겁 처소로 달려 와서 동생을 보고 말하는 것이었지요.

"드디어 찾아냈다! 정말로 작년에 탕 씨네 집에서 밤을 보내셨더구나. 그건 그렇고 … 그 집에서 하는 말에 따르면 서울로는 아예 안 가셨단다!"

그래서 작은 수재가 말했습니다.

"그럼 … 어디에 계신데요?"

"그대로 이곳 신도에 계신 거지. 우리가 거기로 수소문하러 가야겠어!"

"어째서 신도에 그렇게 오래 계시는 걸까요?"

"그 집에서는 '신도에 오백 금의 빚을 받으러 간다고 들었다'고 하더구나. 양 풍자 집에 가신 것이 분명하다!"

"받든 못 받든 간에 어쨌든 길은 나서셨어야지 … 어째서 여태 거기에 계신답니까?"

"행낭은 아직도 탕 씨네에 있더구나. 방금 보고 왔다. 짐도 없이 곧바로 길을 떠날 리가 어디 있겠느냐? (…) 어쨌든 신도에 머무시면서도 여기에 안 돌아오신 것은 분명하다. 여기서 거기까지는 다행히 그리 멀지 않더라.[71] 우리 짐을 챙겨 같이 좀 가서 아버님의 행방을 수소문해 보도록 하자!"

---

71 다행히 그리 멀지 않더라[苦不多遠] : '괴로울 고(苦)'는 명·청대 구어체 중국어에서 부사로 사용되었을 경우에는 '다행스럽게도, 운 좋게도' 정도의 의미를 나타낸다. 이 경우 그 뒤에는 부정사인 '아니 불(不)'이 함께 사용되어 그 의미를 강화시키기도 한다. 시내암의 소설 『수호전』"이 맹주성은 작은 곳이다 보니 흙으로 만든 그 성채가 다행스럽게도 그다지 높지 않지요[這孟州城是個小去處, 那土城苦不甚高]"에도 같은 표현이 보인다.

계획을 잘 세운 두 사람은 은자를 좀 꺼내서 두 기생에게 사례를 하고 집으로 돌려보냈습니다.

두 형제는 그 길로 신도로 와서 객줏집에 짐을 풀었지요. 주인은 멀리서 온 사람들임을 알고 물었습니다.

"두 분 손님께서는 어디서 오셨습니까요?"

"운남이오. 이곳에 찾을 사람이 있어서 말이오."

"운남서 오신 거 … 사람을 찾으러 오신 게로군요? 뇌물을 찾으러 오신 건 아니겠지요 설마?"[72]

그러자 두 수재는 놀라면서 말했습니다.

"어째서 그런 말씀을 하는 게요?"

"되는 대로 그렇게 농담을 해 본 것뿐이올시다!"

두 수재는 자리에 앉더니 주인에게 물었습니다.

---

**72** 【즉공관 미비】俱以無心偶露爲奇. 주인의 이 말은 아무 생각 없이 무심코 속내를 드러내는 것처럼 표현하는 것을 절묘한 경지로 여긴다.

"이곳에 양 첨사라는 분이 계신다던데 ··· 어디에 사시오?"

그러자 주인은 혀를 내두르면서 말하는 것이었습니다.

"그 양반 ··· 만만한 사람이 아니올시다! 멀리서 오신 분들이 대체 무슨 용건이길래 ··· 난데없이 그건 왜 물으십니까요?"

"좀 물은들 어떻소이까? 어째서 ··· 그 사람을 그렇게 무서워하시오?"

그래서 주인이 말했지요.

"그 양반 ··· 가볍게는 관아에서 손님들을 해칠 것이고 심한 경우에는 강도가 손님들을 약탈할 겝니다요! 만약에 ··· 멀리서 온 사람이 그 양반 심기를 거슬리기라도 했다간 ··· 인정사정 보지 않고 목숨을 **빼앗을** 걸요?"

"이 태평한 시절에 설마 ··· 사람을 죽이고도 댓가도 치루지 않는다고요?"

"댓가는 무슨 댓가! 작년에도 ··· 웬 운남 사람 하나가 ··· 주인 한 사람 하고 종복 넷이서 그 집에 찾아간 적이 있답니다. 헌데 듣자니 ··· 거 뭐라 더라? '임지에서 주었던 뇌물을 받으러 왔다'던가? 아 그런데 밤중에 죄 다 죽여 버렸지 뭐요! (···) 여태껏 그 원한도 풀지 못한 마당에 댓가를

치루기는 뭘 치룹니까요? (…) 방금 두 분이 운남 출신이라고 하시길래
… 그래서 농담을 한 겁니다요.”

그 말을 들은 두 수재는 넋이 다 달아날 정도로 놀라서 서로 마주보면
서 한 동안 아무 소리도 내지 못했지요. 그렇게 한 동안 있다가 벌벌 떨
면서 물었습니다.

“그 사람 … 성이 무엇이고 이름이 어떻게 되는지요? 어르신께서 제대
로 … 알고 계시긴 한 겁니까?”

그러자 주인은 이렇게 말했습니다.

“내가 제대로는 무슨! (…) 그 댁에 집사가 하나 있는데 ‘노삼老三’이라
고 합니다. 늘상 우리 객주에서 술을 먹곤 하지요. 그 양반이 그래도 사
람 하나는 반듯해서 늘 술을 마시면서 자기 상전이 벌이는 나쁜 짓들을
… 나한테 낱낱이 일러바치고 속으로 분하게 여깁디다. (…) 작년에 운남
의 그 다섯 사람이 해코지를 당한 일이야 … 하도[73] 기막힌 일이어서 외

---

73 하도[忒煞]: ‘특살(忒煞)’은 송·원·명대에 사용된 구어식 표현이다. 원래 ‘특(忒)’과
‘살[시](煞是)’는 각각 독립된 정도부사로, 그 뒤에 오는 형용사와 함께 사용되어 그 자체
만으로도 특정한 상황의 정도가 기대 이상으로 지나친 것을 나타낸다. 그런데 때로는 이
처럼 두 글자가 함께 사용되어서 그 기대 이상의 정도가 이루 표현할 수 없을 정도로 극심
한 상황을 나타내기도 한다. 송대의 이유겸(李流謙)이 지은 가사인 「우비락(于飛樂)」“笑
溪桃, 并塢杏, 忒煞尋常”이나 풍몽룡의 송대 화본소설집인 『성세항언』 제4권 “그 나이 든
양반 정말 너무도 해괴하다!(這老官兒眞個忒煞古怪)” 등에도 같은 용례들이 보인다. 때
로는 같은 발음을 다른 한자를 사용하여 ‘특살(忒殺)’로 표기하거나 그 의미를 따서 ‘특

간 사람들이 여기저기 소문을 내 놔서 다 아는 일이라우! 우리야 그래도 의심을 하면서 섣불리 믿을 엄두가 나지 않았는데 … 노삼 말이 정말 그런 일이 있었다면서 아주 못마땅해 하는 거에요 글쎄! 해서 우리도 믿게 된 거지요. (…) 딱하게도 그 다섯 사람이 참 기가 다 막히는 죽음을 당했는데 그 사실을 피붙이들이 알기는 하는지 원! (…) 나야 … 손님께서 방금 양 씨댁을 물으시길래 뜻하지 않게 이렇게 쓸데없는 소리를 했습니다 그려! 손님들…, '각자 자기 집 문 앞 눈만 쓸어야 된다'[74]는 말처럼 … 괜히 끼어들면 안됩니다?"

두 수재는 자신들의 부친이 해코지를 당한 것을 눈치 챘습니다. 그래서 떠벌릴 엄두도 내지 못한 채 남 몰래 괴로워하면서 밤새도록 잠을 이루지 못했습니다.

이튿날, 두 사람은 거리로 나와서 왔다 갔다 하면서 상황을 알아보았습니다. 두 셋이서 몇 군데에서 이야기하는 것을 들어 보니 하나같이 객줏집 주인과 같은 말을 하지 다른 말이 없지 뭡니까. 두 사람은 남몰래 한 바탕 통곡을 했습니다. 그러면서 생각했지요.

'이곳에서 신분이 발각되기라도 하면 되려 그들에게 붙잡힐까 두렵구

---

심(忒甚)' 식으로 표기하기도 한다. 여기서는 문맥에 맞추어 "하도"로 번역하였다.
**74** 각자 자기 집 문 앞 눈만 쓸어야 된다[各人自掃門前雪] : 원·명대의 유행어. 남의 일에 괜히 끼어 들면 안된다는 뜻으로 한 말이다. 때로는 "각자 자기 집 문 앞 눈만 쓸어야지 남의 집 지붕의 서리까지 왈가왈부 하면 안 된다[各人自掃門前雪, 莫管他人瓦上霜]" 식으로 두 구절이 대구처럼 사용되기도 한다.

나! 거기다가 향반들은 워낙 세력이 대단하니 하급 관아에서는 그 자를 어떻게 할 도리가 없을 것이다!'

그래서 착잡한 심정으로 괴로움을 꾹 참고 도로 성도로 왔습니다. 두 사람이 탕홍가를 만나 자신들이 들은 이야기를 소상하게 들려주었더니 홍가 역시 눈물을 몇 방울 흘리는 것이었지요.[75]

"두 나리께서 '목숨 값을 갚아 달라'고 관아에 고하지 않으시고요?"

홍가가 이렇게 말하자 두 수재가 말했습니다.

"안 그래도 그러려던 참이오!"

이때 사천 순안[76]의 찰원[77]에는 석공정石公正이 성하에 주재하고 있었지 요. 두 수재는 탕홍가에게서 부친의 행낭을 넘겨받고 나서 공생이 서울

---

75 **【즉공관 미비】** 此淚却是眞心, 非平日之假哭. 이 눈물은 진심이지 과거와 같은 거짓 울음은 아니다.

76 순안(巡按) : 명대의 관직명. 정식 명칭은 순안어사(巡按御史)이며, 어명에 따라 각지를 순시하면서 관리 고과, 사건 심리 등의 임무를 수행했으며, 지부(知府) 이하의 관리는 그 명령을 따라야 하였다.

77 찰원(察院) : 명대의 감찰기관인 도찰원(都察院)의 약칭. 도찰원은 좌·우로 각각 도어사 (都御史)·부도어사(副都御史)·첨도어사(僉都御史)를 중심으로 예하 기관을 거느리고 절강(浙江) 등 13개 도(道)에 분소를 두고 내·외직 관리들을 감찰하였다. 때로는 어사가 어명에 따라 외지로 파견되었을 때 현지에 임시로 구성되는 집무 장소도 '찰원'으로 일컬 어졌다.

로 정시를 보러 가는 일을 적어 놓은 문서를 찾아내었습니다. 두 사람은 그것을 몸에 지니는 한편, 고발장을 쓴 다음 위패를 품에 안고 고발을 하러 관아로 들어갔지요. 그 고발장에는 이렇게 적혀 있었습니다.

"고발인인 생원 장진·장경이 다섯 사람을 억울하게 살해한 사건을 고합니다. 아비인 공생 장인은 신도의 악질 향반인 양아무개의 집에 빚을 받으러 나섰는데 한번 가더니 종적을 감추고 말았습니다. 이번에 장진 등이 직접 현지로 가서 수소문 한 끝에 그 악질 향반이 재물을 탐내어 사람들 목숨을 해치고 저희 종복 네 사람까지 한꺼번에 살해한 사실을 확인했습니다. 이 일은 항간에서조차 경악하며 소문이 나서 사람들마다 증언을 하고 있는 바입니다. 그러나 시신들이 흔적조차 없이 사라져 버렸으니 이 엄청나게 큰 변고는 만고에 남을 기막힌 억울한 사안이 아닐 수 없나이다. 이에 직접 고발하나이다.

고발인 생원 장진은 운남 출신입니다."

告狀生員張珍張瓊, 爲冤殺五命事. 有父貢生張寅, 前往新都惡宦楊某家取債, 一去無踪. 珍等親投彼處尋訪, 探得當彼惡宦謀財害命, 倂僕四人, 同時殺死.道路驚傳, 人人可証. 尸骨無踪. 滔天大變, 萬古奇冤. 親勤告.

告狀生員張珍 係雲南人

석 찰원은 그 고발장을 끝까지 다 읽었습니다. 그는 사실 그동안 신도의 양 첨사가 저지른 악행들로 악명이 높다는 사실을 알고 이미 오래 전에 조사를 하고 현지 주민들을 위해서 양 첨사를 응징하려던 참이었습니다. 그러나 그가 갑과 급제 출신자인 데다가 아무도 그를 고발하려는 엄두를 내는 사람이 없는 탓에 꼬투리를 잡을 도리가 없어서 여태까지도 손을 쓰지 못하고 있던 참이었습니다. 그런데 지금 두 수재가 낸 고발장을 보니 그런 일이 있었던 것이 사실인 것은 분명했습니다. 그러나 고발장에는 구체적인 증거가 하나도 없으니 함부로 손을 쓸 명분이 없지 뭡니까. 석 찰원은 주변 사람들을 물러가게 한 다음 바로 두 수재를 탁자 앞까지 불러다 놓고 넌지시 이렇게 분부했습니다.

"두 사람이 고발한 이 사건은 … 본관도 오래 전부터 그 자의 죄악이 차고도 넘칠 정도임을 알고 있었네. 그러나 그 자의 간악한 음모를 예측할 수가 없었지. (…) 두 사람은 속히 고향으로 돌아가되 여기에 남지 않도록 하게! 만약 저들이 알기라도 한다면 그 해코지를 당할 것이 분명하니. 본관이 확실하게 조사한 다음 공문을 보내 저들에게 통지해서 그대들이 이곳에 다시 와서 억울한 사정을 밝힐 수 있도록 해 주겠네. 이 일은 … 절대로 누설해서는 안 될 것이야!"

그리고는 고발장을 접어서 소매 속에 간수하는 것이었습니다. 두 수재는 머리를 조아리며 고맙다는 인사를 하고 그 자리를 나왔지요. 그리고는 정말로 석 찰원의 말에 따라 짐을 챙겨서 그 길로 조용히 소식을 기다리기 위하여 고향 집으로 돌아갔답니다.

이쪽[78]의 석 찰원은 양사가 인사를 나누는 날에 헌장[79]인 사공(謝公)만 남게 해서 이야기를 나누었습니다. 그리고는 소매에서 그 고발장을 꺼내어 그에게 보여 주더니 말했지요.

"세상 천지에 이런 자가 다 있습니까! 본관이 이 자를 염두에 둔 지가 오래 되었소이다. 헌데 오늘 마침 누가 이 일을 고발하러 왔더군요. 형법을 담당한 귀 관아에서 … 한번 조사해 보셔야 겠소이다!"

그러자 사 염사[80]가 말했습니다.

"그 자는 심보가 올빼미·표범 같고 심성이 승냥이·이리 같지요. 참으로 국법으로 용납할 수 없습니다!"

"예전에 듣자니 그 집에는 시동이 수천 명이나 되고 죽음을 각오한 무

---

78　이쪽[這裏] : '저리(這裏)'는 '여기, 이쪽'이라는 뜻으로, 명대의 이야기꾼들이 장면을 전
　　환시키거나 시점을 변경할 때에 상투적으로 사용하던 표현이다. 여기서는 편의상 "이쪽"
　　으로 번역하였다.
79　헌장(憲長) : 중국 고대에 중앙 감찰기관의 수장을 높여 부르던 호칭. 진·한대 이래의
　　중앙 감찰기관인 어사대(御史臺)의 수장인 어사대부(御史大夫)·어사중승(御史中丞)이
　　나 명·청대의 도찰원(都察院)의 수장인 도어사(都御史)를 '헌장'으로 높여 불렀다고 한다.
80　염사(廉使) : 중국 중·근세에 관찰사(觀察使)에 대한 또다른 호칭. 명대에는 여기에서와
　　마찬가지로 제형안찰사사(提刑按察使司)의 수장인 안찰사(按察使)에 대한 호칭으로 사
　　용되기도 하였다. 명대의 학자 육용(陸容, 1436~1497)은 『숙원잡기(菽園雜記)』에서 "지
　　금의 제형안찰사는 원대의 숙정염방사이다. 안찰사는 '염사'로 일컬었다[今之提刑按察
　　司, 即元之肅政廉訪使, 稱按察使爲廉使]"라고 하였다. 이 이야기에서는 이야기꾼이 동일
　　인물에 대한 호칭을 다소 어지럽게 사용하는 경향을 보인다. 사공(謝公)의 경우만 해도
　　앞에서는 '헌장(憲長)'으로 일컬었지만 이를 끝까지 관철하지 않고 뒤에서는 '염사' 등으
　　로 달리 일컫는 경향을 보이고 있다.

사를 비밀리에 수십 명이나 기르고 있다고 하더군요. 만약에 확실한 증거를 잡지 못하고 경솔하게 움직였다가는 우리가 되려 역공 당할 수도 있으니 … 신중하게 대처해야 합니다!"[81]

"그 일은 소관에게 맡겨 주십시요!"

사 염사는 고발장을 소매 안에 넣고 인사를 하더니 그 자리를 나갔습니다.

이 사 염사는 아주 재능이 있는 사람이었습니다. 게다가 안원 대감[82]이 당부까지 하는데 유념하지 않을 수가 있겠습니까? 그의 관아에는 승차 두 명 있었는데 한 사람은 사응史應이고 한 사람은 위능이었습니다. 두 사람은 찰원이 고개만 끄덕여도 그 뜻을 알아챌 정도여서 사 염사가 줄곧 중용해 왔던 터였지요. 이날 사 염사는 두 사람을 사저로 불러 들여서 분부했습니다.

"내게 은밀한 일이 있는데 … 너희 둘이 처리해 주어야겠다!"

---

81 【즉공관 미비】上官畏之如此, 楊宦之惡極矣. 상관조차 이처럼 두려워하다니 향반 양가놈의 해악이 극심하구나!

82 안원 대감[按臺] : '안대(按臺)'는 원래 명대의 각 성(省)의 최고 사법기관인 제형안찰사사(提刑按察使司)에 대한 또다른 이름이다. 여기서는 그 수장인 안찰사(按察使)를 높여 부르는 호칭으로 사용되었기 때문에 "찰원 대감"으로 번역하였다. 안찰사는 때로는 '얼태(臬臺)' 또는 '얼사(臬司)' 등으로 일컬어지기도 하였다.

두 승차는 머리를 조아리면서 말했지요.

"나리의 분부시라면 물불을 가리지 않겠사옵니다!"

그러자 염사는 소매 속에서 고발장을 꺼내어 두 사람에게 보여 주고 손가락으로 양 아무개의 이름을 가리키면서 말하는 것이었지요.

읍(揖) 하는 노자

"안원 대감께서 그 자 집의 이 일을 철저하게 조사하라고 하신다. (…) 그 다섯 사람의 시신과 실증을 확보하지 못하면 그 자를 체포할 수가 없다. 그러니 반드시 확실하게 조사하여 그 자가 매장한 장소를 확인해야 일을 해결할 수가 있다. (…) 이 자는 남달리 흉악하고 교활하니 호락호락 알아낼 수는 없을 것이다. 만약에 … 기밀을 누설하기라도 하면 보탬이 없을 뿐만 아니라 되려 해코지를 당하고 말 테니 … 이것이 난감하구나!"

"그 자의 악명은 온 고을에 두루 퍼져 있을 정도입니다. 만약에 상급 관청에서 그의 악행을 찾고 있는 것을 눈치 채기라도 하면 그 자는 먼저 선수를 칠 것이 분명하니 예삿일이 아니지요! 소인들이 그 자를 조사한다고 해도 만약 관아의 아전들이라는 사실을 눈치채기라도 하면 … 의심을 사서 그 불행을 예측할 수조차 없답니다. 지금 명령을 내리셨으니 변장을 해야겠습니다. 아무 생각 없이 그곳까지 간 것처럼 꾸미고 기회를 봐서 조사해야만 진실을 소상하게 알 수가 있을 것입니다!"

"그 말이 아주 일리가 있군! 자네들이 어서 어떻게든 계획을 세워 보도록 하게!"

두 승차는 잠시 서로 상의해 보고 '이렇게 이렇게 하는 수 밖에 없어' 하더니 염사에게 고했습니다.

"소인들에게 지금 꾀가 하나 떠올랐습니다만 … 쓸 만할지 어떨지 모르겠군요."

"일단 이야기부터 해 보게나!"

그러자 승차가 말하는 것이었지요.

"신도의 특산물이 잇꽃이지요. 소인들이 알기로는 양 씨댁에 잇꽃 밭이 하나 있는데 천 금을 벌어들입니다. (…) 소인들 둘이 그 잇꽃을 사 들이는 객상[83]으로 위장해서 그것을 사러 그곳 저잣거리로 간다면 … 그 집 집사나 하인들과 장사 명목으로 왕래할 수 있게 될 것이 분명합니다. 다니는 횟수가 많아지면 서로 익숙해져서 그 자들도 별로 의심하지 않겠지요. 그런 다음에 … 기회를 봐서 치밀하게 조사를 벌인다면 분명히 내막을 알 수 있게 될 것입니다. 시일도 그리 많이 걸리지 않을 것입니다!"

"그 계책이 제법 괜찮군 그래! 자네들 각별히 조심해서 이 사건을 밝혀내기만 하면 내가 자네들을 각별히 대하는 것은 물론이고 … 안원 대감께도 말씀 드려서 자네들을 천거하도록 하지!"

"나리께서 배려해 주시는데 최선을 다하지 않을 수 있겠습니까!"

하더니 머리를 조아리고 그 자리를 나갔습니다.

알고 보니 이 사응과 위능 두 사람은 내력 있는 집안 출신으로, 관아에서 벼슬살이를 할 길을 찾던 참이었습니다. 그러다가 이런 임무를 수행하게 되었으니 밤낮으로 마음에 새길 수밖에요. 그래서 각자 백 냥 가까운 은자를 챙겨 곁에 두고 객상처럼 차려 입은 채 함께 신도로 왔지요. 그리고는 잇꽃을 산다는 핑계로 거리를 다니는 사람들에게 탐문한 끝에 잇꽃과 관련된 업무는 모두 그 집의 셋째 집사인 기紀씨가 담당하고 있다는 사실을 확인했습니다. 이 사람은 성격이 강직하고 장사도 공정하게 하는 편이었지요. 그래서 객상이 오면 어김없이 그를 찾아가서 거래를

---

83 객상[客人] : 출신지에서만 머물지 않고 여러 군데를 왕래하면서 물건을 매매하는 상인.

하곤 했답니다. 해마다 상전에게 천 금 가까운 돈을 벌게 해 주는 것도 전적으로 그 한 사람 덕분이었습니다. 만약 상전이 그렇게 탐욕스럽고 포악하다면 귀신조차 그 집에는 얼씬도 하지 못했을 것입니다.

사응과 위능은 곧바로 그 집을 찾아가서 잇꽃을 사러 온 이유를 밝히고 특산물을 건넸지요. 그러자 기노삼紀老三은 기쁜 표정으로 화기도 애애하게 술까지 준비해 대접해 주는 것이었습니다.

이 두 승차는 관아에서도 '도사'[84] 격이다 보니 상당히 지혜로왔지 뭡니까. 이 사람이 다른 데에 쓸모가 있다는 것을 눈치채고 바로 그와 친분을 쌓을 마음이 드는 것이었습니다. 그래서 기생어멈의 수완을 발휘하여 온갖 감언이설을 다 동원한 끝에 서로 의기투합하는 사이가 되었답니다. 그렇게 되자 위능은 이렇게 말했지요.

"형씨! 우리가 이번에 이곳에 장사를 하러 오기는 했지만서도 아는 사람이 없지요. 예로부터 '사람은 마음이 맞는 사람에게 의지하고 새는 숲에 의지한다'[85]고 하더니만 … 이렇게 현명하신 양반이 어디 있소이까?

---

**84** 도사[老溜] : '노류(老溜)'는 명대에 유행한 구어식 표현으로, 경력이 대단하고 경험이 풍부한 노련한 사람에게 붙이는 별명이다. '전문가'나 '선수'라는 의미로 사용되지만 여기서는 어감을 살려 "도사"라고 번역하였다.

**85** 사람은 마음이 맞는 사람에게 의지하고 새는 숲에 의지한다[人來投主, 鳥來投林] : 명대의 속담. 지친 새가 둥지가 있는 숲에서 안식을 얻듯이 사람도 자신과 마음이 맞는 임자(또는 주인)를 만나야 의지할 수 있다는 뜻으로 한 말이다. 명대 말기의 소설가 방여호(方汝浩)가 지은 『선진후사(禪眞後史)』 제46회에서 "自古說'鳥投林, 人投主'" 식으로 사용된 것을 보면, '人來投主, 鳥來投林'에서의 '올 래(來)'는 동사가 아니라 따로 의미가 없이 '~의 경우는' 식의 어감만 나타내는 어기조사로 사용된 것이 아닌가 싶다. 풍몽룡의 『성세항언(醒世恒言)』 제25권의 "시쳇말에 '새는 숲에 의지하고 사람은 마음이 맞는 임자에게 의지한다'고 했건만 하필 우리 하숙은 이다지도 팔자가 각박하다니![常言鳥來投

우리 … 나이를 맞추어 보고 의형제를 맺는 것이 어떻습니까?"

그러자 사응이 말했지요.

"그 생각 한번 기막히군 그래! 그렇기는 한데 … 우리는 처음 만난 사이인 데다가 … 아직 거래가 성사되지도 않았단 말일세. 우리가 일단 호감을 갖기는 했다지만 평가를 하기는 불편하네. 거래가 성사되고 나서 결정을 해도 늦지는 않을 걸세!"[86]

기노삼은 기노삼대로 말하는 것이었습니다.

"두 분께서 호의를 베풀어 주시니 그 지극한 정성이 느껴지는군요! 내일 물건을 보고 일을 다 마치면 따로 약소하나마 자리를 마련해서 여유를 가지고 가르침을 부탁드리지요. 그러니 지금 의형제를 맺는 것이 어떠시겠습니까?"

그러자 두 사람은 한 목소리로 대답했습니다.

"여부가 있습니까, 여부가!"

---

林, 人來投主, 偏是我逗叔恁般命薄]"식으로 구절의 순서를 뒤집어 사용하기도 하였다.
**86** 【즉공관 미비】老辣. 빈 틈이 없군 그래.

그날 밤 기노삼은 두 사람을 객실로 보내 묵게 해 주었는데 바로 잇꽃 밭에 있는 방이었지요. 이튿날 자리에서 일어나 잇꽃을 확인하고 값을 홍정한 다음 두 사람은 각자 은자를 가지고 나와 넉넉하게 값을 쳐 주었습니다. 양쪽은 저마다 서로 양보해 주면서 서로 의기가 투합하는 것이었지요. 이날 기로삼은 정말로 닭을 잡네 고기를 삽네 하면서 한 턱 낼 준비를 했습니다. 사응과 위능 두 사람은 두 사람대로 저잣거리로 나가서 지마紙馬[87]며 향과 초 따위를 샀습니다. 그리고는 농장으로 돌아와 차려 놓고 먼저 신에게 제물로 바치고 각자 연·월·일·시를 적었지요. 그런데 사응이 나이가 가장 많았고 기노삼은 한 살이 적었으며 위능은 그보다 한 살이 더 적지 뭡니까. 세 사람은 나이 순서대로 서서 신에게 절을 하고 나서 각자 의형제를 맺는 취지를 밝히더니 이렇게 말했습니다.

"이 날 이후로 서로 거짓 없이 잘 살든 못 살든 서로 돕고 어려움을 당하면 서로 구해 주면서 오래도록 잊지 않을 것입니다. 만약 맹세를 저버리는 자가 있다면 신께서 천벌을 내려 주소서!"

맹세가 끝나자 두 사람은 기노삼을 '둘째'와 '둘째 형'으로 부르고 기노

---

87 지마(紙馬) : 명대에 민간에서 제사를 지낼 때에 사용하던 신상(神像)이 그려진 종이. 고대에는 제사를 지낼 때 희생과 폐백을 제물로 올렸으나 진(秦)나라에서는 말을 제물로 바쳤다. 그래서 나중에는 나무로 만든 목마를 대신 바치기 시작하였다. 그런데 당대에 이르러 왕여(王璵, ?~768)라는 관리가 종이를 폐백으로 삼고 종이말[紙馬]로 귀신에게 제사를 지내면서 그것이 관례로 굳어졌다. 나중에는 목판으로 찍어낸 채색된 신불(神佛)이 그려진 종이를 '지마'라는 이름으로 팔기 시작하였다. 일설에는 그렇게 신상이 그려진 종이에는 어김없이 그 신불이 타는 말이 나란히 그려져서 '지마'로 부르게 되었다고 한다.

운남지역에 사용된 지마. 왼쪽에 병권을 쥔 태자라는 뜻의
'장병태자' 네 글자가 보인다

삼은 두 사람을 '맏형'과 '셋째'로 부르기로 했지요. 세 사람은 서로 몹시 기쁘고 즐거워하면서 그날 밤에는 마음껏 먹고 즐긴 다음 헤어졌답니다.

그런데 알고 보니 촉 땅에는 유비·관우·장비 세 사람이 남긴 기풍이 퍼져 있었습니다. 그래서 의형제 맺는 것을 대단히 중대한 일로 여기고 있었지 뭡니까. 그래서 사응과 위능 두 사람이 먼저 이 방법으로 선수를 쳐서 그의 마음을 붙들어 놓은 것이었지요. 그렇기는 하지만 진지하고 허심탄회한 이야기는 할 엄두를 내지 못하고 잇꽃만 잘 받아서 일단 성도로 돌아갔습니다. 그리고는 가게에 그것을 부려 놓고 고객들에게 처분해서 그것만으로도 두 푼의 이문이 생기지 뭡니까. 그렇게 해서 은자를 거둔 다음 다시 그 길을 갔는데 몇 달 사이에 그런 식으로 대여섯 차례를 왕래했답니다. 두 사람은 신도에 가기만 하면 기노삼과 같이 만나서 나

『삼국연의』의 도원결의 장면

도 내고 너도 내면서 날마다 즐겁게 술을 마시니 그야말로 형 사이 동생 사이 같이 격의가 없었지요.

그러던 어느 날이었습니다. 술에 얼근하게 취했을 때 사웅이 기지개를 좀 펴더니 말하는 것이었지요.

"후련하다, 후련해! 우리 좋은 형제끼리 만났으니 이렇게 올 때마다 실컷 즐기도록 합시다!"

위능도 그 말을 받아서 이렇게 말했습니다.

"둘째 형님이야 우리 형제를 그렇게 대해 주실 수밖에요! 헌데 … 제가 아무리 생각해도 둘째 형님이 좀 부족한 게 있는 것 같지 뭐유!"

그러자 기노삼이 말했지요.

"동생한테 무슨 실례를 했을까? 이야기나 한번 해 보게나. 같은 형제 사이에 꺼릴 것 어디 있나!"

"우리는 밤에 잠을 푹 자야 됩니다. 사이 좋은 형제 사이이시면 우리를 조용한 곳에서 지내게 해 주셔야지요! 지금 여기는 ⋯ 밤마다 귀신이 울부짖는 소리가 들려서 ⋯ 잠자리가 번번이 편치가 않네요.[88] (⋯) 그것만 좀 불만스럽습니다. 그러니 그건 둘째 형님이 소홀하신 점이지요. 이 동생은 천성이 귀신을 무서워해서 ⋯ 솔직하게 말씀드리는 수밖에 없군요!"

위능이 이렇게 말하자 기노삼이 말하는 것이었습니다.

"정말로 ⋯ 귀신이 ⋯ 울부짖는단 말인가?"

"좀 이상하기는 하더군요. 저도 들었습니다. 셋째만 들은 것이 아니고요."

사응이 이렇게 말하자 위능도 말하는 것이었지요.

"울부짖지 않으면 ⋯ 설마 제가 거짓말이라도 한단 말씀입니까?"

그러자 기노삼은 고개를 끄덕이면서 말했습니다.

"그거야 ⋯ 그 귀신이 울부짖는 걸 탓할 수야 없지."[89]

---

88 【즉공관 미비】 妙. 기막히군!

89 그 귀신이 울부짖는 걸 탓할 수야 없지[怪他叫不得] : '괴타규부득(怪他叫不得)'은 얼핏 '怪[他叫不得]'으로 끊고 '그가 울부짖지 못하는 것을 탓하다' 식으로 번역할 것 같지만 사실은 '怪 / 不得'와 '他叫'의 결합, 즉 '怪[他叫]不得'으로 보아 '그가 울부짖는 것을 탓할 수는 없다' 식으로 번역해야 옳다. 명·청대의 구어식 표현들의 경우 이런 식으로 동사와 '부득(不得)' 사이에 목적어 성분이 삽입되는 '동사+목적어+不得' 구조의 용례들을 자

그는 술을 따르던 동료 하나를 보면서 말했습니다.

"그 울부짖는 게 누구겠어? 따지고 보면 운남 출신 … 그 양반인 걸."

그가 사실을 털어 놓는 것을 본 사응과 위능은 짐짓 처음부터 알고 있었던 척 하면서 놀라지도 않고 입에서 나오는 대로 말했습니다.

"운남 그 양반의 죽음 … 우리도 예전부터 듣고 있습니다. 헌데 … 그렇게 죽었으면 둘째 형님도 음덕을 좀 쌓으셔야 옳지요! 댁의 나리한테 잘 말씀드려서 그 시신을 잘 묻어 주는 것이 도리입니다. 헌데 어째서 … 거기다 팽개쳐 놓고 그 사람이 밤이면 밤마다 그렇게 쉬지 않고 억울하다고 울부짖게 만드십니까 그래?"[90]

그러자 기노삼이 말하는 것이었지요.

"죽기야 … 참혹하게 죽기는 했지만서두 시체는 처음부터 잘 파묻은 걸! (…) 외간사람들이 마구 넘겨 짚고 떠들어 대는 소리는 듣지 마시게!"

"외간사람들은 다들 '그때 내 버렸다'고 하던데 … 둘째 형님은 '파 묻었다'고 하는군요? 정말 제대로 묻어 주었다면 그 사람이 왜 … 그렇게

---

주 찾아 볼 수가 있다.

**90** 【즉공관 미비】全像無心之談, 所以爲妙. 전부가 무심하게 내뱉는 말 같아서 더 기막히군!

애절하게 울부짖겠습니까?"

두 사람이 이렇게 말하자 기노삼이 말했습니다.

"두 사람이 못 믿겠거든 내가 데려가서 보여 드리지! 참말로 요상하기는 한 것이 … 그들을 묻은 그 땅에서만 잇꽃이 전혀 안 피더라니까?"

그래서 사응이 말했지요.

"우리 … 술기운이 오른 김에 데운 술을 한 잔 따라서 그 사람들이 묻힌 둔덕에 고시레나 좀 해 드립시다! 제발 밤마다 그렇게 해괴하게 울부짖지 좀 말라고 말이유.[91] (…) 바로 저쪽 공터로 가서 큰 사발에 몇 잔 더 먹으면서 마음껏 즐깁시다!"

두 사람은 함께 몸을 일으키더니 잇꽃 밭으로 나왔습니다. 기노삼은 그것을 깡술[92]을 마시자는 뜻으로 받아들였지요. 그러나 그게 의도적으로 벌인 일이라는 것을 어찌 알았겠습니까? 어쨌든 그 역시 몸을 일으키더니 동자를 시켜 술 상자를 들게 하고 그들을 따라 함께 걸었지요. 그렇게 그들을 어떤 장소로 안내해 와서 구경을 시키는데 그 광경을 볼작시면

---

91 【즉공관 미비】語言情景俱妙絶. 말이며 상황 모두 절묘하구나!
92 깡술[散酒] : '산주(散酒)'는 명대의 구어식 표현으로, 상에 술과 안주를 차려서 술을 마시는 것과는 달리 상에 차리지 않고 맨 술만 마시는 것을 말한다.

자욱한 원한의 기운은 덩어리로 쌓이고 　　瀰漫怨氣結成堆,
매서운 찬바람은 뭉쳐져 진세를 이루네. 　凜冽凄風團作陣.
만약 뜻 있는 이 마주치지 못한다면 　　　若還不遇有心人,
몇 년 째 묻혀 있다 한들 누가 물어나 볼까? 　沉埋數載誰相問.

기노삼은 손으로 가리키면서 말했습니다.

"저기 … 풀 한 포기 안 난 곳 밑에 바로 그 다섯 명의 시체가 있다구! 헌데, … 어째서 안 묻어 줬다고 떠드는 게야?"

사응은 그 자리에서 큰 잔에 술을 따른 다음 허공을 향하여 예의를 갖추더니 말하는 것이었습니다.

"운남에서 오신 형제시여, … 술 한 잔 올릴 테니 제발 밤에 나타나서 우리를 놀래키지 좀 마슈!"[93]

위능은 위능대로 이렇게 말했습니다.

"나도 한 잔 드려야 겠어! 짝수로 맞추어 드리세나!"

---

93 【즉공관 미비】妙絶. 아주 기막혀!

紅花場假<br>
聚閙

잇꽃 밭에서 귀신이 나타난 척 꾸미다

그러자 기노삼이 말하는 것이었습니다.

"'물 한 모금 음식 한 입 먹는 것도 전생에 정해지지 않은 것이 없다'[94]고 했지요. 형님 하고 셋째가 오지 않았더라면 이 두 잔 술이 언제 그 사람이 있는 구천까지 흘러 들어갈 수 있었겠습니까?"

"그것도 그 양반의 인연인 게지요!"

사응이 이렇게 말하자 다같이 한바탕 웃는 것이었지요. 이어서 술 상자를 잇꽃이 핀 땅에 펼쳐 놓은 다음 자리를 깔고 앉아 획권 놀이[95]를

중국의 전통적인 가위 바위 보 놀이 '획권'. 놀 때 외치는 구령들이 보인다

---

**94** 물 한 모금 음식 한 입 먹는 것도~[一飮一啄, 莫非前定] : 명대의 속담. 물을 마시고 음식을 먹는 등 인간의 모든 행위는 전생에 이미 정해져 있는 운명에 따른 것이라는 뜻이다. 때로는 '마시고 먹는 것조차 전생에 정해지지 않은 것이 없다[一飮一食, 莫非前定]' 또는 '술을 주고 받는 것조차 전생에 정해지지 않은 것이 없다[一斟一酌, 莫非前定]' 등으로 사용되기도 한다.

**95** 획권 놀이[劃拳] : '획권(劃拳)'은 중국 고대에 술자리에서 흥을 돋구기 위하여 놀던 놀이로, '시권(猜拳)·시매(猜枚)·장구(藏鬮)·장구(藏鉤)' 등으로 불리기도 한다. 노는 방법은 가위 바위 보와 비슷하지만 승부를 결정하는 방법은 상당히 다르다. 두 사람이 각자 손가락이나 주먹을 내면서 숫자를 외치고 그 숫자가 쌍방이 낸 손가락의 숫자와 일치하는 쪽이 이기며, 진 쪽은 벌주를 마신다. 우리나라의 가위 바위 보는 근대에 일본에서 전래된 것이다.

하면서 저마다 큰 술잔으로 연거푸 몇 잔씩 들이키다가 날이 어두워질 때가 되어서야 술자리가 끝났답니다.

두 사람은 시신이 묻힌 자리 주변을 진작에 몰래 기억해 확인해 놓고 원래대로 농장 방 안으로 와서 잠을 청했지요. 그리고는 이튿날 기노삼을 보고 말했습니다.

"간밤에는 정말 조용합디다! 그 두 잔 술을 마시고 속이 다 후련했나 봅니다!"

그러면서 다들 한 바탕 웃었답니다. 이 날 두 사람은 돌아가려고 기노삼과 작별인사를 하다가 물었습니다.

"둘째 형! 언제 성하에 마실 좀 오시지요. 우리도 한 턱 내고 약소하나마 성의를 보여서 답례로 술도 좀 드릴 테니까요. 그렇지 않고 우리가 매번 폐만 끼치고 답례를 못하니 영 낯짝이 너무 두꺼운 거 같아서 원!"

그러자 기노삼이 말하는 것이었지요.

"아우님, 왜 그런 말씀을 하시오! 난 용무가 없으면 성하로 가지 않소이다. 연말에 설 쇨 물자를 살 일이 생기면 꼭 두 분 계신 곳으로 가서 특별히 큰 형님과 셋째 아우님 댁을 방문하면 되지요!"

그렇게 세 사람은 작별인사를 나누고 각자 헤어졌답니다.

현지 조사를 마친 사웅과 위능은 사 염사에게 결과를 소상하게 보고했습니다. 그러자 염사가 말하는 것이었지요.

"자네들은 정말 대단하군! 정말 그렇다면 … 외부에는 터럭만큼도 소문이 나서는 안되네. 그 기가가 성하에 오기만 하면 당장 내게 은밀히 보고하도록 하게. 내가 알아서 할 테니까!"

보고를 마치고 나온 두 사람은 외부에서 기노삼이 성하로 나올 때까지 기다렸습니다.

한 해가 다 저물어갈 즈음이었습니다. 기노삼이 정말로 설 쇨 물자를 사러 왔다가 특별히 인사를 하러 사 씨네와 위 씨네를 찾아 왔지 뭡니까. 사는 곳의 거리가 서로 그다지 멀지 않은 두 사람은 기노삼을 맞이할 때 몹시 반가워하면서 말했지요.

"좋은 바람이 귀한 손님을 여기까지 모셔 왔군요!"

사웅은 위능에게 그를 응대하게 하면서 말했습니다.

"셋째야 … 일단 둘째 형을 모시고 좀 앉아 있거라. 내가 저잣거리를 좀 돌아보고 맛있는 것이 보이면 좀 찾아서 둘째 형을 대접해야겠다."

"아, … 예. 빨리 오셔야 합니다?"

사옹은 즉시 동자 하나를 불러 광주리를 하나 들게 하더니 몇백 전을 지니고 저잣거리로 갔습니다. 그리고는 생선·고기·과일 같은 것들을 산 다음 먼저 동자를 집으로 돌려 보내 준비를 하게 했지요. 그리고 한편으로는 안찰사 관아로 들어가서 염사에게 은밀히 그 일을 알렸습니다. 그러자 염사는 사옹에게 분부하여 '일단 집으로 돌아가 그를 붙잡아 놓고 절대로 풀어주지 말라'고 일렀습니다. 그리고는 당장 사령 두 명을 보내기로 했지요. 염사는 붉은 글씨로 쓴 표[96]를 그들에게 건네면서 말했습니다.

"신도의 양 씨댁 하인 기삼을 즉시 구속하되 한 시도 지체하지 말라!"

사령은 그 작은 표를 들고 그 길로 사옹의 집에 들이닥쳤습니다.

사옹은 미리 집으로 가서 술과 안주를 준비해서 마침 기노삼을 대접하고 있었습니다. 그래서 신나게 먹고 있는데 바깥에서 대문을 두드리는 소리가 들리는 것이었습니다. 사옹이 동자를 시켜 대문을 열게 했는데 가만 보니 사령 두 명이 뛰어 들어오는 것이 아닙니까. 사옹과 위능 두 사람에게 큰 소리로 인사를 한 사령들은 기노삼을 알아 보지 못하고 물었지요.

---

**96** 붉은 글씨로 쓴 표[朱筆票] : '표(票)'는 '주필 관표(朱筆官票)'를 줄인 말로, 관청에서 붉은 주사(朱砂)로 글씨와 관인을 찍어 발부한 문서를 말한다.

"이쪽 분 ··· 양 씨댁 집사이십니까?"

사옹과 위능 두 사람은 그 말뜻을 눈치채고 말했지요.

"바로 양 씨댁 기대숙紀大叔이십니다마는?"

그러자 사령들은 두 손을 모으면서 말했습니다.

"우리 관아의 대감께서 집사님을 부르십니다!"

기노삼은 깜짝 놀라면서 말했지요.

"저를 ··· 무슨 일로 보시자는 겁니까요? 사람을 잘못 보신 거 아닙니까?"

"틀림없소! 여기 작은 표에 이름이 있지 않소?"

사령은 즉시 붉은 글씨로 작성된 작은 표를 꺼내서 보여 주었습니다. 그러자 사옹과 위능은 짐짓 놀라는 척 하면서 말했지요.

"해괴하구나! 이게 ··· 어찌 된 노릇이지?"

"대감께서 양나리 댁에 대해서 좀 물을 것이 있다고 하시면서 줄곧

'집사가 성하에 오기만 하면 즉시 체포해 보고하라'고 분부하셨습니다. 헌데 방금 전에 사 나리가 저잣거리에서 물건을 사는 것을 보니 '양 씨댁의 기 집사를 대접하려 한다'고 하시더군요. 어떤 말 많은 놈이 대감께 고했는지는 모르겠지만 … 해서 특별히 우리를 보내서 모시게 하셨습니다요!"

사령이 이렇게 말하자 기노삼은 한참 동안 얼이 나가 있더니 말하는 것이었지요.

"아무 … 일도 없는데 왜 … 저를 부릅니까요? (…) 난 아무 죄도 저지른 적이 없는데…"

"저질렀는지 아닌지 누가 알겠소이까? 대감을 뵈면 알게 되겠지요!"

"둘째 형님 스스로 아무 일도 없었다고 하시니 … 좀 가 보셔도 상관은 없겠지요."

사응과 위능이 이렇게 말하자 기노삼이 말하는 것이었습니다.

"오로지 우리 댁 마님을 위한 일일 뿐 다른 일은 없소."

"만약에 집안 일을 물으시면 무조건 있는 그대로만 고하시면 됩니다!

그러면 낭패를 볼 일이 없을 테니까요! 사령 두 분이 이렇게 오셨으니 …
일단 술자리에 잠깐만 좀 앉으셔서 술이나 몇 잔 들고 가시는 게 어떻습
니까?"

사응과 위능 두 사람이 이렇게 말하자 사령이 말했습니다.

"호의 감사합니다! 다만 … 대감께 속히 아뢰어야 할 공무여서 머뭇거
릴 겨를이 없습니다요!"

그러자 사응은 다짜고짜 큰 술잔을 들더니 각자 몇 잔씩 억지로 들이
키게 하고 안주[97]까지 먹이는 것이었지요. 그래도 사령이 길을 나설 것을
다그치자 사응이 말했습니다.

"내가 둘째 형 하고 같이 관아에 좀 가 봐야 겠구려! 셋째야, 집에서

---

**97** 안주(案酒) : 술을 마실 때에 곁들여 먹는 음식이나 과일. 글자 그대로 직역하면 '술에 곁
들이다' 정도로 번역되는데, 발음은 같지만 때로는 '안주(按酒)'로 적기도 한다. 송대의
가객인 육유(陸游, 1125~1210)의 『노학암속필기(老學庵續筆記)』에서는 "매완릉의 시
에서는 안주를 활용하기를 잘하는데 세간에서는 '하주'라고 한다. 남조시대의 육기의
『초목소』에서는 '노랑어리 연꽃 (…) 그 흰 줄기를 삶아 도수가 센 술에 절이면 맛이 좋아
서 술에 곁들여 먹을 만하다.'라고 하였다. 지금 북방에서는 대부분 '안주'라고 한다[梅宛
陵詩好用案酒, 俗言下酒也. 出陸璣草木疏' 荇 (…) 煮其白莖, 以苦酒浸之, 脆美可案酒'. 今北
方多言案酒]"라고 설명하였다. 말하자면 남북조시대만 해도 '술에 곁들여 먹는다'는 동
사적 의미로 사용되던 것이 송·금대에 이르러 명사로 굳어졌음을 알 수 있다. 원대 극작
가 궁대용(宮大用)의 잡극 희곡인 『범장계서(范張鷄黍)』 제1절의 "형님, 내 한 잔 드리리
다. 가서 안주를 좀 봐 오지요![哥哥, 我要回你酒, 待我去看些案酒來]"에서도 동사 뒤에서
명사(안주)로 사용된 것을 확인할 수 있다.

물건들을 잘 치우고 술을 데워 놓아라. 대감을 뵙고 와서 마음껏 즐길 수 있도록."

기노삼은 기노삼 대로 말하는 것이었지요.

"저는 관아 사정에는 밝지 못하니 큰 형님께서 기꺼이 같이 좀 가 주시면 큰 도움이 되겠습니다요!"

기노삼은 피할 도리가 없자 하는 수 없이 두 사령을 따라서 안찰사로 왔습니다. 그리고 사령들은 딱따기를 두드리고[98] 사 염사에게 보고했습니다. 그러자 염사는 재판정으로 나오지 않고 곧바로 사저로 들어오게 하는 것이었지요.

"네가 신도 고을 양 첨사의 하인이냐?"

염사가 이렇게 묻자 기노삼이 말했지요.

"소인 그렇습니다요!"

---

**98** 딱따기를 두드리고[傳梆] : '전방(傳梆)'은 글자 그대로 직역하면 '딱따기 소리를 울리다' 정도로 번역할 수 있다. 근세 중국에서는 관청에서 전달사항이 있거나 사람들을 불러 모을 때에 딱따기를 두드렸다고 한다.

"너희 상전이 저지른 나쁜 짓을 네놈도 소상하게 알고 있으렷다?"

"소인의 상전이 정말로 분수를 지키지 않은 일을 한두 가지 하기는 했습니다. 허나 … 소인은 상전과 종복 사이여서 … 아뢸 엄두가 나지 않습니다요!"

"사실대로 이야기하면 내 너에게 매질은 하지 않겠다. 그러나 만약에 털끝만치라도 숨기는 것이 있다면 주리를 틀 것이니라!"

"대감께서 묻고자 하시는 것이 무엇입니까? 소인이 소상히 아뢰도록 하겠습니다. 제 상전이 벌인 일은 한둘이 아닌지라 소인이 무엇을 어떻게 아뢰어야 할지…"[99]

기노삼이 이렇게 말하자 염사는 코웃음을 치면서 말하는 것이었지요.

"그것도 맞는 말이긴 하지."

그리고는 탁자에 그 고발장을 펼치고 좀 살피는가 싶더니 물었습니다.

"운남 출신 장 공생 주종 다섯 명의 목숨 … 지금 어디에 있는지만 고

---

**99** 【즉공관 미비】足見家主矣. 어떤 상전이었는지 알 만하군!

하렷다!"

그러자 기노삼이 말했습니다.

"그건 … 소인이 해서는 안 될 말이지만 … 제 상전이 그 일만큼은 사실 … 하늘의 뜻을 저버리기는 했지요!"

"차근차근 이야기해 보라!"

기노삼은 처음에 어떻게 은자를 챙겼고, 어떻게 그들을 잡아 놓고 술을 먹었으며, 어떻게 그들을 살해해 잇꽃 밭에 묻었는지에 관하여 소상하게 털어 놓았습니다. 그러자 사염방은 진술서를 작성하고 나서 말하는 것이었지요.

"너는 솔직한 사람이니 내 너를 곤란하게 만들지 않겠다. 잠시 감옥에 가두었다가 주범을 체포하면 석방해 줄 것이니라!"

그리고는 그 자리에서 기노삼을 감옥에 가두었습니다. 사응과 위능은 그동안 함께 어울린 인연이 있는지라 그의 모든 것을 뒷바라지 해 주었습니다. 그러면서 옥지기들에게도 '그를 함부로 다루지 말라'고 이른 것은 말할 필요도 없었지요.

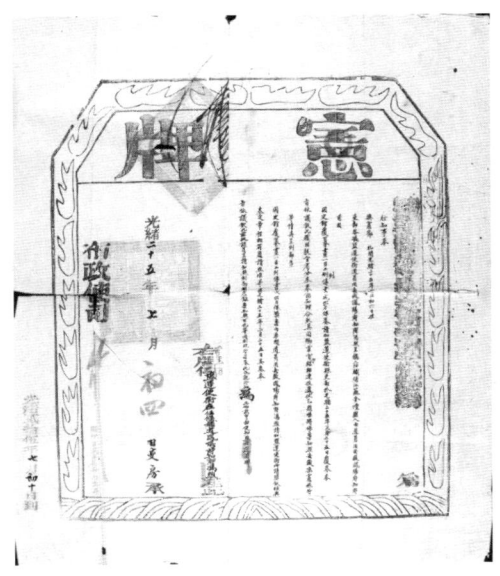

청대 말기인 광서 25년(1899)에 사용된 헌패

심문과정에서 진상을 확인한 사 염사는 곧바로 헌패[100]를 한 장 내어 사용과 위능 두 사람을 파견해 신도현으로 그것을 지니고 가서 현지 지현에게 전달하고 '첨사 양 아무개 본인이 다섯 사람의 목숨을 빼앗았으니 만약 체포하지 않는다면 즉시 지현이 대신 해명하게 할 것'이라고 엄명을 내렸답니다. 포졸들에게도 명패를 보내어 잇꽃 밭에서 시신들을 수습하게 했지요.

두 사람이 명령을 받들어 신도현에 도착한 것은 벌써 섣달 그믐 날이

---

**100** 헌패(憲牌) : 명대에 관청의 명의로 특정인의 체포를 명령하거나 특정한 사실을 고지할 때에 증거로 지참하거나 제시하던 패. 풍몽룡의 송대 화본소설집인 『유세명언』 제2권의 "이튿날, 찰원에서 대문을 조금 열고 헌패 하나를 걸러 나왔다[次日, 察院小開門, 掛一面 憲牌出來]"라고 한 것을 보면 그 크기가 비교적 컸던 것으로 보인다.

었습니다. 신도의 지현은 공문을 받은 데다가 두 승차가 구두로 긴급한 사안이라고 알리자 놀라서 어쩔 줄을 모르면서 생각했습니다.

'오늘은 그믐밤이니 그 자가 집 안에 있을 것이 분명하다. 이 틈을 타서 병력을 동원해 그 집을 포위해야겠구나. 불의의 사태에 대비해야 도주하는 불상사가 벌어지지 않을 테지!'

지현이 즉시 병방[101]에게 명패를 건네고 한 위(衛)의 병력을 차출하게 하니 삼백 명이 넘는 것이었지요. 지현은 직접 그 병력을 인솔해서 양 씨네 저택을 철통과도 같이[102] 포위했습니다.

그때 양 첨사는 마침 집 안에서 단년주[103]를 마시고 있었습니다. 그래

---

101 병방(兵房) : 명대에 지방 관청에서 군사 업무를 관장하던 아전.
102 철통과도 같이[鐵桶也似] : 중국의 설화(說話) 대본인 송·원대 화본과 이를 모방한 명·청대 의화본에는 "X也似"구조의 비유법이 자주 보인다. 이 경우, '也似'의 앞과 뒤에는 일반적으로 명사나 동사가 와서 '명사 / 동사＋也似＋명사 / 동사' 구조를 이루며, 앞의 "X也似" 부분은 그 뒤에 명사가 오면 그 대상을 수식하는 한정어로, 그 뒤에 동사가 오면 그 행위를 묘사하는 상황어로 각각 작동한다. 문성재(2010)에 따르면, 여기에 사용된 '야(也)'는 해당 부분을 읽거나 노래할 때 엑센트를 주거나 리듬을 주기 위해 추가된 것이다. '문법적' 용도를 위하여 필연적으로 추가된 성분이 아니라 '음악적' 효과를 위하여 인위적으로 추가한 장치라는 뜻이다. 『박안경기』에서는 이 "X也似"구조의 표현들은 일률적으로 '야(也)'의 리듬감을 살려 "X와도 같은" 식으로 번역하였다.
103 단년주(團年酒) : 중국 고대의 음주 풍속의 하나. 새해에 온 가족이 모여 같이 마시는 음복 술을 말한다. 청대 동치(同治) 12년(1873)에 편찬된 『중수 성도현지(重修成都縣志)』에 따르면, "그믐에는 집집마다 집안을 청소하고 춘련·문신·춘첩 같은 것들을 교체한다. 그리고 낮에는 가족이 모여서 식사를 하는데 '연반을 먹는다(식연반)'이라고 한다. 또, (초경이 지난) 밤에는 조상에게 차례를 지내고 나서 가족이 모여서 술을 마시는데 '단년주'라고 한다[除夕, 比户掃舍字, 換春聯及門神春帖等物. 日間聚酺, 曰食年飯, 夜分祀祖先畢聚飲, 曰團年酒]."

서 날이 어두워지기 전에 일찌감치 대문을 굳게 닫아 놓고 혼자서 소실들과 함께 집 안에서 잔치를 벌이고 있었지요. 노래를 부르는 이는 부르고 춤을 추는 이는 추면서 흥겹게 노는데 그 중에서 어떤 소실이 다음과 같은 【황앵아黄鶯兒】 가사를 부르는 것이었습니다.

| | |
|---|---|
| "오랜 비에 봄 날씨 차가워져서 | 積雨釀春寒, |
| 흐드러지게 폈던 꽃들 나무마다 다 졌구나. | 見繁花樹樹殘. |
| 눈에 들어오는 진흙길 보니 길 나서기 싫어지네. | 泥塗滿眼登臨倦, |
| 강은 몇 구비나 되며 | 江流幾灣, |
| 구름 낀 산은 몇 겹이나 되더냐? | 雲山幾盤? |
| 하늘 끝까지 바라보노라니 괜히 애만 끊어지네. | 天涯極目空腸斷. |
| 서신 부치기 어렵건만 | 寄書難, |
| 무정한 기러기는 | 無情征雁, |
| 남쪽 전 땅까지는 가지 않는다는구나!" | 飛不到滇南. |

양 첨사는 '남쪽 전 땅' 부분을 듣더니 주먹으로 가슴을 맞기라도 한 것처럼 낯빛이 변하면서 말했습니다.

"네년들한테 누가 '남쪽 전 땅'이니 뭐니 하면서 입에 담으라더냐!"

그는 속이 좀 언짢아졌습니다. 그런데 뜻밖에도 지현이 일찌감치 집 밖에서 포위하고 있을 줄이야! 대문이 굳게 닫혀 있는 것을 보자 그 집안의 길을 잘 아는 두 승차가 옆쪽에서 사다리를 타고 담장을 넘어 잠입했습니다. 그리고는 먼저 대문을 열고 지현을 정청正廳으로 안내해 앉게 했지요. 그런 다음에 사람을 시켜 안으로 가서 이렇게 알리게 했답니다.

"원님께서 바깥에서 찾으십니다!"

양 첨사는 마침 '남쪽 전 땅' 두 마디가 심기를 거스르는 바람에 마음이 좀 뒤숭숭하던 참이었습니다. 그런데 난데없이 '지현이 정청까지 찾아 왔다'는 말을 듣고 나니 문득 이런 생각이 들었지요.

'이 시간에 여기는 무슨 일일까? (…) 무슨 곡절이 있는 것이 분명해! 혹시 … 지난번 일을 누가 고발한 건 아닐까?'

속으로 놀라고 당황하기는 했지만 순간적으로 방법이 없지 뭡니까. 그래서 '일단 그를 피하고 보자'고 여기고 다급히 부엌의 부뚜막 앞으로 가서 숨었지요. 지현은 기별을 전한 지가 한참 지났는데도 양 첨사가 나타나지 않자 도주하는 것을 막기 위하여 허둥지둥 중당中堂으로 들어가서 직접 그의 행방을 찾았습니다. 그 집의 처첩들은 순간적으로 미처 숨지 못한 상태였지요. 그래서 지현이 분부했습니다.

"한 사람을 불러 행방을 고하게 하라!"

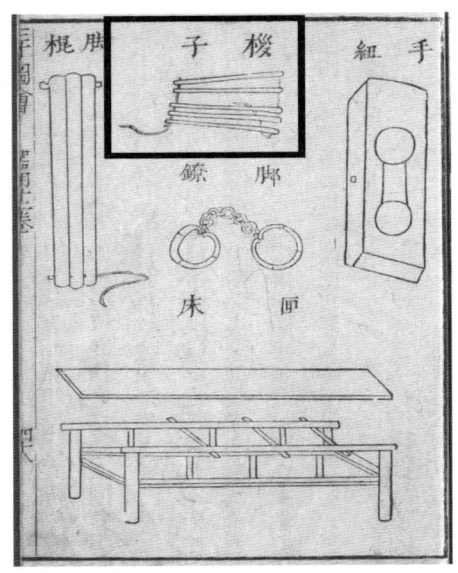

그렇게 되고 보니 어쩔 수 없이 여인 하나를 내보내서 대답을 하게 할 수밖에 없었지요.

"너희 집 나리는 어디에 가셨느냐?"

지현이 이렇게 묻자 그 여인이 대답하는 것이었습니다.

『삼재도회』에 소개된 찰자. 줄이 연결된 막대 사이에 손가락을 넣고 조여 고통을 주었다

"외지로 나가셔서 … 집 안에 안 계십니다!"

"말도 안되는 소리! 오늘은 그믐날이다! 설마 설을 집 밖에서 쇠기라도 한다는 소리냐?"

그리고는 수행원을 시켜 찰자[104]로 손가락을 조이게 했지요. 그러자 그 여인은 당황해서 고함을 지르면서

---

104 찰자(拶子) : 고대 중국의 형벌의 일종인 '찰지(拶指)'를 가하는 형구. 헐겁게 엮은 나뭇살들을 연결하고 조였다 풀었다 할 수 있는데, 죄인의 손가락들을 끼운 다음 힘을 주어 조임으로써 형벌을 가한다. 이 형벌은 주로 여성에게 가해졌는데 심한 경우에는 손가락이 으스러지기도 하였다.

"계십니다, 계세요!"

하더니 손으로 부엌을 가리키는 것이었습니다. 지현이 수행원을 이끌고 곧바로 부엌으로 와서 수색을 시작하자 첨사는 어쩔 도리가 없자 모습을 드러낼 수밖에 없었습니다.

"오늘은 그믐밤인데 … 백성들의 어버이가 어인 일로 남의 집 내실까지 쳐들어 왔단 말인가!"

그러자 지현이 말했습니다.

"소생 탓이 아니오라 … 바로 찰원 노대감과 헌장 노대감께서 소관을 부르시더니 다섯 사람을 연거푸 살해한 사건을 심문하신다면서 노선생 께서 밤중에 관아로 출두해 대질심문을 받으라고 하십니다! 만약에 노 선생께서 가지 않으신다면 소관에게 대신 책임을 묻겠다고 하시더군요. 해서 어쩔 수 없이 이렇게 당돌한 행동을 하게 되었습니다!"

"그대가 무슨 일을 하든 간에 … 아무리 그래도 설은 쇠게 해 주어야 할 것 아닌가?"

"상급 관청에서 긴급한 일이라며 승차 두 명이 소환을 재촉하고 있어 서 설을 쇠실 때까지 기다릴 수가 없습니다. 번거로우시겠지만 노선생께서 한번 가 주셔야 할 것 같습니다. 소관이 모시고 함께 가면 되지요."

지현은 승차에게 그를 단단히 지키게 하면서 빈틈을 보이지 않는 것이었습니다. 첨사는 꼼짝도 못하고 지현을 따라 집을 나설 수밖에 없었지요. 지현이 '압송해 오라'는 지시를 내리자마자 승차들은 밤길을 달려 성하까지 압송해 왔습니다. 두 승차는 이어서 포졸들에게 지시하여 농장으로 가서 시신들을 파 내서 함께 뒤따라 왔지요. 농장의 그 강도들은 상전이 체포되어 상황이 불리한 것을 눈치채고 전부 다 도망쳐 버렸답니다.

사 염사는 이 안건 때문에 특별히 정월 초하루에 재판정에 모습을 나타내었습니다. 지현이 벌써 첨사를 압송해 들어간 뒤에 첨사는 평복으로 갈아입고 재판정 아래에 무릎을 꿇은 채 입으로는 끝까지 이렇게 강변했습니다.

"이 몸에게 무슨 잘못이 있다고 명패를 내고 끌고 왔소이까! 무슨 역적이라도 체포하는 것 같구려?"

염사는 안원에 접수된 고발장을 그에게 읽어 주었습니다. 그러자 첨사가 말하는 것이었습니다.

"무슨 증거가 있소?"

"그래도 증거 타령인가!"

그러더니 즉시 기노삼을 감옥에서 데려 와서 말하는 것이었지요.

"이 자가 당신의 하인인가? (…) 그가 자백한 진술이 이렇듯 분명한데 또 무슨 말이 필요하겠는가!"

"그건 하인 놈이 사사로운 원한을 품고 무고를 한 것인데 어떻게 곧이 들을 수가 있소?"

"무고인지 아닌지는 조금만 있으면 밝혀질 일!"

그 말이 끝나기도 전이었습니다. 가만 보니 신도의 포졸과 현승[105]이 벌써 잇꽃 밭의 시신 다섯 구를 관아 바깥의 빈 자리에 모아 놓고 관아로 들어와서 그 사실을 고하는 것이 아닙니까.

"증거가 없다고 하더니 … 이 다섯 구의 시신이 어째서 당신네 땅에 있었던 게요?"

이렇게 말한 염사는 이어서 포졸에게 물었습니다.

---

105 현승(縣丞) : 명대의 관직명. 지부(知府)를 보좌한 부 동지(府同知) 또는 지현(知縣)을 보좌했으며, 때로는 '이윤(二尹)'으로 부르기도 하였다.

"시신들을 확인한 결과는 어떻게 되었느냐?"

그러자 포졸이 말하는 것이었습니다.

"현승께서 그때 확인해 보니 한결같이 살아 있을 때 누군가에게 살해되어 몸과 머리가 분리된 상태였나이다!"

"어떻소? 기삼이 자백한 것과 다른 것이 없는데 그래도 발뺌을 할 작정인가?"

염사가 이렇게 말하자 첨사는 고개를 푹 숙이고 할 말을 잊은 채 하는 수 없이 자백하는 것이었습니다.

"순간적으로 술에 취했을 때 부아를 건드리길래 그런 일을 벌인 것뿐이오. 사대부의 체면을 보아서라도 좀 덮어 주시구려!"

그러자 염사가 말했습니다.

"사대부들 중에 이런 자가 다 있다니! 의관을 차려 입은 짐승은커녕 짐승들 중에서도 승냥이·이리 같은 자가 아닌가! (…) 석 대감께서 진작에 이 일을 아시고 은밀히 조사를 진행하신 지가 오래 되었거늘 어떻게 가벼운 처분을 내릴 수 있겠느냐?"

염사는 곧바로 양 첨사를 감옥에 가두고 감옥에서 집행을 기다리게 했습니다. 그리고는 공문을 보내어[106] 원고를 불러다가 심문을 하기로 했지요. 두 승차에게는 큰 상을 내리고 기삼은 석방해 안락한 가정을 꾸리게 해 주었지요.

염사가 공문을 운남으로 보내니 두 수재는 양 첨사가 이미 감옥에 갇힌 것을 알고 밤중에 출발해 성도로 목숨 값을 받으러 왔습니다.[107] 그랬다가 이 사건을 안찰사에서 담당한 것을 알고 그 길로 안찰사로 달려 왔답니다. 염사는 아전들에게 두 사람을 시신을 모아 놓은 곳으로 데려가서 부친의 시신을 확인하고 인수해 가게 했습니다. 그런데 첨사를 끌어

---

106 공문을 보내어[行關] : 글자 그대로 직역하면 '관문을 내다' 정도로 번역할 수 있다. 관문(關文)'은 중국 고대에 통용된 공문의 일종으로, 줄여서 '관'으로 일컫기도 하였다. 일반적으로 주와 주, 부와 부, 현과 현 등 위치가 대등한 관청끼리 특정 사안에 대한 문의 및 의견 교환를 위하여 주고 받았다. 남북조시대의 유협(劉勰)이 저술한 『문심조룡(文心雕龍)』 「서기(書記)」에서는 "문무 백관이 특정 사안을 문의하는 공문으로는 관·자·해·첩이 있다[百官詢事, 則有關刺解牒]"라고 설명하였다. 또, 『당백관지(唐百官志)』에서는 "각 관서에서 서로 질의하는 공문으로는 세 가지가 있는데, 첫째가 관, 둘째가 자, 셋째가 이이다[諸司相互質詢之文有三, 一爲關, 二爲刺, 三爲移]". 남북조시대 유송(劉宋) 왕조의 정사인 『송서(宋書)』 「예지(禮志)」에서 "'모 관서에서 모 사안에 관심을 가지고 있다' 식으로 말한다[某曹關某事云云]"라고 한 것을 보면 '관'은 원래 동사적 의미를 나타내었던 것으로 보인다.

107 목숨 값을 받으러 와서[執命] : '집명(執命)'은 글자 그대로 직역하면 '명령을 집행한다' 정도로 번역되는데, 살인사건[命案]을 처리하거나 범인을 수사해 죗값을 받는 것을 가리킨다. 풍몽룡 『성세항언(醒世恒言)』 제33권 「십오관희언성교화(十五貫戲言成巧禍)」의 "노원외와 큰 마님께서는 한번 가서서 유 관인의 목숨 값을 받아내셔야 겠습니다![老員外與大娘子, 須索去走一遭, 與劉官人執命]"이나 『박안경기』 제14권의 "아들 둘 딸 둘이 있다. 그런데 모두 먼 계주 땅에 있다 보니 미처 목숨 값을 받으러 올 수 없었느니라.[有二男二女, 俱遠在薊州, 不及前來執命]" 등에도 같은 표현이 보인다. 여기서는 편의상 "목숨 값을 받으러 오다" 식으로 번역하였다.

내서 대질을 시킬 때였습니다. 두 수재가 첨사에게 주먹질과 발길질을
퍼붓는 것이 아닙니까. 염사는 호통을 쳐서 멈추게 하더니 말했지요.

"관아에서 신병을 확보해서 치루어야 할 죗값을 치루게 될 테니 그럴
필요 없다!"

프랑스 문헌에 소개된 청대의 능지형. 칼로 살을 발라내고 내장을 적출한 다음 마지막에 머리를
자름으로써 고통을 극대화 하는 것이 목적이었다

염사는 첨사를 혼자서 세 사람을 살해한 경우에 의거하여 처분을 내리
려 했었습니다. 그러나 이번에 두 사람의 목숨이 새로 추가된지라 '능
지[108]의 형벌에 의거하여 사형을 집행하되 정해진 시기까지 기다리지 말

---

108 능지(凌遲) : 중국 고대의 형벌의 하나. 통상적으로 알려진 소나 말을 연결하여 사지를
　　찢어 죽이는 거열(車裂)과는 다른 형벌이다. 쇠 갈코리로 죄수가 움직이지 못하도록 고

라'는 판결을 내렸습니다. 그 수하의 강도들은 공범의 죄를 물어 체포하면 처벌하기로 했지요. 첨사는 본래 조정에서 정식으로 임명된 관원인 까닭에 조정에 판결을 요청하는 상소를 올릴 것을 안원에 상신했습니다. 그러나 어명이 내려지기도 전에 양 첨사는 평소에 편안하게만 살던 사람이다 보니 감옥에서의 고초를 버텨낼 수가 없었지요. 거기다가 장 공생이 데리고 왔던 종복 네 사람의 원혼들이 날마다 그에게 매질을 하는 바람에 얼마 가지도 않아서 감옥에서 죽고 말았답니다.[109]

첨사에게는 본래 아들이 없었습니다. 그런 까닭에 집안에는 급기야 집안을 떠맡을 기둥이 없어지는 바람에 소실들은 뿔뿔이 흩어지고 말았지요. 다만 양이楊二네 여덟 살배기 아들 양청楊淸은 그의 친조카로서 상속을 받을 자격을 가지고 있었답니다. 그래서 그 엄청난 재산이 모두 그에게 돌아가고 말았지요.[110] 이렇듯 양 첨사가 생전에 조카의 재산까지 가로채려던 계획을 세운 일이 허사가 되고 그가 죽자 자기 재산까지 되려 그에게 넘어가 버리게 될 줄이야 누가 알았겠습니까 글쎄! 이런 것이 바로 하늘의 뜻이 사라지지 않았다는 증거이겠지요.

---

정시키고 나서 두 눈썹 부위, 이어서 두 어깨 부위, 다음으로 두 젖꼭지 부위와 두 팔꿈치의 순서로 사형수의 살과 근육을 작은 칼로 조금씩 발라내고 이어서 생식기·심장·간을 뽑음으로써 죄수의 고통과 공포감을 극대화 하는 방식으로 집행되었다. 수천 번 난도질 한다고 해서 속칭 '천도만과(千刀萬剮)' 또는 '과형(剮刑)'으로 불리기도 하였다. 이 절차가 완료되면 최종적으로 죄수의 목을 베므로써 집행을 마쳤기 때문에 '능지처참(凌遲處斬)'으로 불리기도 하였다.

109 【즉공관 미비】不及典刑, 還算便宜. 형벌을 받지 않았으니 그것만 해도 그나마 다행인 셈이지.

110 【즉공관 미비】快哉. 후련하구나!

장 공생은 어린 동생 집을 속이려던 바로 그 탐욕 때문에 타향에서 억울하게 객사하는 신세가 되고 말았습니다. 다행스럽게도 관아에서 청렴하고 공정한 데다가 품격을 갖추고 있었기에[111] 그래도 원수라도 갚을 수 있었던 거지요. 아 그런데 공문을 보낸 관아에서 다시 황제에게 상소를 올리므로써 상급 관청에 뇌물을 뿌리면서까지 남의 집 재산을 차지하려 한 만행이 도처에 소문이 나 버렸지 뭡니까. 그러자 장빈은 이때 모친과 함께 지현에게 이렇게 고했습니다.

"만약 나누어서는 안 될 재산이었다면 형님은 어째서 뇌물을 썼던 것일까요? 양심을 속였기에 목숨을 잃고 만 것이 아니겠습니까? 이제 두 집안이 목숨 값을 받으러 나서는 바람에 진상이 분명하게 밝혀졌으니 재산 문제도 판결을 내리시기가 수월해졌군요. 이 일은 성도에서 사건이 해결되고 조정에도 분명하게 보고를 올린 사건이니 억지로 지어낼 수 있는 일이 아닙니다."

지현은 논리로는 그를 설복시킬 수가 없었지요. 그래서 하는 수 없이 장 씨네의 모든 재산을 양가에 공평하게 나누어 주어 장빈이 절반을, 두 조카가 나머지 절반을 받게 해 주었습니다. 그렇게 되니 두 조카로서도 그 같은 결정에 왈가왈부 할 소지가 없게 되었답니다.

---

111 품격을 갖추고 있었기에[有風力] : 고문에서 '풍력(風力)'은 일반적으로 기골을 뜻하는 말이다. 풍몽룡의 『성세항언』 제29권의 "서울에서는 다들 '그가 풍채와 기골을 지녔다'고 말하는 등 상당히 좋은 평판을 얻고 있었다[京中多道他有風力, 到得了個美名]"에도 같은 표현이 보인다. 여기서는 그 주체가 '관아'이기 때문에 편의상 "품격"으로 번역하였다.

장 공생이 결국에는 이렇게 될 줄을 진작부터 알고 있었더라면 왜 돈까지 들여가면서 사서 고생을 하고 오백 냥이나 되는 은자를 거저 날리고, 거기다가 다섯 사람의 목숨까지 빼앗았겠습니

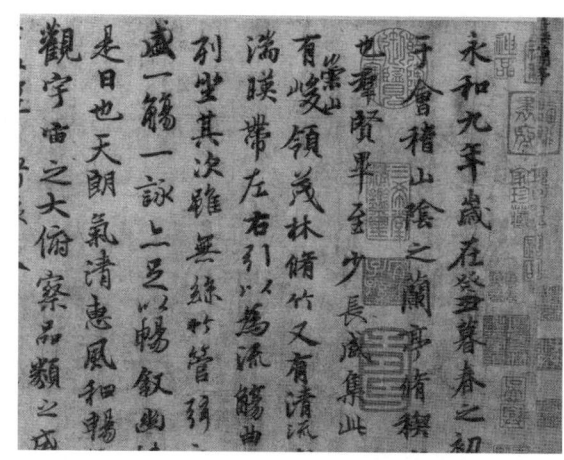

왕희지의 대표작 『난정서(蘭亭序)』

까? 이거야말로 "성공은 하지도 못하고 되려 서첩만 잃어 버렸다"[112]는 격이 아니겠습니까? 세상 사람들께 부탁드리니 제발 하늘이 정하신 섭리를 조금이라도 새겨들어[113] 본분을 좀 지키도록 하십시오!

---

112 성공은 하지도 못하고 되려 서첩만 잃어 버렸다[無梁不成, 反輸一帖] : 명대의 속담. 전설에 따르면 당대의 승려인 변재(辨才)는 동진의 명필 왕희지(王義之, 303~361)의 대표작인 『난정서(蘭亭序)』를 소장하고 있었는데 태종 이세민(李世民, 599~649)이 몇 번이나 어명을 내려 보여 줄 것을 요구하였다. 그러나 변재가 번번이 핑계를 내고 넘겨 주기를 거부하자 태종은 측근인 소익(蕭翼)으로 하여금 변재를 속이게 하여 그것을 빼돌리는 데에 성공하였다. 이처럼 남을 속이려다가 되려 자기 꾀에 넘어가 손해를 보는 상황을 가리킨다. 『이각 박안경기』 제39권의 "공연히 마음 고생 하더니 자업자득이 되고 말았구나! 목적을 이루기커녕 되려 내 보물까지 잃고 말다니![枉使心機, 自作之孼. 無梁不成, 反輸一帖]"에도 같은 표현이 보인다.

113 하늘이 정하신 섭리를 조금이라도 새겨들어[存些天理] : '존천리(存天理)'는 남송의 유명한 유학자인 정호(程顥, 1032~1085)·정이(程頤, 1033~1107) 형제의 어록을 모아 엮은 『정씨유서(程氏遺書)』에 나오는 말이다. 정씨 형제는 이 책의 권24에서 "사람의 마음이란 것이 사사롭게 욕심을 내다 보니 위태롭게 된다. 도의의 마음이란 것은 하늘이 정하신 섭리이다 보니 공교로우면서도 미묘하다. 그러니 사사로운 욕망을 없애면 하늘의 섭리는 저절로 밝아질 것이다[人心私欲, 故危殆; 道心天理, 故精微, 滅私欲則天理明矣]"라고 설파하였다. '주자학(朱子學)'의 비조인 주희(朱熹, 1130~1200)의 어록을 모아 엮은 『정씨 유서(程氏遺書)』에 따르면, 정씨 형제보다 다소 나중의 유학자인 주희는 두 사

재물엔 분수가 있건만 많이 가지려 기 쓰더니　　錢財有分苦爭多,

되려 몸이 그물 속에 갇히고 말았구나.　　　反自將身入網羅.

두 집안이 귀결되는 모습 보아 하니　　　　看取兩家歸束處,

잔꾀란 잔꾀 다 썼건만 결국 어떻게 되었는가?　心機用盡竟如何.

람의 가르침을 계승하여 "마시고 먹는다는 것은 하늘이 정한 섭리이지만 맛있는 것을
찾는 것은 인간의 욕망이다[飮食者, 天理也. 要求美味, 人欲也]"라는 인식에 따라 "인간의
이 마음이라는 것이 하늘이 정하신 섭리를 새기면 인간의 욕망은 사라지며 인간의 욕망
이 기승을 부리면 하늘의 섭리는 사라져 버리고 만다[人之一心, 天理存則人欲亡, 人欲勝
則天理滅]"라고 하면서 "유학을 배우는 이들은 반드시 인간의 욕망을 모두 떨쳐 버리고
하늘의 섭리를 모두 회복해야 하나니 그렇게 해야만 학문을 이루었다고 할 수 있게 될
것이다[學者須是革盡人欲, 復盡天理, 方始是學]"라고 설파하였다. 이리하여 '하늘의 섭리
를 새기고 인간의 욕망을 없앤다'는 존천리, 멸인욕(存天理, 滅人欲)'의 가르침은 남송대
유학자들이 유교 수양을 하는 데에 가장 기본적인 덕목으로 간주되었다. 그 뒤로 송·원
·명대 학자들은 정씨 형제와 주희의 주장을 "존천리, 멸인욕"의 여섯 글자로 개괄하고
사람들로 하여금 자신의 분수를 지키고 일탈하지 않으므로써 사회의 안정과 조화에 기여
할 것을 역설하기에 이른다. 이 같은 정씨 형제와 주희의 가르침은 명대 중기에 인간의
욕망에 당당할 것을 역설하는 왕수인(王守仁, 1472~1529)의 양명학(陽明學)이 크게 유
행하면서 결국 그 영향력을 완전히 상실하고 만다.

## 1. 이각 박안경기의 창작과정

'이박'을 지은 능몽초凌濛初, 1580~1644는 명대 말기의 소설가·극작가이자 출판가이다. 명대 절강浙江의 오정烏程 사람으로, 자가 현방玄房이며, 호로는 초성初成과 즉공관주인卽空觀主人을 사용하였다. 그는 생전에 문학·예술·경학·역사 등 다양한 분야에서 저술을 남겼지만[2] 그 중에서도 가장 두각을 나타낸 것은 소설·희곡·가요 등의 통속문학 분야였다. 그가 지은 희곡을 당시의 유명한 극작가이던 탕현조湯顯祖, 1550~1616에게 보내고 조언을 부탁한 일이나, 당시 강남에서 연극 담론을 주도하던 또 다른 극작가 심경沈璟, 1553~1610의 무대 연출 스타일을 비판한 일, 또 자신이 운영하는 서방書坊을 통하여 『서상기西廂記』·『남음삼뢰南音三籟』 등, 당시 독서시장에서 인기를 끌던 희곡·가요집들을 펴낸 일 등은 능몽초가 통속문학의 소개와 창작에 얼마나 지대한 관심을 가지고 있었는지 잘 보여 준다.

동시대의 정치가이자 학자이던 사조제謝肇淛, 1567~1624는 능몽초의 출판관과 관련하여 이런 평가를 내렸다.

오홍의 능씨가 간행한 책들은 책을 만들어 이익을 노리는 데에 급급한 데다

---

1 이 부분은 2023년에 선보인 학고방판 『박안경기』(전 6권)의 것을 주로 활용하였다.
2 능몽초의 각종 저술 일람표는 2023년에 학고방 출판사에서 펴낸 『박안경기』 제6권의 425~426쪽의 것을 참조하기 바란다.

가, 사람을 부리는 데에도 인색하여, 그 사이에서 엮고 다듬느라 오자가 빈번하게 나오니 이 얼마나 해괴한 일인지 모른다. 그러면서도 『수호전』·『서상기』·『비파기』니 『묵보』·『묵원』이니 하는 책들은 거꾸로 온 정신을 집중하여 정성과 심혈을 기울임으로써 천의무봉의 태세로, 쓸데없이 희곡을 눈과 귀의 놀잇감으로 꾸미는 데에만 몰두하니, 이 또한 안타까울 따름이다.[3]

『오잡조五雜組』는 만력萬曆 병진년1616에 완성되었으니 여기에 언급된 것은 능몽초가 한창 출판활동에 전념하던 30대 시절의 상황인 셈이다. 정통문학을 중시하던 사제조로서는 능몽초가 소설·희곡·서화첩 같은 통속서들에만 지나친 정성과 투자를 집중하는 행태가 상당히 불만스러웠던 것으로 보인다. 그러나 우리는 사제조의 이 볼멘소리를 통하여 당시 독서시장의 동향에 촉각을 곤두세우고 있던 능몽초가 '경·사·자·집經史子集'의 정통문학보다는 소설·희곡 등 통속문학에 훨씬 더 깊은 애정을 가지고 있었음을 확인할 수 있는 셈이다.[4]

수향거사는 『이각 박안경기』의 서문에서 능몽초의 통속문학 창작과 관련하여 이렇게 소개하였다.

---

3 『오잡조』 권13 「사부1(事部一)」: "吳興凌氏諸刻, 急於成書射利, 又慳於倩人編摩其間, 亥家相望, 何怪其然. 至於水滸西廂琵琶及墨譜墨苑等書, 反覆精聚神, 窮極要眇, 以天巧人工, 徒爲傳奇, 耳目之玩, 亦可惜也."

4 문성재, 「명말 희곡의 출판과 유통 - 강남지역의 독서시장을 중심으로」, 『중국문학』 제41집, 2004.5, 제156쪽. 물론, 능몽초가 이처럼 통속문학의 창작과 출판에 몰두한 것은 해당 분야에 대한 개인적인 관심이 결정적인 요인으로 작용했다고 본다. 그러나 여기에는 당시 독자들의 성격이나 독서시장의 추세에 민감한 출판가로서의 그의 판단력도 한몫했을 것이다.

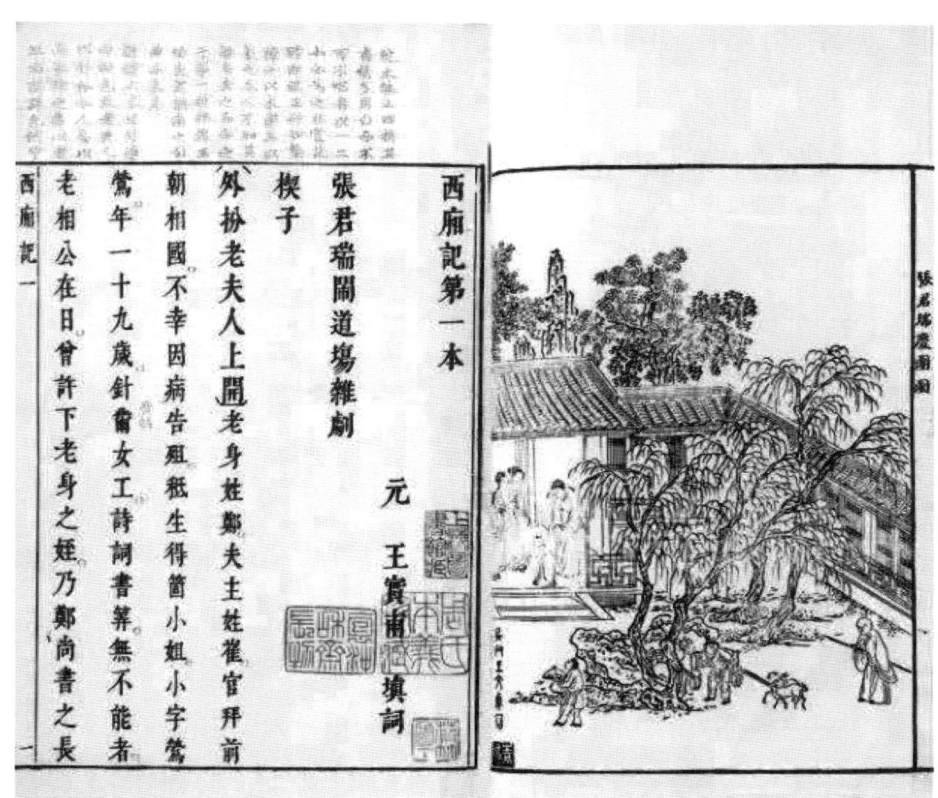

출판업을 가업으로 계승한 능몽초가 여러 색으로 인쇄해 펴낸 당시의 인기 희곡『서상기(西廂記)』

즉공관주인이라는 분은 그 사람 자체도 기이하거니와 그 글도 기이하며 그

역정 또한 기이하다. 뜻을 제대로 펼치지는 못 했으나 원대한 그 재능을 발휘

하는 기회를 만나매 남는 재능을 내어 전기를 짓고 거기서 몸을 더 낮추어 연

의를 지으니, 이 박안경기를 두 번에 걸쳐 간행하게 된 까닭이다.[5]

---

5   수향거사,「이각 박안경기 서」.

수향거사의 증언은 ①능몽초가 통속문학 저술과 출판에 종사하기 시작한 시점과, ②능몽초가 희곡과 소설을 창작한 순서에 관하여 우리에게 두 가지 사실을 시사해 준다. 수향거사의 증언에 따르면, 능몽초가 통속문학에 관심을 가지고 창작에 착수한 시점은 "과거에서 뜻을 제대로 펼치지 못한" 때부터이다. 능몽초가 과거시험에서 "뜻을 이루지 못한" "정묘년의 가을"은 그가 48세 되던 천계天啓 7년1627이었다. 이 해 가을에 응천부應天府, 지금의 남경에서 거행된 향시鄕試에 지원했다가 낙방했기 때문이다. 그러자 그는 통속문학의 창작에 본격적으로 뛰어들게 된다. "전기를 짓고 거기서 몸을 더 낮추어 연의를 지으니"라는 수향거사의 증언을 통하여 초기에는 희곡 창작에 종사하던 능몽초가 거기서 한 걸음 더 나가 창작 범위를 소설로까지 확장시켰음을 알 수 있다. 이때 몸을 낮추어 지은 소설이 바로 숭정崇禎 원년1628 10월에 소주蘇州의 상우당을 통하여 선보인 『박안경기』초각이다. 그렇게 우연히 선보인 『박안경기』의 대성공은 능몽초가 그 후속작을 준비하는 데에 결정적인 계기를 제공하였다.

억지로 지어낸 말과 투박한 이야기들이어서 장독을 덮기에도 부족한 내용임에도 불구하고 날개를 달고 날고 다리를 달고 달리는 것처럼 빠르게 유행하였다. 서상은 우연히 한번 시도해 본 것이 성공을 거두자 '또 내겠다'고 하는 것이었다. 그래서 내가 웃으면서 '한번으로도 충분하지 않소!' 하고 말은 하면서도 도중에 멈출 수는 없다고 여겨 일단 이번에도 마흔 편을 엮기로 한 것이다.[6]

---

6   즉공관주인(능몽초), 「이각 박안경기 소인」.

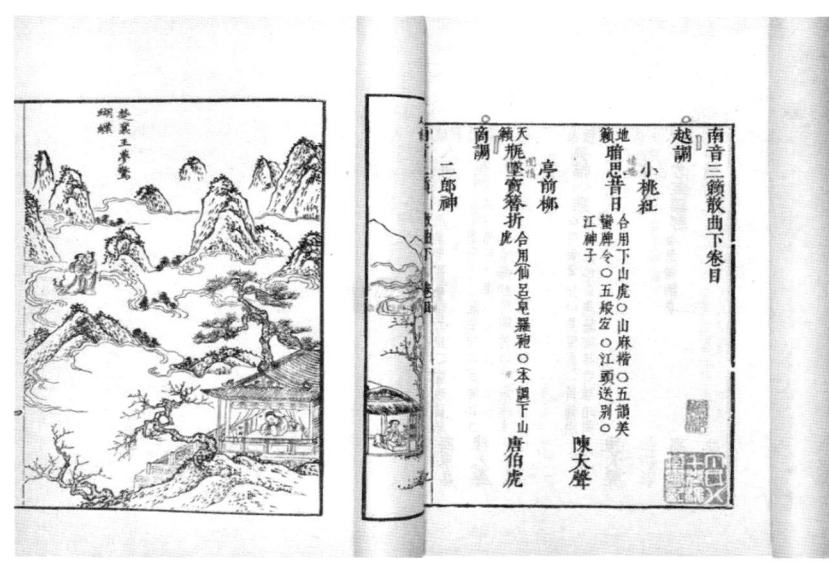

능몽초가 엮은 가곡집 『남음삼뢰(南音三籟)』의 본문과 삽화. 조판과 삽화에 상당한 공을 들인 것을 알 수 있다

능몽초가 「이각 박안경기 소인」에서 밝힌 『이각 박안경기』 출판 경위에 따르면, 직접적인 계기는 전작 『박안경기』의 성공에 고무된 상우당 운영자 안소운安少雲의 간곡한 요청이었다. 그러나 본인 역시 "도중에 멈출 수는 없다"며 한번으로는 부족하다고 여겨 후속작을 내는 데에 동의했다는 것이다.

그렇다면 『이각 박안경기』는 언제 정식으로 출판되었을까? 그 출판을 앞두고 수향거사와 능몽초가 각각 작성한 「이각 박안경기 서」와 『이각 박안경기 소인』을 보면 그 작성 시점이 "숭정 임신 겨울[崇禎壬申冬]"로 되어 있다. 능몽초가 살아 있을 때의 '임신년'은 명나라의 마지막 황제 주유검朱由檢, 1611~1644이 즉위한 뒤로 다섯 번째 해로, 서기 1632년에 해당

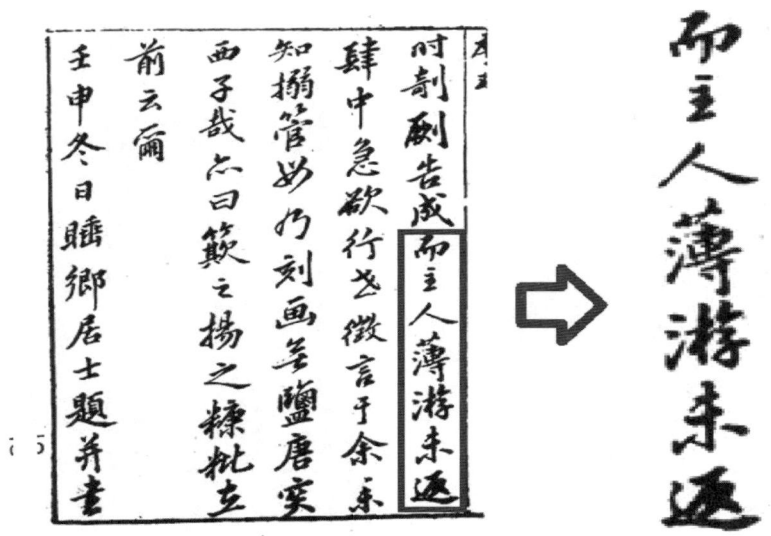

수향거사가 쓴 서문의 '박유미반' 대목. 이를 통하여 서문이 작성되던 시점에도 능몽초가 외지에 머물고 있었음을 알 수 있다

한다. 그 해의 "겨울"을 음력 11월부터 1월까지라고 본다면 양력으로는 1632년 연말보다는 그 이듬해인 1633년 연초일 가능성도 배제할 수 없다. 『이각 박안경기 소인』에는 능몽초가 그 글을 완성한 시점을 "임신년 겨울날[壬申冬日]"이라고 밝혔으나 수향거사의 서문과 날짜를 맞춘 것일 뿐 실제로는 해를 넘겼다고 보는 편이 합리적인 것이다.

『이각 박안경기』의 정식 출판이 해를 넘긴 숭정 6년[1633]에 이루어졌다는 사실은 수향거사의 증언을 통해서도 뒷받침 된다.

이제 책은 마침내 완성되었지만 (즉공관)주인이 벼슬을 지내느라 아직 돌아오지 않았다. 그러나 서사에서는 서둘러 책을 펴 내고자 하여 내게 서문을 청

탁하였다.[7]

　수향거사의 증언을 정리하면, 『이각 박안경기』를 인쇄할 목판은 모두 준비되었으나 그 직전에 작자인 능몽초가 공교롭게도 작은 벼슬을 지내느라 객지에 머물고 있었고 '신상품' 출시 일정을 앞당기려는 안소운의 재촉으로 자신이 서문을 대신 작성했다는 것이다. 원문에는 능몽초의 벼슬살이를 '박유薄游'로 표현했는데, 중국의 대표적인 검색 사이트 바이두百度의 온라인사전에 따르면, 그 의미는 "하찮은 녹봉을 위하여 객지에서 벼슬살이를 하는 것爲薄祿而宦游於外"이다. 실제로 능몽초 연보를 확인해 보면 능몽초는 숭정 6년 봄에 "강서포정사 반증굉의 남창 관아에 머물렀다"고 소개되어 있다. 그렇다면 원문의 '박유'는 능몽초가 포정사 관청이 있던 남창에서 반증굉의 고문으로 잠시 재직한 일을 가리키는 셈이다. 그리고 그의 귀환을 학수고대하고 있던 상우당 안소운의 독촉으로 허겁지겁 작성한 것이 우리가 이 책 서두에서 읽은 그 짧은 「이각 박안경기 소인」이다. 『이각 박안경기』가 정식으로 출판된 것은 숭정 6년이었다고 보는 편이 합리적이라고 보는 이유이다.

## 2. 이각 박안경기의 체제

　현존하는 『이각 박안경기』 판본들 중에서 가장 일찍 간행된 것은 숭

---

7　수향거사, 「이각 박안경기 서」.

정 5년[1632]에 소주의 상우당에서 간행한 판본[이하 '상우당본']이다. 이 판본의 경우, 중국에는 현재 국가도서관[國家圖書館]에 소장된 것이 유일하다. 그러나 전체 내용에서 제13권~제30권까지의 분량이 사라진 채 절반 정도만 남아 있을 뿐이다. 그 뒤로 1941년에 일본의 닛코[日光]를 방문한 중국의 서지학자 왕고로[王古魯, 1901~1958]가 도쿄[東京]의 내각문고[內閣文庫]에서 또 다른 판본[이하 '내각문고본']을 새로 발견하였다.

이 판본의 경우, 맨 앞에 수향거사의 「이각 박안경기 서」와 능몽초 본인의 「이각 박안경기 소인」이 차례로 배치되어 있다. 이어서 목차와 삽화가 배치되고 그 뒤에는 40편의 작품 본문이 온전하게 엮여져 있다.

## 1) 목차

전작 『박안경기』와 마찬가지로, 수록된 작품 총 40편의 작품의 제목이 순서대로 소개되어 있다. 각 권의 제목은 장르가 다른 제40권을 제외한 나머지 39편이 모두 전형적인 명대 장회소설[章回小說]의 양식에 따라 앞뒤 두 구절의 대구[對句]로 구성되어 있다. 또, 각 구절의 글자 수는 7자구를 쓴 것이 총 18건, 8자구를 쓴 것이 총 18건으로 가장 많다. 반면에 6자구를 쓴 것은 제4권·제6권·제33권·제40권의 4건이 불과하며 그 중에서도 제40권은 제목이 대구가 아닌 단일한 구절로 붙여져 있어서 이채[異彩]를 띤다.

## 2) 삽화

명대에 간행된 소설이나 희곡은 일반적으로 앞머리에 1~2장의 삽화를 배치하는 것이 관례였다. 『이각 박안경기』에도 제1권부터 제39권까지 총 78장의 삽화가 한꺼번에 배치되어 있다. 다만, 장르가 다른 잡극 희곡인 제40권 『송공명이 원소절에 소란을 일으키다[宋公明鬧元宵雜劇]』의 경우에는 삽화가 누락되어 있다. 능몽초 당시에는 희곡이나 소설에 일반적으로 삽화를 넣는 것이 관례였다는 점을 감안할 때, 제40권에 삽화가 누락되어 있다는 것은 이 부분이 나중에 뒤늦게 추가되었을 가능성을 시사해 준다. 만약 이 부분이 능몽초가 『이각 박안경기』를 선보이던 숭정 6년 당시의 원본이 맞다면 상식적으로 제40권에도 똑같이 삽화가 들어가 있어야 정상이기 때문이다.

## 3) 본문

제40권을 제외하면, 제1권부터 제39권까지는 권마다 우선 맨 오른쪽에 세로로 제목이 두 줄로 배열되고, 거기서 몇 칸을 띄운 다음부터 본문이 오른쪽에서 왼쪽으로 배열되어 있다. 본문은 쪽마다 10행씩, 행마다 대체로 200자씩 들어가 있다.

목판의 중심 하단에는 '상우당[尙友堂]' 세 글자가 표시되어 있으며, 일부 작품에는 해당 작품의 목판을 제작한 판각공[版刻工]의 이름이 표기되어 있다. 내각문고본의 경우, 제1권 상단에 '유음이 그리다[劉爸摹]'라는 문구가 들어가 있는데, 그 의미를 따져 볼 때 삽화를 그린 화공[畫工]의 이름으로

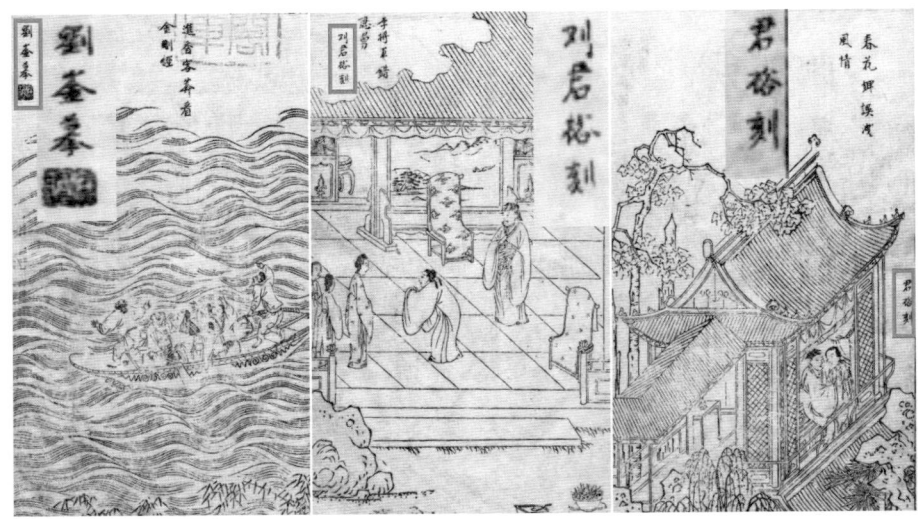

『이각 박안경기』삽화에 표시된 판각공의 서명들. 왼쪽부터 '유음 모(劉釜摹)', '유군유 각(劉君裕刻)', '군유 각(君裕刻)' 등의 글자들이 보인다.

추정된다. 이 밖에도 제6권 상단에 '유군유가 새기다[劉君裕刻]', 제18권 하단에 '군유가 새기다[君裕刻]'라는 문구가 표시되어 있는 것이 확인된다. 문구의 의미를 따져 볼 때, '유군유[劉君裕]'는 해당 작품의 목판을 제작한 판각공의 이름인 것으로 보인다. 화공 유음과 한 집안 사람으로 추정되는 그의 이름은 다른 도서에서도 확인할 수 있다. 역시 내각문고에 소장된 명대의 『이탁오선생비평 서유기[李卓吾先生批評西遊記]』제100회의 삽화 오행산하정심원일정도[五行山下定心猿一精圖]에 그려진 바위 옆에 표시된 '군유 유씨가 새기다[君裕劉刻]'라는 문구가 그 예이다. 이를 통하여 유군유라는 인물이 명대 말기에 다양한 책의 삽화를 판각하면서 맹활약한 유명한 판각공이었으며, 당시에 출판용 목판의 판각 및 삽화 제작이 일종의 가업으로 전승되면서 직업화·전문화되었음을 짐작할 수 있다.

## 3. 평점 작자의 독특한 서사장치

각 권의 본문에는 중요한 대목마다 군데군데 작자의 입장을 피력하는 평점評點이 안배되어 있다. 일반적으로 '평評'이란 작품의 특정한 대목에 다는 작자의 소감이나 논평을 가리키는데, 그 위치에 따라 각 쪽의 꼭지에 다는 미비眉批, 본문 행간에 다는 방비旁批, 또는 본문 옆에 단다고 해서 '측비(側批)' 등이 있었다. 또, '권점圈點'은 마침표처럼 구문이 끝나는 곳을 표시하거나, 독자들에게 환기시키고자 하는 대목이나 구절을 부각시키는 역할을 하는 것으로, '。、●' 등으로 표시되었다. 이 독특한 서사장치는 원래 '설화' 시대에는 공연장에서 이야기를 들려주는 이야기꾼이 일종의 내포작가로 작품 속에 개입하면서 독자적인 목소리를 내는 데에 주로 사용되었다. 그것이 『이각 박안경기』에서는 작자인 능몽초가 그 이야기꾼의 역할을 대신하면서 독자들에게 자신이 강조하는 주제나 메시지를 전달하는 소통의 장치로 활용되었다.

명대 독서시장에서 평점은 희곡이나 소설의 주요 대목에서 이따금 요식적으로 간단하게 사용하는 것이 보통이었다. 그러던 것을 능몽초는 『이각 박안경기』에서 무려 979개의 각종 평점을 사용하였다. 그에게 있어 평점은 작품마다 자신이 강조하고자 하는 내용이나 전달하려 하는 메시지를 독자들이 쉽게 파악할 수 있도록 유도하는 장치였다. 이야기꾼이 공연장의 관중들을 염두에 둔 서사장치라면, 평점은 서재에서 책으로 이야기를 읽는 독자들을 배려한 소통장치였던 셈이다. 대단히 상세하면서도 때로는 치밀하게 안배된 이 평점들은 일종의 내포작가로 작품 속에

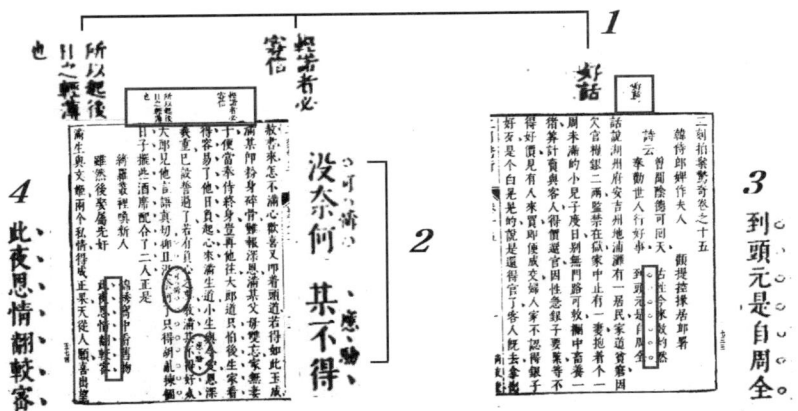

『이각 경기』의 평점 예시. 능몽초가 사용한 미비(1)와 방비(2), 권(3)과 점(4) 등 다양한 방식으로 자신의 의견을 개진하면서 독자와 소통하려 한 것을 볼 수 있다

직접 개입하면서 메시지를 전달하고 나아가 최종적인 목적'교화'을 달성하고자 하는 작자능몽초의 의지를 느낄 수 있게 한다. 그래서 일본 학자 카사미笠見는 평점이 고도로 활성화되어 작품 전체가 하나의 장편 논설과도 같은 성격을 보여 주는 것이『박안경기』서사의 가장 큰 특징"이라고 평가하기도 하였다.[8]

## 4. 내각문고본의 의문점

지금까지 살펴보았듯이, 현재 존재하는『이각 박안경기』의 판본들 중

---

8 　카사미 야요이(笠見弥生),「『초·이각 박안경기』의 언어에 관하여 (『初·二刻拍案驚奇』の語りについて)」,『동경대학 중국어중국문학연구실기요(東京大學中國語中國文學硏究室紀要)』, 제18호, 28쪽, 2015.

에 가장 온전하게 전해지는 것이 일본의 내각문고본임은 분명하다. 다만, 이 판본이 능몽초가 숭정 6년에 당시 독자들에게 선보인 바로 그 최초의 판본인지에 관해서는 몇 가지 의문이 제기되고 있다.

### 1) 상이한 표지

내각문고본이 숭정 6년의 원본이 아닐 가능성은 인쇄에 사용된 목판을 통해서도 제기된다. 대표적인 사례가 제5권 「양민공이 원소절에 아들을 잃고, 열셋째가 다섯 살에 황제를 알현하다」와 제9권 「경박한 신랑이 갑자기 신부와 이별하고, 고용된 시녀가 옥 두꺼비를 알아 보다」이다. 이 두 작품의 경우, 목판 가운데에 한결같이 "이속 경기二續驚奇"라는 문구가 표시되어 있다. 문제는 이 두 이야기를 제외한 나머지 36편의 작품에는 해당 위치에 모두 "이각 경기二刻驚奇"라는 문구가 표시되어 있다는 데에 있다. "2각 경기"를 '박안경기의 속편'이라는 뜻에서 "속 경기續驚奇"라고 이해할 경우, "이속 경기"는 '속 경기의 속편'이라는 뜻으로 이해해야하는 셈이다. '이각 경기'와 '이속 경기'가 서로 다른 판본일 가능성을 배제할 수 없다는 뜻이다.

### 2) 중복된 작품

능몽초는 「이각 박안경기 소인」에서 "일단 이번에도 마흔 편을 엮기로 한 것이다聊復綴爲四十則"이라고 밝힌 바 있다. 상식적으로 해석한다면 이 "마흔 편"은 모두 전작 『박안경기』를 엮고 남은 "백량대를 짓고 남은 목

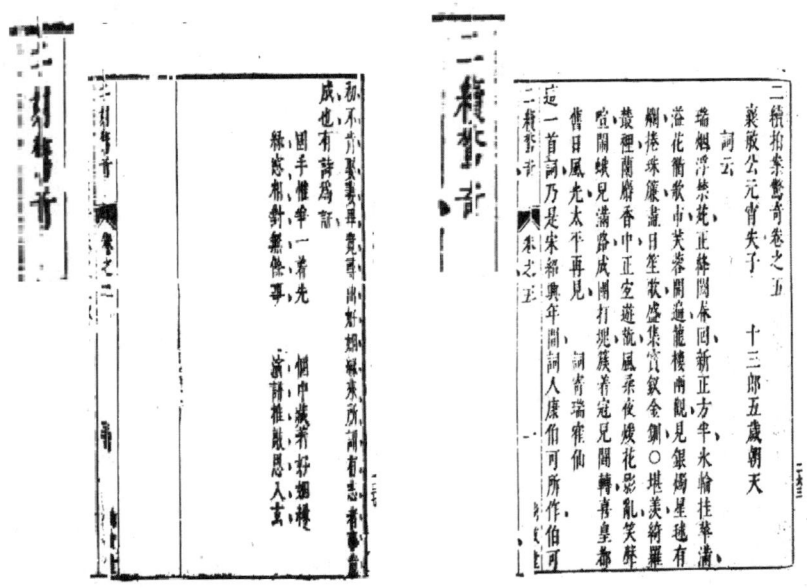

'이각 경기(二刻驚奇)'와 '이속 경기(二續驚奇)' 표시 사진. 동일한 판본에서 제목이 서로 다르게 표시되어 있는 것을 확인할 수 있다

　재와 무창의 남은 대나무"를 새로 엮은 것이다. 전작에 수록된 작품들과는 '구분되는 별도의' 의화본 소설들이라는 뜻이다. 내각문고본은 문구에서 부분적으로 편차를 보이기는 하지만, 23번째 이야기인 제23권 「언니가 넋이 떠돌다 오랜 소원을 이루고 처제가 병상서 일어나 전날의 인연을 잇다」가, 그보다 4년 전에 간행된 『박안경기』<sup>초각</sup>의 제23권과 동일한 작품이다. 상식적으로 엄정한 창작관을 고수한 능몽초가 전작에서 이미 소개한 작품을 5년 뒤에 다시 끼워 넣었을 리는 없는 것이다.

## 3) 장르가 다른 작품

마지막 이야기인 제40권 「송공명이 원소절에 소란을 일으키다」가 장르의 성격상 소설novel이 아닌 희곡drama인 점도 납득하기 어렵다. 수향거사의 서문에서 보듯이, 희곡과 소설은 능몽초 당시에 각각 '연의演義'와 '전기傳奇'로 그 명칭이 분명히 구분되어 있었다. 그런데 장르가 다른 '전기'를 '연기'로 둔갑시켜 『이각 박안경기』에 '신작'으로 수록한다는 것은 논리적이지 않다는 뜻이다. 또, 『이각 박안경기』 목차 맨 뒤의 제40권 부분을 살펴보면 제목인 "송공명요원소 잡극宋公明鬧元宵雜劇" 바로 아래에 작은 글씨로 '부附'자가 들어가 있는 것을 확인할 수 있다. 여기서의 '부'는 정식 수록되는 본문과는 별도로 추가한 부록附錄임을 뜻한다. 이 글자의 존재만으로도 이 희곡이 능몽초가 『이각 박안경기』를 출판할 때 처음부터 "40편[四十則]"의 하나로 기획되고 수록된 작품이 아니라 제40권 자리에 나중에 누군가에 의하여 부록으로 끼워 넣어진 것임을 알 수 있는 것이다.

당시 복단대覆旦大 교수였던 중국문학 사학자 장배항章培恒은 이같은 의문점들에 문제를 제기하면서 다음과 같은 결론을 내렸다.

내각문고에 소장된 『이각 박안경기』가 세상에서 유일한 판본이기는 하지만 상우당에서 처음 발간한 판본은 아니다. 원래 수록되었던 제23권과 제40권은 이미 망실되었고, 그래서 『박안경기』의 제23권과 「송공명이 원소절에

소란을 일으키다」 잡극 희곡을 각각 끼워 넣음으로써 40권을 채운 것이기 때문이다.[9]

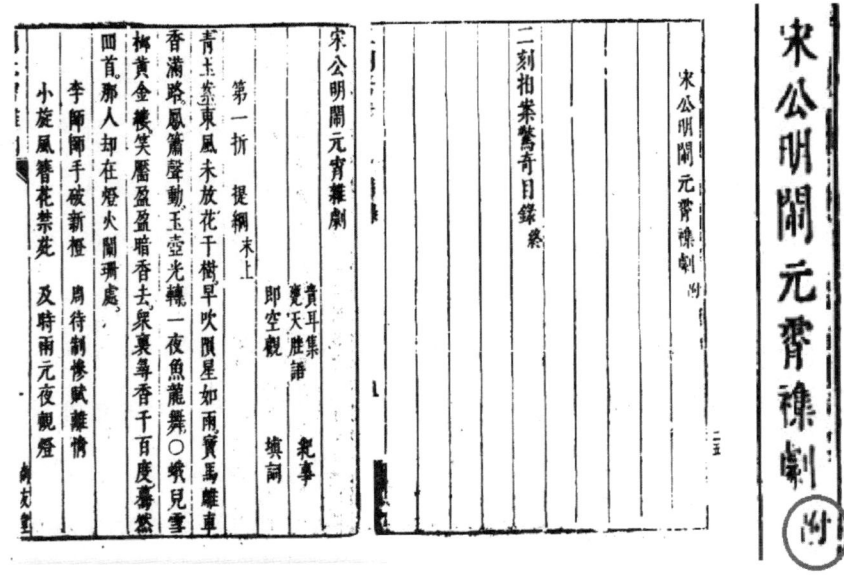

장르가 다른 제40권 희곡의 첫머리(좌)와 목차(우)의 '부(附. 동그라미 표시)'

## 5. 이각 박안경기의 소재들

중국 학계에서는 『이각 박안경기』를 "중국소설사에서 작자가 독자적으로 창작한 최초의 화본소설집"이라고 높이 평가하고 있다.[10] 그러나

9   장배항(章培恒), 「영인본 『이각 박안경기』 서」, 『이각 박안경기』, 제3쪽, 상해고적, 1985.
    "內閣文庫所藏 『二刻拍案驚奇』雖爲天下孤本, 而非尙友堂原刊足本; 原刊的第二十三卷
    與四十卷業已亡佚, 故將 『拍案驚奇』的第二十三卷與 『宋公明鬧元宵雜劇』分別補入, 以湊
    足四十卷之數."
10  석창유, 「『박안경기』전언」, 『박안경기』(초각), 강소고적, 제1쪽, 1990.

능몽초가 이 소설집의 줄거리와 인물들을 모두 혼자서 창조해낸 것은 아니다. 엄밀하게 말하면 『이각 박안경기』는 『이견지夷堅志』·『전등신화剪燈新話』·『제동야어齊東野語』·『정사情史』·『지낭智囊』 등, 송대와 명대에 서면체 중국어'문언'로 지어진 단편 소설이나 희곡에서 발굴한 소재를 재구성하고 당시의 독자들이 이해할 수 있도록 구어체 중국어'백화'로 쉽게 부연하고 자신의 주장을 삽입하는 방식으로 재창작한 결과물이기 때문이다. 실제로 『이각 박안경기』에 수록된 작품들의 출처를 살펴보면, 홍매洪邁의 『이견지』에서 소재를 취한 것이 第2권·第7권·第8권·第11권 등 총 12편으로 가장 많다. 그 다음이 第6권·第24권 등, 구우瞿佑의 『전등신화』에서 소재를 취한 것이다. 이와 함께 第10권 등과 같이 『제동야어』에서 소재를 취한 것도 보인다. 그 중에는 第28권·第37권 등과 같이 풍몽룡의 『지낭보智囊補』나 채우蔡羽의 『요양해신전遼陽海神傳』 등, 능몽초와 비슷한 시기인 명대에 지어진 소설에서 소재를 취한 것들도 포함되어 있다. 이 밖에도 第3권·第9권 등처럼, 능몽초 당시에 민간에서 유행하던 연극 희곡을 소설로 각색하고 재창작한 사례도 더러 보인다.

능몽초가 『이각 박안경기』에 수록한 작품들의 출처를 소개하면 다음 표와 같다.

| 이각 박안경기 | | | | 이야기 소재 출처 | | |
|---|---|---|---|---|---|---|
| 순서 | 제목 | 시대 | 작자 | 제목 | 편명 | 영향 |
| 1 | 進香客莽看金剛經 出獄僧巧完法會分 | 명 | | 古今圖書集成·神異典一 | 金剛持念 | |
| 2 | 小道人一著饒天下 女棋童兩局注終身 | 송 | 洪邁 | 夷堅志補 권19 | 蔡州小道人 | |
| 3 | 權學士權認遠鄉姑 白孺人白嫁親生女 | 명 | 葉憲祖 | 丹桂鈿盒雜劇 | | 撮盒緣傳奇 鈿盒奇緣(傅靑眉) |

| 이각 박안경기 | | | | 이야기 소재 출처 | | |
|---|---|---|---|---|---|---|
| 순서 | 제목 | 시대 | 작자 | 제목 | 편명 | 영향 |
| 4 | 靑樓市探人蹤 紅花場假鬼鬧 | 명 | | | | 紫金魚傳奇<br>今古奇觀(제36회),<br>十三郞五歲朝天 |
| 5 | 襄敏公元宵失子 十三郞五歲朝天 | 송 | 岳珂 | 桯史 | 眞珠族姬 | |
| | | | 洪邁 | 夷堅志補8 | | |
| 6 | 李將軍錯認舅 劉氏女詭從夫 | 원 | 瞿佑 | 剪燈新話 | | 舘頭書 |
| | | | 葉憲祖 | 金翠寒衣記 | 翠翠傳 | |
| | | | 馮夢龍 | 情史 | 劉翠翠 | |
| 7 | 呂使者情媾宦家妻 吳太守義配儒門女 | 송 | 洪邁 | 夷堅志支戊 권9 | 董寒州孫女 | 買笑局金(傅靑眉) |
| 8 | 沈將仕三千買笑錢 王朝議一夜迷魂陣 | 송 | 洪邁 | 夷堅志補8 | 王朝議 | |
| 9 | 莽兒郞驚散新鴛燕 僞梅香認合玉蟾蜍 | 명 | 葉憲祖 | 素梅玉蟾雜劇 | | 蟾蜍佳偶(傅靑眉) |
| 10 | 趙五虎合計挑家釁 莫大郞立地散神奸 | 송 | 周密 | 齊東埜語 권20 | 莫氏別室子 | |
| 11 | 滿少卿饑附飽颺 焦文姬生讐死報 | 송 | 洪邁 | 夷堅志 권11 | 滿少卿 | 死生怨報(傅靑眉) |
| | | | 馮夢龍 | 情史 | 滿少卿 | |
| 12 | 硬勘案大儒爭閒氣 甘受刑俠女著芳名 | 송 | 洪邁 | 夷堅志支庚 권10 | 吳淑姬嚴蕊 | |
| | | | 周密 | 齊東埜語 | 嚴蕊 | |
| | | | 馮夢龍 | 情史 | 嚴蕊 | |
| 13 | 鹿胎庵客人作寺主 剡溪里舊鬼借新屍 | 송 | 洪邁 | 夷堅志補 권16 | 嵊縣山庵 | |
| 14 | 趙縣君喬送黃柑 吳宣敎乾償白鑊 | 송 | 洪邁 | 夷堅志補8 | 李將仕 | 賣情扎囤(傅靑眉) |
| | | | | | 吳約知縣 | 今古奇觀 권38 |
| | | | 馮夢龍 | 情史 | 李將仕 | 彤縣君喬送黃柑子 |
| 15 | 韓侍郞婢作夫人 顧提控掾居郞署 | 명 | | 不可錄 | | |
| | | | 沈齡 | 三元記傳奇 | | |
| 16 | 遲取券毛烈賴原錢 失還魂牙僧索剩命 | 송 | | | | |
| 17 | 同窗友認假作眞 女秀才移花接木 | 명 | 洪邁 | 夷堅志堅甲 권19 | 毛烈陰獄 | |
| 18 | 甄監生浪吞秘藥 春花婢誤洩風情 | 명 | | | | |
| 19 | 田舍翁時時經理 牧童兒夜夜尊榮 | 춘추 | | | | |
| 20 | 賈廉訪贋行府牒 商功父陰攝江巡 | 송 | 洪邁 | 夷堅志補 권24 | 賈廉訪 | |
| 21 | 許蔡院感夢擒僧 王氏子因風獲盜 | 명 | | | | |
| 22 | 癡公子狠使噪脾錢 賢丈人巧賺回頭婿 | 명 | 邵景詹 | 覓燈因話 | 姚公子 | 人鬼夫妻(傅靑眉) |

| 이각 박안경기 | | | | 이야기 소재 출처 | | |
|---|---|---|---|---|---|---|
| 순서 | 제목 | 시대 | 작자 | 제목 | 편명 | 영향 |
| 23 | 大姊魂遊完宿願 小姨病起續前緣 | 원 | 瞿佑 | 剪燈新話 | 金鳳釵記 | 원잡극 碧桃花와 유사 |
| | | | 沈璟 | 一種情傳奇 | | |
| | | | 馮夢龍 | 情史 | 吳興娘 | |
| 24 | 庵內看惡鬼善神 井中譚前因後果 | 원 | 瞿佑 | 剪燈新話 | 三山福地志 | |
| 25 | 徐茶酒乘鬧劫新人 鄭蕊珠鳴冤完舊案 | 명 | 何喬遠 | 九朝野記 | | |
| 26 | 憎教官愛女不受報 窮庠生助師得令終 | 명 | | | | |
| 27 | 偽漢裔奪妾山中 假將軍還妹江上 | 명 | 王同軌 | 耳譚 | | 撮盒緣傳奇 |
| | | | | | | 智賺還珠(傅靑眉) |
| 28 | 程朝奉單遇無頭婦 王通判雙雪不明冤 | 명 | 馮夢龍 | 智囊補 | | 沒頭疑案(傅靑眉) |
| 29 | 贈芝麻識破假形 擷草藥巧諧眞偶 | 명 | | 靈狐三束草 | 大別狐 | |
| | | | 馮夢龍 | 情史 | | |
| 30 | 瘞遺骸王玉英配夫 償聘金韓秀才贖子 | 명 | | 鴛鴦被雜劇 | 王玉英 | |
| | | | 王同軌 | 耳譚 | | |
| | | | 馮夢龍 | 情史 | | |
| 31 | 行孝子到底不簡屍 殉節婦留待雙出柩 | 명 | 李詡 | 戒菴漫筆 | | |
| | | | 王同軌 | 耳譚 | | |
| | | | 馮夢龍 | 情史 | | |
| 32 | 張福娘一心貞守 朱天錫萬里符名 | 송 | 洪邁 | 夷堅志補 권10 | 朱天錫 | 義妾存孤(傅靑眉) |
| 33 | 楊抽馬甘請杖 富家郎浪受驚 | 송 | 洪邁 | 夷堅志丙 권5 | 楊抽馬 | |
| 34 | 任君用恣樂深閨 楊太尉戲宮館客 | 송 | 洪邁 | 夷堅志支乙 권5 | 楊戩館客 | |
| 35 | 錯調情賈母罥女 誤告狀孫郎得妻 | ? | 馮夢龍 | 情史 | 吳松孫生 | 錯調合璧(傅靑眉) |
| 36 | 王漁翁捨鏡崇三寶 白水僧盜物喪雙生 | ? | 洪邁 | 夷堅志支戊 권9 | 嘉州江中鏡 | |
| 37 | 疊居奇程客得助 三救厄海神顯靈 | 명 | 蔡羽 | 遼陽海神傳 | 遼陽海神 | |
| | | | 馮夢龍 | 情史 | | |
| 38 | 兩錯認莫大姐私奔 再成交楊二郎正本 | 명 | | | | |
| 39 | 神偷寄興一枝梅 俠盜慣行三昧戲 | 명 | | | | 失印救火 |
| | | | | | | 盜銀壺 |
| 40 | 宋公明鬧元宵 | 송 | 施耐庵 | 水滸傳 제72회 | | |
| | | | 張端義 | 貴耳集 | | |
| | | | 童壅天 | 壅天睦語 | | |

## 6. 능몽초의 소설 창작 원칙 사실주의 고수

능몽초는 '이박'을 창작하는 과정에서 일관되게 고수한 원칙이 있었다. 그것은 바로 "교화에 죄인이 되지 않는다[不爲教化罪人]"와 "뜻을 설득하고 경계하는 데에 둔다[意存勸戒]"는 것이다. 물론, 서둘러 작성된 『이각 박안경기 소인』에는 그것이 어떤 의미인지 구체적으로 언급되어 있지 않다. 그러나 그 전작 『박안경기』의 서문에는 그가 고수한 창작 원칙의 내용과 이유가 비교적 자세하게 언급되어 있다.

근래에는 태평성대가 오래 이어지다 보니, 백성들이 방탕해지고 그 뜻 또한 방종으로 치닫는 경향이 있습니다. 그래서 경박한 망나니들은 붓을 좀 놀릴 줄 알게 되기만 하면 지레 세상을 오도하고 잘못된 것들을 두루 가져다 쓰면서 황당무계한 것이 아니면 믿으려 들지 않는 바람에 그 내용이 하도 외설적이고 더러워서 차마 듣기조차 민망스럽기 일쑤이지요. 유가의 가르침에 죄를 짓고, 다음 생에 업보를 쌓기로는 이보다 더한 경우가 없을 것입니다. 더욱이 종이도 그런 책들 때문에 값이 올랐건만 그런 이야기들이 날개 없이도 퍼져나가고 다리 없이도 돌아다니곤 합니다[11]

서문에서 볼 수 있듯이, 능몽초는 유가에서 금기시하는 '괴·력·난·신怪力亂神'의 귀신 이야기와 지나친 음담패설을 다룬 책들이 당시의 독서

---

11  능몽초, 「박안경기 서」, 『박안경기』 제1권, 학고방 출판사, 2023. 아래의 인용문들 역시 『박안경기』 서문의 내용이다.

시장에 범람하면서 사람들의 도덕과 풍속을 부정적인 영향을 끼치는 데에 상당한 불만을 토로하고 있다. 유가적 교화를 무척 소중하게 여기는 정통 지식인인 그의 입장에서는 이 같은 사회병리 현상들을 일소하는 일이 정통 지식인에게 대단히 중요한 책무라고 여긴 듯하다. 그런 그에게 있어 교화의 죄인이 되지 않는 길은 소설을 통하여 어리석은 사람들을 계도하는 방법뿐이었다. 「박안경기 서」에서 밝힌 바에 따르면, 사실 능몽초가 『박안경기』를 짓게 된 가장 큰 이유도 당시 사람들의 땅에 떨어진 도덕관에 경종을 울리고, 나아가 잘못된 가치관을 바로잡자는 데에 있었다.

능몽초가 '이박'을 선보이면서 사실주의를 창작의 대전제로 표방한 것도 바로 이 때문이었다. 그는 "황당무계해서 믿을 수 없고[荒誕不足信]", "외설스러워 차마 들어 줄 수 없는[褻穢不忍聞]" 귀신 이야기나 음담패설이 횡행하는 현상을 비판하면서 "보고 듣는 범위 이내 및 일상에서 생활하는 영역[耳目之內, 日用起居]"에서 생생하고 익숙한 소재들을 토대로 소설을 창작할 것을 역설하였다. 그는 그 대안으로 기존의 퇴폐적인 창작 풍토와는 상반되는 접근방법, 즉 "보고 듣는 범위 이내 및 일상에서 생활하는 영역", 즉 일상생활을 토대로 한 소설 창작을 제안하였다. 이같은 사실주의적 접근방법은 「이각 박안경기 서」에서 수향거사가 당시의 소설가들에게 눈 앞에 펼쳐지는 '만물의 상태와 인간의 감정[物態人情]'에 주목하면서 사실주의[眞]의 예술적 경지를 지향할 것을 역설한 것과도 궤를 같이 한다. 『박안경기』의 서문·범례와 상우당의 패기牌記 등에 "교화의 죄인이 되지 않겠다"는 몇 번이나 다짐이 등장하는 것은 소설의 사회적 교화에 대한 그의 각성과 의지가 얼마나 확고했는지 잘 보여 준다. 능몽초의 이 같은 창작 원칙은 실제로『박안경기』에 이어『이각 박안경기』에서도 일관되게 고수되었다.

그가 수집한 것들은 대부분 매우 사실적이고 근거가 있는 것들이다. 비록 더러 신이나 귀신의 이야기를 언급하기도 하지만 그래서 역사가인 사마천이 역사를 기술할 때와 마찬가지로 묘사가 사실적이다. ⋯ 이국적인 볼거리를 곁들이므로써 세속의 유생들이 가진 편견을 깨는 것도 나쁠 것은 없을 것이며, 요염한 미인이나 풍류 넘치는 밀회 따위를 다룬 이야기들의 경우도 소설집에 수록해야 할 것들이다. 다만, 세상의 풍속을 더럽히는 이야기들의 경우만큼은 모조리 배제시키려 노력하였다. 즉공관주인의 말을 빌리자면 참으로 '세상에서 내 이야기를 구할 수 있는 이들이 충신이나 효자가 되는 데에 어려움이 없게 해 줄 것이고 그렇게 되지 못하는 자들이라도 음행을 일삼지는 않게 될 것'이라는 격이다.[12]

능몽초가 '이박'에서 평범한 일상의 사회와 인물에서 소설적 재미를 찾으려고 노력한 것은 바로 '평범함도 기이함으로 승화될 수 있다[平淡爲奇]'거나 '기이함이 없는 것을 기이함으로 여긴다[無奇之所以爲奇]'라는 확고한 신념이 있었기 때문이었다.

그렇다고 해서 능몽초가 소설의 허구적인 요소들을 완전히 부정한 것

---

12  수향거사, 「이각 박안경기 서」.

은 아니다. 능몽초는 자신의 사실주의 창작 원칙을 관철하기 위하여 "사건의 진실과 허구, 이름의 사실과 거짓이 각각 반씩 섞이게 할 것[其事之眞與飾, 名之實與贋, 各參半]"을 제안하였다. 이는 사실주의에 입각하여 소설을 창작하되 필요에 따라서는 소설의 교화효과를 배가시키기 위하여 허구적인 요소를 양념처럼 적절하게 활용하는 융통성을 허용한 셈이다. 간혹 "작품들 속에서 귀신을 언급하고 꿈을 거론한 것들도 있지만 … 그 취지역시 독자들을 설득하고 경계로 삼게 하는" 장치로서 운용한 것이라는 수향거사의 증언은 바로 이같은 배경 속에서 나온 것일 것이다. 실제로 그는 『이각 박안경기』에서 대부분 실제로 발생한 사건과 인물을 다룬 이야기들을 소개하면서 중간중간에 이국적인 볼거리나 풍류가 넘치는 남녀간의 사랑 이야기나 귀신 이야기들을 적절하게 활용하는 것을 주저하지 않았다. 그가 『이각 박안경기』에서 당시 사람들이 일상에서 볼 수 있는 각계각층의 다양한 인물들을 주인공으로 내세워 역시 일상에서 접할수 있는 사건들을 위주로 스토리텔링을 이끌어간 것은 아무래도 "다룬일들은 사람들의 정서나 일상과 가까운 것들이 많은 반면, 귀신·괴물 같은 허황된 것들은 그다지 다루지 않은 것이다[事類多近人情日用, 不甚及鬼怪虛誕]"라는 『박안경기』 시절부터의 초심을 고수한 결과로 해석된다.


## 7. 『이각 박안경기』의 해적판들

능몽초의 『이각 박안경기』는 숭정 6년에 출판된 이래로 독서시장에서 상당한 인기를 얻었던 것으로 보인다. 『이각 박안경기』가 출판되고 나서

'즉공관주인' 또는 '박안경기'라는 이름을 차용한 해적판이 잇따라 등장
했기 때문이다. 대표적인 해적판이 바로『별본 이각 박안경기別本二刻拍案驚
奇』이다.

'또 다른 판본의『이각 박안경기』'라는 뜻으로 해석되는 "별본 이각
박안경기"는 정식 제목이『박안경기 2집拍案驚奇二集』이다. 현재 프랑스 파
리 국가도서관에만 소장되어 있는 세계 유일본으로, 표지의 오른쪽 위에
는 능몽초가 직접 엮었다는 뜻의 "즉공관주인 편차即空館主人編次"가, 왼쪽
아래에는 상우당의 목판을 사용했다는 뜻의 "본아 장판本衙藏板"이라는 문
구가 들어가 있으며, 서두에는『이각 박안경기』의 것과 똑같이 숭정 6년
에 작성된「이각 박안경기 소인」이 배치되어 있다. 중국의 서지학자 유
수업劉修業, 1910~1993의 분석에 따르면, 이 판본의 목판은 제1권~제10권까
지는 한 쪽의 절반[半葉]이 10행, 각 행이 20자씩으로, 내각문고본『이각
박안경기』와 같은 것이지만 제11권 뒤로는 한 쪽의 절반이 9행에, 각 행
이 21자씩으로 구성되어 있다. 지금까지 서지학자들이 연구한 바에 따
르면, 이 판본은『이각 박안경기』에 다른 소설집에 사용된 목판을 끼워
넣은 것이라는 것이다. 실제로 그 다른 목판들의 체제는 북경대학교에
소장된 제3의 의화본 소설집인『환영幻影』의 체재와 정확히 일치한다. 말
하자면 "별본 이각 박안경기"는 능몽초가 직접 집필한 세 번째 소설집이
아니라 서상안소운?이 기존에 출판되어 인기를 끌고 있던『이각 박안경
기』에『환영』에 수록되었던 작품들을 섞어 인쇄한 뒤에 능몽초가 새로
엮은 소설집인 것처럼 둔갑시킨 해적판이라는 뜻이다. 제목은 다른데 책

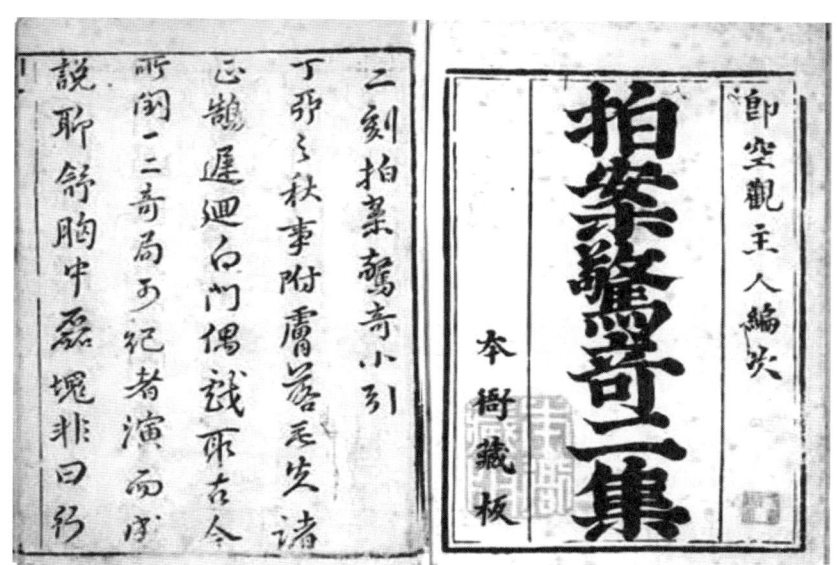

프랑스 파리 국가도서관에 소장된 『박안경기 2집』의 표지(우)와 『이각 박안경기 소인』(좌). 책 제목이 다른데 소개 글 내용은 그대로이다. 능몽초가 아닌 제3자가 만든 해적판이라는 뜻이다

을 소개하는 글의 제목은 그대로 「이각 박안경기 소인」인 것이 그 증거 이다. 그 뒤에 지어진 『환영』 작품들을 끼워 넣어 34권 총 34편으로 엮 어져 있다. 게다가 「이각 박안경기 소인」의 "마침내 그 이야기들을 베끼 고 모아 책으로 엮은 것이 마흔 편이나 되었다[遂爲鈔撮成篇, 得四十種]" 대목의 '40四十' 부분은 교묘하게 깎아내고 '34卅四'로 바꾸어 놓았다. 제목 역시 부분적으로 편차를 보인다. 제1권~제10권까지는 『이각 박안경기』와 동 일하나 『이각 박안경기』 제15권의 「한시랑비작부인, 고제공연거낭서(韓 侍郞婢作夫人, 顧提控掾 居郞署)」가 여기서는 「강애낭신호주부인, 고제공 연거낭서(江愛娘神護做夫人, 顧提控掾 居郞署)」제2권로 앞부분이 바뀌어져 있는 것이 그 예이다.

『환영』은 명나라 숭정 16년<sup>1643</sup>에 처음으로 간행되었다. 따라서 이 둘이 합쳐진 "별본 이각 박안경기"의 존재는 그 출판 시점이 그보다 나중, 즉 서기 1643년 이후임을 시사해 준다. 중국 근현대의 서지학자인 정진탁<sup>鄭振鐸, 1898~1958</sup>·유수업의 연구에 따르면, 그 수록 작품들을 『이각 박안경기』·『환영』과 비교하면 다음 표와 같다.

| 권수 | 환영 제목 | 출처 | 제목 비고 |
|---|---|---|---|
| 권01 | 滿少卿饑附飽颺 焦文姬生讎死報 | 이각 권11 | |
| 권02 | 江愛娘神護做夫人 顧提轄聖恩超主政 | 이각 권15 | 韓侍郎婢作夫人 顧提控搢居郎署 |
| 권03 | 美男人拾箭得婚 女秀才移花接木 | 이각 권17 | 同窗友認假作眞 女秀才移花接木 |
| 권04 | 甄監生浪吞秘藥 春花婢誤洩風情 | 이각 권18 | |
| 권05 | 遲取券毛烈賴原錢 失還魂牙僧索剩命 | 이각 권16 | |
| 권06 | 李將軍錯認舅 劉氏女詭從夫 | 이각 권6 | |
| 권07 | 呂使者情媾宦家妻 吳太守義配儒門女 | 이각 권7 | |
| 권08 | 沈將仕三千買笑錢 王朝議一夜迷魂陣 | 이각 권8 | |
| 권09 | 莽兒郎驚散新鶯燕 儇梅香認合玉蟾蜍 | 이각 권9 | |
| 권10 | 趙五虎合計挑家釁 莫大郎立地散神奸 | 이각 권10 | |
| 권11 | 不苟存心終不苟 淫奔受辱悔淫奔 | 환영 제3회 | 情詞無可逭 羞殺抱琵琶 |
| 권12 | 李侍講無心還寶物 王指揮有意救恩人 | 출처 불명 | |
| 권13 | 恤孤仗義反遭殃 好色行凶終有實 | 환영 제1회 | 看得倫理眞 寫出奸徒幻 |
| 권14 | 延名師誤子喪妻 設奸謀敗名殞命 | 환영 제27회 | 爲傳花月道 貫講差使書 |
| 권15 | 昵淫朋痴郎蕩産 仗義僕敗子回頭 | 환영 제8회 | 義僕諒自守 浪子寧不回 |
| 권16 | 耽風情店婦宣淫 全孝義孤兒完節 | 환영 제6회 | 衆心還婦獨抱 惡計枉施 |
| 권17 | 貪淫婦圖歡偏受死 烈俠士就戮反超生 | 환영 제9회 | 淫婦情可誅 俠士心當宥 |
| 권18 | 老衲識書生于未遇 忠臣保危主而令終 | 출처 불명 | |
| 권19 | 富差貧夫婦拆散 尋親行孝父子團圓 | 출처 불명 | |
| 권20 | 死殉夫一時義重 生盡節千古名香 | 환영 제7회 | 生報華募恩 死謝徐海義 |
| 권21 | 奸淫漢殺李移桃 神明官追尸斷鬼 | 환영 제13회?<br>(본문 없음) | 匿計估紅顔 發棺蘇呆婿 |
| 권22 | 任金剛假官劫庫銀 張綱梁僞鑼誅大盜 | 환영 제15회? | 動庫饑雖巧 擒兇智倍神 |
| 권23 | 認惡友謀財害命 舍正身斷獄懲凶 | 환영 제16회 | 見白鏹失義 因雀引明冤 |
| 권24 | 無福官叛而尋死 有才將巧以成功 | 출처 불명 | |
| 권25 | 狠毒郎圖財失妻 老實頭悪天得婦 | 환영 제25회 | 緣投波浪裏 恩向小窗親 |

| 권수 | 환영 제목 | 출처 | 제목 비고 |
|---|---|---|---|
| 권26 | 忠臣死義鐵錚錚 貞女全名香撲撲 | 환영 제5회 | 烈士殉君難 書生得女貞 |
| 권27 | 報父仇六載伸寃 全父尸九泉含笑 | 환영제 2회 | 千金苦不易 一死樂伸寃 |
| | | 이각 권31회? | 行孝子到底不簡屍 殉節婦留待雙出柩 |
| 권28 | 痴人望貴空遭騙 賊禿貪財却受誅 | 환영 제28회 | 修齊邀紫綬 說法騙紅裙 |
| 권29 | 財色兼貪何分僧俗 寃仇互報那怕官人 | 환영 제29회 | 淫貪皆有報 僧俗總難逃 |
| 권30 | 飲盅毒禍起蕭牆 刺哲謀珠還合浦 | 출처 불명 | |
| 권31 | 積陰功徒遷梌品 棄糟糠暴死窮途 | 출처 불명 | |
| 권32 | 騙來物牽連成禍種 遇故主始終是功臣 | 출처 불명 | |
| 권33 | 逞奸計以婦賣姑 盡孝道將妻換母 | 환영 제4회 | 設計去姑易 賣舟送婦難 |
| 권34 | 孝女割肝救祖母 眞尼避地絶塵緣 | 출처 불명 | |

『이각 박안경기』의 명성을 차용한 또다른 해적판으로는 『삼각 박안경기三刻拍案驚奇』가 있다. 이 판본은 두 가지 판본이 있다. 먼저, ① 현재 북경도서관에 소장된 판본은 속지에 또다른 의화본소설집으로 포옹노인抱甕老人이 엮은 『금고기관今古奇觀』의 제목에서 착안한 것으로 보이는 "형세기관形世奇觀"이라는 문구가 가로로 붙어 있으며, 제1회부터 제7회까지만 남아 있다. 또, ② 북경대학교 도서관에 소장된 판본은 총 30회가 전해지는데 명대 말기 판본과 역시 같은 시기의 것으로 추정되는 필사본이 남아 있다. 현존하는 『이각 박안경기』의 판본들을 표로 소개하면 대체로 다음과 같다.

이 판본은 원래 제목이 『환영』이며, 저자는 "몽각도인·서호낭자 합집夢覺道人西湖浪子 合輯"으로 기재되어 있는 것을 보면 원래는 몽각도인과 서호낭자가 함께 엮은 소설집 『환영』에 '표지 갈이'를 하여 마치 그것이 즉공관주인의 세 번째 소설집인 것처럼 둔갑시킨 것으로 보인다. 『환영』에 『형

| 소장자 | 제목 | 분량 |
|---|---|---|
| 마렴(馬廉) | 삼각 박안경기 | 20여 회 |
| 북경도서관(정진탁 소장본) | 형세기관 | 환영의 제1~7회 |
| 북경시 문물 부서 | 형세기관? | 환영 총 21회 |
| 프랑스 파리 국가도서관 | 별본 이각 박안경기 | 제11~34회 총 24권이 이각과 다름 총 15회가 환영과 동일하나 나머지 9회는 환영과 다름 |
| 일본 좌백(佐伯)문고 | | |

세기관』, 나아가『삼각 박안경기』라고 제목을 붙였다는 것은 누가 보더라도 능몽초가 지은『박안경기』와『이각 박안경기』의 명성과 인기를 빌려 독자들을 끌어들이려고 한 것임을 짐작할 수가 있다.『형세기관』이라는 또다른 제목이『금고기관』의 명성을 차용하려 한 것과 같은 맥락이다.

　이처럼 해적판이 줄줄이 만들어질 정도로 인기를 끌던 능몽초의『이각 박안경기』와『박안경기』는 명나라가 망하고 청나라로 왕조가 교체되는 난세를 거치면서 그 인기가 급격히 사그라들더니 청나라에서는 아예 '금서'라는 낙인까지 찍히면서 독서시장에서 완전히 자취를 감추었던 것으로 보인다.

1세　만력 8년 5월 7일<sup>1580년 6월 18일</sup>

절강<sup>浙江</sup> 호주부<sup>湖州府</sup> 오정현<sup>烏程縣</sup> 동성사포<sup>東晟舍鋪</sup>[1]에서 부친 능적지<sup>凌迪</sup><sup>知</sup>와 생모 장씨<sup>蔣氏</sup> 사이에서 태어남.

조부 능약언<sup>凌約言</sup>은 가정<sup>嘉靖</sup> 경자년<sup>庚子年</sup> 거인<sup>擧人</sup> 출신으로 벼슬이 남경<sup>南京</sup>의 형부<sup>刑部</sup> 원외랑<sup>員外郞</sup>에 이르렀고, 가정 병진년<sup>丙辰年</sup> 진사<sup>進士</sup> 출신인 부친은 당시 52세, 생모는 21세였다.

2세　만력 9년<sup>1581년</sup>

아우 능준초<sup>凌濬初</sup>가 태어남.

12세　만력 19년<sup>1591년</sup>

관학<sup>官學</sup>에 입학함.

18세　만력 25년<sup>1597년</sup>

늠선생<sup>廩膳生</sup>으로 편입됨.

21세　만력 28년 12월 5일<sup>1600년</sup>

부친 능적지가 72세로 사망함. 그 고을의 진사 주국정<sup>朱國禎</sup>이 조문을 옴.

---

1　동성사포(東晟舍浦) : 지금의 중국 절강성 호주시 직리진(織里鎭)에 해당한다.

**23세  만력 30년**[1602년]

딸을 항주杭州에 머물던 가흥嘉興 출신 문인 풍몽정馮夢禎의 손자 풍연생馮延生에게 출가시킴.

11월 8일, 풍몽정이 혼인 예물을 지참하고 방문하자 외숙인 오몽양吳夢暘과 함께 극단인 여삼반呂三班을 불러 『향낭기香囊記』를 무대에 올리고 한밤중까지 접대함.


**24세  만력 31년**[1603]

정월 25일, 사돈 풍몽정이 덕청德清의 산소에서 차례를 지낸다는 소식을 듣고 호주에서 지인인 송종헌宋宗獻·장염군張髯君과 함께 현지로 가서 술을 마시며 이경二更까지 담소를 나눔. 26일, 일행은 호주의 청산菁山으로 자리를 옮겨 나들이를 하고 수암상인守庵上人을 만남.

2월, 풍몽정·복원상인復元上人·송종헌과 함께 소주蘇州 나들이를 하면서 배에서 시를 짓고 글을 논함. 이 자리에서 풍몽정은 능몽초가 입수한 원대에 출판된 『경덕전등록景德傳燈錄』의 발문跋文을 쓰는 동시에 『동파선희집東坡禪喜集』과 『산곡선희집山谷禪喜集』에 평점評點을 붙여 줌.

8월 5일, 항주의 풍몽정을 방문하러 갔다가 그 자리에 있던 복원상인과 상봉함.

이 해에 왕서등王犀燈이 호주에 나들이를 왔다가 능몽초와 그 형 함초涵初, 아우 준초의 융숭한 대접을 받고 병중에도 그 길로 능 씨네 차적원且適園을 방문함. 얼마 후, 형 함초가 45세의 나이로 사망함.

26세　만력 33년[1605년]

6월, 아내 심씨[沈氏]가 장자 침[琛]을 낳음.

9월 6일, 생모 장씨가 남경에서 사망함.

10월, 생모의 관을 고향으로 운구하고 풍몽정이 부고를 듣고 와서 조문함.


27세　만력 34년[1606년]

국자감[國子監] 제주[祭酒] 유왈영[劉曰寧]에게 글을 올림. 유왈영이 그 글을 병부[兵部] 우시랑[右侍郞]이던 경정력[耿定力]에게 보이자 자신의 형인 경정향[耿定向]의 진사 동기인 능적지의 아들이며, 경정향이 평소 능몽초의 글재주를 칭찬했다고 밝힘.

이 해에 선친의 지인인 남경 국자감 사업[司業] 주국정[朱國禎]과 인연을 맺음. 외숙부인 오윤조[吳允兆]가 남경 처소를 방문하자 정담을 나누고 도서들을 감상한 후 자신이 지은 희곡의 서문을 써 줄 것을 부탁함.

같은 해에, 첫 번째 학술저서인 『후한서찬[後漢書纂]』을 남경에서 출판하는 한편 선친의 지인인 왕서등에게 서문을 써 줄 것을 부탁함. 이 해부터 남경에 장기 체류함.


29세　만력 36년[1608년]

자신의 희곡 5편을 당시 극작가로 명성을 날리던 탕현조[湯顯祖]에게 보냄. 탕현조는 답장에서 그의 희곡에 대해 극찬함.

30세　만력 37년[1609년]

3월~7월, 내방한 원중도袁中道를 남경 진주교珍珠橋 처소에서 접대함. (…)
가을~겨울에, 주무하朱無瑕 · 종성鍾惺 · 임고도林古度 · 한상계韓上桂 · 반지항
潘之恒 등과 진회하秦淮河에서 모임을 가지고 시를 지음.


37세　만력 44년[1616년]

12월, 첩 탁씨卓氏가 차남 보葆를 낳음.


40세　만력 47년[1619년]

탁씨가 삼남 초楚를 낳음.


42세　천계天啓 원년[1621년]

다색인쇄기법[套版]으로 『동파 선희집東坡禪喜集』과 『산곡 선희집山谷禪喜
集』을 판각하는 한편 진계유陳繼儒에게 『동파선희집』의 서문을 써 줄 것을
요청함.


43세　천계 2년[1622년]

가을, 학술저서인 『시역詩逆』을 간행하면서 「시경인물고詩經人物考」라는
글을 부록으로 삽입함. 이 저술의 교정은 능서삼凌瑞森 등이 맡고 자신이
직접 서문을 씀.


44세　천계 3년[1623년]

4월, 상경하여 알선謁選에 참여함. 이때 마침 예부 상서禮部尚書 겸 동각대학사東閣大學士에 배수된 지인 주국정도 능몽초와 같은 배로 상경함.

6월, 주국정과 함께 북경에 도착함.

### 45세 천계 4년1624년

계속 북경에 체류함. 이 해 중양절에 모유茅維·담원춘譚元春·갈일룡葛一龍·왕가언王家彦·주영년周永年·정도수程道壽·장이보張爾葆 등과 함께 가희인 학월미郝月媚의 집에 모여 술을 마시고 시를 읊음.

### 47세 천계 6년1626년

『규염옹虯髯翁』 등 13편의 잡극雜劇 희곡, 『교합삼금기喬合衫襟記』 등 3편의 전기傳奇 희곡 및 남곡南曲 선집인 『남음삼뢰南音三籟』를 완성한 것으로 보임.

### 48세 천계 7년1627년

가을, 남경에서 응천부應天府 향시鄕試에 응시했으나 낙방한 후 『박안경기』 집필을 시작함.

### 49세 숭정崇禎 원년 1628년

10월, 소주蘇州의 상우당尙友堂에서 『박안경기』를 정식으로 출판함.

11월, 첩 탁씨가 사남인 고糕를 낳음.

50세  숭정 2년<sup>1629년</sup>

심태<sup>沈泰</sup>가 자신이 엮어 간행하는『성명잡극 이집<sup>盛明雜劇二集</sup>』에 능몽초가 지은 잡극『규염옹』을 수록함.


51세  숭정 3년<sup>1630년</sup>

자신의 학술저서인『공문양제자언시익<sup>孔門兩弟子言詩翼</sup>』을 간행하면서 아우 능영초에게 교정을 맡기고 자신은 직접 서문을 씀.


52세  숭정 4년<sup>1631년</sup>

복건<sup>福建</sup>에서 벼슬을 사는 친척 반증굉<sup>潘曾紘</sup>의 도움으로 복건 제학<sup>提學</sup>사<sup>副使</sup> 하만화를 초청해 자신의 학술저서『성문전시적총<sup>聖門傳詩嫡冢</sup>』16권에 대한 서문을 부탁함. 같은 해에, 책이 간행되자 뒤에「신공시설<sup>申公詩說</sup>」1권을 부록으로 수록함.


53세  숭정 5년<sup>1632년</sup>

10월, 첩 탁씨가 오남 목<sup>楘</sup>을 낳음.
겨울,『이각 박안경기』를 완성함.


54세  숭정 6년<sup>1633년</sup>

봄, 강서 포정사<sup>江西布政使</sup>로 있는 반증굉의 남창<sup>南昌</sup> 관아에 머묾.
5월, 반증굉과 작별하고 복건지역을 편력함. (…) 복건에서 조학전<sup>曹學佺</sup>·이서화<sup>李瑞和</sup> 등과 교류함. … 이서화의 글을 읽고 그의 급제를 예견함.

가을(?), 『이각 박안경기』를 정식으로 출판함.


55세 숭정 7년<sup>1634년</sup>

강서<sup>江西</sup> 남부를 순무<sup>巡撫</sup>하던 반증굉에 의해 그 막부에 초빙됨.


57세 숭정 9년<sup>1636년</sup>

반증굉이 군사를 거느리고 근왕<sup>勤王</sup>에 나서자 (…) 다시 상경해 과거에
응시하지만 이번에도 낙방함.

9월, 사촌형 반담<sup>潘湛</sup>의 초청으로 호주<sup>湖州</sup> 성 남쪽의 저산<sup>杼山</sup>에 올랐다
가 「유저산부<sup>遊杼山賦</sup>」를 지어 낙심한 자신의 소회를 토로함.


58세 숭정 10년<sup>1637년</sup>

장욱초<sup>張旭初</sup>가 「오소합편<sup>吳騷合編</sup>」을 엮으면서 능몽초의 산곡<sup>散曲</sup> 「상서<sup>傷</sup>
<sup>逝</sup>」·「석별<sup>惜別</sup>」·「야창화구<sup>夜窓話舊</sup>」 등 3편을 소개함.


60세 숭정 12년<sup>1639년</sup>

다시 향시에 응시했으나 이번에도 낙방함. 마지막으로 부공<sup>副貢</sup>의 자
격으로 상해<sup>上海</sup> 현승<sup>縣丞</sup>으로 발탁된 것으로 보임<sup>시점에 논란</sup>. (…) 그 사이에
8개월 간 현령의 업무를 대리함.

왕년에 복건에서 알게 된 이서화가 송강부<sup>松江府</sup>의 추관<sup>推官</sup>이 되어 인사
를 옴.

상해 현지 사대부들의 도움으로 조운<sup>漕運</sup>의 임무를 맡아 조<sup>[粟]</sup>를 북경

까지 원만히 수송하고 귀환한 후 「북수 전부北輸前賦」와 「북수 후부北輸後賦」
를 지음.

해상방위 관련 업무를 담당함. 당시 적폐가 극심하던 염전에서 '정자
법井字法'을 추진하여 적폐를 해소하고 연해지역에서 그대로 적용하면서
여러 차례 상사의 칭찬을 받음.


### 63세   숭정 15년1642년

서주徐州의 통판通判으로 승진함. 이임할 때 상해의 백성들이 통곡하고
눈물을 흘리며 전송해 줌. 서주에 도착해 황하黃河가 메말라 거마가 다닐
수 있을 정도인 광경을 보고 세상에 우환이 생길까 우려하며 한숨 지음.
부임과 동시에 방촌房村에 배치된 후 방하 주사防河主事 방윤립方允立과 황하
치수의 묘책을 궁리한 끝에 좋은 효과를 얻어 우첨 도어사右僉都御史로 총
독조운總督漕運·순무유양巡撫維揚을 겸한 노진비路振飛로부터 여러 차례 칭찬
을 받음.


### 64세   숭정 16년1643년

병비유서兵備維徐의 임무를 맡은 하등교何騰蛟가 황제의 명령을 받들어
유적流賊 진소을陳小乙 토벌을 위해 여량홍呂梁洪의 한협제漢協帝·당악공唐鄂公
의 사당에서 출진을 선포함. 공교롭게도 큰 바람이 불어 모래가 날리면
서 관군에게 불리해져 하등교가 대책을 구하자 와불사臥佛寺에서 한밤중
에 「초구 10책剿寇十策」을 작성해 바침. (…) 하등교가 그 건의를 받아들이
고 그를 '십구형十九兄'이라고 존대하자 감격해 성공을 위해 최선을 다할

것을 맹세함. (…) 하등교가 감기監紀의 소임을 맡기려 하자 사양한 후 혼자 말을 타고 적진으로 뛰어들어 조정에 귀순하도록 설득해 다음날 진소을 등이 무리를 이끌고 와서 투항함. (…) 하등교가 연자루燕子樓에서 고을의 문무 관리들을 위해 잔치를 베풀고 능몽초에게 술을 내리자 즉석에서 「탕산 개가碭山凱歌」·「연자루 공연燕子樓公讌」을 지음.

얼마 후 호광순무湖廣巡撫로 승진한 하등교가 능몽초를 감군첨사監軍僉事로 천거하고 휘하에 두려 했으나 그대로 방촌에 남아 치수에 전념함.


### 65세  숭정 17년1644년

「별가 초성공 묘지명別駕初成公墓誌銘」에 따르면, 정월 7일 밤, 이자성의 유적이 서주 성을 공격하면서 일단의 군사를 나누어 방촌을 약탈하자 백성들을 지휘해 성을 군게 지킴. (원래 현지 민병을 훈련시키고 유적이 공격해 오면 근방의 병력이 지원에 나서고 유적이 대거 공격해 오면 봉화를 올리고 모두가 지원에 나서기로 약속했으나 유적이 서주 성을 거세게 공격하자 각지의 민병들은 그 서슬에 두려움을 느끼고 아무도 지원에 나서지 않아 혼자 고군분투함)

9일 동이 틀 때까지 사수하던 중 적진에서 투항을 제안하자 성루에서 그들을 꾸짖고 조총으로 몇 명을 쏘아죽임. 격노한 유적들이 맹공을 퍼부어 함락을 눈앞에 두자 백성들의 목숨을 지키기 위해 자결하려 했으나 백성들도 통곡하며 사수를 맹세하자 그때부터 단식에 돌입함. (…) 종복이 벼슬이 낮은데 군이 죽을 필요가 있느냐고 반문하자 "나는 내 절개를 지키려 하는 것이다. 어찌 벼슬이 높고 낮음을 따졌겠느냐" 하고 말하고 몇 되나 되는 피를 토함. (…) 적진에 자신은 죽을 목숨이니 백성들은 다치게 하지 말라고 부탁하고 12일 아침 "우리 백성들을 다치게 하지 말라"고 세 번 외친 후 세상을 떠나니 사람들이 모두 통곡하고 자결로 충성심을 보인 자가 열 명 넘게 있었음. 다음날, 성루로 진입한 적군은 죽은 능몽초의 안색이 살아 있는 것 같은 것을 보고 놀라면서 약속대로 한 사람의 목을 베고 세 사람을 창으로 꿴 후 나머지는 모두 살려 줌. 얼마 후 관군이 도착하자 유적은 도주하고 하등교는 그의 죽음을 전해 듣고 비통해 하며 관리를 보내 제사를 지낸 후 그의 시신을 담은 관을 호주로 옮겨 대산戴山 남쪽에 안장함.